Alfred Weidenmann · Das unheimliche Haus

Alfred Weidenmann

Das unheimliche Haus

Loewe

Die Deutsche Bibliothek – CIP-Einheitsaufnahme

Weidenmann, Alfred:
Das unheimliche Haus / Alfred Weidenmann.
– Bindlach : Loewe, 1997
(LeseRiese)
ISBN 3-7855-3091-9

ISBN 3-7855-3091-9

bereits unter dem Titel „Die Glorreichen 7 und das unheimliche Haus" beim Verlag erschienen
Umschlagzeichnung: Charlotte Panowsky
Umschlagkonzeption: Karin Roder

Hauptpersonen

Da wären zuerst einmal die Glorreichen Sieben:

Paul Nachtigall
ist der Boß, ohne daß man es eigentlich merkt. Ein Jahr älter als die anderen. Geht deshalb bereits im Prinz-Ludwig-Gymnasium in die 10c.
Emil Langhans
macht seinem Namen hinblicklich der Länge alle Ehre. Dauerstimmbruch, schwarze Hornbrille und Klassensprecher der 9b.
Karlchen Kubatz
hat einen Bürstenhaarschnitt und ist Sohn des Chefredakteurs der *Bad Rittershuder Nachrichten.* Klein, aber immens ausgeschlafen.
Hans Pigge
hellblonder Pagenkopf. Seinen Eltern gehört die Apotheke am Karlsplatz.
Fritz Treutlein
seift als Friseurlehrling die Leute ein und wäscht ihnen den Kopf, wenn sie's haben wollen.
Manuel Kohl
freche Stupsnase, große blaue Augen. Gelegentlich verträumt und in Mathematik ein ausgesprochener Versager.
Otto Hugendubel
wird »Sputnik« genannt, weil er auf alles, was mit Raketen oder Mondlandungen zu tun hat, geradezu verrückt ist. Ungeheuer verfressen und deshalb ziemlich rundlich.

und außerdem noch:

Ulli Buchholz
geht selbstverständlich in die Maximilianschule. Sonst könnte er ja nicht Anführer der Maxen sein. Läuft ständig in kurzer Lederjacke und vergammelten Jeans herum.
Der Honeyboy
spioniert auf Rollschuhen durch die Gegend.
Studienrat Dr. Purzer
ist immer für Überraschungen gut.
Chefredakteur Kubatz
ist in seinem knallroten Cabrio ständig auf Schlagzeilenjagd für seine Zeitung.
Herr Kalender
höchste Polizeiinstanz in der Stadt und sehr gewissenhaft.
Herr Bemmelmann
hat ein Tabakwarengeschäft. Übertreibt gern ein wenig.

Herr Wildenbusch
besitzt den Zeitungskiosk am Richard-Wagner-Platz und einen Siamkater mit tiefblauen, auseinanderstehenden Augen.
Erika Bandel
eine auffallend patente Person mit Milchbar.
Herr Bellinghausen
pensionierter Lokalredakteur, spielt nur widerstrebend eine Schlüsselrolle.
Chefportier Pelz
ohne ihn wäre das *Hotel zum Kurfürsten* nur die Hälfte.
Fridolin Paschulke
sein spindeldürrer Page.
Hauptkommissar Havelstein
kommt aus Frankfurt und räumt auf.
Kommissar Jascheck
kommt aus Berlin und hilft beim Aufräumen.
Ursula Schärer
Kriminalassistentin mit der richtigen Spürnase. Telefoniert leider im falschen Moment.
Hugo Stielicke
kommt gerade aus dem Knast und wird gleich wieder rückfällig. Phänomenale Falschgeldbegabung. Ohne ihn läuft nichts.
Otto Kroll
immer ein wenig in Stielickes Schatten. Trägt einen schwarzgefaßten Kneifer.
Ekke
hat Schmalzlocken, Tennisschuhe und fast immer einen Zahnstocher im Mundwinkel.
Sperling
ein Koloß, der sich für gerissen hält. Dabei macht er eine Riesendummheit.
Der »Mandarin«
tiefe, unverwechselbare Stimme – wie aus Rauch und Whisky. Mehr weiß man vorerst nicht von ihm.
Bad Rittershude
mit Gaskessel, Zobelberg und Thermalquellen. Liegt unweit der Amper . . . Aber wer kennt Bad Rittershude *nicht?*

Ein Studienrat guckt in den Kastanienbaum und hat keine Ahnung

Es mußte heute passieren.

Morgen war es zu spät.

Genaugenommen war es bereits in einer halben Stunde zu spät.

Es mußte vorbei sein, bevor die Glocke bimmelte.

Wochenland hatten sie herumgeknobelt und an dem Ding ihre Köpfe zergrübelt. Wenn alles exakt so ablief, wie es die Glorreichen Sieben schließlich ausgetüftelt hatten, mußte es todsicher funktionieren. Daran gab es nicht den geringsten Zweifel.

»Ich werde mir den Motor vorknöpfen, wenn's recht ist«, hatte Paul Nachtigall vorgeschlagen. »Nicht, daß ich mich aufplustern möchte, aber von Autos verstehe ich wirklich 'ne ganze Menge.« Das war bekannt, und keiner hatte dem Boß widersprochen. »Bleibt nur noch zu entscheiden, wer mir dabei Schmiere stehen soll.« Man hatte abgestimmt, und das Los war ausgerechnet auf Karlchen Kubatz gefallen, den kleinen, pfiffigen Burschen mit dem Bürstenhaarschnitt.

Jetzt kam es hauptsächlich auf den bis auf die Minute berechneten Zeitplan an. Er war das Gelbe vom Ei. Wenn er ins Wakkeln kam, zerplatzte die letzte Chance, Manuel Kohl vor dem Sitzenbleiben zu bewahren, in null Komma nichts wie eine Seifenblase.

Dieser Zeitplan tickte bereits.

Er verlangte als erstes, daß sich die Schüler Nachtigall und Kubatz haargenau um zwölf Uhr, also eine halbe Stunde vor Schulschluß, aus ihren Klassen mogelten, egal, was sich im Unterricht gerade abspielte.

Für den Boß der Glorreichen war das die einfachste Sache von der Welt. Studienrat Fink, der sich in der 10c gerade über die Wasserstraßen in der Bundesrepublik Deutschland verbreitete, war alles andere als ein scharfer Hund. Er nannte seine Schüler beim Vornamen und behandelte sie trotzdem wie Erwachsene. Fehler fand er nicht blamabel, nur manchmal ein wenig wundersam. Und er war nicht angesteckt von der Berufskrankheit mancher Lehrer, die ihre Schüler bei jeder Gelegenheit merken lassen, daß man ihnen nicht trauen darf. Sein Unterricht machte Spaß. Im Augenblick hatte er die ganze 10c auf einen imaginären Kohlenfrachter verladen und schipperte mit ihr über die Weser der Nordsee entgegen.

Paul Nachtigall unterbrach den Studienrat nur ungern. Aber er hatte gerade wieder einmal auf seine Armbanduhr geblickt, und jetzt war es soweit. Er hob die rechte Hand in die Luft und sagte leise: »Ich bitte um Entschuldigung, aber würden Sie gestatten . . .«

Weitere Verzierungen mußte sich der Boß der Glorreichen Sieben nicht abbrechen.

»Was sein muß, muß sein«, bemerkte Studienrat Fink, ohne von der ausgebreiteten Landkarte aufzublicken. Er dachte gar nicht daran, sich stören zu lassen, und fuhr ohne Pause fort: »Jetzt wird's spannend, meine Herren. Wenn wir an Backbord über die Reling blicken, entdecken wir, wie unsere Weser ganz unvermutet in eine Linkskurve geht und dabei immer breiter wird. Wenn wir die Luft tief durch die Nase ziehen, riechen wir schon das Meer . . .«

Inzwischen hatte Paul Nachtigall in seinen Tennisschuhen fast geräuschlos die Tür erreicht, öffnete sie behutsam und stand dann auf dem leeren Korridor.

Ein Stockwerk tiefer war es für Karlchen Kubatz bedeutend schwieriger, sich aus seiner Klasse zu verdrücken. Aber das war ihm und den Glorreichen Sieben von Anfang an klar gewesen.

Die 9b schwitzte nämlich schon in der zweiten Stunde über einer Klassenarbeit. Sie war von Studienrat Dr. Purzer, der Schulvorschrift entsprechend, bereits vor einer Woche angekündigt worden. »Wohlbemerkt, dabei geht's so kurz vor den Zeugnissen für manchen von euch endgültig um die Wurst«, hatte er wissen lassen und dabei gelächelt, als würde er der ganzen Klasse zum Geburtstag gratulieren. »Es wird so eine Art Drahtseilakt werden, wenn ich mir diesen Vergleich gestatten darf. Wer in Mathematik auf der Kippe herumbalanciert, kann sich mit einem Salto bis zur nächsthöheren Note katapultieren, oder er fliegt ein für allemal vom Seil und auf den Bauch. Ich habe mich hoffentlich klar genug ausgedrückt?«

»Klarer geht's gar nicht mehr«, hatte Emil Langhans als Klassensprecher knapp und trocken geantwortet.

Dr. Purzers Drohung betraf etwa ein knappes Drittel der 9b.

Vor allem aber den stupsnasigen Manuel Kohl, dessen Eltern am Marktplatz ein Blumengeschäft betrieben. In seinen Gehirnzellen mußte ein mathematischer Störsender rotieren. Seine Antenne schaltete auf Null, sobald irgendein Zahlensalat auf ihn zukam. Von Wurzeln und Logarithmen ganz zu schweigen. Dagegen konnte er anbüffeln, soviel er wollte. Es war hoffnungslos.

Wenn Manuel heute nicht mindestens eine Drei zusammenbrachte, wurde er unter Garantie nicht versetzt und drehte im kommenden Jahr im gleichen Klassenzimmer seine Ehrenrunde. Leider gehörte er sehr wahrscheinlich zu denen, die nach Dr. Purzers Prophezeiung drauf und dran waren, heute vom Seil und auf den Bauch zu knallen – falls nicht im letzten Moment ein mittelprächtiges Wunder geschah.

Und so ein mittelprächtiges Wunder wollten die Glorreichen Sieben vollbringen.

»Manuel darf nicht durchrasseln«, hatte zuerst der dickliche Sputnik gefordert, der seit neuestem fast immer eine marineblaue Astronautenmütze auf dem Kopf hatte. »Bloß, weil er in Mathe ein Luftloch hat, das wäre doch bodenlos ungerecht. In allen anderen Fächern tickt sein Wecker doch ausgezeichnet.«

»Dem Manne kann geholfen werden«, hatte der Boß der Glorreichen Sieben kurz und bündig erklärt. »Womit ich mir erlaubt habe, Herrn Schiller zu zitieren. Fünfter Akt, letzte Szene . . .«

»Die Räuber«, hatte Karlchen Kubatz bedeutungsvoll vollendet.

Jedenfalls saß der Schüler Manuel Kohl in diesem Augenblick über sein Heft gebeugt, schrieb, überlegte, schrieb wieder und überlegte wieder. Er gab sich redlich Mühe, einen Schüler darzustellen, der mit den gestellten Aufgaben wohl einige Schwierigkeiten hat, doch keinesfalls hilflos im Nebel herumschwimmt.

Und das war etwas Neues! Bisher hatte Manuel bei den Klassenarbeiten in Mathematik meistens schon nach einer halben Stunde das Handtuch geworfen, sein Heft ergeben zugeklappt und bis zum Ende der Veranstaltung mit seinen großen blauen Augen durch eines der Fenster hinausgeträumt.

Die Rolle, die er in diesen zwei Stunden zu spielen hatte, war ihm von den Glorreichen Sieben genau vorgeschrieben worden.

Dieses veränderte Verhalten blieb Studienrat Dr. Purzer selbstverständlich nicht verborgen. Er hatte es sich an seinem

Tisch unter der Wandtafel gemütlich gemacht und schmökerte in den *Bad Rittershuder Nachrichten,* die er gleich zu Beginn der Klassenarbeit aus seiner dunkelbraunen Ledermappe geholt hatte. Daß Purzer durchaus in der Lage war, einerseits intensiv Zeitung zu lesen und gleichzeitig die geringste Bewegung in der Klasse zu wittern, das wußte inzwischen jeder Anfänger im Erdgeschoß. Auf so primitive Tricks wie etwa Spiegelkontrolle in den Fensterscheiben und dergleichen konnte er kaltlächelnd verzichten.

Doch heute blickte er doch immer wieder zu dem Jungen mit der frechen Stupsnase hinüber, mit einer Mischung aus Verwunderung und Neugier.

»Sollte endlich der Knopf bei dir aufgegangen sein?« erkundigte er sich schließlich halblaut.

Manuel blieb über sein Heft gebeugt und tat so, als hätte er die Frage gar nicht gehört.

»Ich meine den Schüler Manuel Kohl in der fünften Reihe am Fenster«, bemerkte Dr. Purzer mit freundlichem Nachdruck.

»Wie bitte?« fragte Manuel verwirrt. Es gelang ihm, so zu wirken, als sei er mit seinen Gedanken ganz weit weg gewesen.

»Schon gut«, entgegnete Dr. Purzer. »Laß dich nicht stören –« Er lächelte sein unverbindliches Buddhalächeln. »Würde mich ehrlich freuen für dich, ich meine, das mit dem aufgegangenen Knopf«, fügte er noch hinzu. Dabei vertiefte er sich bereits wieder in seine Zeitung.

Vor den Schülern lagen lediglich die aufgeschlagenen Hefte auf den Tischen. Alle Bücher waren in den Schulmappen verschwunden. Es herrschte Totenstille. Nur gelegentlich war ein mehr oder weniger tiefes Durchatmen zu hören, das Geräusch von einem Lineal, das zur Seite gelegt wurde, das Umblättern von Papier. Sogar die Luft stand still. Es war in den vergangenen Tagen immer wärmer geworden, und jetzt brütete Hitze über der Stadt.

Studienrat Dr. Purzer hatte längst seine Krawatte gelockert und auch seinen Hemdkragen aufgeknöpft. Seine Beine waren übereinandergeschlagen, wobei seine schneeweißen Socken nicht zu übersehen waren. Vielleicht bevorzugte er sie, um daran zu erinnern, daß er trotz seiner knappen fünfzig Jahre immer noch eifrig Tennis spielte, also ein sportlicher Typ war. Blutjunge Schüler provozierten so ein Image geradezu.

Als vom Zobelberg herüber ein Flugzeug auf die Stadt zukam, hatte Dr. Purzer seine Lektüre der heutigen *Bad Rittershuder Nachrichten,* inklusive Sportteil und Anzeigenseiten, beendet. Er faltete die Zeitung sorgfältig zusammen und angelte jetzt ein Buch aus seiner Ledermappe. Der Schutzumschlag signalisierte, daß es sich um eine Biographie Friedrichs II. von Hohenstaufen handelte. Schließlich gab Purzer auch Geschichte. Der Schmöker war ziemlich neu und umfangreich. Ein Lesezeichen verriet, daß der Studienrat bereits bis zur Mitte des Buches vorgedrungen war. An dieser Stelle war Friedrich gerade dabei, mit seinen Rittern die Lombarden bei Cortenuova gehörig aufs Kreuz zu legen und anschließend in die Flucht zu jagen.

Durch die weit geöffneten Fenster war von der Stadtkirche der erste Schlag des Zwölfuhrläutens zu hören.

Das war der Startschuß, auf den Karlchen Kubatz gewartet hatte. Er schraubte seinen Füllfederhalter zu, ließ ihn in seiner Cordjacke verschwinden und klappte sein Heft zusammen. Da er in Mathematik der Champion der Klasse war, verwunderte das niemanden. Auch als der kleine Junge mit dem Bürstenhaarschnitt jetzt aufstand und die paar Schritte von seinem Platz zu Dr. Purzers Tisch hinüberging, gab es in der Klasse kaum einen, der den Kopf hob.

Nur die Vier von den Glorreichen, die zusammen mit Karlchen in die 9b gingen, waren eingeweiht und wußten, was jetzt passieren würde. Sie hatten erst recht allen Grund, sich nichts anmerken zu lassen. In Wirklichkeit waren sie so aufgeregt, als hätten sie Schmetterlinge im Bauch. »Ich krieg' gleich die Pickel«, stöhnte Emil Langhans unhörbar in sich hinein. Er fingerte an seiner dunklen Hornbrille herum, aber er wagte keinen einzigen Blick in Richtung Wandtafel – nicht einmal ein Zwinkern oder Schielen.

Schon als sich Karlchen Kubatz vorsichtig von seinem Stuhl hochgeschraubt hatte, war Dr. Purzer aufmerksam geworden.

»Ich bin fertig«, flüsterte Karlchen, als er vor dem Studienrat stand. Er machte eine Kopfbewegung zu einem Tisch hinüber, auf dessen Mitte das zugeklappte Heft lag. »Aber leider müßte ich dringend . . .« Er stockte und schaffte es tatsächlich, einen knallroten Kopf zu bekommen.

Die Glorreichen Sieben waren sich selbstverständlich darüber im klaren gewesen, daß ausgerechnet Dr. Purzer keinen Schüler vor Stundenschluß aus dem Zimmer ließ. Nur wenn Karlchen seine Klassenarbeit früher ablieferte, hatte er überhaupt eine Chance.

Deshalb hatte der Junge auch von der ersten Minute an losgelegt, als ginge es darum, einen Computer unter den Tisch zu rechnen – auf die Gefahr hin, daß ihm da oder dort ein Fehler unterlief.

»Und du kannst es nicht bis zum Ende der Stunde zurückhalten?« fragte der Studienrat. Auch er sprach im Flüsterton, die Fingerspitzen aneinandergelegt und den Jungen mit dem geröteten Gesicht voll im Blick.

»Mit dem besten Willen nicht«, wagte Karlchen Kubatz zu bemerken. »Und es wäre auch außerordentlich ungesund.«

Ein Teil der Schüler quittierte die Bemerkung mit einem gedämpften Kichern.

Der Studienrat und Karlchen Kubatz blickten sich eine ganze Weile wortlos an.

»Worauf wartest du noch?« fragte Dr. Purzer schließlich, und damit war die Unterbrechung für ihn beendet. Er spielte jetzt eine ganze Weile mit seiner Brille, die manchmal einen Sonnenstrahl einfing, und betrachtete dann interessiert den Gipfel des Kastanienbaums, der in diesem Jahr beinahe das obere Ende des Eckfensters erreicht hatte.

Das ging ja leichter, als wir befürchtet hatten, dachte Emil Langhans und blickte zu Sputnik hinüber, der für einen kurzen Moment die Augen geschlossen hatte und jetzt wieder aufmachte.

Paul Nachtigall erwartete Karlchen Kubatz, wie verabredet, im Erdgeschoß am Portal zur Amselstraße und zu den Parkplätzen. Es war ein Seitenausgang, und hier durften im Schatten des Schulgebäudes und der hohen Backsteinmauer die Mitglieder des Lehrkörpers und auch die Schüler ihre Mofas und Autos abstellen.

Der zypressengrüne VW-Golf war schnell gefunden. Er parkte neben dem ziemlich betagten viersitzigen Mercedes von Oberstudiendirektor Senftleben und dicht bei einer Telefonzelle. Zwei Meter hinter dieser stand eine große Kiste, in der die Stadtreinigung Streusand für den Winter lagerte. Ihre schräge Oberfläche war blechbeschlagen.

Die beiden Jungen hatten bisher noch keine Silbe miteinander gesprochen. Aber sie wußten ja haargenau, was sie zu tun hatten.

Paul Nachtigall knackte die Sperre an der Motorhaube so gefühlvoll, daß sie sich ganz leise öffnen ließ. Wie man so etwas macht, hatte sich der Boß der Glorreichen von einem entfernten Vetter zeigen lassen, der in der Werkstatt einer Tankstelle am Ende der Herderstraße seine Brötchen verdiente. Wenn man den Trick kannte, war es ein Kinderspiel.

Der zypressengrüne VW-Golf gehörte Studienrat Dr. Purzer.

»Nichts Verdächtiges«, bemerkte Karlchen Kubatz leise. Er hockte hinter der Städtischen Sandkiste in Deckung und beobachtete abwechselnd die Fenster der Schule, das Gelände bei den geparkten Fahrzeugen und das Seitenportal.

Paul Nachtigall konnte sich einigermaßen hinter der aufgeklappten Motorhaube verstecken. Er hatte sich inzwischen tief über den Kühler des Wagens gebeugt und hantierte mit zwei Schraubenschlüsseln an seinen Eingeweiden herum.

Karlchen Kubatz wippte immer wieder nervös von den Zehenspitzen auf die Absätze, ohne es überhaupt zu bemerken. Die Luft war elektrisch geladen, und seine Hände wurden allmählich feucht. Aber trotzdem griff seine rechte Hand in die Hosentasche und krustelte die Minox heraus, die inzwischen ebenso zu ihm gehörte wie sein Bürstenhaarschnitt. Das Ding sah nach nichts aus und war nicht viel größer als zwei nebeneinandergelegte Streichholzschachteln. Karlchen schob seinen Kopf ganz vorsichtig um die Ecke der Sandkiste, dann richtete er den Apparat blitzschnell auf den Boß. »Zeig mir mal kurzfristig dein dämliches Gesicht«, zischte er.

Tatsächlich drehte sich Paul Nachtigall um, und im selben Augenblick drückte der Bürstenhaarschnitt auf den Auslöser.

»Ach du dicke Nuß«, seufzte der Boß, schüttelte ergeben den Kopf und verschwand wieder hinter der Motorhaube. »Du bist nicht zu retten«, bemerkte er.

»Eines Tages wirst du mir auf den Knien danken«, entgegnete Karlchen. Er ließ den Apparat verschwinden und war wieder eifrig am Aufpassen und Beobachten. Seit geraumer Zeit hatte er diesen neuen Tick: Er war ganz plötzlich versessen darauf, alles zu fotografieren, was irgendwie mit den Glorreichen Sieben zusammenhing. Die anderen fanden das ziemlich lästig. Aber hinterher mußten sie doch zugeben, daß seine Schnappschüsse regelrechte Bildergeschichten ergaben. »Historische Dokumente«, nannte Karlchen sie schlicht und bescheiden. Es schlug eben doch immer deutlicher bei ihm durch, daß sein Vater bei den *Bad Rittershuder Nachrichten* Chefredakteur war.

»Alles in bester Butter«, flüsterte Paul Nachtigall nach einer Weile. Er klappte die Motorhaube des zypressengrünen VW-Golf zu und wischte sich mit dem Handrücken den Schweiß von der Stirn.

»Bist du sicher, daß er nicht mehr anspringt?« fragte Karlchen.

»Hundertprozentig«, versicherte der Boß. »Los, kratzen wir die Kurve . . .«

Knappe drei Minuten später standen die beiden wieder vor den Türen ihrer Klassenzimmer. Sie warteten eine Weile, pumpten tief nach Luft und beruhigten ihren Atem. Nachdem ihnen das einigermaßen gelungen war, traten sie fast gleichzeitig ein. Karlchen Kubatz in die 9b im zweiten Stock, Paul Nachtigall in die 10c eine Etage höher.

Studienrat Fink bemerkte die Rückkehr seines Schülers überhaupt nicht. Er hatte inzwischen die Weser verlassen und schlug sich gerade mit den bundesdeutschen Kanälen herum.

Und Studienrat Dr. Purzer ließ nach wie vor seine Blicke auf dem Kastanienbaumgipfel ruhen. Als sich Karlchen wieder auf seinen Platz setzte, war der kleine Junge nur eine Art Schatten ganz am Rande seines Gesichtsfeldes.

Endlich schrillte die Glocke.

»Das war's also«, verkündete Studienrat Dr. Purzer, rückte seine Krawatte zurecht und schlüpfte wieder in sein Jackett. »Die Würfel sind gefallen.« Er wartete, bis alle Augen auf ihn gerichtet waren. »Erst wenn jeder Schüler sein Heft vor mir auf den Tisch gelegt hat, darf das Zimmer verlassen werden.«

Auf dem Korridor waren bereits die Stimmen und Schritte der anderen Klassen zu hören.

Die halbierte Ansichtskarte

Fast zur selben Zeit, als in Bad Rittershude die Schüler des Prinz-Ludwig-Gymnasiums nach Schulschluß die Korridore überfluteten und sich dann durch die Portale auf die Straße drängelten, machte ein paar hundert Kilometer weiter nördlich im Berliner Stadtteil Charlottenburg Hugo Stielicke die Tür des Polizeireviers Nummer 31 hinter sich zu.

»Nach Ihnen kann man ja die Uhr stellen«, bemerkte Kriminalkommissar Jascheck. Er war gerade aus seinem Büro gekommen, um sich vom Wandautomaten im Amtszimmer einen Plastikbecher Kaffee zu holen. »Auch einen?« fragte er gut gelaunt.

»Sehr freundlich, aber mein Herz«, erwiderte der Besucher. »Kaffee gibt's bei mir nur an Feiertagen.«

»Die Brühe da würde Ihnen nicht schaden. Sie kommt vor Schwäche kaum aus der Leitung«, meinte der Kommissar, grinste kurz und fuhr dann fort: »Zum letzten Mal heute, wenn ich nicht irre?«

»Wie immer irren Sie sich nicht«, sagte Stielicke höflich. Der Mann war so um die fünfzig Jahre alt, groß gewachsen und schlank. Man hätte ihn für irgendeinen Professor halten können, dessen Schultern vom vielen Studieren ein wenig vorgebeugt sind. Nur sein schneeweißes Haar deutete auf sein Alter hin. Es war nicht besonders sorgfältig frisiert.

»Schönen guten Tag, die Herren«, grüßte Hugo Stielicke jetzt die uniformierten Polizisten, die hinter Schreibtischen saßen oder mit Besuchern zu tun hatten.

»Gleichfalls schönen Tag«, erwiderten die Beamten. Einer von ihnen schmunzelte und meinte: »Mann, Sie werden uns richtig fehlen.«

Vor sechs Monaten war der schlanke Professorentyp mit dem weißen Haar nach zwei Jahren aus dem Knast entlassen worden. Eigentlich hätte er länger sitzen müssen. Aber das Amtsgericht hatte ihm wegen guter Führung ein paar Monate geschenkt, allerdings mit der Auflage, sich nach der Entlassung ein halbes Jahr lang jede Woche bei seinem zuständigen Polizeirevier zu melden. Und das hatte er dann auch getan: donnerstags und immer um die Mittagszeit.

Zwischen Kriminalkommissar Jascheck, den Revierpolizisten

und dem ehemaligen Häftling hatte sich dabei fast so etwas wie ein freundschaftliches Verhältnis entwickelt. Stielickes Besuche waren zu einer Gewohnheit geworden, die den üblichen Alltag angenehm unterbrachen. Der Mann hatte Humor und war schließlich kein Krimineller der üblen Sorte. Er hatte versucht, Falschgeld zu fabrizieren, und war dabei geschnappt worden, bevor er auch nur eine einzige Blüte losgeworden war. Darüber konnte man nur lachen.

»Immer rein in die gute Stube«, sagte der Kriminalkommissar. Die gepolsterte Tür zu seinem Büro stand offen. Er ging mit seinem Plastikbecher in der Hand voraus, und Hugo Stielicke trabte hinter ihm her.

»Zuerst das Übliche«, bemerkte Jascheck. Er holte ein Buch aus seiner Schreibtischschublade, blätterte es auf, stempelte das heutige Datum hinein und ließ seinen Besucher daneben unterschreiben.

»So, damit hätten wir's dann«, meinte der Kommissar und klappte das Buch wieder zu. »Jetzt sind Sie endgültig frei wie ein Vögelchen. Wie fühlen Sie sich?«

»Dazu kann ich im Augenblick beim besten Willen nichts sagen«, erwiderte Stielicke. »Zuerst muß ich jetzt meine Gedanken sortieren.«

»Aber, grundgütiger Himmel, kommen Sie dabei ja nicht wieder auf irgendwelche hirnverbrannte Ideen«, mahnte Jascheck. »Krumme Dinger lohnen sich nicht, das müßten Sie inzwischen begriffen haben.« Er nahm einen Schluck aus dem Kaffeebecher. »Das schmeckt tatsächlich wie Spülwasser«, stellte er fest und gab dem weißhaarigen Mann, der wie ein Gelehrter aussah, die Hand. »Alles Gute, und vergessen Sie keine Minute, was passiert, wenn irgendwo der nächste falsche Geldschein auftaucht.« Er feixte und strahlte aus allen Knopflöchern. »Dann rückt Ihnen die Polizei so blitzschnell auf die Bude, daß es staubt.«

Eine Viertelstunde später bummelte Hugo Stielicke über den Tauentzien. Vor dem Europa Center wimmelte es nur so von bunten Sonnenschirmen, und aus der Richtung der Gedächtniskirche kamen immer wieder schubweise Autos und unter ihnen die doppelstöckigen Berliner Busse.

Seit man ihn aus dem Knast rausgelassen hatte, lebte Stielicke seelenruhig wie ein Rentner, der keine Sorgen hat und dem es gutgeht. Allerdings langweilte er sich gelegentlich.

Er kannte inzwischen fast alle Museen in- und auswendig, den Zoo, das Aquarium, sämtliche Freibäder und den ganzen Grunewald. Vor dem *Café Kranzler* am Ku'damm saß er manchmal stundenlang bei Käsekuchen oder Erdbeertorte mit Sahne. Dann las er Zeitung, beguckte sich die vorbeispazierenden Berliner oder blinzelte auch nur in die Sonne. Bei Regen konnte er eine halbe Ewigkeit vor der Waschmaschine sitzen und zuschauen, wie sich seine Unterhosen oder Hemden drehten. Manchmal lag er auch einfach auf seinem Sofa, fing Fliegen und hing seinen Gedanken nach.

Die zwei Jahre in der Strafanstalt Tegel waren alles andere als ein reines Vergnügen gewesen. Aber er hatte sich keinen Moment lang einsam oder gar verlassen gefühlt wie die meisten anderen Häftlinge, um die sich kein Aas gekümmert hatte.

Das war bei ihm anders gewesen.

Hugo Stielicke hatte seinerzeit das Falschgeld natürlich nicht als Solist produziert. Sie waren ein gut organisiertes »Orchester« gewesen, mit Spitzenkräften und einem sehr cleveren »Dirigenten«, der Nerven wie Drahtseile haben mußte und ein Köpfchen wie Einstein. Aber keiner von ihnen hatte ihn je gesehen, und niemand ahnte, wer der große Unbekannte war. Er hatte sich nie gezeigt. Man kannte von Anweisungen per Telefon oder per Tonband lediglich seine Stimme, eine unverwechselbare Stimme übrigens, tief, verraucht und immer so unbeteiligt wie eine kalte Hundeschnauze. Weil dieser Mensch auch keinen Namen hatte, erfanden sie einen für ihn. Zuerst hieß er einfach nur »Chef«. Später tauften sie ihn um und nannten ihn »Mandarin«. Nicht einer hätte hinterher sagen können, wie es zu dieser Namensgebung gekommen war. Aber sie blieb, was doch wohl bedeutet, daß sie zu der Stimme paßte wie ein hautenger Handschuh.

Als die Falschgeldsache vor nunmehr zweieinhalb Jahren wie aus heiterem Himmel aufgeflogen war, hatte der »Mandarin« den größten Teil seiner Organisation noch im allerletzten Augenblick warnen können. Sie hatte sich wie aufgescheuchte Ameisen von einem Augenblick zum anderen verkrümelt, und er selbst war vorübergehend in einem Schwarzwaldsanatorium als Patient auf Tauchstation gegangen.

Hugo Stielicke war im entscheidenden Augenblick unerreichbar gewesen. Man hatte ihn im fahrenden Intercity zwischen Frankfurt und Berlin aus dem Schlafwagenabteil heraus verhaftet. Ausgerechnet ihn, die Seele des Unternehmens. Als phänomenal begabter Grafiker, Graveur und Galvaniseur genoß er inzwischen den Ruf eines Universalgenies, das sich auch in den kompliziertesten Druckverfahren wie in seiner eigenen Hosentasche auskannte. Schließlich spielte er im »Orchester« mehr und mehr die »erste Geige«.

Kein Wunder, daß ihn der »Mandarin« nicht im Stich ließ. Und sein langer Arm reichte selbst durch die Gefängnismauern und bis in seine Zelle. Das bekam er bereits in der Untersuchungshaft durch alle nur möglichen und erlaubten Erleichterungen zu spüren, angefangen beim täglichen Mittagstisch aus einem piekfeinen Speiselokal um die Ecke, Fernsehapparat, Zigaretten, bis zu seinem Lieblingshaarwasser und zu seiner Lieblingszahnpasta. Vor Gericht verteidigte ihn ein enorm gewiefter, hundsteurer Star-Rechtsanwalt, der eines Tages wie aus dem Zylinder herausgezaubert seinen Fall übernommen hatte. Er fuhr bei der Verhandlung mit dem Staatsanwalt derartig Schlitten, bis für Hugo Stielicke bei der Urteilsverkündung nur die Mindeststrafe herausspringen konnte.

Wie sein eigener Schatten war der »Mandarin« immer bei ihm gewesen – hilfreich, unsichtbar und ein wenig geheimnisvoll.

Als der Häftling Stielicke dann endlich wieder aus dem Knast entlassen wurde, wartete im Schneetreiben ein Taxi am Gefängnistor auf ihn. Der Chauffeur hatte stillschweigend die Tür geöffnet und ihn zur *Pension Flora* in der Clausewitzstraße gebracht. Auch während der Fahrt hat der Mann kein Wort gesprochen. Ein Zimmer war für Hugo reserviert, und die Pensionsbesitzerin hatte ihn begrüßt wie einen alten Stammgast. »Willkommen, Herr Stielicke. Ich bin Frau Schiemann. Sagen Sie Bescheid, wenn ich irgend etwas für Sie tun kann.« Nur eine Stunde später hatte sie ihn in den Flur ans Telefon gerufen. Selbstverständlich hatte er die verrauchte Stimme am anderen Ende der Leitung sofort erkannt. »Jetzt erhole dich zuerst einmal gründlich, das ist im Augenblick am wichtigsten«, hatte der »Mandarin« vorgeschlagen. »Ich würde viel spazierengehen, in die Bäume gucken und die Seele in den Wind hängen und auslüften. Für Geld ist gesorgt. An jedem Ersten und Fünfzehnten erwartet dich Max Grabowski in seiner Kneipe am Stuttgarter Platz. Sie heißt *Zum Krokodil,* und Max hat dann immer einen Umschlag mit genügend Piepen für dich. Der Grabowski hat früher geboxt. Aber da würdest du auch selbst draufkommen, wenn du sein Gesicht siehst.«

»Wie lange soll ich hier bleiben?« wagte Stielicke zu fragen.

»Zuerst einmal ein halbes Jahr«, hatte die Stimme geantwortet. »Solange mußt du dich doch wöchentlich bei deinem Polizeirevier melden. Es ist wichtig, daß es da keinen Ärger gibt. Ich würde an deiner Stelle bei den Herrschaften immer pünktlich antanzen. Über die ganze Geschichte muß jetzt Gras wachsen, je mehr Gras, um so besser. Und jetzt entschuldige mich, ich bin in Eile. Du hörst wieder von mir, ciao compagno!« Gleich darauf hatte es im Telefonhörer geklickt und anschließend gleichmäßig getutet. Heute war wieder einmal ein Fünfzehnter.

Als Hugo Stielicke ins *Krokodil* kam, stand Grabowski beim Gläserspülen hinter der Theke. Ein italienischer Kellner schleppte Getränkekisten aus dem Keller zu den Kühlschränken beim Ausschank und wieder zurück. Dicht neben dem Eingang gab es eine Art Schaufensterscheibe mit Blick auf den Stuttgarter Platz. Davor saßen zwei Männer beim Bier und spielten Karten. Das *Krokodil* war eine Kneipe wie ein paar hundert andere in Berlin.

»Tag«, sagte Max Grabowski, ohne seine Arbeit mit den Gläsern zu unterbrechen. Seine Nase war breitgeschlagen, und links hatte er ein Blumenkohlohr.

»Tag«, sagte auch Hugo Stielicke, setzte sich an einen der leeren Tische und bestellte Erbsensuppe mit Würstchen und ein Glas Sprudel.

Der Wirt und sein Besucher verheimlichten ihre Bekanntschaft vor Dritten. »Vorsicht ist die Mutter der Porzellankiste«, hatte Grabowski bereits bei ihrem ersten Gespräch gesagt. »Wenn wir nicht allein sind, kennen wir uns nicht mal bei Namen.«

Als der italienische Kellner die Erbsensuppe servierte, gab der ehemalige Boxer über die Theke hinweg mit einem kurzen Blick das Zeichen.

Stielicke signalisierte gleichfalls mit den Augen unauffällig, daß er verstanden hatte. Kurz darauf legte er den Löffel zur Seite, stand auf und ging an der kleinen Küche vorbei durch einen schmalen, schlecht beleuchteten Flur zur Toilette.

Wie üblich, lag der Umschlag mit dem Geld oben auf dem viereckigen Sammelkasten der Wasserspülung dicht unter der Decke. Trotz seiner Größe mußte sich Stielicke auf die Fußspitzen stellen. Als er den Umschlag öffnete, gab es eine Überraschung. Heute steckte zwischen den Geldscheinen die Hälfte einer bunten Berliner Ansichtskarte. Sie zeigte das Charlottenburger Schloß. Auf dem Teil, den Stielicke jetzt verwundert betrachtete, war die linke Schloßhälfte abgebildet.

Am frühen Nachmittag kamen die ersten dunklen Wolken vom Funkturm her auf die Stadt zu. Nach einer Stunde war der Himmel total bedeckt, und kurz darauf regnete es.

Eine Zeitlang hatte Hugo Stielicke bei geschlossenen Vorhängen in die Röhre geguckt, aber das Programm war stinklangweilig. Jetzt lag er wieder einmal auf seinem Sofa, hatte die Hände unter dem Kopf, die langen Beine übereinandergeschlagen und versuchte zu dösen. Es gelang ihm heute nicht so richtig. Ein sonderbares Gefühl in der Magengrube beunruhigte und warnte ihn. Hinter seinen geschlossenen Augenlidern blieb er hellwach. Deshalb war er auch gar nicht erschrocken, als er ein leichtes Knarren hörte. Irgend jemand hatte sich draußen auf Zehenspitzen seiner Tür genähert. Auch als ein kühler Luftzug durchs Zimmer strich, machte er seine Augen noch nicht auf. Aber nach einer Weile fragte er doch, ohne sich zu rühren: »Wer ist da?«

Keine Antwort.

Hugo Stielicke wartete noch ein paar Sekunden. Dann sprang er ganz plötzlich auf die Beine und wirbelte auf dem Absatz herum, als habe er einen elektrischen Schlag erhalten.

Zuerst sah er von dem Mann nur einen dunklen Fleck im Spiegel des Kleiderschranks. Aber als er sich bewegte und dann wieder halb verdeckt vom Tuchvorhang zwischen der Tür und der Garderobe stehenblieb, konnte er die Silhouette einer ganzen Figur erkennen. Der Eindringling war groß, korpulent, ein Zweizentnermann.

Stielicke knipste das Licht an.

Der Mann lächelte leise und kam einen Schritt näher. Sein etwas aufgedunsenes Gesicht war tadellos rasiert und hatte eine rötliche Färbung, die auf der scharf vorspringenden Nase durch kleine Äderchen verstärkt wurde. Er hatte stahlblaue Augen und stark behaarte Handrücken. Sein dunkler Anzug saß blendend, und der Knoten seiner auffallend bunten Krawatte war perfekt. Der Koloß verstand sich anscheinend auf Wirkung. Bestimmt war er nicht der Typ, der nach Feierabend Spitzendeckchen häkelte.

»Wie heißen Sie?« fragte Stielicke.

»Sperling«, erwiderte der Besucher und fügte im gleichen Atemzug hinzu: »Aber geben Sie sich keine Mühe, alle Witze über meinen Namen sind schon gemacht.«

»Und was wollen Sie von mir?«

Der Dicke schnippte mit dem Fingernagel gegen seine Zähne und lächelte wieder. Dann holte er die Hälfte einer zerrissenen Ansichtskarte aus der inneren Tasche seines maßgeschneiderten Jacketts und legte sie wortlos auf den Tisch.

»Na, schön«, sagte Stielicke und spazierte zu einem kleinen Wandregal. »Bestimmt ist das ganz überflüssig, aber immerhin . . .« Er zog sein Stück der Ansichtskarte unter einer Blumenvase hervor und schob es mit den Fingerspitzen behutsam neben die andere Hälfte, die der Mann namens Sperling mitgebracht hatte. Der Riß fügte sich nahtlos aneinander.

»Noch irgendein Zweifel?« fragte der Dicke und lächelte wieder. Er konnte sein Lächeln aus- und anknipsen wie eine Nachttischlampe. Es täuschte aber nicht darüber hinweg, daß seine blauen Augen so hart wie Glas blicken konnten.

»Kein Zweifel«, antwortete Hugo Stielicke. »Ihr Paß ist in Ordnung.« Jetzt lächelte auch er ein wenig.

»Der ›Mandarin‹ hat mich beauftragt, Sie herzlich zu grüßen«, sagte Sperling. Er ließ sich unaufgefordert in einen Sessel fallen und fläzte seine Füße auf das Polster gegenüber.

»Sie kommen doch bestimmt nicht nur, um mir Grüße zu bestellen«, bemerkte Stielicke.

»Stimmt auffallend«, antwortete der Dicke. »Selbstverständlich soll ich Ihnen etwas erzählen.«

»Und das wäre?«

»Es wird Ihnen empfohlen, sich mit dem Gedanken vertraut zu machen, gelegentlich Ihre Koffer zu packen«, erklärte Sperling. »Es ist soweit.«

»Wann?« wollte Hugo Stielicke wissen.

»Das kann schon sehr bald sein«, erwiderte der Nonstoplächler namens Sperling.

Eine Klassenarbeit wird frisiert

»Da ist er«, sagte der Boß der Glorreichen leise.

Zusammen mit dem kleinen Kubatz und Manuel Kohl hatte er sich hinter einer Plakatsäule versteckt. Die drei warteten nun bereits eine Viertelstunde auf den Studienrat. Sie hatten ihre Fahrräder bei sich, und der Schatten der hohen Backsteinmauer gab ihnen zusätzliche Deckung.

Dr. Purzer kam durch das Seitenportal zur Amselstraße. Er trug einen leichten Regenmantel über dem Arm und hatte seine braune Ledermappe in der Hand. Er ging eilig auf seinen Wagen zu.

Die meisten Schüler waren längst unterwegs nach Hause. Nur ein paar Nachzügler hatten noch herumpalavert, starteten jetzt erst ihre geparkten Mofas und knatterten los.

»Gleich passiert's«, flüsterte Karlchen Kubatz.

»Wenn es bloß nicht schiefgeht!« japste Manuel Kohl und drängte sich neugierig weiter nach vorn.

»Du bist wohl von allen guten Geistern verlassen«, zischte der Boß und drückte den Jungen mit der Stupsnase und den großen blauen Augen tiefer hinter die Plakatsäule zurück. »Ausgerechnet deine Rübe ist das Allerletzte, was Purzer entdecken darf.«

Drüben hatte der Studienrat inzwischen seinen zypressengrünen VW-Golf aufgeschlossen. Er warf seinen Regenmantel lässig auf den Beifahrersitz und deponierte dort dann auch seine dunkelbraune Ledermappe. Sie war prall gefüllt und schien schwer zu sein. Purzer steckte den Zündschlüssel ins Schloß und versuchte zu starten. Aber nur der Anlasser reagierte. Er krächzte wie ein heiseres Huhn. Der Motor gab keinen einzigen Ton von sich.

»Du bist einsame Spitze«, flötete Karlchen Kubatz hinter der Plakatsäule seinem breitschultrigen Boß ins Ohr. Dabei hatte er wieder einmal seinen Fotoapparat aus der Tasche geholt und machte ganz vorsichtig eine Aufnahme von dem Studienrat und seinem Auto.

Studienrat Dr. Purzer schüttelte unterdessen in seinem VW bereits zum zweitenmal verwundert den Kopf. Er überlegte einen Moment und machte dann den zehnten oder elften Startversuch. Der Motor rührte sich nicht.

»Verdammter Mist«, schimpfte der Klassenlehrer der 9b, hüpfte aus dem Wagen und riß die Motorhaube auf.

»Vermutlich sind wir jetzt an der Reihe«, bemerkte Paul Nachtigall. Er war kein bißchen aufgeregt. »Und du bewegst dich nicht vom Fleck, ist das klar«, sagte er noch zu Manuel Kohl.

Der Junge aus dem Blumengeschäft am Marktplatz nickte stumm.

»Wollen wir?« fragte Karlchen.

»Los«, erwiderte der Boß und schob sein Fahrrad hinter der Plakatsäule hervor. Gleichzeitig setzte sich auch der kleine Kubatz in Bewegung. Nach wenigen Schritten kletterte zuerst der eine und dann der andere in den Sattel. Anschließend radelten sie nebeneinander über die Amselstraße. Als sie die Höhe der Telefonzelle und der stadteigenen Sandkiste erreicht hatten, waren sie bereits in voller Fahrt. Und sie taten vorerst so, als hätten sie den hilflosen Studienrat neben der aufgeklappten Motorhaube seines Wagens gar nicht bemerkt.

Erst zehn oder fünfzehn Meter weiter trat Paul Nachtigall hart auf die Bremse, pfiff kurz durch die Zähne und rief: »He, guck doch mal, da steht doch der Purzer.« Er hatte es nur leise gerufen, aber doch so laut, daß es der Studienrat gerade noch hören mußte.

Die beiden Schüler rissen ihre Fahrräder herum und kurvten elegant zu dem zypressengrünen VW-Golf hinüber.

»Irgendwelche Probleme?« fragte Paul Nachtigall scheinheilig.

»So sieht's aus, mein Sohn. Der Motor will nicht anspringen«, erwiderte der Studienrat. Selbstverständlich kannte er Paul Nachtigall, auch wenn er in der 10c keinen Unterricht gab. Aber schließlich war der Boß der Glorreichen im Prinz-Ludwig-Gymnasium so bekannt wie ein bunter Hund.

»Leider habe ich von technischen Dingen nicht die geringste Ahnung«, sagte Dr. Purzer. »Ich kann zu Hause nicht einmal Nägel richtig einschlagen.«

»Darf ich mal?« fragte Paul Nachtigall höflich, lehnte sein Fahrrad gegen die Telefonzelle, beugte sich über den Motor und betrachtete ihn so, wie ein Arzt seine Patienten betrachtet. »Würden Sie noch einmal starten?«

»Wenn du meinst«, erwiderte der Studienrat. Er setzte sich gehorsam hinter das Steuer und drehte den Zündschlüssel herum.

Der Anlasser quälte sich ein heiseres Jaulen ab, und der Motor blieb stumm.

»Die Zündkerzen«, stellte Paul Nachtigall fest. Genausogut hätte er sagen können: »Es liegt am Blinddarm.« Er richtete sich auf. »Ich will nichts garantieren, aber in zehn Minuten müßte die Karre wieder flott sein.«

»Ja, verstehst du denn was von Autos?« fragte Dr. Purzer durch die Windschutzscheibe.

»Jedenfalls mehr als von Latein oder Physik«, meinte der Boß und grinste. »Gestatten Sie, daß ich Ihr Bordwerkzeug benutze?«

Karlchen Kubatz hatte sich inzwischen mit seinem Taschentuch ausgiebig die Nase geputzt. Das war für Emil Langhans, der sich drüben im Seitenportal versteckt hatte, das verabredete Signal.

Die Glorreichen Sieben hatten einen intelligenten Knaben aus den unteren Klassen engagiert. Er war gerade zwölf Jahre alt und hatte wieselflinke Augen. Er trug einen zitronengelben Pulli und steckte in einer Khakihose. Emil hatte immer wieder seine Rolle mit ihm durchgespielt, bis ihm der Text schon zu den Ohren herauskam. Er war so unerbittlich gewesen wie ein besessener Regisseur mit seinen Schauspielern am Theater, bevor der Vorhang zur Premiere aufgeht.

»Mach mir jetzt keine Schande, du Knallkopf«, mahnte Emil Langhans. »Immer schön cool bleiben.«

»Wenn bloß hinterher die Kohle stimmt«, meinte der Steppke. Er war keine Spur aufgeregt, und seine flinken Augen wurden für einen kurzen Augenblick ganz ruhig und groß. »Ihr habt mir zehn Mark versprochen, wenn alles klappt!«

»Und dabei bleibt es, da kannst du Gift drauf nehmen«, versicherte Emil. Dabei legte er dem Kleinen eine Hand auf die Schulter. »Los, mach dich jetzt auf die Socken.«

»Glaubt ja nicht, daß ihr mich austricksen könnt«, warnte der Khakihosenjunge. Er hielt jetzt die Luft an und machte ein paar schnelle Kniebeugen. »Damit es vollkommen echt wirkt«, erklärte er und schwirrte ab.

Als er das zypressengrüne Auto erreichte, hantierte der Boß der Glorreichen Sieben bereits mit einem Schraubenschlüssel aus der bisher noch nie benutzten Werkzeugtasche des Purzerschen Autos an den Zündkerzen herum.

»Herr Studienrat«, keuchte der kleine Bursche. Er machte tatsächlich den Eindruck, als sei er total außer Atem, er hechelte wie ein Hund. »Fräulein Kowalski aus dem Büro des Herrn Oberstudiendirektors . . .« Er mußte eine Pause machen und nach Luft ringen.

»Hoffentlich nichts Unangenehmes, das fehlte mir gerade noch«, bemerkte Dr. Purzer. Er fixierte den ausgepumpten Jungen und mußte schmunzeln. »Du weißt hoffentlich, daß im Alten Rom die Überbringer schlechter Nachrichten geköpft wurden?«

»Ich weiß nicht, ob es eine schlechte Nachricht ist«, antwortete der Kleine. Seine Augen luchsten zwischen dem Lehrer und den zwei Glorreichen hin und her.

»Die Zeiten haben sich inzwischen geändert, wenn dich das beruhigt«, meinte der Studienrat. »Man ist heutzutage nicht mehr ganz so grausam. Also, was will das liebe Fräulein Kowalski von mir?«

»Da sei ein Telefonanruf, und sie hat mich losgeschickt mit dem Auftrag, Sie noch zu erreichen, entweder im Lehrerzimmer oder auf dem Weg zu Ihrem Wagen . . .«

»Lassen wir's dabei«, sagte Dr. Purzer. »Wenn mein Wagen funktioniert hätte, wäre ich sowieso schon über alle Berge.«

»Aber wenn sie mich doch extra losgejagt hat – «, gab der Khakihosenboy zu bedenken.

»Ich brauche ohnehin mindestens zehn Minuten«, mischte sich Paul Nachtigall ein. »Aber daß es an den Zündkerzen liegt, ist jetzt schon sicher. Und die krieg' ich hin, das garantiere ich.«

»Na dann«, meinte der Studienrat, aber er überlegte noch. Schließlich blickte er noch einmal zu dem kleinen Jungen und nickte ihm zu. »Besten Dank«, sagte er. »Wie du mich aufgespürt hast, das ist eines Indianers würdig.« Er lächelte und drehte dann den Kopf zu Paul Nachtigall. »Dann setze ich mich also in Bewegung«, meinte er. »Aber in spätestens zehn Minuten bin ich wieder zurück.«

»Sie müssen sich unseretwegen nicht beeilen«, versicherte der Boß.

»Aber ich will euch doch keinesfalls warten lassen«, erwiderte Dr. Purzer noch. Gleich darauf trabte er mit schnellen Schritten auf das Seitenportal zu.

Im selben Moment, als sich der Studienrat umgedreht hatte, war Karlchen Kubatz in der Telefonzelle verschwunden. Er nahm blitzschnell den Hörer ab und wählte aus dem Kopf eine Nummer.

Der Boß der Glorreichen pfiff währenddessen Manuel Kohl aus seinem Versteck hinter der Plakatsäule hervor.

»Meine zehn Eier sind fällig«, mahnte der angeheuerte Junge mit dem zitronengelben Pulli.

»Du verschwindest, aber dalli«, zischte Paul Nachtigall. »Was jetzt passiert, ist nichts für den Kindergarten. Und was du nicht weißt, mein Wuschelköpfchen, das kannst du auch nicht weiterplappern. Deine Vorstellung war wirklich eine Wolke, aber jetzt mußt du verduften. Servus, Kleiner.«

»Ich warte vorn am Haupteingang«, bemerkte der Frechdachs. »Keine krummen Dinger mit mir, ich hab' euch gewarnt«, brummte er noch und zottelte los.

»Dalli, hab' ich gesagt«, grollte Paul Nachtigall hinter ihm her.

Karlchen Kubatz trat inzwischen in der Telefonzelle von einem Fuß auf den anderen, so wie er es immer tat, wenn er aufgeregt war. »Das dauert vielleicht«, nuschelte er vor sich hin.

Im Zeitungskiosk klingelte das Telefon schon zum drittenmal. Aber sein Besitzer hatte einer Kundin gerade zwei Illustrierte und eine Rolle Hustendrops verkauft, da durfte er nicht unhöflich sein. Er wünschte der Frau noch einen wunderschönen Tag, dann nahm er den Hörer ab und meldete sich. »Hier Wildenbusch, Zeitungskiosk am Richard-Wagner-Platz.«

»Na endlich«, ließ sich Karlchen Kubatz vernehmen. Diese Bemerkung konnte er sich nicht verkneifen. Aber gleich darauf, bevor der Zeitungshändler etwas erwidern konnte, sagte er nur das eine Wort: »Countdown!«

Selbstverständlich hätte dieser Teil des Plans auch ohne ein Kodewort funktioniert. Andererseits legten die Glorreichen Sieben Wert darauf, daß ihre Operationen rundherum perfekt und wasserdicht waren. Insbesondere legte Karlchen Kubatz Wert darauf.

»Verstanden«, erwiderte der Zeitungshändler Wildenbusch, legte den Hörer auf und nahm ihn sofort wieder ab. Er wählte die Nummer, die ihm der Sohn des Chefredakteurs der *Bad Rittershuder Nachrichten* auf die Rückseite einer Zigarettenschachtel geschrieben hatte. Sie war für diesen Fall schon seit Tagen mit einem Reißnagel an die Wand gepikt.

Und jetzt passierten im Prinz-Ludwig-Gymnasium, rund um das Vorzimmer von Studiendirektor Senftleben herum, ein paar Dinge beinahe gleichzeitig.

»Wer bitte?« fragte Fräulein Kowalski in ihr Telefon, nachdem sie sich zuerst gemeldet und dann eine Weile zugehört hatte. Dieses Zuhören war gar nicht so einfach. Das Vorzimmer des Direktors glich im Augenblick einem Taubenschlag. Ein Teil des Lehrkörpers und die Vertrauensschüler verschiedener Klassen diskutierten miteinander. Sie warteten auf den Direx. Dazu kamen noch Eltern, die zur Sprechstunde bestellt waren.

»Habe ich richtig verstanden, Herr Doktor . . . würden Sie bitte wiederholen . . . ja, Oberschuldirektion, das habe ich verstanden.« Fräulein Kowalski hatte an einem Ohr den Telefonhörer, das andere hielt sie sich zu. ». . . Herrn Dr. Purzer . . . ja, aber das wird nicht ganz leicht sein. Wir haben schon Schulschluß, wie Sie ja wissen . . . ich probiere es, bleiben Sie am Apparat.« Sie legte den Hörer neben ihre Schreibmaschine, stand auf und erkundigte sich: »Weiß zufällig jemand, ob Dr. Purzer noch im Hause ist?«

»Hier kann ich ihn jedenfalls nicht entdecken«, meinte einer der Vertrauensschüler ein wenig vorlaut.

»Ob er sich noch im Lehrerzimmer aufhält?« fragte Fräulein Kowalski. Sie machte eine Kopfbewegung zum Telefon und ergänzte etwas leiser: »Es scheint wichtig zu sein.«

»Ich werde es feststellen«, sagte Studienrat Fink und machte sich auf den Weg.

»Das ist sehr freundlich«, rief die Sekretärin hinter ihm her.

Im Korridor stand der dickliche Sputnik zusammen mit ein paar anderen Jungen vor dem Schwarzen Brett. Er hatte sich seine goldbestickte Astronautenmütze tief in die Stirn gezogen und äugte immer wieder zum Seitenportal hinüber. Emil Langhans war ganz kurz erschienen, hatte seine Schulmappe fallen lassen und ganz schnell wieder aufgehoben. Genauso affenartig hatte er sich anschließend hinter der breiten Aufgangstreppe verkrümelt.

Das war das Warnzeichen. Jetzt konnte es sich nur noch um Sekunden handeln, bis Dr. Purzer im Schulgebäude aufkreuzen würde.

baumeln und Kopfhörer über seinem roten Haar. Der Rücken seines T-Shirts zeigte die Golden-Gate-Brücke, und darüber und darunter stand SAN FRANCISCO in blauen Buchstaben.

»Zieh Leine«, zischte der Boß der Glorreichen Sieben, als der Bursche immer näher kam. Er breitete beide Arme aus und bewegte sie, als ob er einen Schwarm lästiger Fliegen verscheuchen wollte. »Hier ist die Cholera ausgebrochen, hau ab.«

Im Vorzimmer des Schuldirektors blickte Dr. Purzer gerade auf seine Armbanduhr. »Das wird wohl nichts mehr«, meinte er.

»So sieht es leider aus«, sagte Fräulein Kowalski.

»Was im Augenblick ungeheuer wichtig sein soll«, erwiderte der Studienrat, »ist am nächsten Tag schon wieder Schnee von gestern. Noch einen schönen Tag, Fräulein Kowalski.«

»Gleichfalls«, sagte die Sekretärin.

Als Dr. Purzer bereits eine ganze Weile verschwunden war, klingelte das Telefon.

»Wir sind leider unterbrochen worden«, sagte die Stimme des Zeitungshändlers Wildenbusch im Hörer. »Haben Sie Dr. Purzer noch erreichen können?«

»Er war hier und hat gewartet«, antwortete Fräulein Kowalski. »Aber jetzt ist er endgültig auf dem Weg nach Hause. Kann ich etwas ausrichten?« Sie hatte keine Lust mehr, dem Studienrat nachzurennen. Zudem bat Oberstudiendirektor Senftleben in diesem Augenblick die Herren des Lehrkörpers zusammen mit den Vertrauensschülern zu sich, und da wurde sie für das anzufertigende Protokoll gebraucht.

»Dann erledigen wir meine Anfrage bei Gelegenheit eben schriftlich«, meinte der Herr Soundso vom Schulamt. Er bedankte sich und legte auf. Fräulein Kowalski hatte auch dieses Mal seinen Namen nicht mitbekommen. »Also doch Schnee von gestern«, murmelte sie, nahm den Stenoblock und strich ihren Rock glatt.

Draußen an Dr. Purzers VW-Golf klappte Manuel zur selben Zeit auf dem städtischen Sandkastenpult sein echtes Klassenarbeitsheft zusammen. Auf diesen Moment hatte der Boß der Glorreichen Sieben schon eine ganze Weile ungeduldig gewartet. »Beeilt euch, Männer, beeilt euch«, hatte er immer wieder gedrängelt. Endlich war es soweit. Blitzschnell ließ er das Originalheft exakt an derselben Stelle verschwinden, wo bisher der Zwilling stellvertretend seinen Platz eingenommen hatte. Paul verschloß die studienrätliche Ledermappe und legte sie wieder auf den Beifahrersitz zurück. Manuel Kohl hatte sich währenddessen wieder hinter die Plakatsäule verdünnisiert.

Karlchen Kubatz transportierte höchst zufrieden den Film in seinem Fotoapparat weiter. Sogar in dieser Situation, wo es um Sekunden gegangen war, hatte er zwischendurch immer wieder Zeit für einen Schnappschuß gefunden. Im Augenblick knipste er Manuel Kohl in seinem Versteck und dann den wartenden Paul Nachtigall. »Beim Diktieren ist mir aufgefallen, daß in meiner Klassenarbeit auch ein kleiner Schnitzer zu reparieren wäre«, meinte er so nebenbei. »Es juckt mich in den Fingern, und die Gelegenheit ist günstig.«

»Du hast wohl nicht alle Tassen im Schrank«, meinte der Boß und feixte. »Aber du hast recht, so eine Chance ist das reinste Weihnachtsgeschenk.«

Im selben Augenblick waren wieder diese verdammten Rollschuhe zu hören. Der Sommersprossige kam dieses Mal noch näher heran. Er tanzte im Rhythmus seiner unhörbaren Musik und tat so, als sei er von ihr total hin- und hergerissen.

»Riecht mir verflucht nach Werkspionage«, stellte Karlchen fest. »Und wenn ich nicht völlig bekloppt bin, kenne ich diese Visage vom Schulhof. Schätze Fünfte oder Sechste . . .«

»Ach was, neugierig ist er«, wiegelte der Boß der Glorreichen ab. »Alle diese grünen Rotzlöffel sind neugierig.« Aber trotzdem drohte er mit ausgestrecktem Arm über die Straße hinüber. »Laß dich hier nicht mehr blicken, Honeyboy, du gehst uns auf die Nerven.« Im selben Atemzug fügte er leise hinzu: »Donnerlittchen, eine Minute früher, und wir hätten eine Bauchlandung gemacht.«

Drüben am Seitenportal waren Emil Langhans und Sputnik erschienen. Ohne sich umzudrehen, trotteten sie die Backsteinmauer entlang. Beide hatten die Hände auf dem Rücken und schienen gemütlich in die Stadt schlendern zu wollen.

Das bedeutete, daß Dr. Purzer auf dem Rückweg war. Als er dann tatsächlich mit flinken Schritten aus der Schule herauskam und kolossal sportlich über die drei Stufen an der Eingangstreppe sprang, klemmte sich der Boß der Glorreichen hinter das Steuer des zypressengrünen VW-Golf und startete den Motor. Er sprang sofort an und summte wie eine emsige Biene vor sich hin.

»Hut ab«, rief der Studienrat begeistert. »Das ist ja fabelhaft!«

»Nicht der Rede wert«, entgegnete Paul Nachtigall bescheiden. Er drehte den Zündschlüssel wieder zurück, verstaute das Handwerkszeug und klappte die Motorhaube zu. »Gute Fahrt, Herr Studienrat.«

»Aber soll ich nicht trotzdem eine Reparaturwerkstatt aufsuchen?« fragte Dr. Purzer. »Würdest du mir das empfehlen?«

»Nur wenn Sie unbedingt Ihr Geld aus dem Fenster werfen wollen«, erwiderte der Boß.

»Das bestimmt nicht«, meinte Dr. Purzer, »aber da wir nun schon von Geld reden«, er hatte seine Brieftasche herausgeholt und entnahm ihr einen Zehnmarkschein. »Ich möchte euch, bestens dankend, zu einer Cola einladen, oder was immer ihr wollt«, sagte er ein wenig verlegen.

Karlchen Kubatz hatte sich bisher im Hintergrund und im Rücken des Studienrats gehalten. Allerdings nicht nur aus Bescheidenheit. Er machte sich vielmehr diese günstige Position zunutze und schoß hintereinander ein paar Aufnahmen. Dabei war er sehr vorsichtig und wagte es nicht, die Kamera vors Gesicht zu nehmen. Er peilte einfach die Richtung an, feuerte aus der Hüfte wie ein Wildwestcowboy und hüstelte jedesmal diskret, sobald er auf den Auslöser drückte, damit man das Klicken nicht hören konnte.

Paul Nachtigall wollte zuerst seinen Augen nicht trauen, als er den Fotoverrückten bemerkte, und versuchte erfolglos, ihn mit einem warnenden Blick zur Vernunft zu bringen. Um den Studienrat abzulenken, trat er einen Schritt auf ihn zu. »Aber ich bitte Sie, Herr Doktor«, protestierte er übertrieben eifrig, »das ist wirklich nicht nötig, für diese Lappalie können wir doch kein Geld annehmen.«

»Nein, das können wir wirklich nicht«, meldete sich jetzt auch Karlchen zu Wort. Er hatte die Kamera wieder in seiner Hosentasche verschwinden lassen und kam mit verschränkten Armen näher.

»Nun seid keine Frösche«, widersprach Dr. Purzer. Er faltete den Schein zusammen und steckte ihn ohne weitere Umstände in

Paul Nachtigalls Hemdentasche. »An jeder Tankstelle hätten sie mir das Fünffache abgenommen. So, und jetzt bye-bye, meine Herren.« Er schwang sich in seinen Zypressengrünen, ließ den Motor anspringen, winkte noch einmal und brauste ab.

Kaum fünf Minuten später wanderte der Purzersche Zehnmarkschein am Haupteingang des Prinz-Ludwig-Gymnasiums aus der Hemdentasche von Paul Nachtigall in die Khakihose eines ausgeschlafenen kleinen Jungen.

»War aber auch die allerletzte Eisenbahn«, nuschelte der.

Die Maxen langweilen sich und pfeifen aufs Völkerrecht

»Sechs Eisbecher mit Sahne und allem Drum und dran«, rief Sputnik, lehnte sich in seinen Stuhl zurück und streckte die Beine aus. Eigentlich hieß er Otto Hugendubel. Sein Vater hatte ihm vorgestern, anläßlich seines Geburtstags, das Taschengeld aufgebessert, obgleich die kleine Schokoladenfabrik der Familie im Moment alles andere als rosige Zeiten hatte. Bei dieser Knallofenhitze blieb die Ware wie Zement in den Geschäften liegen und schmolz in den Schaufenstern weg wie Sirup, wenn man nicht aufpaßte. Um die augenblickliche Flaute auszugleichen, ließ Vater Hugendubel bereits Weihnachtsmänner und Tannenzapfen aus Schokolade für den Winter fabrizieren.

»Sieben«, korrigierte sich der dickliche Junge mit der blauen Astronautenmütze. Er hatte Fritz Treutlein entdeckt, der auf seinem Fahrrad quer über die Straße kam. Er lenkte direkt auf die Glorreichen zu. An der Bordsteinkante hob er sich aus dem Sattel und riß das Vorderrad mit einem schnellen Ruck auf den Gehsteig. Anschließend stoppte er mit einer perfekten Vollbremsung und sprang ab. »Schiefgegangen oder hat's geklappt?«

Die Glorreichen hatten sich nach dem gelungenen Coup schleunigst in Luft aufgelöst, sobald Studienrat Dr. Purzer in seinem zypressengrünen Auto abgebraust war. Das hatten sie so abgemacht, es gehörte zu ihrem Plan. Wer seine Aufgabe erfüllt hatte, sollte postwendend aus der Umgebung des Gymnasiums verschwinden.

Andererseits konnte man nach einem so fabelhaft gelungenen Coup nicht einfach sang- und klanglos auseinanderradeln, als ob rein gar nichts passiert wäre.

So hatten sie sich in *Rinaldos Eisdiele* eingefunden, ganz selbstverständlich und ohne jede Verabredung, einfach aus dem Gefühl heraus, daß sie jetzt zusammen sein müßten. Dabei waren sie bisher erstaunlich schweigsam um zwei zusammengeschobene Tische herum auf ihren Stühlen gesessen.

Erst bei Fritz Treutleins Frage wurde ihnen so richtig bewußt, was für ein enormes Glück sie bei ihrer Schlittenpartie auf dem Glatteis gehabt hatten und daß es eigentlich mehr als angebracht wäre, sich darüber ganz diebisch zu freuen.

»Ob's geklappt hat, will er wissen«, explodierte Emil Langhans als erster. Er sprang in seiner ganzen Länge auf, hatte plötzlich eines der orangefarbenen Tischtücher in den Händen und wedelte damit durch die Luft. »Ganz famos hat's geklappt, hundertprozentig, wenn du es genau wissen willst.« Er drehte eine Pirouette, daß seine Tennisschuhe nur so quietschten.

»Ein Knüller«, jubilierte Karlchen Kubatz. »Ein total perfektes Ding, capito?«

»Mach keine Witze«, japste Fritz Treutlein, der vom Radfahren noch außer Atem war. »Das würde ja bedeuten, daß unser Blumen-Mani aus dem Schneider ist.« Dieser Spitzname für Manuel Kohl war auf dem Mist des Friseurlehrlings gewachsen, und er sorgte immer wieder mal dafür, daß seine Erfindung nicht in Vergessenheit geriet.

»Genau das bedeutet es«, stellte Hans Pigge fest. Worauf er seinem Nebenmann einen Schubs versetzte und dieser wiederum seinem Nebenmann einen Schubs versetzte. Als Folge davon gerieten alle zuerst in eine Art Kichern. Dann lachten sie nacheinander los, daß es knallte, wie wenn man aufgeblasene Papiertüten zum Platzen bringt. Sie schaukelten waghalsig mit ihren Stühlen, waren aufgekratzt und übermütig. Die Welt gehörte in diesem Augenblick ihnen ganz allein.

Sie beruhigten sich erst wieder einigermaßen, als Ernesto Rinaldo höchstpersönlich die bestellten Eisbecher aus seinem Lokal zu den zwei zusammengeschobenen Tischen auf dem Gehsteig jonglierte.

»Zum Wohl, Caballeros«, trompetete Sputnik und bediente sich.

»Ich denke, du wolltest für die nächste Zeit Fakir spielen«, bemerkte der Boß.

»Das da ist eine exorbitante Ausnahme«, erwiderte der dickliche Junge. »Ich opfere vorübergehend meinen Grundsatz dem Triumph.«

Tatsächlich ernährte er sich seit einer Woche nur noch von Bananen. Und das war so gekommen: Im Freibad hatten ihn ein halbes Dutzend Gänse aus dem Mädchengymnasium angemacht. Sie hatten ihm »Hallo Dicker!« nachgerufen und hinter ihm hergekichert, als er nur in Badehose und mit Astronautenmütze unter die Dusche spaziert war. Da hatte es bei ihm geklingelt, und er hatte erklärt, daß jetzt etwas passieren müßte. Er sei wirklich zu dick, und seine Muskeln wären wie Pudding. Keiner hatte ihm widersprochen. »Da helfen nur Bananen. Sie sind das sicherste Mittel, um abzunehmen, und außerdem gut für die Nerven. Affen futtern bekanntlich in der Hauptsache Bananen.« Ob einer schon jemals einen fetten Affen gesichtet hätte?

»Die bleiben doch nur mager, weil sie pausenlos in den Bäumen rumturnen«, hatte Karlchen Kubatz widersprochen. »Du solltest dich mehr bewegen, da liegt der Hund begraben.«

»Quatsch, es liegt an den Bananen, hab' ich schwarz auf weiß in *Reader's Digest* gelesen.« Seitdem hielt Sputnik sich eisern an seine Bananendiät. Bis auf die heutige Ausnahme, wie gesagt.

Die Sonne knallte auf die Jalousien, und so ein Eisbecher war bei dieser Hitze genau das richtige.

»Wann wird Purzer die Klassenarbeit wohl korrigieren?« überlegte Emil Langhans zwischen dem Löffeln. »Heute noch oder erst morgen?«

»Zuerst muß er uns ja die Aufsätze vom Montag zurückgeben«, bemerkte Hans Pigge, dessen Eltern die Apotheke am Karlsplatz gehörte.

»Mir eilt es überhaupt nicht«, meinte Manuel Kohl mit einem schiefen Lächeln. »Ich hab' ein ziemlich mulmiges Gefühl im Magen, und mir geht's wie dem Mann, der aus dem zehnten Stock gefallen ist. Bei jedem Stockwerk denkt er: Soweit ist's gutgegangen.«

»Mach dir nicht in die Hose«, tröstete ihn Karlchen Kubatz. Dabei ging er in die Hocke und knipste die Runde der Eis futternden Glorreichen. Selbstverständlich wollte er auch die Siegesfeier auf seinem Film haben. »Für diese Arbeit muß er dir eine

Zwei geben, und dann kann er dich nicht mehr sitzenbleiben lassen. Das ist so sicher wie das Amen in der Kirche.« Seine Minox klickte jetzt schon zum fünften- oder sechstenmal.

»Schön wär's ja«, sagte Manuel Kohl. Als einziger hatte er seinen Eisbecher noch gar nicht angerührt.

Die anderen hatten sich inzwischen längst durch die Sahne durchgelöffelt.

Als Paul Nachtigall gerade seine Kugel Erdbeereis verdrückt hatte und auf Vanille umstieg, hörte er Rollschuhe. Er blickte auf und boxte Karlchen Kubatz seinen Ellbogen in die Seite. »Guck mal, da ist wieder unser San-Francisco-Knabe.«

Tatsächlich rollte der sommersprossige Junge dicht an ihnen vorbei. Er hatte immer noch seinen Kopfhörer über den Ohren und bewegte seinen dürren Oberkörper, als ob er tanzen würde. Er hatte die Augen starr auf den Boden gerichtet, sprang jetzt mit einem gekonnten Sprung, die Beine aus der Hüfte elegant eingeknickt, über einen Blumenkasten, der *Rinaldos Eisdiele* begrenzte, und kurvte auf die andere Straßenseite hinüber. Dort schlich er eine Weile hin und her wie ein Schlittschuhläufer, hatte die Arme auf dem Rücken verschränkt und die Nase in der Luft. Ganz plötzlich war er dann hinter den Büschen des Kurparks verschwunden.

»Gefällt mir nicht, gefällt mir überhaupt nicht«, murmelte der Boß. »Irgendwas ist faul an dieser Type.«

»Oberfaul«, stimmte Karlchen zu. »Ich hab's dir gleich gesagt, daß der Kerl nach Spionage riecht.« Er ließ nachdenklich eine Löffelladung Zitroneneis auf seiner Zunge zergehen. »Jedenfalls ist die Sache höchst schleierhaft und undurchsichtig.«

»Wir werden uns den Vogel bei nächster Gelegenheit zur Brust nehmen«, stellte Paul Nachtigall fest. Er stocherte mit einem Plastikstrohhalm in dem allmählich schmelzenden Eis am Grund seines Glases herum und sog dann geräuschvoll die letzten Tropfen heraus. Er hielt kurz inne, um noch hinzuzufügen: »Nein, je mehr ich darüber nachdenke, wir dürfen keine Zeit verlieren . . .«

»Herrschaften«, unterbrach ihn Fritz Treutlein, »ich muß mich wieder verziehen.« Er schob sein geleertes Glas zur Seite und wischte sich den Mund ab. »In einer Viertelstunde muß ich im *Hotel zum Kurfürsten* einen waschechten saudiarabischen Prinzen rasieren, und hinterher bringt Theaterdirektor Friedebold in unserem Salon seinen Kopf zum Haareschneiden vorbei. Er besteht darauf, daß ich ihn bediene –« Fritz Treutlein stand als einziger der Glorreichen schon im Berufsleben.

Als er bereits auf dem Weg zu seinem exotischen Prinzen war, kam plötzlich ein ganzes Rudel von Maximilianschülern angeradelt. An der Spitze natürlich ihr Anführer Ulli Buchholz, wie üblich in verwaschenen Blue Jeans und mit einer dunkelbraunen Lederjacke, die ihm nur knapp bis zur Hüfte ging. Die Maxen fuhren im Windschutz eines Lastwagens mit einer Zementmischmaschine, die sich gemütlich drehte und dabei ratterte. Zuerst kümmerten sie sich nicht um die Glorreichen Sieben und taten so, als hätten sie die anderen gar nicht entdeckt. Aber kurz bevor sie die Höhe der zwei zusammengeschobenen Tische erreicht hatten, schlugen sie einen Haken, wechselten überraschend von der Straße auf den Gehsteig und deckten Paul Nachtigall samt seinen Glorreichen mit ein paar Wolken Konfetti ein. Sie grinsten hundsgemein, ein paar pfiffen durch die Finger, und Ulli Buchholz rief im Davonfahren über seine rechte Schulter zurück: »Mahlzeit und weiterhin guten Appetit, ihr Lackaffen!«

»Da reagier' ich aber ganz allergisch«, schimpfte Karlchen Kubatz. Er hätte sich fast an seinem Eis verschluckt. »Das ist die Höhe!«

»Ihr wollt uns wohl verhohnepipeln«, schrie Emil Langhans noch lauter. »Wir machen euch zur Minna, das walte Hugo!«

Die Maximilianschule und das Prinz-Ludwig-Gymnasium waren sich nur zeitweise grün. Nur *sehr* zeitweise. Genau gesagt immer nur dann, wenn sie ausreichend mit sich selbst beschäftigt und dadurch abgelenkt waren. In Wirklichkeit brodelte zwischen den beiden Bad Rittershuder Schulen ein permanenter Kriegszustand. Generationen von Schülern hatten ihn am Kochen gehalten, und inzwischen war er schon eine historische Gegebenheit. Zur Zeit schlummerte er vor sich hin. So hatte es zumindest bis zu diesem Augenblick den Anschein gehabt.

»Die spinnen wieder mal«, nörgelte Hans Pigge. Er war aufgesprungen und ließ sich jetzt wieder in seinen Stuhl fallen. Über den orangefarbenen Tischtüchern und den Eisbechern lag das Konfetti wie bunter Schnee.

»Ich denke, wir haben bis nach den Sommerferien einen Burgfrieden ausgehandelt«, sagte Emil Langhans, der sich noch nicht wieder beruhigt hatte.

»Sieht so aus, als pfeifen sie drauf«, stellte Paul Nachtigall fest. Er kämmte sich mit den Fingern das bunte Papierzeug aus den Haaren. »Na gut, wenn den Esel das Fell juckt, wagt er sich aufs Eis. Wir werden unsere Lauscher aufstellen und sie beobachten. Aber eigentlich haben wir im Moment andere Sorgen.«

Die Versammlung murmelte Zustimmung, und dann löste sie sich auf.

Um diese Zeit waren die Straßen fast leer. Einerseits wegen der schwülen Hitze, die nun schon seit Tagen über der Stadt lag, und dann saß man in Bad Rittershude zur Stunde beim Mittagessen. Herr Bemmelmann hatte in seinem Tabakladen in der Rabenstraße die teuren Zigarren aus dem Schaufenster genommen und einen Sonnenschutz aus Kunststofflamellen heruntergelassen. Und auch Herr Wildenbusch mußte in seinem Kiosk am Richard-Wagner-Platz die Ware schützen. Kein Kunde kauft eine Zeitung, die den Sonnenbrand hat. Das wäre ja so, als ließe man sich verwelkte Blumen andrehen. Vater Treutlein kehrte in seinem Salon die Haare von Polizeimeister Kalender zusammen, der kurz zuvor in seinem Streifenwagen wieder losgebraust war. »Das ist kein Mißbrauch eines Dienstfahrzeugs«, hatte er vorsichtshalber erklärt, »ich mußte wegen eines Diebstahls eine Vernehmung durchführen, und zurück zum Revier war das kein Umweg.«

Bei den *Bad Rittershuder Nachrichten* kaute man mehr oder weniger an Bleistiften oder auch an Kugelschreibern herum. Zwischendurch luchste man zum Fernschreiber hinüber. Aber das Ding rührte sich nicht. Die Agenturen hatten auf Sendepause geschaltet.

»Es passiert absolut gar nichts«, stellte Chefredakteur Kubatz fest. Er lag in einem drehbaren Sessel und hatte die übereinandergeschlagenen Füße auf dem Schreibtisch. Eine Wolke Pfeifenrauch wanderte über seinen Kopf hinweg zu seinen versammelten Mitarbeitern hinüber. Sie hatten es sich in Hemdsärmeln auf Stühlen, der Fensterbank und auch auf dem Teppich bequem gemacht.

». . . absolut gar nichts«, wiederholte Herr Kubatz. »Und damit sollen wir für die morgige Ausgabe eine Schlagzeile fabrizieren.«

»Ist ja nicht gerade neu«, bemerkte Redakteur Hildesheimer, »ich meine, daß wir auf dem trockenen sitzen. Das übliche Sommerloch.« Er bog seine Finger durch, daß es knackte. »Aber wenn in den nächsten zwei Stunden nichts Besseres hereinkommt, haben wir ja immer noch dieses Ehepaar aus Hannover.«

»Ein ordentlicher Schiffsuntergang wäre mir für die erste Seite lieber«, meinte ein jüngerer Kollege, der eigentlich für Sport zuständig war. »Oder wenigstens könnte sich der Ätna mal wieder rühren.«

»Habt ihr von dem Ehepaar Fotos gemacht?« wollte Herr Kubatz wissen.

»Jede Menge«, erwiderte Redakteur Hildesheimer. »Eine Mutti und ein Vati wie aus dem Bilderbuch, seit genau fünfundzwanzig Jahren glücklich verheiratet, der Mann ehemaliger Lokführer, heute Rentner mit eigener Bienenzucht und Schrebergarten.«

»Also wenigstens etwas fürs Herz unserer Leser«, stellte Chefredakteur Kubatz fest. »Wenn man keine Sensationen aus der Tasche zaubern kann, läßt sich auch so etwas verkaufen.«

Und darum ging es: Am Vormittag war der hunderttausendste Kurgast in Bad Rittershude erwartet worden. Als Preis winkten zwei Wochen kostenloser Aufenthalt, Freikarten für alle Thermalanwendungen, städtischen Omnibusse und Straßenbahnen. Ein Ehepaar aus Hannover, das schon seit vielen Jahren regelmäßig den Sommer hier verbrachte, hatte die numerierte und gewinnbringende Badekarte am Schalter gekauft.

»Vermutlich hat die Kurverwaltung gemogelt«, grinste Redakteur Hildesheimer. »Aber es wäre ja auch nicht im Sinne des Erfinders gewesen, wenn irgendein Zufallsbesucher, der nur auf der Durchfahrt in unser Thermalwasser hineinschneit, die wunderschönen Preise kassiert hätte.«

»Hauen wir also das Ehepaar aus Hannover auf die erste Seite«, entschied Herr Kubatz.

»Wenn im letzten Augenblick nicht noch mein Ätna spuckt«, meinte der Sportredakteur.

Im *Hotel zum Kurfürsten* tupfte inzwischen Fritz Treutlein dem saudiarabischen Prinzen nach der Rasur behutsam die Seifenschaumreste aus dem Gesicht.

Im selben Moment trennte sich Karlchen Kubatz hinter dem Gaskessel von Sputnik. Sie hatten bis hierher einen gemeinsamen Weg gehabt. Jetzt radelte jeder für sich weiter. Sie waren ziemlich spät dran und hatten einen Zahn zugelegt.

Fritz Treutlein hatte inzwischen seinen Kunden mit dem teuersten Rasierwasser des Salons verwöhnt. Er packte daraufhin seine Siebensachen zusammen, ging zur Tür und verbeugte sich höflich: »Thank you, majesty, it was a pleasure for me . . .« Im Korridor mußte er an zwei nußbraunen Leibwächtern vorbei. Sie hockten mit angezogenen Beinen auf dem Boden, hatten schwarze Vollbärte und Figuren wie Zehnkämpfer. Sie trugen seidene Gewänder, Turbane und große Krummdolche, die so aussahen, als seien sie aus Gold.

»Wieviel hat er dir gegeben?« fragte der spindeldürre Hotelpage Fridolin Paschulke neugierig, als Fritz Treutlein in seinem weißen Friseurmantel in die Halle kam.

»Er hat mir kolossal freundlich seine Zähne gezeigt und mit dem Kopf genickt, das war alles.«

»Wenn ich mir sein Zahnpastalächeln jedesmal an die Wand hängen würde«, meinte Fridolin Paschulke, »dann könnte ich schon eine Gemäldegalerie aufmachen.« Er schüttelte den Kopf. »Es ist nicht zu fassen, aber bei diesem Burschen kannst du keine müde Mark abstauben. Dabei schwimmt er in Öl und Dollars.«

»Unsere Gäste sind nicht verpflichtet, Trinkgelder zu geben«, belehrte Portier Pelz die beiden Jungen. Er stand in seiner dunkelgrünen Livree am Empfang und machte gerade einen Zimmerplan für die heute zu erwartenden Gäste. »Und wer weiß«, fuhr er fort, ohne aufzublicken, »vielleicht wirft unser arabischer Prinz bei seiner Abreise mit Armbanduhren und Hundertmarkscheinen nur so um sich. Nichts ist so unmöglich, als daß es nicht möglich wäre.«

Karlchen Kubatz radelte unterdessen durch die Nußbaumallee. Dann bog er ab und fuhr jetzt auf einen Kinderspielplatz zu. Das war seine übliche Abkürzung. Sie war polizeiwidrig, sparte ihm aber den Umweg durch zwei Nebenstraßen.

Als er die Mitte des Platzes erreicht hatte, passierte es.

Wie aus dem Boden gewachsen, stand plötzlich ein rundes Dutzend Maximilianschüler vor ihm. Hinter den Büschen, den Kinderrutschbahnen und Schaukeln versteckt, mußten sie ihn erwartet haben.

»Ich würde keine Dummheiten machen«, sagte Ulli Buchholz. Er hatte die Hände in den Taschen seiner Lederjacke und die

Beine gespreizt. Zwei andere Jungen hielten Karlchens Lenkstange in ihren Fäusten.

»Sagt mal, habt ihr nicht alle Tassen im Schrank?« fragte der Junge mit dem Bürstenhaarschnitt und guckte die Maxen der Reihe nach feindselig an. Schließlich hatte er nur noch ihren Anführer im Blick.

»Soll ich dir sagen, wo's langgeht, ja?« fragte Ulli Buchholz.

»Ich bin gespannt«, erwiderte Karlchen Kubatz. Wenn er Bammel hatte, ließ er sich das jedenfalls nicht anmerken. »Aber zuerst will ich klarstellen, daß wir uns nicht im Kriegszustand befinden. Dies ist, gelinde gesagt, eine Freiheitsberaubung und grenzt an Völkerrechtsbruch. Hab' ich mich klar genug ausgedrückt, ihr Pfeifenheinis?«

»Schnauze«, sagte Ulli Buchholz nur. Erst nach einer langen Pause fügte er hinzu: »Und jetzt kletterst du gefälligst von deinem Drahtesel und kommst hierher zu mir.«

»Ich denke nicht daran«, antwortete Karlchen und verschränkte herausfordernd die Arme vor der Brust.

»Dann wird Gewalt leider nicht zu vermeiden sein.«

»Hau dir doch selber in die Fresse«, schlug der kleine Kubatz vor. »Ich hab' keine Lust, mich mit euch zu prügeln. Das wär' bei eurer Überlegenheit sowieso hirnrissig und aussichtslos. Ihr haltet mich wohl für blöd?« Karlchen betrachtete sich die Maxen wieder einer nach dem anderen. Und dabei entdeckte er hinter ihnen den Rollschuh-Honeyboy mit dem San-Francisco-Hemd. Der Sommersprossige hatte sich im Gebüsch versteckt. Seinen Kopfhörer hatte er abgenommen und um den Hals geklemmt. Gerade holte er eine Brille aus der Tasche. Ihre Gläser waren so dick wie der Boden einer Flasche und vergrößerten seine Augen fast ein wenig unheimlich. Vermutlich war der Bursche kurzsichtig und wollte sich jetzt von dem Rabatz nicht die kleinste Kleinigkeit entgehen lassen. Aha, dachte Karlchen Kubatz, diese lausige Kanaille ist also doch ...

An dieser Stelle unterbrachen die Maxen Karlchens Gedanken, und der Sommersprossige, der seinen Blick gespürt hatte, tauchte schleunigst hinter einen Rhododendronbusch.

»Ich mach' keinen Finger krumm«, stellte Karlchen abschließend fest.

»Er kneift«, flötete einer der Maximilianschüler und spuckte aus.

»Feigling«, rief ein anderer Junge mit einem Pflaster auf der Stirn.

»Das hier ist ein freies Land«, erklärte Karlchen, »auch Feiglinge haben ihre Rechte.«

Die Maxen brüllten vor Lachen. Dann fielen sie über den kleinen Kubatz her, rissen ihn von seinem Fahrrad, und ein kräftiger Bursche mit viel zu großen Händen packte ihn wie einen Hasen am Genick, schlang dann seine Arme um ihn und drückte ihn in den Schwitzkasten. Der Kerl hatte ein unschuldiges Babygesicht. Aber er war bärenstark und paßte bei seiner Länge und Breite bestimmt nur zur Hälfte in eine Schulbank.

»Laß mich los, du Stier«, knurrte Karlchen.

Im selben Augenblick bekam er zuerst einen Schlag gegen das linke Schienbein und dann gegen das rechte. Es gab ein mittelprächtiges Handgemenge, und der größte Teil der Maxen beteiligte sich daran.

Im Grunde war die ganze Keilerei nur ein fauler Trick. Die halbherzigen Tritte und Schläge sollten Karlchen Kabutz nur ablenken.

Denn während er abwechselnd stöhnte und dann wieder fluchte, sich wie eine Schlange aus dem Schwitzkastengriff zu winden versuchte und dabei mit den Füßen um sich keilte, angelte ihm Ulli Buchholz mit langen Fingern und ganz vorsichtig seinen Fotoapparat aus der Hosentasche. Er nahm blitzschnell den eingelegten Film heraus, nachdem er ihn zuvor fachkundig transportiert hatte. Inzwischen spielten die übrigen Maxen ihr Theater weiter. Dabei paßten sie auf, daß ihr Opfer den Chef bei der Rauferei immer im Rücken hatte, während sie selbst immer wieder zu Ulli Buchholz hinüberlinsten. Als er die geleerte Kamera wieder in Karlchens Hosentasche zurückmanipulierte, mußte der Junge zur neuerlichen Ablenkung noch einmal ein paar kräftigere Fußtritte und Kniestöße einstecken. Dann rief der Anführer der Maxen: »Aufhören, für den Augenblick dürfte das reichen.«

Daraufhin lockerte der Bursche mit dem Babygesicht seinen Griff, und die anderen unterbrachen ihr Fußballspiel mit Karlchens Schienbeinen.

»Laß ihn los«, befahl Ulli Buchholz.

Das Babygesicht entließ Karlchen umgehend aus dem Schwitzkasten. Er lachte verlegen und beguckte sich seine viel zu großen Hände. »Es ist möglich, daß deine Ohren noch eine ganze Weile brennen«, bedauerte er, »das tut mir leid, ehrlich.«

»Du hast ein Gemüt wie ein Rhinozeros«, japste Karlchen. Er war außer Atem, und sein Kopf war rot wie ein Feuermelder. Er ging zu seinem Fahrrad, das am Boden lag, und stellte es auf. »Mehr als ein Dutzend gegen einen, da könnt ihr euch wirklich was drauf einbilden.«

»Es ging nicht anders«, erwiderte Ulli Buchholz undurchsichtig. Er grinste und fügte hinzu. »Aber es wird gar nicht lange dauern, bis du das begriffen hast.«

»Und das war alles?« Karlchen warf einen vernichtenden Blick zu Ulli und seinen Maxen hinüber.

»Bis auf eine Kleinigkeit«, sagte der Junge in den hautengen Jeans und der kurzen Lederjacke. Er zündete sich eine Zigarette an. Dabei ließ er sich eine ganze Menge Zeit.

»Es ist absolut nichts los zur Zeit«, nörgelte der bärenstarke Junge mit dem Babygesicht.

»Wir langweilen uns alle bis zum Gehtnichtmehr«, quengelte ein anderer Junge.

»Du hörst es«, faßte Ulli Buchholz zusammen, »meine Mohikaner wollen nicht länger in ihren Zelten auf der faulen Haut liegen. Es muß wieder Leben in die Bude.« Er zog an seiner Zigarette. »Und deshalb könnt ihr euch den vor Ostern ausgehandelten Burgfrieden an den Hut stecken. Und zwar genau heute um Mitternacht. Sag deinem Gesangverein Bescheid.«

»Ist das offiziell und amtlich?« fragte Karlchen Kubatz.

»Meinst du, ich mach' Witze?« erwiderte der Chef der Maxen. »Um Mitternacht ist Ende der Fahnenstange, und ab morgen dürft ihr euch auf einiges gefaßt machen.« Er grinste von neuem und schnippte das abgebrannte Streichholz, mit dem er seine Zigarette angezündet hatte, in hohem Bogen durch die Luft.

Otto der Große, dem Bad Rittershude seine Gründung verdankte, hatte bei Kriegserklärungen jeweils seine Lanze über dem Knie zerbrochen und die Splitter seinem Feind vor die Füße gefeuert.

Karlchen Kubatz fühlt sich belämmert

Das Ehepaar Kubatz saß bereits bei der Tomatensuppe, als Karlchen in die Wohnung gefegt kam.

Der Setter namens Nepomuk hatte ein paarmal gebellt, war ihm bis zur Tür entgegengelaufen und wieselte jetzt zwischen seinen Beinen herum.

»Ist ja gut«, meinte Karlchen und kraulte den Hund. Gleichzeitig rief er ins Zimmer hinein: »Tut mir schrecklich leid, daß ich zu spät dran bin. Aber heut war der Affe los, kann ich euch husten.« Er hatte seine Schulmappe auf einen Sessel geworfen und verschwand jetzt zum Händewaschen in der Küche. »Hallo, Maria, wie geht's, wie steht's?« Die weißhaarige Haushälterin, die schon zur Familie gehört hatte, bevor Karlchen auf den Kubatzschen Böden herumgekrabbelt war, faltete ein Handtuch auseinander. »Fünf Minuten später und meine Kartoffelklöße wären auseinandergefallen wie ein müder Luftballon«, murmelte sie vorwurfsvoll.

Am Tisch trank der Sohn des Chefredakteurs im Stehen ein Glas Apfelsaft aus, tupfte dann seine Lippen mit der Serviette ab und sagte: »Entschuldigung, aber ich muß telefonieren.«

»Ein Benehmen wie die Axt im Wald«, sagte Herr Kubatz.

»Er hält sich nur an dein Beispiel«, sagte seine Frau und lächelte. »Es ist keine Seltenheit, daß man dein Essen drei- oder viermal aufwärmen muß, wenn deine Redaktion an der Strippe ist. Der Rekord war achtmal.«

»Immerhin telefoniere ich beruflich und nicht wie mein Herr Sohn aus purem Vergnügen«, meinte Herr Kubatz.

»Jedesmal wenn's wahnsinnig dringend ist, meldet sich niemand, oder es ist besetzt«, nörgelte Karlchen. Er legte den Telefonhörer auf und kam an den Tisch zurück. »Von wegen Vergnügen«, sagte er zu seinem Vater, »die Maximilianschüler wollen sich wieder mal auf den Kriegspfad schleichen.«

»Wie man überhaupt so ein Wort in den Mund nehmen kann«, entgegnete Frau Kubatz. »Ich kann von Krieg nichts mehr hören, ganz egal in welchem Zusammenhang. Man wagt ja schon nicht mehr, die Nachrichten im Fernsehen anzudrehen. Auf der Erde soll es zur Zeit einunddreißig Kriegsschauplätze geben, man darf gar nicht daran denken.«

»Ab morgen sind's vielleicht zweiunddreißig«, sagte Karlchen düster.

»Du hast wohl nicht gehört, was deine Mutter gerade gesagt hat«, mahnte der Chefredakteur.

»Ist mir so rausgerutscht«, entschuldigte sich Karlchen. »War dußlig und gedankenlos von mir, ich geb's zu.« Er senkte den Kopf über den Teller mit Tomatensuppe. Maria hatte ihn mittlerweile nachgeliefert und sich wieder auf ihren Stuhl gesetzt.

»Nichts dazugelernt«, fuhr Herr Kubatz fort. »Seit meiner Zeit hat sich an diesem Blödsinn zwischen den beiden Schulen nichts geändert, da müssen doch diverse Köpfe einen Knall haben.«

»Tut mir leid, aber ich muß es noch einmal probieren«, unterbrach ihn Karlchen. Er tupfte seine Lippen wieder mit der Serviette ab und hüpfte erneut zum Telefon hinüber. »Die Langhansens müßten doch jetzt auch beim Mittagessen sein.« Er wartete eine Weile. »Nichts als das blöde Tuten.« Er legte auf und nahm sofort wieder ab. Jetzt wählte er abwechselnd die Nummer von Sputnik, dann von Hans Pigge und schließlich die von Manuel Kohl im Blumengeschäft am Marktplatz. »Es ist wie verhext«, klagte er und kam wieder zum Tisch zurück.

»Bei eurem sogenannten Boß probierst du's nicht?« fragte Frau Kubatz verwundert.

»Er ißt ja nicht zu Hause, weil seine Mutter mittags arbeitet«, sagte Karlchen. »Da müßte ich *Erikas Milchbar* und ein halbes Dutzend Fleischereien oder Würstchenbuden abtelefonieren. Manchmal besorgt er sich auch nur einen Liter Milch und legt sich damit unter einen Baum im Kurpark.«

»Auch nicht schön«, bemerkte Maria, »und erst recht nicht gesund.«

»Sie essen eben, wenn seine Mutter aus dem Geschäft kommt.«

»Und was ist dieses Mal zu befürchten?« fragte der Chef der *Bad Rittershuder Nachrichten.* »Ich meine, habt ihr schon eine Ahnung, was die Maxen auf der Pfanne haben?«

»Nicht die geringste«, gab Karlchen zu. Seine Mutter legte inzwischen ein Kalbsschnitzel auf jeden der vier Teller, und Maria plazierte ihre Kartoffelklöße daneben. Anschließend kam sie mit dem Soßenlöffel.

»Dir fehlen ja zwei Knöpfe am Hemd«, stellte Frau Kubatz wie aus heiterem Himmel fest. »Hast du eine Rauferei gehabt?«

»Muß beim Radfahren passiert sein«, schwindelte Karlchen. Meistens hatte er vor seinen Eltern keine Geheimnisse. Aber gelegentlich waren sie ängstlich, und darauf nahm er Rücksicht. Bergsteiger erzählen ihren Familien ja auch nur, wie fabelhaft das Gefühl nach einer Gipfelbesteigung ist, und verschweigen die Gletscherspalten.

»Wenn ihr mich noch einmal entschuldigt«, meinte der Junge mit dem Bürstenhaarschnitt und trabte erneut zum Telefon hinüber.

»Also, jetzt reicht es mir allmählich«, protestierte der Chefredakteur. »Wir sind doch hier nicht das Telegrafenamt.«

»Garantiert der allerletzte Versuch«, versprach Karlchen, während er auf die Tasten für die Nummernwahl tippte. Er wartete eine Weile und trat dabei wieder einmal von einem Fuß auf den anderen. Als er wieder auflegen wollte, meldete sich die Gießkannenstimme von Emil Langhans.

»Da bist du ja endlich«, sagte Karlchen vorwurfsvoll in den Hörer. »Den Papst kriegt man bestimmt leichter ans Telefon.«

»Ich bin mit dem Boß beim Training«, erwiderte Emil, »wie an jedem Mittwoch, das müßte sich langsam herumgesprochen haben.«

»Hätte ich wissen müssen, du hast recht«, räumte Karlchen ein.

Schon seit den ersten Frühjahrstagen trafen sich Paul Nachtigall und Emil Langhans immer in der Wochenmitte zu einer Art Bodybuilding mit Hanteln und Gewichten. Der Boß, um seine Muskeln fit zu halten, der andere, um überhaupt erst welche zu bekommen.

»Dann ist Paul gerade bei dir?« fragte Karlchen.

»Du hast es erraten«, meinte Emil. »Wo brennt's denn?«

»Wir müssen uns so schnell wie möglich treffen, und zwar alle. In einer halben Stunde bei euch, schlage ich vor. Kannst du die anderen zusammentrommeln. Ich ... also, was mich betrifft ... ich bin momentan ...« Karlchen blickte mit einem leichten und entschuldigenden Achselzucken zu seinen Eltern hinüber. »Also mir sind gewissermaßen die Hände gebunden.«

»Drück dich nicht um den Brei herum, was ist los?«

»Ich sag' nur *ein* Wort –«

»Und das wäre?«

»Maikäfer.«

»Maikäfer?« fragte Emil verblüfft zurück. »Das kann doch nicht dein Ernst sein?«

Für eine ganze Reihe von möglichen Zwischenfällen hatten sich die Glorreichen Sieben selbstverständlich ganz bestimmte Kodeworte ausgedacht und eingeprägt. Auf diese Weise konnte man sich auch vor fremden Zuhörern verständigen, ohne etwas zu verraten. Auch waren ja Telefonleitungen nicht immer ganz wasserdicht. Und da man mit der Unberechenbarkeit und den Launen der Maximilianschüler eigentlich stündlich rechnen mußte, gehörte ihnen das allererste Deckwort in der Liste. »Maikäfer« bedeutete soviel wie höchste Alarmstufe, Gefahr aus allen Ecken und zu jeder Zeit.

»Bist du auch ganz sicher?« wollte Emil Langhans wissen.

»Es kann nicht den geringsten Zweifel geben«, versicherte Karlchen.

»Prost Mahlzeit«, sagte der Lange am anderen Ende der Leitung und fügte hinzu. »Also, spätestens in einer halben Stunde bei mir.« Er legte auf.

»Ein äußerst aufschlußreiches Telefongespräch«, bemerkte der Chefredakteur, als Karlchen an seiner Seite wieder Platz genommen hatte.

»Wo wollt ihr mitten im Hochsommer Maikäfer herkriegen?« fragte Frau Kubatz ahnungslos. »Oder bin ich irgendwie auf dem falschen Dampfer?«

»Genausogut hätte ich von Gänseblümchen reden können«, beteuerte Karlchen, »oder von Krokodilen.«

»Aber das hätte dann etwas anderes bedeutet«, meinte Herr Kubatz, während er einen Schluck Apfelsaft trank. Er blinzelte vergnügt zu seinem Sohnemann hinüber: »Ihr solltet den Besuch von Krimis und Spionagefilmen nicht übertreiben und euch vor allem nicht von ihnen anstecken lassen. Im übrigen besteh' ich darauf, daß du jetzt einen vernünftigen Hunger zeigst, so wie man ihn von einem männlichen Gebilde deines Alters erwarten darf.«

Karlchen war nämlich gerade dabei, sein Besteck zur Seite zu legen. »Aber ich hab' beim besten Willen keinen Appetit mehr«, stellte Karlchen fest. »Dazu kommt, daß ich nervös bin.«

»Dagegen gibt's ein ausgezeichnetes Mittel«, sagte der Chefredakteur. »Du bleibst ruhig hier sitzen und wartest, bis wir alle mit dem Essen fertig sind.«

»Mit Vergnügen«, erwiderte Karlchen scheinbar gehorsam. Er lehnte sich in seinen Stuhl zurück, verschränkte die Arme und hüllte sich in Schweigen. Eine Minute verging nach der anderen.

Endlich faltete der Chefredakteur seine Serviette zusammen und verkündete: »Mahlzeit.«

»Mahlzeit«, erwiderten Frau Kubatz und Maria.

»Auch meinerseits«, murmelte Karlchen, und dann war er bereits auf dem Weg zu seiner Schulmappe. Im Laufen schnappte er nach ihr und verschwand aus dem Zimmer. Er übersprang auf der Treppe zum ersten Stockwerk jeweils zwei oder drei Stufen. Als er die Tür zu seinem Zimmer hinter sich geschlossen hatte, griff er in die Hosentasche und holte seine Minox heraus. Wenn er sich beeilte, konnte er den belichteten Film noch nebenan im Badezimmer durch den Entwickler jagen. Er hätte zu gern gesehen, ob und wie seine Schnappschüsse vom Vormittag gelungen waren.

Und jetzt gab es für Karlchen Kubatz die große Überraschung.

Als er in seiner Kamera den Film zu Ende transportieren wollte, spürte er beim Herumdrehen nicht den üblichen Widerstand.

»Irgendwas stimmt da nicht«, murmelte er, überlegte einen Augenblick und blieb wie festgenagelt stehen. Dann schob er mit dem Daumen kurzentschlossen die Verriegelung zurück und klappte den Apparatdeckel auf. Jetzt sah er leider, was er befürchtet hatte. Die Kamera war leer, und der Film war verschwunden. Automatisch tastete er mit der flachen Hand seine Taschen ab, zuerst an der Hose und hinterher auch am Hemd. Dabei überlegte er bereits, wo der Film geblieben sein könnte. In seinen Taschen war er selbstverständlich nicht, und er wußte auch ganz genau, daß er den Fotoapparat zum letztenmal in der Eisdiele benutzt und dann eingesteckt hatte.

Karlchen Kubatz machte ein paar nachdenkliche Schritte durch sein Zimmer bis hinüber zur Stehlampe. »Jetzt total ruhig bleiben«, versuchte er es mit Selbstsuggestion. »Am besten, ich lege mich aufs Bett und denke nach.« Das machte er dann auch, lag zuerst auf dem Rücken, drehte sich dann auf den Bauch und ließ seinen Kopf über den Rand hängen. »Da sich ein Film nicht in Luft auflösen kann, muß ich ihn verloren haben, oder er ist geklaut worden; andere Möglichkeiten gibt es nicht.« Er überlegte hin und her. »Die Maxen«, durchzuckte es ihm. »Klar, es kann nur bei den Maxen passiert sein. Bei dieser verdammten Rauferei haben sie mir die Minox aus der Tasche gefingert, den Film kassiert und dann den Apparat wieder in meiner Hose versenkt.« Dem Jungen mit dem Bürstenhaarschnitt stockte der Atem. »Dann haben sie den ganzen Überfall nur veranstaltet, weil sie auf meinen Film scharf gewesen sind. Das wäre ja . . .« Er drehte sich wieder um und starrte an die Decke. Er sah auf einmal den sommersprossigen Honeyboy auf seinen Rollschuhen und erinnerte sich gleichzeitig an die Worte von Ulli Buchholz. Er hörte sie so deutlich, als würden sie erst in diesem Augenblick und ganz dicht vor seinen Ohren gesprochen. ». . . es wird gar nicht lange dauern, bis du das begriffen hast.« Ja, jetzt war alles klar. Wenn er sich selbst nichts vorlügen wollte, dann mußte er zugeben, daß er den Maxen wie ein Idiot nach Strich und Faden auf den Leim gegangen war.

Noch bevor er auch nur einigermaßen ergründet hatte, welches Motiv die Maxen für ihren Diebstahl haben könnten, radelte er bereits am *Hotel zum Kurfürsten* vorbei dem westlichen Teil von Bad Rittershude zu.

»Bis auf unseren Meisterfriseur sind alle oben«, sagte Emil Langhans, als er ihm die Wohnungstür aufmachte. Mit nacktem Oberkörper und einer himmelblauen Jogginghose trottete er wortlos zum hinteren Ende des Flurs. Von dort kletterten die beiden über eine Holztreppe durch eine Luke, deren breiter Deckel zur Seite geklappt war. Der Boden über der Langhansschen Fünfzimmerwohnung war so groß wie die Wohnung selbst. Er hatte schräge Wände, die nach oben spitz zuliefen, mit einer Menge Balken und Latten, auf denen die Dachziegel befestigt waren. Kreuz und quer spannten sich gelbe und blaue Nylonseile zum Aufhängen der Wäsche bei Regen oder im Winter. Der Boden war aus rauhem Beton.

Die Glorreichen Sieben, abzüglich Fritz Treutlein, hockten oder standen um zwei grasgrüne Turnmatten herum. Auf einer lag der Boß auf dem Rücken. Er stemmte gerade ein Gewicht, das ziemlich schwer sein mußte. Jedenfalls atmete er nur stoßweise, und sein Oberkörper glänzte von Schweiß. Aus den Augenwinkeln beobachtete er die Köpfe von Emil und Karlchen, als sie nacheinander in der Luke auftauchten. Jetzt bemühte er sich, das

Gewicht langsam und waagerecht abzusetzen. Nachdem ihm das gelungen war, sprang er auf die Beine und schnappte sich ein Handtuch. »Du läßt uns ganz schön schmoren«, sagte er zu Karlchen Kubatz und atmete ein paarmal tief durch. »Spuck aus, was du weißt.«

»Ich habe mich leider verspätet«, entschuldigte sich der Sohn des Chefredakteurs. Die Wut in seinem Bauch hatte sich noch keineswegs beruhigt. »Aber da ist noch eine zweite Neuigkeit dazugekommen, auch keine besonders erfreuliche.«

»Kurz und bündig, was ist passiert?« quengelte Emil Langhans. »Tu uns den Gefallen und quatsch jetzt keine Opern.«

»Also im Telegrammstil«, sagte Karlchen und setzte sich auf einen umgekippten Wäscheeimer. »Ich fang' damit an, wie wir in der Eisdiele auseinandergegangen sind. Anschließend bin ich mit Sputnik zusammen losgefahren. Bis zur Amselstraße hatten wir denselben Weg. Wir fahren die Strecke nach der Schule immer gemeinsam. Wie an jedem Tag trennen wir uns also auch heute an der Ecke zum Buchenrain, und jetzt radelt jeder seinen Stiefel allein weiter. Nach zweihundert Metern biege ich nach links ab und will dort über den Kinderspielplatz. Das ist verboten, aber eine Abkürzung . . .«

»Zur Sache«, mahnte Paul Nachtigall.

»Ich bin ja schon mittendrin«, erwiderte der kleine Kubatz. »Dieser Kinderspielplatz ist nämlich der Tatort.«

Und jetzt erzählte Karlchen haargenau, was dort passiert war. Es hörte sich an wie ein Polizeibericht oder die Reportage eines Rundfunksprechers. Er schilderte jede Einzelheit und wiederholte wortwörtlich, was die einzelnen Maximilianschüler gesagt hatten, was er selbst und vor allem, was Ulli Buchholz gesagt hatte.

»Bin ich zu ausführlich?« fragte er nach einer Weile.

»Keinesfalls«, antwortete der Boß. »Jetzt kommt's auf Punkt und Komma an.«

Karlchen Kubatz kam allmählich zum Schluß.

»Da stand er also in seiner vergammelten Lederjacke breitbeinig da wie so ein Supercowboy im Western. Heute, genau ab Mitternacht, sei Ende der Fahnenstange. Er schnippte mit Daumen und Zeigefinger ein abgebranntes Streichholz durch die Luft und grinste hundsgemein. Seine ganze Bande grinste. Und dann ließen sie mich laufen.«

Jetzt fing es unter den Glorreichen zu brodeln an, und vor allem Sputnik war so entrüstet, daß es nur noch eine Frage von Sekunden sein konnte, bis er endgültig explodierte.

Aber da breitete Hans Pigge die Arme aus und meinte: »Es bringt doch überhaupt nichts, wenn wir uns aufregen.«

»Ich will mich aber aufregen«, protestierte Sputnik. »Wann denn sonst, wenn nicht jetzt.«

»Aufregen ist tatsächlich Quatsch«, bemerkte Emil Langhans seelenruhig. Er hatte eines der Gewichte genommen, drückte es langsam nach oben, und es sah so aus, als würde er sich dabei etwas überlegen. »Es ist mal wieder soweit«, bemerkte er nach einer Weile und fügte ein wenig später hinzu: »Na schön, sie sollen haben, was sie wollen.«

»Aber es paßt uns gerade jetzt überhaupt nicht in den Kram«, stellte Paul Nachtigall fest. »Im Augenblick haben wir ganz andere Sorgen.«

»Du sagst es«, meinte Manuel Kohl leise und putzte sich die Nase.

»Leider hat die Geschichte noch eine Fortsetzung«, bemerkte Karlchen Kubatz kleinlaut. Er zeigte ein bekümmertes Gesicht und wirkte sehr betreten. »Der Film aus meiner Minox ist verschwunden.«

»Das ist bedauerlich, aber kein Beinbruch«, meinte Emil Langhans, während er sein Gewicht beispielhaft gerade in die Höhe stemmte. »Wir hätten uns sowieso alle schminken sollen, bevor du uns bei Rinaldo fotografiert hast. Verloren oder verschlampt?«

»Geklaut, fürchte ich.«

»Und von wem, wenn man fragen darf?« wollte Sputnik wissen.

»Nachdem ich mir alles genau überlegt habe«, erwiderte Karlchen Kubatz zaghaft, »kommen eigentlich nur die Maxen für den Diebstahl in Frage.«

»Wann, wie und wo?« katapultierte Sputnik seine Fragen heraus.

»Vor einer guten Stunde auf dem Kinderspielplatz«, antwortete Karlchen. »Der Überfall war reine Schauspielerei. In Wirklichkeit hatten sie es auf den Film in meinem Fotoapparat abgesehen. Davon bin ich jetzt überzeugt.«

»Sie haben dir deine Minox also aus der Hosentasche gemopst

und sie wieder zurückgesteckt, nachdem sie den Film herausgenommen hatten«, faßte Emil Langhans zusammen. Er hatte sein Gewicht inzwischen gegen zwei Hanteln eingetauscht. »Und davon hast du natürlich nichts gemerkt, weil sie dich im Schwitzkasten hatten und gegen deine Schienbeine kickten. Aber ich frag' mich, weshalb sie das ganze Affentheater aufziehen. Was kann an dem Film schon so wahnsinnig interessant sein? Du hast uns beim Eislöffeln fotografiert. Na und? Die Aufnahmen sind doch so harmlos wie ein schlafender Regenwurm.«

»Vielleicht seh' ich ja Gespenster«, sagte Karlchen. Er blickte zu Paul Nachtigall hinüber. »Das heißt, ich würde sie gerne sehen. Aber leider kommt es noch schlimmer.« Karlchen Kubatz stand inzwischen dicht neben dem Boß der Glorreichen Sieben. »Dieser Honeyboy auf den Rollschuhen . . .« sagte er halblaut. »Ich hab' ein ganz blödes Gefühl.« Er senkte den Kopf und stand ziemlich belämmert da. »Wir müssen ihnen alles sagen«, fügte er hinzu, »aber vielleicht übernimmst du das?«

»Hoppla, Herrschaften, mir geht eine Neonröhre auf«, rief Emil Langhans. Er ließ seine Hanteln auf den Betonboden kippen und sprang in die Hocke. »Bitte jetzt keine Geheimnisse. Was ist sonst noch auf dem Film drauf? Ich meine, abgesehen von den Eisdielen-Fotos?«

»Der ganze Roman mit Studienrat Dr. Purzer ist drauf«, sagte der Boß und betonte dabei jedes einzelne Wort. »Karlchen hat sozusagen jedes Kapitel fotografiert. Mit versteckter Kamera und manchmal ganz schön gewagt. Von jeder neuen Situation ein Schnappschuß. Keine Phase ist ausgelassen. Ihr wißt ja, wie gut und gewissenhaft er so etwas erledigt.«

»Oh, du dicke Frieda«, rief Emil Langhans. »Das ist so paradox, daß man's nicht glauben kann.« Er kickte mit voller Wucht gegen den leeren Wäscheeimer, auf dem kurz zuvor noch der Junge mit dem Bürstenhaarschnitt gesessen hatte. Der Eimer hüpfte scheppernd über den Betonboden. »Gütiger Himmel, ich kann das nicht glauben.«

Auch die übrigen Glorreichen zeigten sich fassungslos.

»Haut mich glatt um«, stöhnte Sputnik.

»Du liebe Zeit«, rief Hans Pigge, »das ist die Katastrophe des Jahrhunderts.«

Manuel Kohl war so blaß wie gekochter Fisch. »Ich brech' zusammen«, murmelte er leise. »Jetzt ist alles aus.«

»Ich geb' es ja zu«, räumte Karlchen ein, »an meiner Dummheit ist nicht zu rütteln.« Er betrachtete ein paar Sekunden lang interessiert seine Schuhspitzen. Dann war es mit seiner Beklommenheit vorbei. Er warf den Kopf zurück. »Andererseits«, stellte er fest, »wer rechnet denn schon mit einer so barbarischen Frechheit.«

»Und damit nichts verschwiegen bleibt, wäre noch zu sagen«, meldete sich Paul Nachtigall wieder zu Wort, »daß die ganze Veranstaltung vermutlich von langer Hand geplant war und ausspioniert worden ist.« Er berichtete kurz vom ständigen Auftauchen des Sommersprossigen in seinem San-Francisco-Shirt und dem Walkman vor der Brust.

»Beim Überfall war er übrigens auch dabei«, ergänzte Karlchen. »Er hat allerdings versucht, sich in die Büsche zu schlagen.«

»Alles schon Schnee von gestern«, stellte Emil Langhans fest. »Es ist ein ziemlicher Hammer, aber was passiert ist, ist passiert. Im Augenblick zählt nur, daß wir so schnell wie möglich rauskriegen, was die Maxen mit dem Film vorhaben. Und selbstverständlich haben sie was mit ihm vor, da können wir gemütlich Gift drauf nehmen.«

»Vermutlich schicken sie die Aufnahmen an die Schuldirektion«, überlegte Sputnik, »oder sie lassen sie direkt bei Dr. Purzer in den Briefkasten plumpsen . . .«

». . . was gegen die Spielregeln wäre«, unterbrach ihn der Boß. »Verpfeifen bei Lehrern oder dergleichen ist genauso tabu wie eine Anzeige bei der Polizei oder der Feuerwehr.«

»Vielleicht wollen die Maxen unsere Fotos nur für ihr Familienalbum«, versuchte Hans Pigge zu blödeln. Ein Blick von Manuel ließ ihn sofort wieder verstummen.

»Eigentlich ganz clever ausgetüftelt, das muß man neidlos zugeben«, bemerkte Emil Langhans nach einer Weile. »Wirklich, nicht schlecht, Herr Specht.«

»Mal ein Lichtblick zwischendurch ändert aber doch nichts daran, daß die Maxen grundsätzlich doof sind«, erwiderte Karlchen Kubatz. Er fühlte sich schon wieder ganz schön im Gleichgewicht.

»Einer Idee ist es piepegal, wer sie hat«, philosophierte der Boß. Er nagte mit den Zähnen auf seiner Unterlippe und dachte nach. »Jedenfalls sind wir vorerst mal die Gelackmeierten.«

Manuel Kohl hatte die ganze Zeit bekümmert vor sich hin gestarrt. »Sie hauen mich in die Pfanne«, stöhnte er, »ich weiß nicht warum, aber sie haben es auf mich abgesehen.«

»Winseln bringt uns nicht weiter«, sagte Emil Langhans. »Also, was machen wir?«

»Zuerst sollten wir uns euren Paradiesvogel vorknöpfen«, schlug Sputnik vor, »diesen spionageverdächtigen Rollschuhartisten. Wenn wir überhaupt was erfahren können, dann von ihm.«

»Versteht sich doch von selbst«, meinte der Boß fast gelangweilt. »Ich meine, daß wir den Honeyboy ausquetschen . . .«

»Im übrigen müssen wir abwarten«, bemerkte Karlchen. »Uns bleibt gar nichts anderes übrig.«

»Ab sofort geht keiner mehr allein auf die Straße«, meldete sich Sputnik wieder zu Wort. »Nur noch zu zweit oder zu dritt. Jetzt wissen wir ja, daß sie mit ihrer ganzen Bande auch einen einzelnen überfallen. Fairneß ist für diese Banausen doch ein Fremdwort.«

»Moment mal«, sagte Emil Langhans und war mit ein par Sätzen bei der Dachluke. »Unser siebter Mann muß schnellstens gewarnt werden.« Er rasselte die Holztreppe hinunter und stürmte zum Telefon. Es stand im Wohnzimmer neben einem Käfig mit zwei Wellensittichen.

»Friseursalon Treutlein«, meldete sich Fritz nach einer Weile.

»Maikäfer«, sagte Emil Langhans nur.

»Maikäfer?« fragte Fritz Treutlein verwundert. »Ich versteh' nur Bahnhof.« Er hatte Emils blecherne Stimme sofort erkannt.

»Maikäfer«, wiederholte Emil und betonte jeden Buchstaben.

»Ach so, *Maikäfer*«, wiederholte Fritz Treutlein jetzt seinerseits genauso deutlich. »Entschuldige, ich war momentan leicht bescheuert.«

Ohne Antwort wurde am anderen Ende der Leitung der Hörer aufgelegt.

Fritz Treutlein überlegte kurz und ging dann nachdenklich zu seinem Sessel zurück, der beinahe so aussah wie ein Behandlungsstuhl beim Zahnarzt. Er drehte das Sitzkissen um, das kurz zuvor noch von Tabakwarenhändler Bemmelmann sichtlich tief eingesessen worden war. Die Ladentür stand weit offen. Unwillkürlich blickte Fritz Treutlein zu ihr hinüber, dann ging er seinem Blick nach.

»Du willst dir draußen wohl die Kunden mit dem Lasso einfangen?« meinte sein Vater, der hinter einer aufgeschlagenen Zeitung so gut wie verschwunden war. Bei dieser Hitze ging kein Mensch zum Friseur, wenn er es nicht unbedingt nötig hatte. Eine Frau, die sich jetzt unter die Trockenhaube setzte, mußte von einem wilden Affen gebissen sein.

Fritz Treutlein spähte zuerst nach links und dann nach rechts. Die Straße war so leer wie eine weggeworfene Zigarettenschachtel. Gegenüber auf der anderen Seite gab es dicht an der Gehsteigkante einen Gully für Regenwasser. Fritz fixierte ihn argwöhnisch. Sollte er unauffällig zu ihm hinüberschlendern und durch die Eisenstäbe gucken? Den Maxen war alles zuzutrauen.

Er wollte sich tatsächlich schon in Bewegung setzen. Aber im letzten Augenblick behielt er dann doch einen klaren Kopf.

»Du bist wohl von allen guten Geistern verlassen«, beschimpfte er sich selbst und stapfte, ohne sich noch einmal umzudrehen, in den väterlichen Friseursalon zurück.

Herr Sperling träumt von Eisbären

Das Telefon läutete am Abend.

Über Berlin war der Himmel wieder wolkenlos, das Gewitter hatte sich verzogen.

»Sind Sie reisefertig?« fragte die Stimme von Herrn Sperling.

»Moment mal, Sie sagten, daß ich meine Koffer gelegentlich packen soll«, erwiderte Hugo Stielicke. »Gelegentlich, das bedeutet: irgendwann.«

»Ich hab' aber auch gesagt, daß es schon sehr bald soweit sein könnte«, unterbrach ihn Sperling. »Und jetzt haben wir den Salat, morgen früh geht's los.«

»Eigentlich wollte ich vor einer halben Stunde ins Kino«, meinte der Mann am Telefon in der *Pension Flora.* »Ihr Glück, daß Sie mich überhaupt erreicht haben.«

»Dann hätte ich Sie eben mitten in der Nacht aus dem Bett geklingelt«, entgegnete der Dicke am anderen Ende der Leitung und kicherte. »So ist es angenehmer für Sie.« Es hörte sich an, als würde er einen Schluck aus einem Glas oder einer Tasse nehmen.

»Wir fahren übrigens im Wagen. Unser Chef hat was gegen Flugzeuge. Um acht Uhr hole ich Sie ab. Noch eine Frage?«

»Wohin geht die Reise?« fragte Stielicke. »Ich will nicht neugierig sein, aber wenn er beispielsweise zu den Eskimos geht, müßte ich noch einen Pelz und Ohrenwärmer besorgen, und für Afrika oder Indien hätte ich mich gern gegen Malaria impfen lassen.«

»Sie sind ein Komiker«, kicherte Sperling wieder. »Aber beruhigen Sie sich, wir bleiben im Lande. Mehr darf ich Ihnen allerdings nicht verraten. Noch einen wunderschönen guten Abend.«

»Danke, dito«, meinte Hugo Stielicke und legte auf.

Am nächsten Morgen stand der dicke Mann mit der rötlichen Gesichtsfarbe auf die Minute pünktlich um acht Uhr im schmalen Korridor der Pension. Er hatte seinen blendend sitzenden Anzug vom Vortag samt der auffallend bunten Krawatte im Kleiderschrank gelassen oder in einen Koffer gepackt. Jedenfalls trug er heute eine hellgraue Flanellhose, ein offenes Freizeithemd und eine leichte Leinenjacke. Er hatte Schweißperlen auf der Stirn, die er beim Hereinkommen mit einem Taschentuch wegwischte. »Schon wieder eine Hitze wie in einem Backofen«, bemerkte er.

Direkt neben dem Hauseingang parkte ein Wohnmobil auf der Straße. Mit seinem vorgeschobenen Dach, das weit über die Fahrerkabine hinausragte, erinnerte das Ding im ersten Augenblick an einen Panzer. Aber da es zur einen Hälfte himmelblau und zur anderen Hälfte schneeweiß lackiert war, wirkte es doch halbwegs freundlich.

»Warum fahren wir nicht ganz einfach per Eisenbahn?« fragte Stielicke, während Sperling seine Koffer im Gepäckraum verstaute. »Das da ist jedenfalls ein äußerst merkwürdiges Transportmittel.«

»Entschuldigung, wenn ich anderer Meinung bin«, widersprach der Dicke. Er hatte inzwischen seine Leinenjacke ausgezogen und wischte sich wieder einmal den Schweiß von der Stirn. »Wir reisen als harmlose Touristen, die Spaß am Camping haben. Das ist doch eine ganz fabelhafte Tarnung.« Er verschloß die Klappe des Gepäckraums mit einem Fußtritt und öffnete die Wohnmobiltür. »Alles stimmt, paßt und hat Luft.«

Tatsächlich war im Inneren des Wagens der Kühlschrank mit Getränken und verschiedenen Konservenbüchsen gefüllt, die zwei Betten waren frisch überzogen, in den schmalen Einbauschränken hingen Anzüge, Unterwäsche, Hemden und Socken lagen in den Schubladen, das Radio spielte, und an der Längsseite mit Wandbank, Tisch und Elektroherd lagen zwei perfekte Ausrüstungen zum Angeln.

»Petri Heil«, kicherte der Nonstoplächler. »Was sagen Sie jetzt? Ist doch an alles gedacht?«

»Ich bin überwältigt«, meinte Stielicke trocken.

»Ihre Begeisterung hält sich in Grenzen«, erwiderte Sperling eingeschnappt. »Dabei haben wir es hier so feudal wie in einem Salonwagen.«

Es sollte nicht mehr allzu lange dauern, bis Stielicke dahinterkam, weshalb ihn der Dicke nicht mit einem ganz gewöhnlichen Auto abgeholt hatte. Die angeblich fabelhafte Tarnung war nur eine faule Ausrede.

Frau Schiemann winkte zum Abschied noch mit einem Küchenhandtuch aus dem Fenster, bis das blau-weiße Wohnmobil hinter einem Bauzaun verschwand.

Über Halensee ging es am Funkturm vorbei über die Avus und auf die Autobahn. Dann kam auch schon der erste Schlagbaum. Es waren vier bis nach Westdeutschland: Zwei bei der Ausreise aus Westberlin und der Einreise in die DDR, und umgekehrt wieder beim Verlassen der DDR und beim Einreisen in die BRD.

Die Berliner Zöllner kontrollierten lediglich die Autopapiere und die Personalausweise. Sie verglichen die Paßfotos mit den Gesichtern der Herren Stielicke und Sperling, waren mit der Ähnlichkeit zufrieden und blätterten dann noch in ihrem dicken Fahndungsbuch herum.

Aber falls der Name des weißhaarigen Mannes, der wie ein Professor aussah, überhaupt in irgendeiner schwarzen Liste oder in einem Computer erfaßt gewesen war, hatte man ihn mit Sicherheit gelöscht, nachdem er gestern zum letzten Mal beim Polizeirevier 31 in Berlin-Charlottenburg angetanzt war. Diesbezüglich konnte man sich auf die deutsche Polizei im allgemeinen verlassen und auf Kriminalkommissar Jascheck im besonderen.

Jedenfalls klappten die Zöllner schon nach wenigen Augenblicken ihr dickes Buch wieder zu und wünschten eine gute Fahrt.

»Besten Dank«, erwiderten die Herren Stielicke und Sperling.

»Gutgegangen«, sagte Hugo Stielicke dennoch sichtlich erleichtert, als sie weiterfuhren.

»War doch überhaupt kein Problem«, widersprach der Dicke. »Aber jetzt kommt die DDR, und da kann's frostig werden.«

Doch die Zöllner von drüben unterschieden sich nur durch eine andere Uniform von ihren Berliner Kollegen. Nachdem sie gleichfalls zuerst in die Pässe und dann in die Physiognomien der lebenden Originale geblickt hatten, wünschten auch sie eine gute Weiterreise. So etwas wie ein Fahndungsbuch hatten sie gar nicht bei sich.

Jetzt ging es eine ganze Weile über die Autobahn durch die DDR. Die Felder links und rechts wurden gerade abgeerntet, und in den Thüringer Wald, der dann an ihnen vorbeizog, zauberte die Sonne alle nur denkbaren grünen oder braunen Farben ins Laub.

»Diese verfluchte Hitze«, schimpfte der dicke Sperling wieder einmal. »Das Geflimmer ist so hundsgemein grell, daß mir fast die Augen aus dem Kopf platzen.«

Am frühen Nachmittag rollte das Wohnmobil endlich am letzten Schlagbaum vorbei auf westdeutsches Gebiet. Hugo Stielicke hatte sich inzwischen im Wohnteil des Wagens aufs Ohr gelegt und döste vor sich hin, als der dicke Sperling seinen Fuß ein wenig vom Gaspedal nahm und auf einen leeren Parkplatz kurvte. Er brachte den blau-weißen Wagen zum Stehen, ließ den Motor weiter vor sich hinbrummen und sprang ins Freie.

Als Hugo Stielicke verwundert die Seitentür öffnete, wurde sie von draußen wieder zugezogen und doppelt abgeschlossen. Dann wurde es im Inneren des Wohnmobils immer dunkler. Sperling zog nämlich zuerst vor dem breiten Rückfenster und anschließend vor den zwei Seitenfenstern die Jalousien herunter. Er kippte ihre Kunststofflamellen so, daß sie dicht schlossen.

»Das kann doch wohl nicht wahr sein«, protestierte Hugo Stielicke. »Was Sie da treiben, ist ja geradezu kindisch.«

Von dem Dicken kam keine Antwort. Nur seine schnellen Schritte auf dem kiesigen Boden waren zu hören und dann das Zuschlagen der vorderen Wagentür. Gleich darauf erschien

Sperlings Gesicht ganz dicht hinter dem schmalen Fenster zur Fahrerkabine. Seine Nase drückte mit ihrer Spitze gegen das Glas. »Tut mir ausgesprochen leid«, rief er, und sein Mund hatte etwas von einem schnappenden Fisch hinter einem Aquariumglas. »Aber der ›Mandarin‹ will es so. Es sei besser, meint er, wenn Sie gar nicht wissen, wohin die Reise geht. Die Lichtschalter sind gleich rechts neben der Tür.« Er nahm seinen Kopf zurück und zog einen Vorhang vor das Innenfenster. Dann schaltete er und fuhr los.

Am Geräusch unter den Reifen konnte Hugo Stielicke mitkriegen, daß es vom Parkplatz wieder auf die Autobahn ging. Eigentlich hätte er im ersten Augenblick nicht wenig Lust gehabt, wie ein Irrer herumzutoben und Radau zu machen. Aber dann schüttelte er nur den Kopf und schmunzelte sogar. Er knipste das Licht an, drehte das Radio lauter und legte sich dann wieder auf das eine der beiden Betten. Er starrte fünf Zigaretten lang in die Deckenlampe. Sie schwankte und zitterte, als hinge sie in einer Schiffskabine auf hoher See.

Etwa nach einer halben Stunde nahm Herr Sperling auf einmal die verstummten Beziehungen wieder auf. »Es tut mir leid, wie gesagt«, brüllte er durch den Motorlärm und das verhängte Kabinenfenster. »Aber Sie wissen ja, Befehl ist Befehl.«

»Mit diesen drei dünnen Worten ist überall in der Welt schon eine Menge Unsinn entschuldigt worden«, schrie Hugo Stielicke zurück. Er hatte inzwischen ein Heft mit Kreuzworträtseln entdeckt. »Australischer Laufvogel mit drei Buchstaben . . .

Ist Ihnen der Name Lenin ein Begriff?« fragte er über das Autogeräusch hinweg.

»Schon mal gehört«, antwortete Sperling. »Aber momentan habe ich keine blasse Ahnung . . .«

»Im Ersten Weltkrieg hat man ihn auf eine ähnliche Art durch ganz Deutschland transportiert«, erklärte Stielicke. »Nicht im Wohnwagen, aber in einem abgeriegelten und verplombten Eisenbahnwaggon.«

»War seine Reise erfolgreich?« wollte der Dicke wissen.

»Er hat nach seiner Ankunft den Zaren gestürzt und eine nicht ganz unbeträchtliche Revolution gewonnen«, rief Stielicke laut.

»Dann müßte uns der Bursche also Glück bringen«, triumphierte die Stimme des Dicken. Der Schatten seines Kopfes erschien für einen Augenblick hinter dem Vorhang am Kabinenfenster. »Wir baden sowieso in einer Glückssträhne, da bin ich ganz sicher.«

Stielicke hörte nicht zu. Er starrte weiter in sein Kreuzworträtselheft. »Emu, dieser australische Laufvogel muß Emu heißen.«

»Spätestens in einem Monat sind wir gemachte Leute«, tönte der Dicke inzwischen weiter. »Und dann türme ich auf Nimmerwiedersehen nach Spitzbergen.«

»Was wollen Sie ausgerechnet in Spitzbergen?« fragte Hugo Stielicke. »Da erfrieren Sie sich beim Daumendrehen doch bloß die Fingerspitzen.« Er war gerade dabei, den Sinn von sieben waagerecht herauszubekommen. Die Frage nach dem Sonnengott hatte er bereits mit Ra beantwortet.

»Ich werde Eisbär-Safaris organisieren!« brüllte Sperling von der Kabine her. »Immer nur mit vier oder fünf steinreiche Touristen. Für etwa zehntausend Mark dürfen sie einen Eisbären schießen und dann sein Fell als Bettvorleger in ihre Schlafzimmer mitnehmen.« Er lachte schallend. »Es gibt genug Idioten, die zuviel Geld haben. Da hat sich doch in der vergangenen Woche irgend so ein Scheich von den Amerikanern einen Fernsehsatelliten gekauft, weil er sich in seinem Palast die Fußballweltmeisterschaften live angucken wollte. Keine Bange, an Kunden für meine Eisbären wird es nicht fehlen . . .«

»Gucken Sie geradeaus, Sie Seiltänzer«, rief Hugo Stielicke. »Sie fahren uns noch gegen den nächstbesten Telegraphenmast, wenn Sie nicht aufpassen.«

Leider liegt der Ärmelkanal dazwischen

Als Karlchen Kubatz und Sputnik angeradelt kamen, waren sie komplett.

Sogar Fritz Treutlein hatte sich aus dem Salon davongestohlen und wartete mit den anderen am Treffpunkt in der äußersten Ecke des Schulhofs bei den Mülltonnen und den abgestellten Fahrrädern. Für heute vormittag hatte sich bisher lediglich Fleischermeister Karfunkel zum Haareschneiden angemeldet, und der war noch nie vor zehn Uhr aufgekreuzt. Der Friseurlehrling hatte also Zeit.

»Schon irgendwas Weltumwerfendes passiert?« fragte Sputnik unter seiner Astronautenmütze hervor. Die Kieselsteine knirschten und hüpften wirkungsvoll, als die beiden ihre Räder aus voller Fahrt zum Stehen brachten.

Bevor die Glorreichen Sieben auf dem Dachboden der Langhansschen Wohnung auseinandergegangen waren, hatten sie sich für heute morgen verabredet, eine Viertelstunde vor Unterrichtsbeginn. Seit Mitternacht mußte man auf Überraschungen aller Art gefaßt sein. Die Maxen waren unberechenbar, und leider waren sie auch nicht auf den Kopf gefallen. Daß sie den Burgfrieden nicht nur so aus heiterem Himmel oder irgendeiner Laune heraus aufgekündigt hatten, darüber gab es inzwischen keinen Zweifel mehr. Der Überfall auf Karlchen Kubatz war eiskalt und langfristig geplant worden. Nachdem es ihnen jetzt gelungen war, den Film aus der Minox zu klauen, waren die Herrschaften übermütig geworden, hatten die Ärmel hochgekrempelt und ließen ihre Muskeln spielen. In ihrer Vermessenheit waren sie gefährlich und zu jeder Unverfrorenheit fähig.

»Ob schon was passiert ist, hab' ich mir zu fragen gestattet«, mahnte Sputnik. Er war im Sattel sitzen geblieben, schob jetzt die Mütze aus der Stirn und blickte sich um.

»Hat der Mensch Töne«, erwiderte Paul Nachtigall. »Die beiden Gentlemen kommen vier geschlagene Minuten zu spät angelatscht, und es ist ihnen piepegal, ob wir uns die Füße in den Bauch stehen oder nicht. Aber Benehmen ist halt Glückssache, das hat meine Großmutter schon gesagt.« Er zuckte resigniert mit den Schultern und wartete nicht auf Antwort. »Nein, es ist nichts passiert, die Lage ist unverändert.«

»Genau wie beim Wetter«, stellte Emil Langhans fest. »Allmählich schafft diese Affenhitze zentralafrikanische Zustände. Ich hab' heute nacht meine Matratze aus dem Bett gerissen, auf den Balkon geschleppt und im Freien gepennt, mit den Sternen als Bettdecke.«

»An Schlafen war bei mir überhaupt nicht zu denken«, erklärte der Blumen-Mani. »Andauernd hab' ich rumgegrübelt, was die Maxen wohl mit dem gestohlenen Film vorhaben. Aber das ist mir immer noch komplett schleierhaft.«

»Jedenfalls haben sie inzwischen genug Zeit gehabt, um das Ding zu entwickeln und kopieren zu lassen«, stellte Fritz Treutlein fest.

»Logo«, stimmte Hans Pigge zu. »Aber was machen sie mit den Bilderchen, das ist die Frage.«

Paul Nachtigall hatte ein wenig ungeduldig zugehört. »Also, darüber haben wir gestern schon genug gequatscht. Die Situation ist unverändert, wir müssen abwarten, wie gesagt. Das ist nicht gerade angenehm, aber es ist nun mal so. Im Augenblick sind die Maxen am Drücker.«

»Jedenfalls flieg' ich in hohem Bogen von der Schule, wenn die Geschichte rauskommt«, stellte Manuel fest.

»Und unter Garantie fliegen wir dann neben dir her«, knurrte der Boß. Seine Laune ließ heute einiges zu wünschen übrig. »Auch in hohem Bogen.« Er blickte zu Karlchen Kubatz hinüber, der seinerseits den Jungen mit der Stupsnase beobachtete.

»Diese Fotos sind in den Händen der Maxen so explosiv wie Dynamit«, fuhr Manuel bekümmert fort. Erst jetzt bemerkte er, daß Karlchen ziemlich bedrückt dastand. »Das soll kein Vorwurf sein, hinterher ist man immer klüger.«

»Bitte, ich wiederhole, daß ich ein dämlicher Blödmann war, das Matterhorn ist dagegen gar nichts, so ein Blödmann war ich.« Karlchen Kubatz hatte sein Taschentuch herausgeholt und putzte sich die Nase.

»Dieser Erklärung ist nichts hinzuzufügen«, stellte Paul Nachtigall fest, ohne die Miene zu verziehen. »Im übrigen kommt da drüben unser Honeyboy angetanzt. Merkt euch die Visage, der Knabe ist bemerkenswert.«

Der sommersprossige Junge, der in diesem Augenblick auf Rollschuhen von der Straße her über den Asphaltstreifen am Schulgelände entlangkurvte, tanzte tatsächlich. Er warf immer wieder seine Hüften hin und her, zog elegante Bögen. Und zwar nach der unhörbaren Walkmanmusik aus seinen Kopfhörern über den knallroten Haaren. Heute machte sein T-Shirt Reklame für Coca-Cola. Vor dem Haupteingang ging er auf seinen spindeldürren Beinen in die Hocke und nahm kurz darauf die Treppenstufen mit vier schnellen Sprüngen. Anschließend verschwand er im Korridor.

»In der Pause bist du dran, Wuschelköpfchen«, murmelte Paul Nachtigall. Er hatte dem Sommersprossigen nachgeblickt und drehte sich jetzt wieder um. »Den kaufen wir uns, daß es nur so raucht.«

Man überlegte, wie man den schnellen Knaben nach der zweiten Unterrichtsstunde schnappen konnte, ohne daß die übrigen Schüler es bemerkten.

»Notfalls fang' ich ihn mit dem Lasso ein«, bemerkte Emil Langhans düster. »Aber Spaß beiseite, irgendwie beschlagnahme ich den Burschen, und dann spuckt er aus, was er weiß, dafür übernehm' ich jede Garantie.«

Sputnik feixte und boxte Fritz Treutlein in die Seite. »Ein Jammer, daß du nicht dabeisein kannst.«

»Vermutlich wasche ich dann einem gewissen Herrn Karfunkel gerade den Kopf«, erwiderte der Friseurlehrling. Er spürte den Blick von Paul Nachtigall. »Was guckst du mich so an?«

»Du bist von uns der einzige, der meistens allein unterwegs ist«, meinte der Boß. »Das schmeckt mir nicht.«

»Stimmt«, pflichtete Sputnik bei, »du bist eine undichte Stelle.«

»Jetzt übertreib nicht«, entgegnete Fritz Treutlein. »Ich bin nicht von gestern, mir passiert schon nichts.«

Und damit behielt er dann auch recht.

Es war schließlich ein ganz anderer, dem die Maxen gefährlich werden sollten.

»Manomann«, quengelte Manuel Kohl, »was für ein verdammter Mist.« Er nahm seine Ledermappe vom Fahrrad und ließ die Klammer des Gepäckträgers geräuschvoll zurückschnappen. Dann zuckte er resigniert die Schultern.

»Cool bleiben«, mahnte Emil Langhans wieder einmal. »Bleib doch zur Abwechslung mal ganz schön cool.«

»Du hast leicht reden.«

»Entschuldigung, ich muß noch schnell was erledigen«, ließ sich in diesem Augenblick Karlchen Kubatz vernehmen, vollkommen zusammenhanglos und wie aus heiterem Himmel. »Bin da einem superheißen Ding auf der Spur, und wenn es funktioniert, dann kippt ihr unter Garantie glatt vom Stuhl.«

»He, soll das eine Dauereinrichtung werden, daß wir deinetwegen vom Stuhl kippen«, protestierte Hans Pigge. »Mit deinem geklauten Film ist unser Bedarf vorerst gedeckt, besten Dank.«

»Abwarten und Tee trinken«, erwiderte Karlchen. »Ich bitte um Entschuldigung, wie gesagt.« Er schloß sein Fahrrad an einen der Metallständer und schwirrte los.

Im Schulgebäude drängelte er sich durch die Schüler, die zu ihren Klassenzimmern unterwegs waren, durch den Korridor im

Erdgeschoß. Die Tür zum Vorzimmer des Schuldirektors stand offen.

»Einen wunderschönen guten Morgen, Fräulein Kowalski!«

»Oh, die *Bad Rittershuder Nachrichten* persönlich«, witzelte die Sekretärin. Sie hatte gerade die Plastikschutzhülle von ihrer Schreibmaschine genommen. »Was kann ich für dich tun, mein Sohn?«

»Ich muß dringend Ihren Chef sprechen«, antwortete Karlchen treuherzig und lächelte ein wenig. »Steht er schon zur Verfügung?«

»Nein, das tut er noch nicht«, entgegnete Fräulein Kowalski. »Aber selbst wenn er in seinem Büro wäre, ließe er sich von dir nicht am frühen Morgen überfallen. Der Weg zu ihm dürfte dir nicht unbekannt sein?«

»Schriftlicher Antrag, ich weiß«, räumte Karlchen ein. »Eines Tages werden wir alle noch in Bürokratie ersaufen. Könnte ich vielleicht was zum Schreiben haben?«

Als es klingelte, hatte der Junge mit dem kurzen Bürstenhaarschnitt seine Bitte um ein Gespräch mit dem Schuldirektor zu Papier gebracht.

»Besten Dank«, sagte er, als er bereits wieder in der offenen Tür zum Korridor stand. »Und vielleicht schreiben Sie noch mit Rotstift drauf, daß die Angelegenheit eilig ist.«

»Wird gemacht«, versprach Fräulein Kowalski und fügte hinzu: »Da soll noch einer behaupten, daß wir unsere Schüler nicht in Watte packen.«

»Soweit es Ihre geschätzte Person betrifft, stimmt das«, erwiderte der Sohn des Chefredakteurs der *Bad Rittershuder Nachrichten* charmant. »Der Lehrkörper allerdings läßt noch einige Wünsche offen.«

Beim zweiten Läuten wanderte der Lärm aus den Gängen und dem Treppenhaus in die Klassenzimmer, ohne sich stark zu dämpfen. Es würde ja noch einmal klingeln, und dann erst hatten die Lehrer ihren Auftritt.

Als Karlchen Kubatz das Stockwerk der 9b erreicht hatte und dann ganz hinten im Korridor die Tür aufmachte, saßen nur zwei oder drei Schüler auf ihren Stühlen. Die übrigen waren dabei, sich vor dem Unterricht noch Bewegung zu genehmigen. Emil Langhans demonstrierte gerade, daß ein Handstand auch ohne Anlauf möglich ist. Aber da faßte ein Junge in einem karierten

Hemd seine Füße und ließ sie nicht mehr los, bis ihm der Zappelnde die Brille vom Ohr kickte. Ein anderer Schüler mit einem kleinen Ring im Ohrläppchen hatte mit Sputnik einen Sparring angefangen. Der dickliche Junge gab unter seiner Astronautenmütze Laute von sich wie ein Boxer und wischte sich fortwährend mit dem Daumen die Nase, streckte plötzlich einen Arm vor und stieß eine Gerade nach dem Gesicht des Gegners. Der Größere wich gutmütig aus und lachte schallend.

Manuel Kohl war der einzige, der sich an dem Durcheinander nicht beteiligte. Er hatte den Kopf in die Hände gestützt und starrte in den diesigblauen Himmel hinaus.

Es läutete zum drittenmal.

Die Klasse beruhigte sich und saß schließlich einigermaßen ruhig auf ihren Stühlen. Als vom Korridor die unverwechselbaren Schritte Dr. Purzers zu hören waren, trat totale Stille ein.

»Guten Morgen, allerseits«, sagte der Studienrat, der mit dem Aufmachen der Tür einige Schwierigkeiten hatte. Er trug nämlich in der rechten Hand seine prall gefüllte braune Ledermappe und preßte dazu einen Stapel Hefte an den Körper. Er hatte die Klinke mit dem Ellbogen herunterdrücken müssen. Inzwischen war ein Schüler aus der ersten Tischreihe aufgesprungen und machte die Tür hinter ihm wieder zu.

»Guten Morgen«, erwiderte die Klasse, je nach Laune mit einem angehängten »Herr Doktor« oder »Herr Studienrat.«

Für die erste Stunde stand bei der 9b Deutsch auf dem Stundenplan. Das bedeutete, daß man sich heute weiter mit Schillers »Don Carlos« herumschlagen würde, was bei Dr. Purzer zeitweise zu einer Theateraufführung ohne Bühne ausartete. Dabei mußten sich die Schüler als Schauspieler betätigen und das Stück mit verteilten Rollen lesen. Jeweils am Ende einer Stunde wurde ausgewechselt und die Besetzung für das nächste Mal bestimmt, damit sich die Betroffenen mit ihrem Text anfreunden konnten. Heute sollte Karlchen Kubatz der Herzog von Alba sein, Sputnik Don Carlos und Emil Langhans die Prinzessin von Eboli. Selbstverständlich hatte der Lange mit der dunklen Hornbrille gegen diese Rollenverteilung heftig protestiert und auf seinen permanenten Stimmbruch verwiesen, der beim besten Willen nicht dazu geeignet war, jenen weiblichen Liebreiz zu vermitteln, auf den die Eboli doch berechtigten Anspruch hätte.

Aber Dr. Purzer hatte die Weigerung mit der Bemerkung abgeschmettert, daß es ja lediglich auf die Worte des Dichters ankäme und daß der Klang der Sprache für die Zwecke des Unterrichts belanglos sei.

»Außerdem bin ich viel zu lang«, hatte Emil noch zu bedenken gegeben. »Einsneunundsiebzig.«

»Wo hat Schiller vorgeschrieben, wie groß die Dame sein soll?« war Dr. Purzers knappe Antwort gewesen.

Da hatte sich Emil Langhans dann mit seinem Schicksal abgefunden. »Armer Schiller, das kann ja heiter werden . . .«

Deshalb versprach sich die 9b von der heutigen Stunde einiges Vergnügen. Immerhin sollte im zweiten Akt die große Liebesszene zwischen dem spanischen Königssohn und der Prinzessin an die Reihe kommen.

Aber soweit war es vorerst noch nicht.

Bisher hatte Dr. Purzer den Stapel Hefte, die er beim Hereinkommen unter den Arm geklemmt hatte, geschickt hinter seiner braunen Ledermappe verborgen. Jetzt nahm er die Tasche zur Seite, und die Klasse erkannte im selben Augenblick ihre Aufsatzhefte.

»Das kann doch nicht wahr sein«, flüsterte der große Junge, der sich kurz zuvor mit Sputnik noch einen Boxkampf geliefert hatte. »Sonst dauert es doch mindestens zwei Wochen, bis er die Dinger korrigiert hat.«

»Da staunt ihr, was?« fragte Dr. Purzer beinahe im selben Augenblick. Er war dabei, seine Jacke auszuziehen, und benutzte dann den Stuhl hinter seinem Tisch als Kleiderbügel. »Ich muß um Nachsicht bitten«, meinte er und schmunzelte ein wenig, »aber wenn ich mich jetzt im Hemd präsentiere, dürfte die große Hitze ein ausreichender Entschuldigungsgrund sein.«

»Genehmigt«, sagte die Stimme irgendeines Schülers, und die Klasse feixte.

»Sehr freundlich«, bedankte sich der Studienrat. Er schien heute besonders gut aufgelegt zu sein. »Ich habe übrigens eine Überraschung«, gab er bekannt. »Sie wird euch nicht gerade Purzelbäume schlagen lassen, aber immerhin –« Er legte den Kopf auf die Seite und wartete einen Augenblick. »Aber zuerst zu euren Aufsätzen. Wie immer war es mir ein ausgesprochenes Vergnügen, dem Höhenflug eurer Gedanken folgen zu dürfen.« Er plazierte den Stapel der mitgebrachten Hefte zum Verteilen auf den Tisch vor Hans Pigge in der Mitte der ersten Reihe. »Leider wurde dieses Vergnügen zuweilen erheblich getrübt durch banale Schreibfehler und einen allzu großzügigen Umgang mit der Grammatik.«

Als Emil Langhans sein Heft gereicht bekam, schlug er es auf, starrte eine Weile hinein und schüttelte verwundert den Kopf. »Wie find' ich denn das?« murmelte er vor sich hin.

»Wie bitte?« fragte Studienrat Dr. Purzer. Er hatte sich wieder hinter seinen Tisch gesetzt, während die Klasse in den verteilten Heften nach ihren Noten blätterte.

»Wieso hat mein Aufsatz bloß eine Drei, Herr Studienrat?« fragte Emil zurück. Er war in Deutsch üblicherweise auf eine runde Eins abonniert, und schon eine Zwei hatte bei ihm Seltenheitswert.

»Weil ich deinen Aufsatz dieses Mal mangelhaft finde«, antwortete Dr. Purzer. »Aber du scheinst anderer Meinung zu sein?«

»Ja, bin ich.«

»Leider ist es nun einmal so, daß Lehrer die Zensuren geben«, erwiderte der Studienrat und schmunzelte wieder. »Aber bitte, wir können uns die Meinung der Klasse anhören, wenn du willst. Lies deinen Aufsatz vor.«

Emil überlegte nur kurz. »Nein danke. Ich schluck' die Drei und verzichte aufs Vorlesen.« Er nahm seine Brille von der Nase, hielt sie gegen das Licht und prüfte ihre Gläser. »Ändern würde es ja sowieso nichts.« Er setzte seine Brille wieder auf. »Und vielleicht haben Sie sogar recht. Ich war möglicherweise zu weitschweifig, kann ja mal vorkommen.«

»Genau so ist es gewesen«, stellte der Studienrat fest.

»Eigentlich muß es doch verdammt schwierig sein, einen Aufsatz zu beurteilen«, platzte Sputnik dazwischen. Er hatte vom Nachdenken eine tiefe Falte quer über der Stirn und merkte erst jetzt, daß er dem Studienrat ins Wort gefallen war. »Entschuldigung, ich wollte Sie nicht unterbrechen.«

»Macht nichts«, meinte Dr. Purzer, »sprich dich ruhig aus.«

»Bei einer Klassenarbeit, beispielsweise in Geschichte oder Physik, da gibt es für den Lehrer keine Probleme«, erklärte Sputnik. »Nichts als Fragen und falsche oder richtige Antworten. Da könnte auch ein Computer die Noten ausrechnen. Aber bei einem Aufsatz, da ist es doch wie bei Musik, bei Bildern oder Büchern. Dem einen gefällt das eine oder das andere mehr oder weniger gut . . .«

»Und wenn ein Lehrer beim Korrigieren gerade Bauchschmerzen hat«, warf Karlchen Kubatz ein, »dann gefällt ihm so ziemlich alles weniger gut. Hat er zum Frühstück einen miesen Steuerbescheid gekriegt, gefällt ihm überhaupt nichts mehr.« Der Junge mit dem Bürstenhaarschnitt hatte seine Hände unter die Oberschenkel geschoben und wippte auf seinem Stuhl, wie er es immer tat, wenn er aufgeregt war.

»So was gilt selbstverständlich nicht nur für Lehrer«, bemerkte jetzt Hans Pigge behutsam. »Und was dann passiert, ist meistens viel schlimmer als eine Drei oder Fünf, die man ja notfalls beim nächsten Mal ausbügeln kann. Denkbar ist doch etwa, daß ein Staatsanwalt, der zu Hause Qualm in der Küche hat, dickere Gefängnisstrafen aus dem Ärmel zieht als ein Richter, der seine Silberne Hochzeit feiert oder vor der Verhandlung von seinem Arzt erfährt, daß sein linker Backenzahn doch nicht gezogen werden muß.«

Durch die weit offenen Fenster war gelegentlich das Johlen von zwei Klassen zu hören, die sich drüben bei der Turnhalle ein Handballspiel lieferten. Ein Stockwerk höher erklärte Dr. Wagemann seiner 7c, daß der Löwenzahn zur Familie der Korbblütler gehört, und gleich neben dem Physiksaal bog die 6a bei Dr. Schwertfeger ein unregelmäßiges Verbum nach dem anderen.

Die Sonne kletterte jetzt bereits über die Baumspitzen am Zobelberg, und die Schatten neben dem Schulgebäude schmolzen immer mehr in sich zusammen.

Mittlerweile setzte Emil Langhans ganz hinten im zweiten Stockwerk alles daran, um den Disput mit Dr. Purzer am Kochen zu halten. Nur solange es ihm gelang, den Studienrat vom eigentlichen Unterricht abzulenken, hatte er die Chance, von seinem Auftreten als Prinzessin Eboli verschont zu bleiben.

Und seine Chancen standen nicht schlecht.

Man debattierte inzwischen bereits über Zensuren im besonderen und Zeugnisse im allgemeinen.

»Lehrer und Schüler sollen doch Partner sein, heißt es immer«, sagte Sputnik. »Aber so, wie es ist, stehen Lehrer doch unter Denkmalschutz. Sie dürfen uns dauernd vorhalten, was ihnen an uns nicht gefällt, und zensieren uns.« Er stand impulsiv auf und blickte herausfordernd um sich. »Was ist denn das für eine Partnerschaft, wieso dürfen wir eigentlich nicht auch unsere Lehrer zensieren?«

»Du schlitterst dicht am Hochverrat vorbei«, bemerkte Dr. Purzer trocken. »Aber weiter, ich höre.«

Emil Langhans schraubte sich in seiner ganzen Länge von seinem Stuhl hoch. »In einer englischen Schule soll es tatsächlich Zeugnisse für Lehrer geben, stand in der Zeitung. Die Schüler beurteilen, wie sorgfältig sich der Studienrat Soundso auf den Unterricht vorbereitet, ob er gerecht beim Notengeben ist oder irgendwelche Schüler bevorzugt. Es gibt Zensuren für Beliebtheit, Humor und die Art, wie einer seinen Unterricht abhält. Wenn dann der Monat vorbei ist . . .«

». . . werden die Noten ans Schwarze Brett gehängt«, unterbrach Karlchen Kubatz. Er hatte die Hände immer noch unter den wippenden Oberschenkeln.

»Zeugnisse für Lehrer«, überlegte Studienrat Dr. Purzer. Er ließ jedes Wort eine Weile in der Luft hängen. »So etwa könnte man sich das Paradies für Schüler vorstellen.«

»Aber, wie gesagt, so etwas gibt es nur in England«, bemerkte Karlchen Kubatz. Er stellte sein Schaukeln wieder ein und verschränkte die Arme.

»Uns trennt der Ärmelkanal«, meditierte Emil Langhans und setzte sich wieder. »Und der ist nicht von Pappe.«

»Auch schreiben Zeitungen viel, wenn der Tag lang ist«, bemerkte Dr. Purzer. »Die *Bad Rittershuder Nachrichten* sind da natürlich eine Ausnahme«, fügte er mit einem Blick zu Karlchen Kubatz hinzu. Er lehnte sich zurück, ohne daran zu denken, daß ja sein frisch gebügeltes Jackett über der Stuhllehne hing. »Und jetzt zur Sache.«

Emil Langhans machte sich zusammen mit der 9b auf »Don Carlos« gefaßt.

Aber der Studienrat griff nach seiner braunen Ledermappe und fingerte an ihrem Schloß herum. »Eigentlich wollte ich gestern abend ganz früh in die Klappe«, erzählte er dabei. »Ich dachte, einen langen Schlaf zu tun, denn dieser letzten Tage Qual war groß . . .«

»Wallenstein«, bemerkte ein Junge, der in der zweiten Reihe dicht neben einem der offenen Fenster saß. »Etwas abgewandelt allerdings.«

»Ganz ausgezeichnet«, stellte Dr. Purzer fest. »Fünfter Akt, fünfte Szene.« Er blickte in die Klasse. »Mein Vorsatz mit dem langen Schlafen ging leider in die Binsen. Diese Backofenhitze. Ich kriegte kein Auge zu.«

»Es müßte endlich ein Gewitter kommen«, bemerkte Sputnik. »Auch wir haben kaum schlafen können.«

»Nun, ich versuchte die berühmten Schafe zu zählen, was ja helfen soll. Leider funktionierte die Chose nicht. Genau bei Schaf Nummer einhundertzwölf warf ich die Bettdecke auf die Seite und gab's auf. Aber weil ich mit meiner Zählerei nun schon mal halb beim Thema war, hab' ich mich ans Korrigieren unserer gestrigen Klassenarbeit gemacht. Daß ich sie heute schon wieder zurückgeben kann, ist die angekündigte Überraschung. Da staunt ihr, was?« Er hatte inzwischen die Mathematikhefte der 9b aus seiner dunkelbraunen Aktentasche herausgeholt und auf seinem Tisch ausgebreitet. Eins der Hefte behielt er allerdings in seiner linken Hand. Es war mit einem Zettel markiert, der durch eine Büroklammer am Deckel befestigt war.

Die Glorreichen in der Klasse hielten den Atem an. Sie wagten nicht, sich zu rühren. Aber sie versuchten, gleichgültige Gesichter zu zeigen. Nur Manuel Kohl war kalkweiß geworden. Dr. Purzer hatte seine 9b voll im Blick, auch wenn sich die Sonne in seiner Brille spiegelte und deshalb seine Augen nicht zu sehen waren. »Bitte zuzugreifen«, sagte er. Und das hörte sich so an, als würde er in einem Supermarkt Kostproben für eine neue Käsesorte anbieten. »Bedient euch.«

Die Hefte waren im Handumdrehen verteilt, und wie zuvor bei den Aufsätzen blätterten die Schüler zuerst einmal bis zur letzten Seite ihrer Arbeit, um die Note zu erfahren, die sie kassiert hatten.

»Eine Zwei«, stellte Sputnik befriedigt fest.

»Doch noch eine Eins«, murmelte Karlchen Kubatz. »Mit Schönheitsfehlern allerdings.«

Doch in Wirklichkeit spähten die Glorreichen Sieben möglichst unauffällig zu Manuel Kohl hinüber. Man brauchte kein Hellseher zu sein, um zu ahnen, daß es sein Heft war, das Studienrat Dr. Purzer zurückbehalten hatte.

Der Junge mit der Stupsnase und den großen blauen Augen saß als einziger mit leeren Händen hinter seinem Tisch. Von der Straße war das Klappern eines Wagens der Müllabfuhr zu hören.

Manuel Kohl hatte seine Ellbogen aufgestützt und starrte zu

Dr. Purzer hinüber. Im nächsten Augenblick mußte das Gewitter losbrechen.

Der Studienrat erwiderte den Blick von Manuel. Aber seine Miene ließ vorerst überhaupt keine Gefühlsregung erkennen. »Manchmal geschehen doch noch Wunder«, sagte er nach einer Weile in die Stille. »Ein Schüler, über dessen Haupt der Geist mathematischer Wissenschaften bislang hinweggeflogen war, ohne es mit seinen Flügeln auch nur zu berühren, hat eine höchst erstaunliche Zwei zustande gebracht . . .« Dr. Purzer machte eine Pause. Er hatte Manuel nicht aus den Augen gelassen.

»Ich freue mich ehrlich für dich«, fuhr der Studienrat fort, »denn mit dieser Note ist deine Versetzung vermutlich so gut wie sicher. Allerdings . . .«

Zuerst klatschte Emil Langhans in die Hände, dann tat es Sputnik und gleich darauf die gesamte Klasse. Ein Junge in kurzen Hosen rief begeistert »Bravo«, und Karlchen Kubatz sprang von seinem Stuhl hoch, warf die Arme in die Luft und brüllte »Yippih!« Anschließend stimmte er ein Lied an. Und als die 9b geschlossen mitsang, dirigierte er sie. »So ein Tag, so wunderschön wie heute . . .« Man mußte es bis zum Zeichensaal hören.

Dr. Purzer wartete eine Weile, zeigte dann abwehrend seine Handflächen. »Wir sind hier nicht auf dem Fußballplatz, meine Herren.« Er mußte seine Feststellung dreimal wiederholen, bis er sich verständlich machen konnte.

Manuel Kohl hatte sich nicht von seinem Stuhl gerührt und war stumm geblieben. Auch als man ihm auf die Schulter geschlagen und links und rechts in die Seiten gepufft hatte. Aber jetzt lächelte er doch. Wenn auch zaghaft und immer noch ein wenig mißtrauisch.

»Wir sind nicht auf dem Fußballplatz«, wiederholte der Studienrat, als die Klasse allmählich wieder ruhig wurde. »Aber ich habe für eure Anteilnahme am Schicksal eines Mitschülers durchaus Verständnis.«

Die 9b scharrte unter den Tischen mit den Schuhen.

»Und da wir uns jetzt wieder vernünftig unterhalten können«, fuhr Dr. Purzer fort, »ist es mir vielleicht erlaubt, das zu sagen, was ich andeuten wollte, als mich euer Freudentaumel unterbrochen hat?«

Die Klasse hockte wieder still und aufmerksam hinter ihren Tischen.

»Deine Versetzung sei vermutlich so gut wie sicher, habe ich gesagt«, erklärte Dr. Purzer in die Richtung von Manuel Kohl. »Ich hatte noch hinzugefügt ›allerdings‹, aber dann habt ihr mich am Weitersprechen gehindert.« Er senkte den Kopf ein wenig und blickte über den Rand seiner Brille. »Nun, was ich noch anmerken wollte, ist dies: Allerdings hat mich deine unerwartete Leistungssteigerung neugierig gemacht. Verständlich, oder?« Er griff nach dem Heft, das vor ihm lag, und blätterte es auf. »Im Vergleich zu deinen früheren Arbeiten ist das Schriftbild merkwürdig flüchtig. Es läßt eine gewisse Erregung vermuten.«

»Schließlich ging's ja auch um die Wurst«, bemerkte Emil Langhans leise und katzenfreundlich. »Sie selbst haben von einem Drahtseilakt gesprochen, Herr Studienrat. So was kann einem schier die Leber zerquetschen.«

»Schon, schon«, gab Dr. Purzer zu. »Aber woher kommt plötzlich diese mathematische Erleuchtung?«

»Er hat in den vergangenen Wochen wie ein Wahnsinniger gepaukt«, erklärte Karlchen Kubatz. »Das weiß ich, weil ich dabei war.«

»Soll das bedeuten, du hast ihm Nachhilfe gegeben?«

»Nicht nur ich.«

»Sieh mal an«, sagte Dr. Purzer. »Wer noch?«

»Ein junger Lehrer, der noch keine Stellung gefunden hat.« Endlich machte auch Manuel Kohl den Mund auf. Und das stimmte wirklich. Seine Eltern hatten schon vor zwei Monaten in ihrem Blumenladen von einem arbeitslosen jungen Lehrer erfahren, den sie dann aufgetrieben und für ihren Sohn stundenweise engagiert hatten. Inzwischen gehörte er schon so gut wie zur Kohlschen Familie.

Dr. Purzer hatte wieder einmal sein undurchsichtiges Buddhalächeln angeknipst. »Das muß ein außerordentlich fähiger Kollege sein«, bemerkte er, und es war nicht klar, ob er von dem, was er sagte, auch überzeugt war. »Jedenfalls wäre ihm möglichst bald eine Anstellung zu wünschen.« Er wanderte mit Manuels Heft zur Fensterreihe hinüber und legte es vor dem Jungen mit der Stupsnase auf den Tisch. Einen Augenblick zögerte er, aber dann zitierte er wieder einmal aus dem Handgelenk. »Aufs Ungehoffte war ich nicht bereitet . . .?« Er hob den Kopf und blickte erwartungsvoll in die Klasse.

»Lessing?« fragte Hans Pigge unsicher.

»Keinesfalls Schiller«, stellte Sputnik fest.

»Johann Wolfgang Goethe«, erklärte der Studienrat. »Iphigenie auf Tauris.« Er blickte Manuel Kohl noch einmal eine ganze Weile tief in die Augen. »Erster Akt, dritte Szene, wenn ich mich recht erinnere.« Er machte eine überraschende Wendung und verfügte sich wieder zu seinem Tisch zurück.

»Im Notfall ist es immer Goethe«, murmelte Karlchen.

Emil Langhans und Sputnik hatten inzwischen die Köpfe zusammengesteckt.

»Er hat ihn gefressen«, flüsterte der Lange, »den arbeitslosen Junglehrer, meine ich.«

»Bin ich nicht so sicher«, tuschelte der andere.

»Und wenn nicht?«

»Dann ist halt ein Wunder geschehen, hat er ja selbst gesagt.«

»Eben . . .«

In diesem Moment klopfte es an die Tür. Gleich darauf trat Hausmeister Köppke in die Klasse und verkündete, daß der Oberstudiendirektor den Schüler Kubatz umgehend in seinem Büro erwarten würde.

»Darf man fragen, was du ausgefressen hast?« erkundigte sich Dr. Purzer neugierig.

»Keine Ahnung«, schwindelte der Junge mit dem Bürstenhaarschnitt.

»Vielleicht geht es um die Einführung gewisser englischer Schulverhältnisse«, witzelte der Studienrat und fügte hinzu: »Das wäre vielleicht auch mal ein Thema für die Sonntagsausgabe der *Bad Rittershuder Nachrichten,* könnte ich mir denken.«

»Gute Idee, ich werde es dem Chefredakteur der Zeitung gelegentlich vorschlagen.«

»Für dich sollte sich eine solche Gelegenheit finden lassen«, meinte Dr. Purzer und grinste. »Und jetzt mach dich auf die Socken. Schuldirektoren können komisch werden, wenn man sie warten läßt.«

Karlchen sprang auf, spurtete an dem Hausmeister vorbei durch die offengehaltene Tür, und der Studienrat rieb sich die Hände. »Dann endlich zu ›Don Carlos‹.«

»Also doch«, nuschelte Emil Langhans.

Der Studienrat setzte sich auf eine Fensterbank, schlug ein Bein über das andere und blickte in den wolkenlosen Himmel hinaus.

Die Klasse hatte ihre Texte herausgeholt und fühlte sich wie ein heiter gestimmtes Theaterpublikum, bevor die Lichter ausgehen und der Vorhang aufgeht.

»Worauf warten wir noch?« fragte der Studienrat und wandte sich an einen Jungen aus der vorderen Bankreihe. »Du liest für Karlchen weiter.«

»Zwei Worte, gnädiger Prinz . . .« Der Junge bemühte sich als Herzog von Alba um eine möglichst tiefe Stimmlage.

Emil Langhans hatte erleichtert aufgeatmet. Vom Anfang dieser Szene bis zu ihrem Auftritt hatte die Prinzessin Eboli noch zehn Seiten Pause. Und spätestens in einer Viertelstunde mußte es klingeln. Wenn der »Herzog« die Worte etwas in die Länge zog, war er für heute aus dem Schneider.

Aber da unterbrach Dr. Purzer die Darbietung. »Wir waren doch schon viel weiter«, stellte er fest. »Längst hätt' ich diesen Hof verlassen, diese Welt verlassen . . .« zitierte er aus dem Gedächtnis die Prinzessin. »Seite zweiundsechzig unten, der achte Auftritt.« Er wandte sich jetzt an Hans Pigge. »Und du liest wieder die Regieanweisungen. Also, ich höre.«

»Na schön«, murmelte Emil Langhans, blätterte in seinem Reclamheft und legte los. »Längst hätt' ich diesen Hof verlassen, hätte in heil'gen Mauern mich vergraben . . .«

Noch war Ruhe in der Klasse, aber wer seine Schulaufgaben gemacht hatte, der kannte den Text und wußte, was kommen würde.

Schon im nächsten Augenblick war es soweit.

»Ein Phantom vielleicht«, deklarierte Emil Langhans folgsam weiter. Er quälte seine Stimme steil in die Höhe, und es konnte nur eine Frage von Sekunden sein, bis sie umkippte. Das passierte dann haargenau in dem Moment, als die Prinzessin ausrief: »Ich liebe und bin . . .« Emil gestattete sich eine Pause, bevor er fortfuhr: ». . . nicht geliebt.«

Hans Pigge flüsterte noch die Regieanweisung: »Carlos geht voll Feuer auf sie zu.«

Aber er war schon nicht mehr zu verstehen. Auch Sputnik als Kronprinz war nicht mehr zu verstehen, obgleich er seinen Dialog förmlich hinausbrüllte: »Sie sind's, so wahr ein Gott im Himmel wohnt . . .« Die 9b war total übergeschnappt, sie kugelte sich vor Vergnügen, und Manuel Kohl, an dem noch kurz zuvor ein Gewitter so freundlich vorbeigesegelt war, lachte am lautesten.

Dr. Purzer wartete gelassen, bis sich der Lärm einigermaßen gelegt hatte. »Ich bitte mir Ruhe aus«, sagte er dann.

Es dauerte noch eine ganze Weile, bis sich die letzten ausgewiehert hatten.

»Sie waren gewarnt, Herr Studienrat«, grollte Emil Langhans beleidigt. »Mein Organ paßt vielleicht zu einem Othello, aber als Damenimitator bin ich schiefgewickelt.«

»Mag sein, daß deine Stimme nicht nach der Eboli schreit«, gab Dr. Purzer zu, »aber das wird dich nicht daran hindern, die Rolle weiterzulesen. Ich sagte ja bereits, daß es nur auf die Worte ankommt. Allerdings hatte ich gehofft, daß sich die Klasse weniger kindisch aufführt. Weiter, wenn ich bitten darf.«

»Sie sind's, so wahr ein Gott im Himmel wohnt«, wiederholte Sputnik seinen leidenschaftlichen Ausruf. »Ich schwör' es, Sie sind's und unaussprechlich . . .«

Jetzt war die Reihe wieder an Emil Langhans. »Sie?« flötete er und spielte Erstaunen. Die Sache fing an, ihm Spaß zu machen. »Sie schwören's?« Er schloß die Augen und röhrte: »Oh, das war meines Engels Stimme«, er schlug die Augen wieder auf und blickte verklärt durch seine Hornbrille.

Sputnik drehte sich um, spitzte den Mund und warf ihm eine Kußhand zu.

Die Klasse explodierte wieder.

Und jetzt ließ sich auch Studienrat Dr. Purzer von dem schallenden Gelächter anstecken.

Ein Verhör landet im Eimer

Als die Stunde ein paar Minuten später vorbei war, entdeckten zuerst die Schüler der unteren Klassen im Erdgeschoß ihren Schuldirektor, der mit schnellen und zielsicheren Schritten von seinem Büro über den Korridor kam. Karlchen Kubatz trottete wie ein Hund einen halben Meter hinter und neben ihm her. Er hatte Mühe mitzukommen. Die beiden bogen zur Treppe ein. Sie stiegen gemeinsam, ohne ein Wort miteinander zu sprechen, ins erste Stockwerk. Aber was auf Anhieb so aussehen konnte, als würde ein Gefangener abgeführt, mußte in Wirklichkeit einen harmlosen Hintergrund haben. Denn Oberstudiendirektor Senftleben schüttelte im Gehen immer wieder den Kopf, murmelte Unverständliches vor sich hin und machte insgesamt eher einen belustigten als einen mißtrauischen Eindruck. Und Karlchen Kubatz grinste hinter seinem breiten Rücken den Schülern zu, die sich zuerst nur zaghaft und dann immer neugieriger den beiden anschlossen. Als man das zweite Stockwerk erreicht hatte, prallte die Ansammlung beinahe mit Studienrat Dr. Purzer und seiner 9b zusammen, die sich in der kurzen Pause eigentlich nur die Beine vertreten wollten.

Gleich neben dem Treppenhaus gab es hier ein fensterloses Stück Korridor, an dessen Wand ein Thermometer angebracht war. Oberstudiendirektor Senftleben blieb stehen, und mit ihm zusammen zogen auch Karlchen Kubatz und die ganze Prozession die Bremse.

»Das hier ist die kühlste Stelle im Schulgebäude«, erklärte der Schulleiter. »Amtlich und nachgemessen.« Er blickte auf seine Armbanduhr. »Und es ist kurz vor zehn.« Er trat ganz dicht an das Thermometer heran und stellte sich auf die Zehenspitzen. Seine Augen befanden sich jetzt genau in der Höhe der Meßzahlen. »Nicht ganz vierundzwanzig Grad«, las er ab. »Der Maximalwert wird von diesem fabelhaften Instrument exakt festgehalten. Volumenänderung durch Quecksilber in einem Glasrohr mittels angesetztem Glaskolben.« Er drehte sich zu Karlchen Kubatz um. »Was sagst du jetzt, du Schlaumeier?«

»Tut mir leid, aber ich bleibe dabei, Herr Direktor«, erwiderte Karlchen. »Seit Jahren gibt's bei uns jetzt schon die Sommerzeit, aber die Schule hat das glatt verschlafen. Normalerweise flitzen wir im Sommer morgens um zehn Uhr hierher und schauen nach, ob es fünfundzwanzig Grad warm ist. Weil fünfundzwanzig Grad an diesem Thermometer hitzefrei bedeuten.«

»So steht es in der Schulordnung«, bestätigte der Oberstudiendirektor.

»Aber schon vor einem halben Jahrhundert . . .«

»Du übertreibst«, mahnte Herr Senftleben. »Seit genau achtundzwanzig Jahren.«

»Jedenfalls ist bisher noch niemand auf die Idee gekommen, diese Schulordnung zu ändern«, fuhr Karlchen Kubatz beharrlich fort. »Das hätte aber spätestens bei der Einführung der Sommerzeit passieren müssen.«

»Ich höre«, sagte der Direktor.

»Auch ich bin ganz Ohr«, fügte Dr. Purzer hinzu.

»Wenn es jetzt zehn Uhr ist«, erklärte Karlchen, »dann ist es in der Natur eigentlich erst neun Uhr, und da kommen wir ja nicht einmal im dicksten Hochsommer auf fünfundzwanzig Grad.«

Die versammelten Schüler hatten allmählich begriffen, worum es ging, und murmelten Zustimmung.

Paul Nachtigall hatte sich bis zu Karlchen durchgedrängelt. »Du bist wohl seit neuestem als Alleinunterhalter unterwegs«, füsterte er. »Wieso hast du mit keinem Ton gesagt, was du vorhast?«

»Könnte ja sein, daß ich mich blamiere«, tuschelte Karlchen zurück. »Es ist schon abendfüllend, wie ich euch mit meiner Fotografiererei reingeritten hab'.«

Oberstudiendirektor Senftleben hatte sich inzwischen endgültig von dem Thermometer abgewandt und stand jetzt mitten im Kreis der versammelten Schüler. »In der Tat erstaunlich, daß unsere Hitzefrei-Regelung bisher den neuen Umständen nicht angepaßt wurde«, stellte er fest. »Und so wie ich das Problem sehe, gibt es zur Lösung wieder einmal die berühmten zwei Möglichkeiten.«

Karlchen Kubatz hob seine rechte Hand in die Luft, als würde er sich im Unterricht zu Wort melden.

»Bitte«, sagte der Direktor.

»Entweder man liest das Thermometer wie bisher um zehn Uhr ab«, erklärte der Junge mit dem Bürstenhaarschnitt, »dann muß es aber nur, sagen wir, vierundzwanzig Grad anzeigen. Oder das Thermometer wird erst um elf Uhr abgelesen, und dann kann es wie bisher bei den fünfundzwanzig Grad bleiben. Das scheint mir eine logische Überlegung zu sein.«

Die Schüler grinsten und blickten erwartungsvoll zu ihrem Direktor.

Ein kleiner Junge mit einer Metallspange über den Zähnen hatte vor Aufregung einen knallroten Kopf bekommen. »Spitze«, piepste er, »hätte jedem von uns einfallen müssen, wenn wir nicht so dämlich wären.«

»Nein«, sagte Herr Senftleben, »das geht nicht, ich meine, daß euch die Sommerzeit übers Ohr haut. Da hat die Schulbehörde tatsächlich ganz schön gepennt. Ich werde sie umgehend anrufen und aufwecken.«

»Vielleicht haben wir alle ein bißchen geschlafen«, bemerkte Dr. Purzer mit einem schiefen Lächeln.

»Anwesende sind immer ausgeschlossen«, bemerkte der Direktor. Er machte zwei Schritte in die Richtung seines Büros, blieb stehen und drehte sich zu Karlchen Kubatz herum. »Du bist mit allen Wassern gewaschen, mein Lieber.«

»Was bleibt einem Schüler anderes übrig«, entgegnete der Sohn des Chefredakteurs der *Bad Rittershuder Nachrichten* bescheiden.

In der nächsten Stunde unterrichtete Dr. Wagemann die 9b in Botanik. Sie erfuhr, daß die Sonnenblume höchstwahrscheinlich aus Mexiko stammt und daß sie gleichzeitig zu den Zier- und Nutzpflanzen gezählt wird. Letzteres, weil man Speiseöl aus ihr gewinnen kann.

Mit dem Klingeln zur großen Pause schwärmten die Glorreichen Sieben dann zur Jagd auf den sommersprossigen Honeyboy aus.

So wie er es angekündigt hatte, kriegte ihn Emil Langhans zu fassen, als er auf seinen Rollschuhen über die Treppe zum Erdgeschoß und auf die Straße hüpfen wollte. Angeblich, um sich im gegenüberliegenden Kiosk Kaugummi zu besorgen. Aber viel wahrscheinlicher war, daß er geahnt hatte, was ihm bevorstand, und daß er sich bis zum Beginn der nächsten Unterrichtsstunde klammheimlich aus dem Staub machen wollte.

Der Lange schleuste ihn durch die Schüler im Hof zu den abgestellten Fahrrädern und den Mülltonnen. Beinahe gleichzeitig tauchten dort auch die restlichen Glorreichen auf, natürlich ohne Fritz Treutlein. Sie nahmen den Burschen in ihre Mitte und schotteten ihn ab.

Der Rothaarige war kalt wie ein Eis am Stiel und rotzfrech. Er lümmelte sich an eine der Blechtonnen und guckte gelangweilt durch seine dicke Brille. Auf sein T-Shirt mit der Coca-Cola-Reklame waren rundherum Palmen und eine knallgelbe Sonne gedruckt, die über einem angedeuteten Strand am Himmel hing.

»So, du aufgeblasener Ochsenfrosch«, begann der Boß, »daß du wie ein hungriger Köter hinter uns herspionierst, ist so klar wie Suppenbrühe. Und genauso klar ist, daß du das im Auftrag der Maxen gemacht hast.« Er kam einen Schritt näher auf den

Sommersprossigen zu. »Aber du gehst hier bei uns in die Schule, und deshalb bist du ein ziemlich armseliger und eiskalter Verräter. Capisco? Deine Lage ist belämmert, und du kannst sie nur verbessern, wenn du jetzt ganz schnell deine Klappe aufmachst.«

Der Honeyboy verzog keine Miene und blinzelte weiterhin gelangweilt durch seine Brille. Manchmal tippte er mit einem seiner Rollschuhe über den Boden. Dann bewegte sich eines der kleinen Räder und surrte für einen kurzen Augenblick wie eine elektrische Nähmaschine.

Das Verhör war auf dem besten Weg, total im Eimer zu landen. Zuerst schaltete der Kerl nicht einmal seinen Walkman ab. Emil Langhans mußte ihm die Kopfhörer von den Ohren ziehen. »Eigentlich solltest du wissen, mit wem du's zu tun hast.«

»Von wegen Verräter und ähnlichem Quatsch«, nörgelte der Sommersprossige schließlich, »da kichern ja sämtliche Großmütter. Mein Bruder geht in die Maximilianschule, und es ist nur eine Frage der Zeit, bis ich auch dort bin. Im übrigen ist eine Penne so mies wie die andere.« Er schnüffelte und zog die Nase hoch. »Kommt mir bloß nicht mit so 'nem Zeug wie Verrat, Treue oder anderen gigantischen Opern. Oder könnte es sein, daß ihr ganz klitzekleine Nazis seid?« Er nahm jetzt seine Brille mit den dicken Gläsern von der Nase, fummelte an ihr herum und setzte sie wieder auf. »Für die Entfernung brauch' ich sie nicht, aber in der Nähe streiken meine Pupillen. Und ich will euch doch ganz genau besichtigen.«

Sputnik biß in eine Banane und sprach mit vollem Mund: »Fast schade, daß wir so ein schnuckliges Kerlchen demolieren müssen. Wenn du nicht gleich deine Schnauze aufmachst, ist es soweit.«

»Ein Indianer kennt keinen Schmerz«, sagte der Rothaarige und grinste. »Im übrigen verlange ich meinen Anwalt. Ohne Anwalt läuft nichts mehr.«

»Du hast mich beim Fotografieren beobachtet«, versuchte Karlchen Kubatz unbeirrt sein Glück. »Und das hast du den Maxen in ihre Lauscher geflüstert. Ist doch nichts dabei, wenn du das zugibst.«

Der Honeyboy guckte ein Riesenloch in den Himmel und schwieg sich aus.

Jetzt verschränkte Karlchen die Arme, und seine Stimme

wurde härter. »Was haben die Maxen mit meinem Film vor? Beziehungsweise mit den Fotos, die sie in jeder Drogerie von ihm kopieren lassen können?«

»Kann ich mir wieder meine Kopfhörer aufsetzen?« fragte der spindeldürre Junge höflich. »Ich langweile mich.«

»Im Mittelalter hat man so was wie dich gerädert oder gevierteilt«, stieß der Blumen-Mani hervor. »Woher hast du überhaupt gewußt, daß ich sitzenbleiben soll? Oder war das Ganze bloß ein saublöder Zufall, und du hast keine Ahnung?«

»Ihr habt nicht nur Freunde«, erwiderte der Junge mit dem Coca-Hemd hintergründig. Er blickte den Glorreichen durch seine dicken Brillengläser eine ganze Weile in die Gesichter. Dann ließ er sich wie ein müder Fahrstuhl an der Mülltonne hinuntergleiten, setzte sich auf den Boden und klammerte seine spindeldürren Arme um die genauso dünnen Beine. »Und jetzt ist endgültig Sendeschluß, kein Ton mehr.«

»Du hast wohl noch nie ein Krankenhaus von innen gesehen?« erkundigte sich der bananenkauende Sputnik. »Kannst du haben.«

Der Sommersprossige hörte ihn gar nicht mehr. Er hatte die Ohren wieder unter seinen Kopfhörern versteckt, die Augen zugemacht und wackelte mit dem Oberkörper im Rhythmus irgendeiner Musik.

»Wie hart sollen wir's ihm besorgen?« fragte Emil Langhans.

»So hart, daß ein Zahnarzt ein paar Mäuse verdienen kann«, meinte Sputnik, der jetzt schon die dritte Banane in sich hineinmampfte.

»Schnauze«, sagte der Boß der Glorreichen Sieben und winkte ab. Er hatte ihren Sportlehrer Herrn Fischer entdeckt, der wieder einmal ziemlich stolz seine Zehnkämpferfigur spazierenführte. Er schlenderte im blauen Trainingsanzug durch die Gruppen der Schüler und steuerte jetzt auf die Glorreichen zu.

»Um drei im Hallenbad«, sagte er, als er sie erreicht hatte. »Ihr habt es hoffentlich nicht vergessen und haut euch mittags nicht die Bäuche voll.«

Es ging um das Training für das Sommerfest von Bad Rittershude, bei dem die Schulen in so ziemlich allen Sportdisziplinen gegeneinander antraten. Dabei war der Höhepunkt alljährlich eine 5 × 80-m-Staffel, weil die städtischen Schwimmclubs auf eine wirklich eindrucksvolle Tradition zurückblicken konnten und schon manchen deutschen Meister hervorgebracht hatten, bei der Olympiade in München sogar den Gewinner einer Bronzemedaille. Bad Rittershude war im deutschen Schwimmsport alles andere als eine Null, und bei Wettkämpfen gab es immer ein ausverkauftes Hallenbad.

»Trainieren die Maxen zur selben Zeit?« fragte Paul Nachtigall den sportlichen jungen Mann im blauen Trainingsanzug.

»Eine Stunde vor uns«, antwortete der Turnlehrer. »Ich hab' mich mit dem Kollegen der Maximilianschule geeinigt. Eigentlich wollten wir ja ins Freibad, aber da krabbelt es heute durcheinander wie in einem Ameisenhaufen. Also bis drei, und seid pünktlich!«

»Auf die Minute«, versprach der Boß der Glorreichen Sieben. Er wartete noch, bis Herr Fischer zwischen den anderen Schülern wieder im Hof verschwunden war. Dann hob er mit seinem leicht gekrümmten Zeigefinger dem sommersprossigen Honeyboy die Kopfhörer von den Ohren. »Sammle ganz schnell deine Knochen zusammen und verdufte, oder es passiert doch noch was.«

»Was kann mir von euch schon viel passieren?« sagte das Coca-Shirt und rappelte sich auf seine Rollschuhe.

Sputnik kickte eine Wolke Kieselsteine hinter ihm her. »Nicht mal Phantasie hat diese Krähe.«

Zwei Männer tauchen spurlos unter

Etwa um dieselbe Zeit, als sich in Bad Rittershude die Glorreichen Sieben eine Viertelstunde vor Unterrichtsbeginn im Schulhof des Prinz-Ludwig-Gymnasiums verabredet hatten, läutete im Berliner Polizeirevier 31 das Telefon neben Kriminalkommissar Jaschecks Ellbogen.

Hier war von einer Hitzewelle nichts zu spüren.

Eine dunkle Wolkendecke hing dicht über der Stadt, und bestimmt war der Funkturm eingenebelt. Seit einer Stunde regnete es. Die Straßenbeleuchtungen brannten.

Kommissar Jascheck war genau vier Stunden im Bett gewesen. Die übrige Nacht hatte er sich beim Sechstagerennen um die Ohren schlagen müssen, weil angeblich falsche Dollarnoten in den Fahrerboxen gehandelt wurden. Aber der Tip hatte sich als Niete entpuppt, und er war wieder einmal für nichts und wieder nichts um seine verdiente Nachtruhe gebracht worden.

»Mein Traum wäre eine Vierzigstundenwoche«, murmelte er.

Das Telefon klingelte schon zum drittenmal.

Herr Jascheck hatte sich eine Zigarette angezündet und genehmigte sich jetzt noch einen Schluck von dem lauwarmen Automatenkaffee.

Dann nahm er endlich den Hörer ab.

»Aus Frankfurt das Sonderdezernat K 1«, sagte das Fräulein von der Telefonzentrale. »Ein Herr Havelstein möchte Sie sprechen.«

Der Kommissar war mit einem Schlag wie elektrisiert. »Verbinden Sie mich.« Er nahm noch schnell einen Zug aus seiner Zigarette.

»Hier Havelstein«, meldete sich eine männliche Stimme.

»Guten Morgen, Herr Hauptkommissar«, antwortete Herr Jascheck. »Leider hatte ich noch ein Gespräch auf dem Hausapparat«, schwindelte er. »Entschuldigung, wenn Sie warten mußten.«

»Schon in Ordnung«, meinte der Vorgesetzte aus Frankfurt. Er erkundigte sich höflich nach dem Befinden und dann nach dem Wetter in Berlin. Er bemühte sich um einen freundlichen Plauderton und tat so, als ob er ewig Zeit hätte. Aber dadurch ließ sich Kommissar Jascheck nicht täuschen. Er war auf der Hut und auf jede Art von Überraschung gefaßt. Wenn der Hauptkommissar anrief, dann hatte das meistens einen unangenehmen Grund. Aber damit hielt er vorerst noch hinter dem Berg. Nicht umsonst nannte man ihn den »Fuchs mit den fünf Schnauzen«. Seine Mitarbeiter fürchteten ihn beinahe ebenso wie die Gangster, die er gnadenlos jagte und am Ende immer aufspürte. Er hatte seinerzeit auch Hugo Stielicke auffliegen lassen und hinter Gitter gebracht. Der »Mandarin« war ihm allerdings damals durch die Finger gerutscht.

Und ausgerechnet um diese beiden Männer ging es.

Zunächst einmal um Hugo Stielicke.

Die Stimme Hauptkommissar Havelsteins hatte inzwischen einen sachlichen, völlig dienstlichen Ton angenommen. »Nach meinen Unterlagen ist die betreffende Person bei Ihnen unter Polizeiaufsicht gestellt.«

»*War*«, unterbrach ihn Kommissar Jascheck. »Ein halbes Jahr lang. Aber am vergangenen Donnerstag ist seine polizeiliche Meldepflicht abgelaufen.«

»Dann haben Sie ihn also am Donnerstag zum letztenmal gesehen?«

»So ist es, Herr Hauptkommissar.«

»Kennen Sie seine Adresse?«

Herr Jascheck hatte sie im Kopf. »*Pension Flora* in der Clausewitzstraße.«

»Würden Sie mir einen Gefallen tun?«

Kommissar Jascheck paffte eine Zigarettenrauchwolke über seinen Schreibtisch und mußte grinsen. Als Chef eines Sonderdezernats konnte ihm der Hauptkommissar Befehle und Anweisungen erteilen, wann immer er wollte. »Ich stehe zur Verfügung«, sagte er.

»Also, mich würde interessieren, ob sich Stielicke nach wie vor in dieser Pension aufhält.« Die Stimme im Telefonhörer machte eine Pause. »Um ehrlich zu sein, habe ich Grund zur Annahme, daß der Vogel ausgeflogen ist.«

»Darf ich fragen, ob irgend etwas gegen ihn vorliegt, ich meine, etwas Neues?«

»Nicht direkt«, wich der Hauptkommissar aus. »Aber es gibt da Zusammenhänge, die mich zum Kombinieren veranlassen.«

Jascheck beugte sich unwillkürlich dichter über den Telefonapparat. »Wäre es zu neugierig, wenn ich um nähere Tatbestände bitte?«

»Nun, da wäre einerseits das plötzliche und spurlose Verschwinden eines gewissen Kroll, mit Vornamen Otto . . .«

»Nicht gerade unbekannt«, stellte Jascheck fest.

»Ganz im Gegenteil«, erwiderte der Hauptkommissar. »Otto Kroll gehört zusammen mit Stielicke in Sachen Falschgeld sozusagen zum Hochadel. Unser Freund Hugo Stielicke hat bei dieser Betrachtungsweise allerdings einen Zacken mehr an der Krone.«

»Einerseits ist also Otto Kroll weggetaucht«, faßte der Berliner Kommissar nach. »Und was ist andererseits?«

»Andererseits«, wiederholte die Stimme am im Telefonhörer, »andererseits ist am Wochenende aus einem angeblich streng bewachten Lastzug Papier geklaut worden. Erstklassige Qualität. Hergestellt zu hundert Prozent aus Baumwolle und Leinen.« Er machte wieder eine kleine Pause und fuhr dann fort: »Banknotenpapier.«

»Wumm«, bemerkte Kommissar Jascheck, und dann fragte er scheinheilig, weshalb der Diebstahl heute erst gemeldet würde, wenn die Tat doch schon am letzten Wochenende passiert sei.

»Leider haben sich die Verantwortlichen mit der Anzeige eine Menge Zeit gelassen«, erwiderte Herr Havelstein. »Vermutlich hatten sie Bammel vor der Blamage in den Zeitungen oder so was Ähnliches.« Ein Räuspern kam aus dem Telefonhörer. »Aber vielleicht haben sie anfänglich auch gehofft, daß sie den peinlichen Vorfall vertuschen können. Das hat nicht funktioniert.«

»Wir können uns also auf einiges gefaßt machen?«

»Mit Sicherheit«, meinte der Hauptkommissar und beliebte zu scherzen: »Es wird nicht lang dauern, bis Falschgeldblüten wieder einmal wuchern wie Ginster und Schlehdorn.«

»Kann man auf Grund der gestohlenen Papiermenge überblikken, welches Ausmaß die Fälschung haben kann?« fragte Herr Jascheck.

»Hängt ganz davon ab, auf welche Scheine sie sich einigen«, erwiderte der Hauptkommissar. Er war ziemlich groß, schlank und zwischen vierzig und fünfzig, mit buschigen Augenbrauen. Er stand am Fenster seines Frankfurter Hochhausbüros und beobachtete beim Telefonieren so nebenbei ein Flugzeug, das nach seinem Start hinter den Dächern ziemlich steil in den Himmel stieg. Vermutlich war es eine Boeing 737. »Wenn sie es mit Zehnmarkscheinen probieren, hält sich der Schaden noch in Grenzen. Aber bei Tausendern geht's in die Millionen.«

»Tausender sind zu schwer unterzubringen«, gab der Berliner Kommissar zu bedenken. »Das werden sie kaum riskieren.«

»Wenn der ›Mandarin‹ dahintersteckt, müssen wir mit allem rechnen.«

»Und das glauben Sie?« fragte Jascheck nun erstaunt.

»Lange genug hat er sich ja nicht mehr gerührt, und bestimmt kribbelt es ihn wieder in den Fingerspitzen. Zudem war dieser Diebstahl nur möglich mit einer eingespielten Organisation im Hintergrund. Weit und breit stellt so was nur der ›Mandarin‹ auf die Beine. Er muß Komplizen und Helfershelfer gehabt haben bis in die Papierfabrik hinein.« Der Hauptkommissar wanderte der Telefonstrippe nach zu seinem Schreibtisch zurück. »Kommt noch dazu, daß ich immer noch zwei und zwei zusammenzählen kann. Dieser Papierraub, der schlagartig verschwundene Otto Kroll und der wohl gleichfalls verduftete Hugo Stielicke: Dazu paßt doch der ›Mandarin‹ wie der Deckel auf die Mülltonne.« Die Stimme des Hauptkommissars war lauter geworden. Jetzt beruhigte sie sich wieder. »Lieber Kollege, tun Sie alles, um sofort herauszukriegen, ob Stielicke noch in Berlin ist. Notfalls stellen Sie diese ganze Pension auf den Kopf, bis sie ausspuckt, wo sich der Kerl herumtreibt. Ich bleibe im Büro und erwarte Ihren telefonischen Bericht. Gutes Gelingen.«

Kommissar Jascheck hörte das Klicken und legte daraufhin ebenfalls den Hörer auf. Er lehnte sich in seinen Drehstuhl zurück und starrte eine ganze Weile zur Decke. Ein Zahnarzt hätte ihm in dieser Stellung gut einen Zahn ziehen können. So blöd ist er doch nicht, dachte er. Das kann nicht wahr sein. Und wenn es wahr ist, dann versteh' ich das nicht.

Er entwirrte plötzlich seine Beine, ging mit energischen Schritten zur Tür, riß sie auf und fragte: »Könnt ihr euch vorstellen, daß sich Stielicke schon wieder die Finger verbrennen will?«

Die uniformierten Revierbeamten im Vorraum hatten verwundert aufgeblickt.

»Unser Hugo Stielicke?« fragte einer ungläubig. »Der ist doch so harmlos wie ein Schmetterling.«

»Spätestens in einer halben Stunde werden wir's wissen«, bemerkte der Kommissar. Er angelte sich bei der Fahrbereitschaft einen roten Taunus und brauste los.

Es hatte sich inzwischen eingeregnet, und auf dem nassen Asphalt des Kurfürstendamms spiegelte sich die Straßenbeleuchtung, die noch immer brannte.

Kurz nach der Knesebeckstraße fing der Wagen an zu stottern. Herr Jascheck guckte zur Benzinuhr. Ihr Zeiger rührte sich nicht und stand auf Reserve.

Es gibt eben Tage, an denen alles schiefgeht.

Mit dem letzten Tropfen im Tank hüpfte der Taunus wie ein Huhn, das sich ein Bein gebrochen hat, in die nächstbeste Parklücke. Jascheck fluchte auf die Fahrbereitschaft der Berliner Kriminalpolizei, stellte seinen Mantelkragen hoch und stapfte mit eingezogenem Kopf durch den Regen zur Clausewitzstraße.

Die Pensionswirtin war gerade in der Küche beim Geschirrspülen, als es läutete. Sie kam mit einer umgebundenen Schürze und mit einem Handtuch über dem Unterarm an die Tür.

Der Kommissar stellte sich vor, zeigte seine Polizeimarke und ließ verlauten, weshalb er durch den Regen gestiefelt und die drei Stockwerke zur *Pension Flora* hinaufgeklettert war.

Frau Schiemann hatte den Herrn Jascheck so freundlich begrüßt wie einen neuen Gast, der ihr schon gleich nach dem Frühstück ins Haus schneit. Jetzt zogen sich ihre Augen zusammen, bis sie wie Stecknadelköpfe aussahen.

»Er hat seine Rechnung bezahlt und ist abgereist«, sagte sie kurz angebunden.

»Und wann, bitte, war das genau?« wollte der Kommissar wissen. »Hat er ein Flugzeug genommen, die Bahn, oder ist er per Auto abgedampft? Wissen Sie, wohin er gereist ist, und hat er vielleicht seine neue Adresse hinterlassen? Es könnte ja sein, daß Sie ihm seine Post nachschicken sollen.«

Nach jeder Frage machte er eine Pause und wartete auf Antwort. Aber die Besitzerin der Pension konnte sich lediglich an den Tag erinnern, an dem Hugo Stielicke ihr Haus verlassen hatte. Nicht einmal die Uhrzeit konnte sie sagen.

Kommissar Jascheck bohrte weiter. »Hat er während seines Aufenthaltes Besuche empfangen, und telefonierte er häufig? Dabei würden mich Ferngespräche besonders interessieren. Möglicherweise haben Sie die Nummern notiert, die er angerufen hat? Wegen der Bezahlung, meine ich.«

»Schon mal was von Datenschutz gehört?« fragte Frau Schiemann schnippisch zurück. »Außerdem müßte ich einen Kopf haben wie ein Elefant, wenn ich mir alles merken sollte, was hier passiert. Herr Stielicke war ein äußerst angenehmer Gast, aber doch nur einer unter fünfzehn oder achtzehn anderen.«

»Das gibt's doch nicht«, erwiderte der Kommissar mit einem kleinen Lächeln. »Sie wären die erste Pensionswirtin, die nicht neugierig ist.« Er fragte hartnäckig weiter, abwechselnd katzenfreundlich und kurz darauf wieder knallhart. »Vielleicht bringt es Sie zum Sprechen, wenn ich Ihren Laden schließen lasse«, drohte er endlich.

Aber die Frau ließ sich nicht einschüchtern. »Sie stehlen mir meine Zeit«, erwiderte sie knochentrocken. »Und Zeit ist so ziemlich das einzige, das man sich nicht neu kaufen kann, wenn sie aufgebraucht ist. Suchen Sie sich andere, die Sie leichter beklauen können.« Sie ließ den Kommissar im Flur stehen und wanderte in ihre Küche zurück. Dort hatte die Spülmaschine gerade zu brummeln aufgehört.

Herr Jascheck ging hinter ihr her und lehnte sich an den Türrahmen. »Ich möchte mich in Stielickes Zimmer umsehen.«

»Sie haben wirklich Pech«, nuschelte die Besitzerin der *Pension Flora.* »Nummer zwölf«, sie blickte kurz über ihre Schulter, »da hat er gewohnt. Aber Nummer zwölf gehört seit gestern einer jungen Dame, und die schläft noch, weil sie in einem Nachtclub arbeitet und erst morgens um vier oder fünf nach Hause kommt.« Sie räumte das Geschirr in einen Wandschrank. »Außerdem würde Ihnen eine Durchsuchung nichts bringen. Wenn ein Gast auszieht, wird nämlich saubergemacht, bis die letzte Haarnadel und bis das letzte Streichholz verschwunden ist. Bei mir herrscht Ordnung, Herr Kommissar.«

»Ich werde ihn schon auftreiben«, knurrte Jascheck. »Und wenn es sein muß, komme ich wieder und immer wieder. Wir sind noch nicht fertig miteinander.«

»Machen Sie beim Gehen bitte die Tür im Korridor zu«, sagte Frau Schiemann seelenruhig. Sie wartete ab, bis Jaschecks Schritte im Treppenhaus verklangen, dann huschte sie zum Telefon, nahm den Hörer ab und wählte. Sie kannte die Nummer auswendig, obgleich sie ziemlich viele Zahlen hatte.

Nach einer Weile meldete sich eine tiefe, verrauchte Stimme. Wer sie einmal gehört hatte, konnte sie mit einer anderen nicht mehr verwechseln.

Auch Kriminalkommissar Jascheck telefonierte. Er war mit einem Taxi zu seiner Dienststelle zurückgefahren und hatte zuerst einmal im Erdgeschoß bei der Fahrbereitschaft seine Verärgerung abgeladen. Dann hatte er sich an seinen Schreibtisch mit dem Sonderdezernat K 1 in Frankfurt verbinden lassen. »Keine besonders gute Nachricht«, meldete er und berichtete von seinem Besuch in der *Pension Flora.* »Vermutlich sind Sie jetzt enttäuscht, Herr Hauptkommissar, aber diese Dame hat es faustdick hinter den Ohren, und sie lügt wie gedruckt. Ich würde wetten, daß sie ganz genau weiß, wo Stielicke untergetaucht ist. Aber ich zieh' es ihr noch aus der Nase, so wahr ich mit Vornamen Luciano heiße.«

»Ein hübscher Name«, bemerkte Herr Havelstein.

»Meine Großmutter ist Italienerin.«

»Im übrigen bin ich keinesfalls enttäuscht«, versicherte der Hauptkommissar in seinem Frankfurter Hochhausbüro. »Ich hatte ja damit gerechnet, daß unser Freund verduftet ist.«

Wenn Hauptkommissar Havelstein in diesem Augenblick den Kopf nur um ein paar Grad nach rechts gedreht hätte, dann würde er haargenau in die Richtung einer Autobahnbrücke geblickt haben. Sie war in der Luftlinie nur einen knappen Kilometer entfernt und wurde in diesem Moment von einem Wohnmobil überquert, das zur einen Hälfte himmelblau und zur anderen Hälfte schneeweiß lackiert war. Vor seinen Fenstern hatte man die Jalousien zugezogen, und der dicke Mann hinter dem Steuer pfiff eine Melodie mit, die aus dem Autoradio kam.

Wie kommt ein Öltanker ins Schwimmbecken

In der Blumenhandlung am Marktplatz strahlten an diesem Mittag nicht nur der Klatschmohn und der Rittersporn um die Wette. Die ganze Familie Kohl strahlte und war aus dem Häuschen. Am liebsten hätte sie den Laden dichtgemacht und ein Schild an die Tür gehängt mit dem Hinweis, daß heute wegen eines erfreulichen Familienereignisses geschlossen sei. Statt dessen telefonierte Vater Kohl mit Manuels arbeitslosem jungen Nachhilfelehrer. Er hieß übrigens Ringelmann und wohnte noch bei seinen Eltern nicht weit vom Straßenbahndepot.

»Kaum zu fassen, aber mein Sohn hat von der gestrigen Klassenarbeit eine kugelrunde Zwei nach Hause gebracht. Ja, eine Zwei – und dafür möchten wir uns mit einem gemütlichen Abendessen bedanken. Paßt es Ihnen heute um zwanzig Uhr?«

Es paßte Herrn Ringelmann.

»Ausgezeichnet, wir freuen uns ... wie bitte? ... um Himmels willen, keine Krawatte. Ich hab' auch keine Lust, mich zu verkleiden. Brechen Sie sich bitte keine Verzierung ab. Bis heute abend also.« Er legte den Telefonhörer wieder auf. »So ein patenter Kerl«, brummte er, »und keine Stellung, es ist zum Davonlaufen.«

Verständlicherweise hatte Manuel verschwiegen, wie es in

Wirklichkeit zu seiner mathematischen Traumnote gekommen war. Dabei war es ihm verdammt schwergefallen, den unbekümmerten Strahlemann zu spielen. Viel zu häufig spukten Karlchens verflixte Fotos durch seinen Kopf. Sie baumelten wie jenes berüchtigte Damoklesschwert pausenlos über ihm.

Als sich Mutter Kohl aufmachte, um für das abendliche Festessen einzukaufen, verließ auch Manuel das Blumengeschäft am Marktplatz.

Die Glorreichen Sieben hatten sich in einer Toreinfahrt hinter der Post an der Ecke Herderstraße verabredet. Immerhin würden sie heute nachmittag nach dem Bruch des Burgfriedens zum erstenmal mit den Maxen zusammentreffen, und da wollten sie geschlossen anrücken. Über ihre Taktik bei dieser Begegnung waren sie sich allerdings noch im unklaren. Wie immer, wenn es Probleme zu lösen gab, konnte jeder seine Gedanken frei aussprechen, die Ideen anderer aufgreifen und weiterspinnen.

»Angriff«, hatte Sputnik, ohne lange zu überlegen, vorgeschlagen. Er neigte dazu, bei jeder Gelegenheit rotzusehen: »Angriff ist die beste Verteidigung, das haben Gneisenau und Blücher schon gesagt.«

»Entschuldige, aber der Spruch stammt von Napoleon«, korrigierte ihn Karlchen Kubatz, »und der ist damit ganz schön auf die Schnauze gefallen, wie wir wissen.«

»Ist mir doch so egal wie ein chinesischer Floh«, erwiderte Sputnik unlogisch. »Jedenfalls müssen wir ganz knallhart verlangen, daß sie sofort den geklauten Film rausrücken.«

»Das kostet sie nur ein müdes Lächeln«, meinte Emil Langhans, »weil sie nämlich längst genügend Abzüge gemacht haben und den Film gar nicht mehr brauchen.«

»Was schlägst du also vor?«

»Wir sollten genau das tun, was sie nicht erwarten«, antwortete der Lange nachdenklich.

»Und das wäre?«

Emil Langhans senkte den Kopf und blickte über den Rand seiner dunklen Hornbrille. »Wir stellen uns blöd, das wird uns ja nicht besonders schwerfallen. Unser Name ist Hase, und wir wissen von nichts.«

»Das nehmen sie uns nicht ab«, widersprach Karlchen Kubatz. »Sie haben den Burgfrieden doch ganz offiziell gekündigt und mich als Parlamentär losgeschickt, um es euch zu sagen.«

Der Lange nickte zustimmend. »Daß sie wieder mal auf dem Kriegspfad herumtanzen wollen, das müssen wir selbstverständlich wissen«, räumte er ein. »Aber wir müssen nicht unbedingt schon wissen, daß sie ihren Überfall nur veranstaltet haben, weil sie es auf den Film abgesehen hatten.«

»Ich versteh' kein Wort«, gab Sputnik zu.

»Es könnte doch sein«, fuhr Emil Langhans fort, »daß der Diebstahl noch gar nicht entdeckt ist. Karlchen könnte ihn erst heute abend bemerken, oder auch erst morgen oder übermorgen, eben zu irgendeinem Zeitpunkt, der uns in den Kram paßt.«

»Und was bedeutet das?«

»Die Maxen kommen unweigerlich ins Schleudern«, dozierte Emil Langhans weiter. »Denn selbstverständlich erwarten sie, daß wir groß auf den Putz hauen und den gestohlenen Film zurückfordern, so wie es ja auch Sputnik vorgeschlagen hat. Aber wir spielen die Ahnungslosen bis zum Gehtnichtmehr . . .«

Der Boß hatte sich bisher in Schweigen gehüllt. »Ich begreife langsam«, sagte er jetzt. »Wir sollen mauern und die anderen kommen lassen . . .«

». . . und wer kommen muß, ist bekanntlich immer im Nachteil, das ist wie beim Fußball«, fügte Emil hinzu. »Die Zeit läuft vorerst auf unserer Seite mit. Wir können in Ruhe abwarten.«

»Leuchtet ein«, stellte Karlchen Kubatz fest. »Einverstanden.«

Auch die übrigen Glorreichen stimmten zu.

Nur Sputnik zögerte noch. »Ich weiß nicht so recht«, überlegte er laut. »Wenn's nach mir ginge«, er unterbrach sich, »aber es geht ja nicht nach mir allein.« Er schob sich seine Astronautenmütze aus der Stirn. »Okay, ich unterwerfe mich der Mehrheit.«

»Also, beschlossen und verkündet«, erklärte der Boß.

»Gratuliere«, sagte Karlchen Kubatz zu dem Langen. »Du bist heut' ganz gut in Form.«

»Du immer mit deinen Untertreibungen«, entgegnete Emil Langhans. »Ich bin phänomenal in Form.«

Paul Nachtigall blickte auf seine Armbanduhr. »Wir haben noch eine halbe Stunde.«

Sie kletterten also auf ihre Fahrräder und trödelten durch die Gegend. Sie kurvten in Schlangenlinien am *Hotel zum Kurfürsten* vorbei und anschließend an *Rinaldos Eisdiele.* Zwischendurch fragten sie sich, ob Dr. Purzer tatsächlich keinen Verdacht habe.

»Falls er ein krummes Ding vermutet«, meinte Sputnik, »dann hat er sich jedenfalls nicht die Bohne anmerken lassen.«

»Der ist mit allen Wassern gewaschen«, mahnte Hans Pigge, »das dürfen wir keinen Moment vergessen.«

Am Rathausplatz radelten sie an Herrn Kalender vorbei, der gerade sehr aufrecht die breite Treppe herunterkam. Sie grüßten ihn, und er grüßte zurück, indem er mit der rechten Hand an seine Uniformmütze tippte. Seit ihrer Berlin-Reise zum Großen Preis hatten sie ein fast freundschaftliches Verhältnis zu dem Polizeimeister. Der Referendar namens Bissegger, der ja damals eine wichtige Rolle gespielt hatte, war im Frühjahr Studienrat geworden und unterrichtete seitdem im Mädchengymnasium.

Als sie zum Richard-Wagner-Platz kamen, schlug Karlchen Kubatz überraschend einen Besuch beim Zeitungskiosk vor. »Ich muß da noch etwas klarstellen«, bemerkte er.

Herr Wildenbusch war keinesfalls erstaunt, als der Pulk der Glorreichen Sieben auf ihn zugeradelt kam. Sie gehörten ja zu seiner ständigen Kundschaft. Neben seinen Zeitungen verkaufte er nämlich auch Getränke, Kaugummis, Schokolade, Andenken für die Kurgäste und sogar ein paar Schreibwaren. Er war ein breitschultriger Mann mit kurzgeschorenen Haaren, an die fünfzig, vielleicht auch achtundfünfzig Jahre alt. Er war immer scharf ausrasiert und stolz auf seine kerngesunden Zähne.

»Hallo, Herr Wildenbusch«, rief Karlchen Kubatz, als er an der Gehsteigkante von seinem Fahrrad hüpfte. »Hallo, Benno.« Mit Benno war ein hellbrauner Siamkater gemeint. Er gehörte mit seinem Seidenfell und den weit auseinanderliegenden, tiefblauen Augen zu dem Zeitungshändler wie dessen Zigarre, die niemals auszugehen schien. Im Augenblick lag der Kater zwischen ein paar aufeinandergestapelten Zeitungspaketen und gähnte.

»Tag, die Herren«, sagte Wildenbusch. »Was kann ich für euch tun? Bei Limo und Coca muß ich allerdings passen: Ausgerechnet bei dieser Bruthitze streikt mein Kühlschrank.«

»Wir wollen uns bloß dafür bedanken, daß Sie gestern das verabredete Telefongespräch so prima erledigt haben«, erwiderte Karlchen Kubatz.

»Wenn ich euch helfen kann, mach' ich mich gern zum Affen«, antwortete der Zeitungshändler. »Hat es denn wunschgemäß funktioniert?«

»Es hat«, bestätigte Karlchen, »und das andere übrigens auch.«

»Mach keine Witze«, meinte Herr Wildenbusch. »Meinst du die Hitzeferiengeschichte?«

»Ich begreif' kein Wort«, schaltete sich jetzt Paul Nachtigall ein.

»Um es kurz zu machen«, erklärte Karlchen Kubatz, »die Idee mit der Sommerzeit ist nicht auf meinem Mist gewachsen. Der Tip stammt von Herrn Wildenbusch. Ich will mir da keinen falschen Zylinder aufs Haupt drücken.«

»Sieh mal an«, bemerkte Emil Langhans.

Der Zeitungshändler fühlte sich geschmeichelt. »Ich muß zugeben, in solchen Sachen bin ich ein ziemlich großer Hirsch. Aber was ist denn nun eigentlich passiert?«

Karlchen berichtete im Telegrammstil.

»Es geht jetzt bis zur Schulbehörde«, stellte er abschließend fest.

»Das ist vielleicht ein Ei«, sagte der Zeitungshändler. Er lachte kurz, und dieses Lachen kam so von Herzen, daß es ansteckend wirkte. Auch die Glorreichen grinsten.

»Daß es gleich so einschlägt, hätte ich mir nie im Schlaf träumen lassen. Und was sie jetzt auch ausknobeln, das ist im Grunde piepegal. Wir haben ihnen Dampf unter die Stühle gemacht. Entschuldigt mich einen Moment.«

Eine Frau mit einer riesigen dunklen Brille vor den Augen verlangte *Das goldene Blatt* von dieser Woche.

»Leider ausverkauft«, bedauerte Herr Wildenbusch.

»Der Mordprozeß in Lübeck, Sie wissen schon . . .«

Herr Wildenbusch zeigte Mitgefühl. ». . . und deshalb ausverkauft, wie gesagt.« Seine breiten Schultern hatten sich ein wenig gehoben und senkten sich jetzt wieder. »Aber das Ding mit dem Massenmörder von London in der neuen *Woche der Frau* ist auch nicht von Pappe!«

»Wenn Sie versprechen, daß es genauso spannend ist . . .«

»Unter Garantie.«

»Und auch ein ganz klein bißchen gruselig?«

»Auch gruselig«, versicherte Herr Wildenbusch. »Sie werden nicht enttäuscht sein, meine Dame.«

Die Kundin zahlte, zwitscherte ihren Dank und trippelte zur Straßenbahnhaltestelle hinüber.

»Sie würden es sogar fertigbringen, im Sudan Heizöfen zu verkaufen«, bemerkte der Boß der Glorreichen Sieben.

»Mühsam sucht sich das Eichhörnchen seine Nahrung«, erwiderte Herr Wildenbusch und ließ einen Teil seiner kerngesunden Zähne sehen. Obgleich er erst vor zwei Jahren in Bad Rittershude aufgekreuzt war, gehörte er bereits zur Stadt, als ob er immer hier gelebt hätte. Und sein Pontiac, eine amerikanische Limousine vom Baujahr '52 mit riesigen Scheinwerfern und hochgeschwungenen Kotflügeln, war beinahe so stadtbekannt wie das röhrende Sportcabrio von Chefredakteur Kubatz. Es war allerdings nicht knallrot, sondern nachtblau. Im Augenblick parkte der lange Amischlitten schräg gegenüber im Hinterhof einer Stempelfabrik.

»Übrigens«, sagte der Zeitungshändler ein wenig unvermittelt und drehte sich dabei zu Karlchen herum, »so was katapultiert eine Auflage nicht gerade auf die Zugspitze.« Er hatte die heutige Ausgabe der *Bad Rittershuder Nachrichten* von einem Stapel genommen und legte sie auf den Verkaufstisch. Ein dreispaltiges Foto zeigte auf der ersten Seite das glückliche Ehepaar aus Hannover bei der Preisverleihung im Kurpark. »Mögen ja wahnsinnig reizende Leutchen sein, aber sie holen keinen einzigen Käufer hinter dem Ofen vor.«

Als die Glorreichen Sieben ein paar Minuten später im Hallenbad eintrudelten, war es kurz vor drei.

Insgesamt gehörten etwa dreißig Schüler des Prinz-Ludwig-Gymnasiums zur Auswahl für das Wettschwimmen beim Sommerfest. Sie waren dabei, sich auszuziehen, und einige saßen bereits in Badehosen herum.

Die Garderobenräume waren nur durch die grüngekachelten Duschen von dem Schwimmbecken getrennt. Die Maxen hatten die Schrankreihen beim Eingang mit Beschlag belegt. Die schmalen Spinde waren abgeschlossen, aber man konnte durch die Lochmuster in den Metalltüren die Hemden und Hosen erkennen. Aus der Halle waren laute Stimmen zu hören.

»Wieder mal auf den letzten Drücker«, nörgelte Turnlehrer Fischer, als die Glorreichen geschlossen angetanzt kamen. »In fünf Minuten müssen die anderen aus dem Wasser, dann sind wir dran.«

»Kann ich mir also massig Zeit lassen«, krächzte Emil Langhans. Er gähnte und knöpfte sich in aller Ruhe sein Hemd auf.

Zusammen mit Paul Nachtigall hatte er einen Stammplatz in der 4 × 100-m-Staffel, er als Starter und der Boß als Schlußmann. Die beiden gehörten auch mit Manuel und Karlchen zum Aufgebot fürs Kunstspringen. Hans Pigge und Sputnik hatten bei den Ausscheidungen Pech gehabt. Aber sie wollten – wie eine ganze Menge anderer Schüler, die sich auch nicht qualifiziert hatten – wenigstens beim Training dabeisein.

Selbstverständlich hatte auch die Mannschaft der Maxen ihr Publikum mitgebracht. Es stand oder hockte dicht um das Schwimmbecken herum, brüllte seine Favoriten ins Ziel oder pfiff auch durch die Finger, wenn ihm irgend etwas nicht paßte.

Es war zwischen den Turnlehrern der beiden Schulen abgemacht, daß man sich möglichst aus dem Weg ging und daß niemand herumspionierte.

Trotzdem spähten die Schüler des Prinz-Ludwig-Gymnasiums immer wieder einmal in die Halle hinaus.

Im Augenblick produzierten sich die Springer am 5-m-Turm. Ein stämmiger Junge mit schwarzem Kraushaar lieferte einen doppelten Salto ab, der sich gewaschen hatte.

»Dunnerlittchen«, zischte Emil Langhans. Er klebte zusammen mit den übrigen Glorreichen und Turnlehrer Fischer dicht an einem der bis zum Boden reichenden Fenster, die Einblick in die Schwimmhalle gaben.

»Es wäre mir peinlich, wenn man mich entdecken würde«, flüsterte Herr Fischer. »Aber andererseits ist man natürlich neugierig und möchte sehen, wie die Konkurrenz . . .«

»Da«, unterbrach ihn Karlchen Kubatz, »ihr Häuptling!«

Draußen kletterte der Anführer der Maxen auf den Sprungturm.

Die Zuschauer am Beckenrand applaudierten und pfiffen durcheinander. Aber diesmal bedeuteten die Pfiffe Beifall.

Als Ulli Buchholz das Ende des Brettes erreicht hatte, stehenblieb und Luft pumpte, wurde es still. Er wippte nicht. Eine ganze Weile stand er nur bewegungslos einfach so da. Dann schnellte er sich, mit einer Beiläufigkeit, die erst im letzten Augenblick Kraft einsetzt, von der Kante ab. Er sprang aufgerichtet, drehte sich blitzschnell aus der Hüfte, wirbelte zweimal durch die Luft und schlüpfte an seinen ausgestreckten Beinen entlang fast geräuschlos ins Wasser.

Die Maxen sprangen auf, hüpften rund um das Schwimmbekken herum und klatschten mit ausgestreckten Armen in die Hände.

»Viel besser geht's nicht«, stellte Emil Langhans fest.

»Wirklich nicht«, pflichtete Paul Nachtigall bei, »das muß ihm der Neid lassen, auch wenn's schwerfällt.«

»Keine rosigen Aussichten«, ließ sich Herr Fischer vernehmen. »Wenn wir nicht heillos aufpassen, hauen sie uns beim Sommerfest in die Pfanne. Und das wär' dann in der Geschichte von Bad Rittershude das erste Mal.«

Ulli Buchholz war inzwischen wieder aufgetaucht, warf das nasse Haar aus der Stirn, lachte und winkte seinem Publikum zu. Und weil es jetzt mit dem Training vorbei war, sprangen die Maximilianschüler von allen Seiten ins Wasser. Dabei brüllten und johlen sie. Aber ihr Turnlehrer rührte sich nicht. Er hieß Kugler, war lang wie ein Basketballspieler und hatte eine Stirnglatze. Er ließ seine Maxen zum Abschluß nach Belieben im Schwimmbekken toben.

Bademeister Pohmann, der in weißem Hemd und weißer Hose vor seiner Kabine unter einer großen, runden Uhr stand, zeigte eine bedenkliche Miene. Er hatte seine Fäuste gegen die Hüften gestemmt und überlegte, ob er eingreifen sollte oder nicht.

Da nahm ihm der Turnlehrer der Maximilianschule die Entscheidung ab. Er pfiff dreimal hintereinander auf seiner Trillerpfeife, die er an einer Kordel um den Hals hängen hatte. Dann nahm er ein Megaphon vor den Mund: »Alles aus dem Wasser«, sagte er, und es klang wie die Lautsprecheranlage auf einem Bahnhof. »In fünf Minuten muß die Halle fürs Prinz-Ludwig-Gymnasium geräumt sein. Beeilung, wenn ich bitten darf.«

Die Maxen brüllten auf, als hätten sie beim Fußball gerade einen Elfmeter kassiert. Gleichzeitig schlugen sie mit Fäusten und flachen Händen aufs Wasser, daß es nur so klatschte. Sie tauchten untereinander hindurch, wühlten mit allen vieren, so daß Wolken von Blasen quirlten, und zogen sich an den Rändern aus dem Bassin, um sofort wieder hineinzuspringen. Aber die ersten trotteten auch schon gehorsam zu den Duschen.

Hinter Bademeister Pohmann klingelte das Telefon in der verglasten Kabine. Er ging hinein, machte die Tür hinter sich zu, und man konnte sehen, wie er hinter der Scheibe den Hörer abnahm.

Schließlich schwammen nur noch ein halbes Dutzend Maxen aus den achten und neunten Klassen zusammen mit Ulli Buchholz im Wasser herum. Als er wieder einmal völlig außer Atem auftauchte, rief er irgend etwas und kraulte mit ein paar schnellen Schlägen in Richtung Umkleideräume. Die anderen folgten augenblicklich wie eine Meute junger Hunde. Fast gleichzeitig zogen und stemmten sie sich über den Beckenrand.

Inzwischen hatten sich die beiden Turnlehrer gegenseitig vorgespielt, daß sie ganz fabelhafte Kollegen wären, sich die Hände geschüttelt, ein paar Worte gewechselt und dabei laut, aber humorlos gelacht.

Die Schüler des Prinz-Ludwig-Gymnasiums waren in ihren Badehosen ein wenig zögernd in die leere Halle gekommen. Aber als Herr Fischer sie jetzt hereinwinkte, stürzten sie los, hüpften von allen Seiten in das Schwimmbecken und wiederholten ziemlich genau, was ihnen noch kurz zuvor die Maxen vorgemacht hatten. Auch sie tobten kreuz und quer durchs Wasser, tauchten unter, tauchten wieder auf, lieferten sich Zweikämpfe und brüllten sich dabei ihre gute Laune aus den Lungen.

Die Glorreichen Sieben hatten sich abgesondert und waren unter den Duschen geblieben. Von hier aus beobachteten sie Ulli Buchholz und seinen Clan.

»Die müssen hautnah an uns vorbei«, nuschelte Emil Langhans durch die Zähne.

Sie drehten die Brausen abwechselnd auf heiß oder eiskalt und taten so, als sei eine gründliche Körperreinigung im Augenblick die wichtigste Sache der Welt. Wenn das Wasser auf ihre klatschnassen Köpfe trommelte und der Seifenschaum über ihre Gesichter lief, sah es aus, als hätten sie die Augen geschlossen. In Wirklichkeit ließen sie den offenen Eingang nicht aus den Augen.

Das halbe Dutzend Maxen trabte mit ihrem Anführer dicht nebeneinander und hintereinander durch die Halle. Als die Jungen zu den Umkleideräumen einbogen, entdeckten sie die Glorreichen Sieben. Sie stoppten mitten im Lauf, aber sie blieben nicht stehen. Sie hatten sich nur kurz angeblickt und gingen dann wortlos weiter. Ulli Buchholz in der Mitte, die anderen wie eine Horde von Leibwächtern um ihn herum.

Die Glorreichen Sieben waren dem Anschein nach immer noch ganz von ihren Wasserspielen in Anspruch genommen.

»Könntest du mich freundlicherweise einseifen?« flötete Karlchen Kubatz. Er stemmte seine Hände auf die Oberschenkel und krümmte einladend den Rücken.

»Ach, du dicke Nuß«, stöhnte Emil Langhans, »mir bleibt auch gar nichts erspart.«

Die Maxen verzogen keine Miene. Sie stellten sich taub und trotteten an den Duschen vorbei, ohne die Glorreichen eines Blickes zu würdigen. Aber schon nach ein paar Schritten fingen sie an zu laufen. Kurz darauf war deutlich zu hören, wie sie nebenan im Umkleideraum an den Spindtüren herumschlossen und sie aufrissen.

»Was soll man davon halten?« flüsterte der dickliche Sputnik verwirrt. Er zuckte mit den Schultern und wollte noch etwas hinzufügen. Aber da brach draußen die Hölle los.

Zuerst waren es nur erstaunte Rufe, die aus der Halle kamen. Aber ziemlich schnell folgte Gelächter. Und dann gab es vereinzelte wütende Schreie, schließlich ein empörtes Gebrüll.

Emil Langhans fingerte nach seiner Brille, die er sich vorsichtshalber seitlich in die Badehose geklemmt hatte. »Irgendwas stimmt da nicht.«

»Ich sag's ja«, bemerkte Karlchen Kubatz, »du hast ein ganz besonders schlaues Köpfchen!«

Dabei stürmten sie auch schon los.

In der Halle pfiffen inzwischen Turnlehrer Fischer und Bademeister Pohmann aufgeregt mit ihren Trillerpfeifen um die Wette.

»Raus«, brüllte Herr Pohmann, wenn er zwischendurch Luft schnappte. »Sofort alle raus, das Zeug kann giftig sein!«

»Und ja nicht tauchen«, warnte Herr Fischer, »damit ihr die Brühe nicht in die Augen oder in die Ohren kriegt.«

Als die letzten Schüler ins Freie kletterten, waren die Glorreichen Sieben so nahe herangekommen, daß sie das ganze Ausmaß der Bescherung überblicken konnten.

Das Wasser im Schwimmbecken schillerte in allen Regenbogenfarben! Unter dem Sprungturm war es gelb, an der einen Längsseite spielte Rot die erste Geige, und an der anderen hatte Grün die Oberhand. In der Mitte dominierten große Flächen Marineblau, Weiß und Orange. Sie verschmolzen immer mehr mit den übrigen Farben. Und das Schauspiel blieb weiterhin in Bewegung. Irgendwelche unterirdischen Quellen schienen weiterzusprudeln – so wie die Thermalbrunnen im Stadtpark. Jedenfalls bildeten sich immer neue schillernde Flächen und weiteten sich aus.

Die Schüler des Prinz-Ludwig-Gymnasiums standen am Bekkenrand, waren ratlos und wußten nicht, was sie sagen sollten. Die meisten sahen aus wie Buntspechte oder wie bemalte Indianer. So ziemlich alle hatten verfärbte Badehosen, verfärbte Haare und blaue, gelbe oder rote Flecken auf der Haut.

Bademeister Pohmann war längst in seiner verglasten Kabine verschwunden und alarmierte die Polizei.

Währenddessen trockneten sich die Maximilianschüler in den Umkleideräumen seelenruhig ab, zogen sich ahnungslos an und quatschten dabei so laut durcheinander, daß sie gar nicht hören konnten, was inzwischen in der großen Schwimmhalle passiert war. Nur Ulli Buchholz und seine Leibwächter schienen es sehr eilig zu haben. Sie schlüpften halbnaß in ihre Hemden und kletterten wie gehetzt in ihre Hosen. Zwischendurch hüpften sie allerdings mal auf dem einen Fuß und dann auf dem anderen zu den hohen Glasfenstern. Von derselben Seite aus hatten auch die Glorreichen Sieben vor einer knappen Viertelstunde in die Halle gespäht. Auch die Maxen standen jetzt für einen Augenblick dichtgedrängt nebeneinander. Ihr Anführer sagte kein Wort. Aber er grinste zufrieden, als er sich zu den anderen umdrehte. »Zeit zu verduften«, zischte er. »Wir machen jetzt ganz schnell die Fliege.«

Draußen kam in diesem Moment Bademeister Pohmann mit hochrotem Kopf aus seiner Kabine gestürzt.

Schon ein paar Sekunden später verließ Ulli Buchholz barfuß den Umkleideraum. Er hatte seine Socken in den Schuhen und die Schuhe in der Hand. Sein Hemd hing noch über der Hose. Seine Trabanten galoppierten ebenso unvollständig angezogen hinter ihm her. Als sie gerade verschwunden waren, tauchte Bademeister Pohmann zwischen den Kleiderspinden unter den Maximilianschülern auf. »Herhören!« rief er. »Alles versammelt sich sofort draußen in der Halle.«

»Was ist denn los?« fragte Turnlehrer Kugler, der gerade klatschnaß vom Duschen kam.

»Eine bodenlose Schweinerei ist los«, knurrte der Bademeister und verschloß die drei Türen, die zum Ausgang führten.

»Aber in der Halle sind Schuhe doch verboten«, maulte ein

kleiner blonder Junge, der gerade den Reißverschluß an seiner Badetasche zuzog. »Außerdem muß ich rechtzeitig zur Klavierstunde da sein.«

»Das ist mir alles schnurz und schnuppe«, bellte Herr Pohmann. Er lachte ärgerlich in sich hinein, wirbelte herum und flitzte wieder in die Halle zurück.

Rund um das Schwimmbecken herum hatte man sich inzwischen vom ersten Schrecken erholt und die Sprache wiedergefunden.

Jetzt untersuchten die Schüler des Prinz-Ludwig-Gymnasiums zuerst einmal ihre Haut und fanden ziemlich schnell heraus, daß die schillernde und kunterbunte Brühe nicht hartnäckig klebte. Nach einigem Schrubben ließ sie sich mit Wasser wieder abwaschen. Ob das allerdings bei den Haaren und Badehosen genauso problemlos funktionierte, mußte noch ausprobiert werden.

»Jedenfalls handelt es sich nicht um Ölfarbe«, konstatierte Turnlehrer Fischer. »Ölfarbe wäre katastrophal gewesen.«

»Aber wie ist das Zeug ins Wasser gekommen?« fragte Paul Nachtigall.

»Vielleicht sind irgendwelche Röhren durchgerostet«, überlegte Herr Fischer. »Oder in der Umwälzanlage ist was ausgelaufen . . .«

»Papperlapapp«, sagte Bademeister Pohmann atemlos. Er hatte sich auf dem Weg durch die Halle eine weißlackierte Stange aus Kunststoff besorgt. Er benutzte sie sonst als Angel beim Unterricht für Nichtschwimmer.

Der Bademeister drängelte sich durch die Schüler bis zum Beckenrand. »In diesem Bassin gibt es nichts, was platzen oder auslaufen kann.« Er fing an im Wasser herumzustochern. »Das ist ein glasklarer Fall von Sabotage, und es ist nur eine Frage der Zeit, bis ich herauskriege, wer dahintersteckt.«

In der Halle war es jetzt wieder ganz still. Selbst die Maximilianschüler, die teilweise nur halbangezogen aus den Umkleideräumen angezottelt kamen, mischten sich wortlos unter das Prinz-Ludwig-Gymnasium. Ihr Turnlehrer hatte sich ein zitronengelbes Handtuch über die Schultern geworfen. Alle beobachteten Bademeister Pohmann, der mit seiner weißen Stange an manchen Stellen den Boden des Schwimmbeckens erreichte, vorsichtig Kreise zog oder behutsam die Längsseiten abtastete.

»Als würde er nach einer Leiche suchen«, flüsterte Karlchen Kubatz.

»Eine Kloake«, stellte Polizeimeister Kalender fest, nachdem er eine ganze Weile lang nachdenklich dem Bademeister zugeschaut und dann in das Schwimmbecken gestarrt hatte. Er war nach dem telefonischen Alarmruf zusammen mit seinem Reviervorsteher Nielsen umgehend im Funkstreifenwagen zum Hallenbad gejagt, hatte dann im Eilschritt die Eingangshalle durchquert und war schnurstracks zum Tatort gestürmt. Herr Pohmann hatte ihm ja bereits am Telefon angedeutet, was passiert war. Jetzt berichtete er die mageren Einzelheiten, die ihm bekannt waren.

Dabei ging so ganz allmählich auch den Maximilianschülern ein Licht auf. Bisher hatten sie nur sehr verwundert registriert, daß sich das glasklare Wasser, in dem sie noch vor kurzer Zeit herumgeturnt waren, in eine scheckige Limonade verwandelt hatte und daß die Knaben vom Prinz-Ludwig-Gymnasium wie kunterbunte Ostereier in der Gegend herumstanden. Aber ein Zusammenhang war ihnen schleierhaft geblieben. Jetzt fingen sie an zu begreifen, und ihre Gesichter zeigten unverhohlene Schadenfreude.

»Haben Sie irgendeine Vermutung?« fragte Herr Kalender, »vielleicht sogar einen Verdacht?« Er wechselte einen schnellen Blick mit seinem Reviervorsteher.

»Der Täter muß äußerst raffiniert vorgegangen sein«, sagte der Bademeister.

»Es kann sich auch um mehrere Täter handeln«, erklärte der Polizeimeister mit undurchsichtiger Miene.

»Das ist sogar anzunehmen«, räumte Herr Pohmann ein. »Jedenfalls müssen die Farben in irgendwelchen Behältern versenkt worden sein, die sich erst nach einiger Zeit geöffnet haben. Wäre das Zeug nur ins Wasser geworfen worden, so wie man Badesalz in einer Wanne verteilt, dann hätten die Burschen entdeckt werden müssen. So etwas wäre unter Garantie aufgefallen.«

»Sie könnten getaucht sein«, bemerkte der Polizeimeister beiläufig. »So hätten sie unbemerkt die Tat begehen können.«

Herr Pohmann fischte mit seiner Stange inzwischen in der Nähe des Sprungturms herum. »Ziemlich unwahrscheinlich«, murmelte er. »Wir müssen davon ausgehen, daß sich die Farbe auflöst, sobald sie mit Wasser in Berührung kommt, was bedeutet, daß sich die Täter höchstpersönlich eingefärbt hätten. Und das war ja wohl nicht der Sinn der Übung. Höchstwahrscheinlich wollten sie doch irgend jemandem einen Streich spielen, und zwar ohne die eigene Haut zu riskieren. Die eigene Haut im wahren Sinn des Wortes. Hab' ich mich klar genug ausgedrückt?«

»Die Maxen«, platzte Karlchen Kubatz heraus.

Postwendend gingen die Betroffenen empört in die Luft.

»Quatsch mit Soße«, grölte ein schwarzhaariger Junge, der auf Socken aus den Umkleideräumen gekommen war.

»Infame Verleumdung«, explodierte ein anderer.

Turnlehrer Kugler schob sich durch die aufgeregten Schüler dicht neben den Polizeimeister. »Wir warten gelassen das Ergebnis Ihrer Untersuchung ab«, sagte er. »Es wird doch hoffentlich eine Untersuchung geben?«

»Worauf Sie sich verlassen können«, antwortete Herr Kalender. Er hob den Kopf und bekam schmale Augen. »Da scheint Ihnen ein Fisch ins Netz gegangen zu sein, lieber Herr Pohmann.«

Tatsächlich hatte der Bademeister einen durchsichtigen Plastikbeutel aus dem Wasser geangelt. Er hing wie eine kleine zerknitterte Fahne am Ende seiner Stange.

»Vorsicht«, mahnte Reviervorsteher Nielsen. »Es könnte sich um ein Beweisstück handeln.«

Herr Pohmann ging langsam in die Hocke, um seine Angel in eine möglichst waagerechte Lage zu bringen. Das Gebilde aus Plastik fing an zu rutschen.

». . . und bist du nicht willig«, murmelte Herr Pohmann vor sich hin, »dann brauch' ich Gewalt. Aufgepaßt!« Er richtete sich auf, riß die weißlackierte Stange in die Höhe und schleuderte seine Beute durch die Luft. Nicht weit von den Glorreichen Siegen entfernt, klatschte sie wieder aufs Wasser, drehte sich um die eigene Achse, gurgelte sich voll und drohte zu versinken. Aber soweit kam es nicht. Emil Langhans gab Paul Nachtigall einen Schubser gegen die Rippen. »Los, halt mich fest«, tuschelte er. Der Boß begriff ohne weitere Worte. Er packte seine linke Hand, und als sich Emil jetzt tief über den Beckenrand beugte, sicherte er ihn. So ähnlich wie sich Bergsteiger beim Abseilen sichern. Der Junge mit der dunklen Hornbrille baumelte für einen kurzen Augenblick ziemlich hilflos in der Luft. Dann drückte er sich mit dem einen Bein an die gekachelte Seitenwand des Bassins und streckte das andere mit seiner ganzen Länge in die Richtung des

Plastikbeutels. Mit seinem großen Zeh konnte er ihn im letzten Augenblick gerade noch aufspießen. Das Ding hatte sich bereits wieder bis zur Hälfte mit Wasser gefüllt.

Emil Langhans zog sein ausgestrecktes Bein behutsam zurück. Gleichzeitig dehnte er seinen freien Arm aus, so weit es ging, und packte zu.

»He, Mann, nicht anfassen«, rief Sputnik aufgeregt. »Da sind bestimmt Fingerabdrücke dran.«

»Quatsch keinen Unsinn«, sagte der Polizeimeister. »Was aus dieser Brühe kommt, ist erkennungsdienstlich gleich Null. Da kannst du nach Spuren suchen, bis du schwarz wirst.«

»Entschuldigung«, murmelte Sputnik kleinlaut, »ich war momentan bescheuert.«

Paul Nachtigall hatte den Langen inzwischen wieder an Land gehievt.

»Irgendwas ist da draufgedruckt«, stellte Emil fest. Er hatte das Wasser aus dem Beutel gedrückt und hielt ihn jetzt gegen das Licht. »Soll ich vorlesen?«

»Mach das, mein Sohn«, erwiderte Herr Kalender.

»Da bin ich aber gespannt«, meinte Bademeister Pohmann und kam näher heran.

»Garantiert magenfreundlich«, entzifferte Emil. »Ohne Stabilisator und reines Naturprodukt.«

»Aber *was* ist es denn?« stieß Reviervorsteher Nielsen ungeduldig aus. »Es muß doch, zum Donnerwetter, draufstehen, was der Inhalt war.«

»ANILIN SPEISEFARBE«, las Emil Langhans vor. Er betonte jede einzelne Silbe. »Zweihundertfünfzig Gramm in Pulverform.« Er drehte den Beutel auf die Seite und hielt ihn dicht vor seine Brille. »Himbeerrot.«

»Und da sind Löcher«, bemerkte der Bademeister. Er war mit seinem Kopf jetzt so dicht neben Emil, daß sich beinahe ihre Ohren berührten. »Einstiche wie von einem Messer . . .« Er blickte triumphierend zu Herrn Kalender hinüber. »Wie ich es gesagt habe. Der Behälter, von dem ich sprach, ist dieser Plastikbeutel. Und man hat ihn mit nicht zu großen Stichen durchlöchert, damit die Farbe nach und nach entweichen kann.« Er ging mit seiner Stange wieder an den Beckenrand. »Selbstverständlich schwimmen noch andere Beutel im Wasser herum, da geh' ich jede Wette ein.«

»Vermutlich einer für Rot, einer für Blau, einer für Grün und so weiter«, bemerkte der Polizeimeister.

»Aber wer, um Himmels willen, kann mir sagen, was Speisefarbe bedeutet?« fragte Reviervorsteher Nielsen.

Einer der herumstehenden Schüler aus dem Prinz-Ludwig-Gymnasium meldete sich wie beim Unterricht. Er war klein, und seine blonden Haare hatten blaue und rote Flecken. »Man verwendet das Zeug in jeder Konditorei, damit die Creme in Blätterteigschnitten schön eigelb aussieht, zum Beispiel. Ich weiß das, weil meinen Eltern das Café am Karlsplatz gehört.« Er verschränkte die Arme und zog die Schultern hoch, weil er allmählich eine Gänsehaut bekam. »Man kann auch Marzipan damit farbig machen oder Glasuren. Es gibt Kunden, die wollen unbedingt Geburtstagstorten mit einem himmelblauen Zuckerguß und mit roten Rosen darauf und einer zitronengelben Schrift für die Zahl und ihren Glückwunsch. Nicht zu vergessen Eisbecher, die ja nicht bunt genug sein können . . .«

»Auch in Restaurants und Kantinen wird nachgeholfen«, warf Turnlehrer Fischer ein. »Die pfeifen aufs Lebensmittelgesetz, das stand erst unlängst in der Zeitung. Vor allem bei Pudding und Kompott wird gefärbt, aber auch bei Gemüse.«

»Prost Mahlzeit«, sagte Karlchen Kubatz. »Dann will ich mir lieber gar nicht vorstellen, was in den Wurstfabriken passiert.«

Reviervorsteher Nielsen massierte sein Kinn mit der rechten Hand. »Man müßte herausfinden, wo seit gestern oder seit ein paar Tagen solche Beutel mit Speisefarbe vermißt werden.«

»Aber wir sollten die genaue Zahl wissen«, fügte der Polizeimeister hinzu, »sonst fuchteln wir bei unseren Nachforschungen nur im Nebel herum.«

»Vielleicht können wir Ihnen behilflich sein«, ließ sich Paul Nachtigall hören. »Die Brühe da im Schwimmbecken ist ja harmlos, wie wir jetzt wissen, und außerdem sind wir vom Prinz-Ludwig-Gymnasium am meisten daran interessiert, daß die Maxen als Täter entlarvt werden.«

Die Maximilianschüler protestierten erneut. Sie randalierten, pfiffen durch die Finger und buhten. Dabei wirkten sie so überzeugend, daß man glauben konnte, sie seien tatsächlich ahnungslos, und daß Ulli Buchholz sie gar nicht eingeweiht hatte.

»Ich verbitte mir diese ungeheuerliche Anschuldigung«, stieß Herr Kugler hervor, nachdem sich seine Schüler wieder einigermaßen beruhigt hatten. »Es gibt keine Tat ohne Motiv, und welches Motiv sollten wir haben, bitte sehr?«

»Ganz einfach«, erwiderte Emil Langhans gelassen, »man will verhindern, daß wir heute für die Schwimmeisterschaft beim Sommerfest trainieren. Und jetzt entschuldigen Sie mich bitte, ich hab' zu tun.«

Inzwischen tauchte nämlich Paul Nachtigall bereits zusammen mit Karlchen Kubatz und ein paar älteren Schülern des Prinz-Ludwig-Gymnasiums durch das Becken. Emil schob sich eine Schwimmbrille über die Augen und sprang ihnen nach. Solange sie unter der Oberfläche blieben, auf der sich mittlerweile ein Film von durcheinanderfließenden Farben gebildet hatte, waren sie unsichtbar. Nur an Wellenbewegungen konnte man erkennen, wo sie sich gerade befanden. Zwischendurch tauchte da oder dort ein Kopf auf, schnappte nach Luft und verschwand gleich wieder.

»Früher hätte bei so was kein Mensch die Polizei geholt«, bemerkte Turnlehrer Kugler, ohne den Blick vom Schwimmbecken zu nehmen.

»Früher sind auch noch die Kinder mit Fahrrädern um den Tisch gefahren, damit die Eltern beim Abendessen Licht hatten«, erwiderte der Polizeimeister friedlich. Auch er ließ das Wasser nicht aus den Augen. Nach einer Weile zog er eine Augenbraue nach oben und schüttelte den Kopf. »Aber Sie haben natürlich recht, Herr Kugler. Für die Polizei ist dieser Fall eine ganze Nummer zu klein. Oder sollen meine Beamten jetzt alle Restaurants, Eisdielen und Konditoreien abklappern?«

»Auch Cafés, Kantinen und Wurstfabriken«, fügte Herr Kugler hinzu.

»Immerhin handelt es sich um groben Unfug in einer Städtischen Einrichtung«, gab Bademeister Pohmann zu bedenken.

»Ist ein Schaden entstanden?« fragte Herr Kalender.

»Müssen immer gleich Fensterscheiben eingeschlagen werden?« näselte der Bademeister. »Nein, Schaden ist nicht entstanden, wenn Sie mich so direkt fragen. Das Wasser wird sowieso täglich gewechselt, und Einnahmen fallen nicht aus, weil bei dieser Hitze kein Mensch zum Baden in die Halle kommt. Aber ich werde eine ganze Menge mehr Arbeit haben, schätze ich.«

»Was ich selbstverständlich sehr bedauere«, sagte Kalender. »Wäre ich sicher, daß die Maximilianschüler die Farbbomben gelegt haben, würde ich dafür sorgen, daß sie Ihnen beim Schrubben helfen müssen. Aber ich fürchte, wir werden ihnen nichts beweisen können.« Er unterbrach sich und schnippte mit Daumen und Zeigefinger. »Hallo Nielsen, verfügen Sie sich doch mal in die Umkleideräume und stöbern da ein bißchen herum, vielleicht finden Sie was in den Spinden oder in den Papierkörben.«

»Schon gemacht«, meinte der flinke Reviervorsteher und zwitscherte los. Ein wenig zu eifrig. Schon nach vier Schritten wäre er auf dem klitschnassen Kachelboden beinahe ausgerutscht.

Im selben Augenblick kam eine Hand aus dem Regenbogenwasser und schwenkte einen Plastikbeutel. Gleich danach tauchte das Gesicht von Karlchen Kubatz auf. Es war knallgelb bis in die kurzen Bürstenhaare. Aber es grinste.

»Aha, Nummer zwei«, stellte der Polizeimeister fest.

»Und da drüben Nummer drei«, sagte beinahe gleichzeitig Herr Pohmann.

Unter dem Sprungturm war auch Paul Nachtigall fündig geworden.

Und jetzt ging es Schlag auf Schlag.

Schließlich lagen sieben Plastikbeutel vor den Füßen des Polizeimeisters auf dem Boden nebeneinander.

»Wie abgeschossene Hasen nach einer Treibjagd«, bemerkte Turnlehrer Fischer. »Alle gleich groß und alle fein säuberlich mit Messerstichen präpariert. Die Sache hat Methode.«

»Und überall dieselbe Aufschrift drauf, wenn ich mich nicht irre?« vermutete Herr Kalender.

»Sie irren sich nicht«, erwiderte Emil Langhans. Er hockte inzwischen zusammen mit den übrigen Tauchern vor den aufgereihten Beuteln. »ANILIN SPEISEFARBE«, las er abermals vor. »Garantiert magenfreundlich, ohne Stabilisator . . .«

»Und so weiter, und so weiter«, unterbrach ihn der Polizeimeister. »Sonst noch was?«

»Die Farbbezeichnung ist verschieden«, erwiderte der Boß. »Da steht Erdbeerrot . . .«

»Und da Zitronengelb«, ergänzte Karlchen.

»Pflaumenblau«, entzifferte ein anderer Junge. »Spinatgrün . . .«

»Sehr interessant«, murmelte Herr Kalender. Er zeigte wieder einmal die undurchsichtige Miene eines Mannes, der Gedankenarbeit leistet. Was er interessant fand und was hinter seiner

Stirn vorging, behielt er vorerst für sich. Und als jetzt der Reviervorsteher von seinem Inspektionsgang zurückkam, fragte er ihn fast abwesend, ob er irgend etwas entdeckt habe.

»Nichts«, meldete Nielsen. »Absolut gar nichts, vom Stanniol einer Kaugummipackung abgesehen.«

»Na, denn«, sagte der Polizeimeister und erklärte die sieben Plastikbeutel für konfisziert. »Bringen Sie die Dinger als Beweismittel zum Präsidium«, befahl er seinem Reviervorsteher. Anschließend bedankte er sich bei den Tauchern für ihre Hilfe und schickte sie unter die Duschen. »Ihr seht ja aus, daß es nicht mehr zum Ansehen ist.« Er drehte sich nach dem Bademeister um. »Gibt es hier Bürsten und Seife?«

»Jede Menge«, erwiderte Herr Pohmann, »aber nur gegen Gebühren.«

»Ich würde heute mal ganz unbürokratisch ein Auge zudrükken«, schlug Herr Kalender vor.

»Die Schüler werden also nicht mehr gebraucht?« mischte sich Turnlehrer Kugler ein. »Keine Zeugenvernehmung?«

»Ich lasse mich doch nicht auf den Arm nehmen«, erwiderte der Polizeimeister katzenfreundlich. Er tippte mit der rechten Hand an seine Mütze und machte sich auf den Weg zu seinem Funkstreifenwagen. Herr Nielsen trottete, mit den beschlagnahmten Plastikbeuteln unter dem Arm, hinter ihm her.

Gleich darauf herrschte unter den Duschen Hochbetrieb. Die voll aufgedrehten Brausen dampften, und was über den Boden floß und durch die Abflußgullys gurgelte, sah aus wie eine Mischung aus Coca-Cola, Zitronenlimonade und Füllfederhaltertinte.

Karlchen Kubatz seifte sich schon zum drittenmal die Haare ein. »Magenfreundlich, das mag ja stimmen«, schimpfte er, »aber kleben tut der Mist wie Sirup.«

»Take it easy«, nuschelte Emil Langhans. »Immer cool bleiben.«

Sputnik tanzte auf einem Bein und bückte sich. »Blaue Fußnägel, ich könnte die Bande erwürgen.«

»Wir zeigen ihnen schon, wo der Hammer hängt«, meinte Paul Nachtigall zuversichtlich. »Und sie sollen sich ja nicht einbilden, daß sie uns das Training vermasseln können.«

»Du willst doch wohl nicht ins Freibad?« fragte Karlchen Kubatz. »Da kriegen wir doch keinen Fuß ins Wasser.«

»Wir radeln raus an die Amper«, verkündete der Boß. Er beugte den Kopf zurück und ließ das Wasser auf sein Gesicht prasseln.

»Genug Zeit hätten wir ja«, meinte Karlchen Kubatz.

»Nichts dagegen«, stimmte Emil Langhans zu.

Sputnik hielt den Kopf schief und schüttelte ihn. »Auf was warten wir also?« fragte er und fügte hinzu: »Mann, mein Ohr ist total überschwemmt.«

»Bei dir piept's wohl«, zischte im selben Moment Manuel Kohl, weil Hans Pigge die Brause von kalt auf heiß gedreht hatte.

Sie trödelten jetzt nicht mehr herum, schrubbten und duschten sich die letzten Farbreste von der Haut und aus den Haaren, so gut und schnell es eben ging.

Es wäre allerdings besser gewesen, wenn sie sich nicht so beeilt hätten.

Und es wäre noch viel besser gewesen, wenn sie an diesem Nachmittag Bad Rittershude überhaupt nicht verlassen hätten.

Aber was kommen soll, ist immer schon unterwegs, und man kann es nicht vermeiden. Dabei waren sie gewarnt. Als sie nämlich die Hähne an den Duschen abstellten, entdeckte Emil Langhans hinter der geriffelten Mattglasscheibe die Silhouette einer spindeldürren Gestalt, die sich gerade davonschleichen wollte. Dabei quietschte Gummi auf dem glatten Fußboden.

»Stopp!« rief Emil. »Bleib augenblicklich stehen, du Ratte.« Ein rothaariger Kopf wurde sichtbar, dann ein knallbuntes T-Shirt.

»Keinen Schritt weiter, Honeyboy«, drohte der Boß.

»Was spionierst du schon wieder hinter uns her?« stieß Karlchen Kubatz hervor. »Du hast vielleicht Nerven.«

Der klapperdürre Junge gab keinen Ton von sich. Für einen kurzen Augenblick starrte er durch seine dicken Brillengläser. Dann stieß er sich mit beiden Händen von der Wand ab und kurvte auf Rollschuhen in die Umkleideräume. Dort zwängte er sich durch die Schüler, die beim Anziehen waren und verwundert aufblickten. Denn von den Duschen her kamen jetzt auch die Glorreichen Sieben angetrabt, und es war ganz eindeutig, daß sie hinter dem Rothaarigen her waren.

»Haltet sie auf«, rief der Honeyboy die Maximilianschüler um Hilfe.

»Aber du gehörst doch gar nicht zu uns«, protestierte ein

Junge, der sich gerade ein kariertes Hemd über den Kopf gezogen hatte.

»Fragt jetzt nicht lange . . .«

Die Maxen waren überrumpelt und hatten keine Ahnung, was da gespielt wurde. Aber ganz gefühlsmäßig entschieden sie sich gegen die Glorreichen und stellten sich ihnen in den Weg.

Der Honeyboy wollte eine der Türen öffnen, die zur Eingangshalle führten. Aber sie war noch verschlossen. Doch das schien ihn nicht aus der Fassung zu bringen. Er blieb stehen, drehte sich um und grinste.

Die Glorreichen Sieben hatten inzwischen eine dichtgedrängte Abwehrmauer von Maxen vor sich.

Aus dem Nebenraum kamen aufgeschreckt und neugierig die Schüler des Prinz-Ludwig-Gymnasiums angeschlittert.

Und ganz überflüssigerweise erschien jetzt auch noch Bademeister Pohmann. »Bist du denn total hirnverbrannt?« brüllte er. »Mit Rollschuhen in einer Badeanstalt, das hab' ich noch nie erlebt . . .«

»Nirgendwo steht, daß hier Rollschuhfahren verboten ist«, erwiderte der Rothaarige unverfroren. »Für alles, was verboten ist, gibt's doch überall in diesem Land die entsprechenden Schilder . . .«

»Wo er recht hat, hat er recht«, brabbelte einer der Maxen, die sich breitbeinig vor Paul Nachtigall und den anderen aufgebaut hatten.

»Du mußt einen Knall haben«, knurrte Herr Pohmann. »Gleich passiert was, wenn du nicht umgehend deinen Abgang machst.«

»Nichts lieber als das«, erwiderte der Honeyboy und feixte wieder einmal rotzfrech. »Aber zu diesem Zweck müßten Sie mir freundlicherweise eine von diesen drei Türen aufschließen.«

»Erst wenn du dir diese verdammten Dinger von deinen Latschen geschraubt hast«, erwiderte der Bademeister. »Und dann hätte ich noch gern deinen Namen gewußt, Schule und Klasse . . .«

Der rothaarige Junge zuckte mit seinen schmalen Schultern. »Das ist leider zuviel verlangt«, bedauerte er. Seine Augen hinter den dicken Brillengläsern hüpften wieselflink von der einen Seite auf die andere. Dicht bei den nebeneinanderstehenden Maxen entdeckte er eine Lücke. »Nehmt eure Nasen weg«, stieß er heraus. Gleichzeitig fabrizierte er blitzschnell einen Luftsprung aus dem Stand und schwirrte los. In der Hocke und mit dem Allerwertesten beinahe auf den Fersen, flitzte er direkt an Bademeister Pohmann vorbei, richtete sich blitzschnell wieder auf und kurvte durch eine Gruppe von aufgeschreckten Schülern. Sputnik erwischte ihn mit einer Hand gerade noch an seinem T-Shirt, aber da drehte der Honeyboy seinen spindeldürren Körper um die eigene Achse und strampelte sich wieder frei.

Emil Langhans schleuderte noch seine klatschnasse Badehose hinter ihm her, aber sie traf bloß eine offenstehende Spindtür, die jetzt krachend zuklappte.

Inzwischen rollte der Rothaarige bereits an den Duschen vorbei in die leere Halle. Und draußen blickte er gar nicht mehr hinter sich, weil er sicher sein konnte, daß ihn niemand einholen würde. Er nahm die Hände auf den Rücken und schlitterte gelassen dem Ausgang zu. Ein sonntäglicher Schlittschuhläufer, der sich nach einem guten Mittagessen die Beine vertreten will.

Im Schwimmbecken sah es immer noch so aus, als sei dort ein Öltanker ausgelaufen. Daran konnten auch die paar Sonnenflecke nichts ändern, die auf der gefärbten Brühe herumtanzten.

Das unheimliche Haus

Die Amper war nicht gerade der Rhein oder die Elbe, aber sie konnte sich sehen lassen. Sie schlängelte sich durch dichte Laubwälder, fabrizierte bei den Felsen am Zobelberg einen mittelprächtigen Wasserfall und floß dann zwischen Hügeln und Getreidefeldern ins flache Land hinaus.

Kurz bevor sie von der Landstraße abbogen, wurden die Glorreichen Sieben von einem Wohnmobil überholt. Es war zur einen Hälfte himmelblau und zur anderen Hälfte schneeweiß lackiert. Sein vorgeschobenes Dach ragte weit über die Fahrerkabine hinaus.

Der Feldweg war gewalzt und gut befahrbar. Er führte an einer Bahnlinie entlang.

Die Hitze hatte immer noch nicht nachgelassen, und die Luft stand völlig still. Sie war feucht und drückend wie in einem Gewächshaus. Aber hinter dem Gaskessel und tief am Horizont ließen sich einzelne Wolken blicken, die ersten Wolken seit zwei Wochen.

»Vielleicht gibt's endlich ein Gewitter«, bemerkte Sputnik. Er trug seine Astronautenmütze verkehrt herum, mit dem Schild über dem Nacken.

An der Holzbrücke gab es eine Hauptschranke, und dort trafen der Feldweg und die Landstraße wieder aufeinander. Die Schranke ging gerade herunter, als das blau-weiße Wohnmobil angefahren kam. Es bremste und stellte den Motor ab.

Dicht neben ihm brachten auch die Glorreichen ihre Fahrräder zum Stehen.

Nicht viel später war der herankommende Zug zu hören.

»Eine Berliner Nummer«, stellte Karlchen Kubatz fest.

»Und der Fahrer ist ein Stockfisch«, ergänzte Emil Langhans.

Der korpulente Herr Sperling lehnte nämlich hinter seinem Steuerrad, ohne sich zu rühren. Er hatte die Jungen auf den Fahrrädern nicht beachtet. Als jetzt Güterwagen vorbeiratterten, drehte er sich allerdings um und rief hinter den geschlossenen Scheiben seiner Kabine ein paar Worte. Aber es blieb verborgen, mit wem er sich unterhielt. An sämtlichen Fenstern des Wagens waren die Jalousien herabgelassen.

Kurz danach wurde die Schranke wieder hochgezurrt, das Wohnmobil röhrte davon, und die Glorreichen Sieben radelten hinter der Brücke quer über eine Wiese zum Ufer. Kühe und Pferde grasten friedlich nebeneinander. Sie kümmerten sich um die Jungen auf den Fahrrädern ebenso wenig wie zuvor der dicke Stockfisch.

Es war nicht zum erstenmal, daß sie hier draußen trainierten. Und dazu gehörte es, sich bis zur nächsten Brücke, die etwa einen Kilometer entfernt war, treiben zu lassen und dann gegen den Strom zurückzuschwimmen.

Sie hatten ihre Räder zusammengestellt und sich ausgezogen. Jetzt standen sie in Badehosen am Ufer. Ohne ein Wort zu sagen, sprang Paul Nachtigall mit einem Kopfsprung ins Wasser. Wortlos sprangen die anderen hinter ihm her. Aber ganz schnell tauchten sie wieder auf. Sputnik fluchte, Emil Langhans schimpfte, Karlchen Kubatz brüllte, und der Boß blickte besorgt um sich, bis endlich auch Hans Pigge und Manuel wieder ihre Köpfe zeigten.

»Heute ist ein richtiger Glückstag«, wetterte Emil.

Sie waren nämlich alle bis zu den Ellbogen in Schlamm gestoßen und hatten sich nur mit einiger Mühe freimachen können. Jetzt standen sie in dem brausenden Wasser und staken fast bis zu den Knien in dem sumpfigen Morast.

»Das war doch noch nie«, sagte Karlchen Kubatz.

»Ich sag's ja, ein reiner Glückstag«, wiederholt der Lange. »Zuerst die Schmiere im Schwimmbecken und jetzt das da –«

»Muß die Hitze sein«, versuchte Paul Nachtigall zu erklären. »Die ausgetrocknete Erde wird an den Ufern losgerissen und mitgeschwemmt. Ein Glück, daß wir keinen Anlauf genommen haben, sonst wären wir mit unseren Köpfen in diesem Mist gelandet und vielleicht bis Weihnachten hängengeblieben.« Er wischte mit einer Hand übers Wasser, daß es spritzte. »Und jetzt strampelt euch frei, es geht los.«

Solange sie sich in der Flußmitte stromabwärts treiben ließen, genossen sie das kühle Wasser bis in die Zehenspitzen.

Aber als sie dann bei der unteren Brücke angekommen waren, sich dort für eine Weile an die Pfeiler klammerten und schließlich auf das Kommando von Paul Nachtigall gegen den Strom zurückschwammen, spürten sie bereits nach hundert Metern ihre Muskeln.

Bisher waren sie noch dicht nebeneinander und hintereinander durchs Wasser gepflügt. Doch jetzt zog der Boß zusammen mit Emil Langhans den anderen immer mehr davon. Karlchen Kubatz hielt sich in der Mitte. Sputnik spielte gemeinsam mit Manuel Kohl das Schlußlicht.

Als die Holzbrücke nach einer Biegung wieder in Sicht kam, drosselte Paul Nachtigall sein Tempo und drehte sich auf den Rücken. Emil Langhans kraulte noch an ihm vorbei, aber dann paddelte auch er nur noch mit halber Kraft gegen die Strömung.

Dreißig Meter vor der Brücke hob der Boß den linken Arm senkrecht aus dem Wasser. Er wartete, bis die anderen herangekommen waren, und schwamm dann voraus zum Ufer.

»Ja, hier müßte es sein«, japste Karlchen Kubatz. Sie waren allesamt ziemlich geschafft und wollten nicht durch Schlamm und Morast zurückwaten.

Das Wasser war klar und durchsichtig. Zwischen Algen und Schilf entdeckten sie ein Stück festen Sandboden und eine Stelle mit großen Steinplatten.

»Hier sind wir doch immer reingegangen, wieso heute nicht?« murmelte Emil Langhans. »Wir müssen behämmert gewesen sein.« Er tastete sich mit den Fußspitzen Schritt für Schritt näher zur Böschung, und die anderen machten es ihm nach.

Als sie wieder auf festem Boden waren, schüttelten sie wie junge Hunde das Wasser aus ihren Haaren. Dann bogen sie ihre Oberkörper abwechselnd mal nach vorn und hinten, um ihre Muskeln zu lockern und ihren Atem zu beruhigen. Als sich Paul Nachtigall zum elften oder zwölften Mal mit ausgestreckten Armen wieder aufrichtete, entdeckte er sie. »Wir haben Besuch«, stieß er hervor, beugte sich wieder und streckte sich wieder zurück.

Die Maxen kamen aus dem Schatten der Holzbrücke, mindestens zehn, und Ulli Buchholz in ihrer Mitte. Nach ein paar Schritten blieben sie stehen. Die Sonne war hinter ihnen, und im Gegenlicht wirkten ihre regungslosen Silhouetten so bedrohlich wie eine Horde von Banditen in einem kitschigen Spaghetti-Western. Zu allem Überfluß wälzte sich hinter ihnen auch noch die Amper mit Sonnenkringeln auf ihrem Wasser. Unter den grasenden Kühen und Pferden steckten einige ihre Schnauzen in die Luft, als ob sie Unheil wittern würden. In Wirklichkeit rochen sie wohl schon, daß ein Gewitter im Anrollen war.

»Die Lage ist mulmig«, flüsterte Karlchen Kubatz. Er schlug sich die Arme um den Körper und schüttelte gleichzeitig seine Beine aus. »Verdammter Mist, sie haben unsere Fahrräder und Klamotten im Rücken.«

Emil Langhans zischte: »Laßt doch die dämliche Turnerei. Wenn die uns jetzt noch abnehmen, daß wir sie nicht entdeckt haben, sind sie dümmer, als die Polizei erlaubt.«

»Stimmt«, sagte Paul Nachtigall und drehte sich langsam um.

Die Glorreichen rückten dichter zusammen.

Eine ganze Weile standen sich die verfeindeten Schüler schweigend gegenüber.

»Wie die Franzosen und Österreicher bei Austerlitz«, wisperte Sputnik.

Dann setzte sich Ulli Buchholz in Bewegung, und seine Maxen blieben dicht bei ihm.

Die Glorreichen Sieben rührten sich nicht vom Fleck.

Als der Junge mit der kurzen Lederjacke bis auf zehn Meter

herangeschlendert war, blieb er stehen. Er grinste breit, und die Visagen um ihn herum grinsten mit.

»So sieht man sich wieder«, sagte der Anführer der Maximlianschüler.

»Was wollt ihr?« fragte der Boß der Glorreichen.

»Bloß eine kleine Unterhaltung, sonst nichts.«

Emil Langhans legte den Kopf schief. »Quatschen wir also übers Wetter«, schlug er vor. »Aber selbstverständlich können wir auch von was anderem plaudern. Von den Ziegen in Marokko zum Beispiel. Sie sollen sich ihr Futter in den Bäumen zusammensuchen und springen dabei von einem Ast auf den anderen.«

»Schick mir 'ne Postkarte, wenn dir deine Witze ausgegangen sind«, bemerkte der breitschultrige Junge mit der kurzen Lederjacke und den ausgeblichenen Jeans. »Anscheinend habt ihr eure Lage noch nicht begriffen. Wir können euch postwendend in die Pfanne hauen, ist das klar? Das kostet uns nur ein müdes Lächeln.«

»Wir lassen uns nicht einschüchtern«, schaltete sich Hans Pigge ein. »Eure Übermacht imponiert uns nicht die Bohne.«

»Da husten wir drauf«, ergänzte Sputnik. »Ihr werdet noch euer blaues Wunder erleben.«

»Halt's Maul«, kläffte einer der Maxen. Er war größer als alle anderen, mit viel zu klobigen Händen und einem Babygesicht. Karlchen hatte in ihm längst den Schwitzkastendrücker wiedererkannt. »Wir zerquetschen euch wie Fliegen. Ihr seid nur ein halbes Dutzend und dazu noch so gut wie nackt, vergeßt das nicht.«

»Das ist das Problem«, äußerte sich Paul Nachtigall. »Ihr seid derartig überlegen, daß euch eine Keilerei gar keinen Spaß machen kann.«

Karlchen Kubatz wirbelte herum. »Nein«, er beugte sich nach vorn, krallte die Hände in die Hüften und verzog den Mund. »Hast du vergessen, wie die ganze Bande über mich hergefallen ist? Die haben doch keinen Funken Anstand und sind so feige, wie du es dir nicht vorstellen kannst. Räuber sind sie obendrein. Wo ist mein Film, den ihr mir aus der Hosentasche geklaut habt, ihr Strauchdiebe?«

»Sieh einer an«, sagte Ulli Buchholz seelenruhig, »damit wären wir ja schon beim Thema.« Er lehnte sich etwas zurück und suchte in seinen Taschen nach Zigaretten. Er fand ein paar Glimmstengel und beförderte sich einen in den Mund, mit einem Schnipsen des Fingernagels gegen den Boden der Packung. »Von Klauen kann nicht die Rede sein. Das Wort schmeckt mir nicht.« Er ließ sich Zeit mit dem Feuerzeug. »Sagen wir lieber – wir haben uns deinen Film nur geliehen! Wir geben ihn jederzeit zurück, wenn du es willst.«

»Nachdem ihr euch genügend Abzüge gemacht habt.«

»Ich gebe zu, daß wir neugierig waren«, erwiderte der Anführer der Maxen. »Der Film ist selbstverständlich entwickelt und kopiert worden. Sogar Vergrößerungen haben wir uns machen lassen.« Die Zigarette wippte auf und ab, während er sprach. »Ausgesprochen hübsche und gelungene Bilder übrigens, meinen Glückwunsch.«

»Deinen Glückwunsch kannst du dir an den Hut stecken«, knurrte der Junge mit dem Bürstenhaarschnitt.

»Was habt ihr mit den Fotos vor?« fragte Manuel Kohl geknickt.

»Du warst bisher so still«, sagte ein Maxe mit Pickeln im Gesicht. Er grinste und blickte zu seinem Anführer. »Und er macht so große Augen.«

»Stille Wasser sind tief«, meinte Ulli Buchholz.

»Der hier nicht«, erwiderte das Pickelgesicht. »Das einzige, was bei dem tiefgeht, sind die Löcher in den Ohren.«

Die Maxen brachen in schallendes Gelächter aus.

»Ich kann ja verstehen, daß gerade du gern wissen möchtest, wo es langgeht«, sagte Ulli, nachdem sich seine Kumpel wieder beruhigt hatten. Während er sprach, stieg ihm der Zigarettenrauch direkt ins Auge. Er kniff es zusammen. »Mit dir fahren sie zuerst Schlitten, wenn wir euren Beschiß platzen lassen. Todsicher bleibst du dann sitzen. Vermutlich werden sie dich sogar feuern.« Er hatte jetzt auch wieder die anderen Glorreichen im Blick. »Für die übrigen Beteiligten wäre es dann auch nicht zum Lachen.«

Paul Nachtigall verschränkte die Arme. »Darf ich daran erinnern, daß für unsere Schulen seit anno dazumal ganz bestimmte Regeln gelten, die immer eingehalten worden sind. Die genaue Festlegung des Burgfriedens beispielsweise.«

»Wir haben ihn vorschriftsmäßig gekündigt«, mischte sich erneut der bullige Junge mit dem Babygesicht ein. »Und jetzt ist wieder alles erlaubt. Das kleine Farbenfeuerwerk heute im Schwimmbecken war bloß die Ouvertüre, wenn ihr überhaupt wißt, was eine Ouvertüre ist, ihr Armleuchter.«

Emil Langhans hob den Kopf. »Die Verunreinigung der Badeanstalt geht also auf euer Konto«, stellte er fest. »Wir nehmen das zur Kenntnis.«

»Ist uns schnurzegal«, erwiderte Ulli Buchholz. »Beweisen könnt ihr uns sowieso nichts.« Er äugte wieder zu Paul Nachtigall hinüber. »Zurück zu deinen Regeln.« Er paffte eine Wolke Zigarettenrauch in die Luft. »Du kannst uns nicht vorwerfen, daß wir sie nicht eingehalten haben . . .«

»Kein Einspruch, jedenfalls nicht bis zu diesem Augenblick«, räumte der Boß ein. »Aber was jetzt in euren Köpfen herumspukt, das kann euch ins Schleudern bringen.«

»Inwiefern, bitte sehr?«

Paul Nachtigall wippte auf den Fußballen wie ein Läufer, der vor dem Rennen die Startlöcher ausprobiert, und seine Stimme wurde ein wenig lauter, als er jetzt sagte: »Es ist glasklar festgelegt, daß wir alles unter uns ausmachen. Keinesfalls darf eine Seite die andere bei irgendwelchen Erwachsenen, insbesondere nicht bei Eltern, bei der Polizei oder bei der Schule anzeigen, beschuldigen oder verpetzen.« Es hörte sich an wie eine Verteidigung im Parlament. »Das ist abgemacht, und daran ist nicht zu rütteln.«

»Amen«, sagte das Pickelgesicht.

»Amen«, wiederholten die Maxen im Chor.

»Selbstverständlich knallen wir die Bilder nicht eurem Direktor Senftleben auf den Schreibtisch, wir sind doch nicht von gestern«, erklärte Ulli Buchholz. »Aber es könnte doch passieren, daß irgendeiner von uns die vergrößerten Fotos ganz zufällig unter dem Arm hat und auch ganz zufällig mit einem gewissen Dr. Purzer zusammenrempelt, der gerade auch ganz zufällig aus eurer Schule kommt und zu seinem parkenden Auto will. Unser Knabe ist leider ungeschickt, und die Fotos flattern um den Studienrat herum auf den Boden. Der gute Mann fällt aus allen Wolken, weil er sich auf ein paar Bildern höchstpersönlich wiederfindet. Und alle Aufnahmen, in der richtigen Reihenfolge nebeneinandergelegt, erzählen ihm die Geschichte von einem zypressengrünen VW-Golf, der vorübergehend den Keuchhusten hat, von reparaturbesessenen Schülern und schließlich von einer infam gefälschten Klassenarbeit. Der Studienrat fängt an zu begreifen, blickt sich um, will Fragen stellen, aber unser Knabe, dem das Pech mit den Fotos passiert ist, ist verschwunden.« Er blickte zu den grasenden Tieren hinüber, weil gerade ein Pferd gewiehert hatte. »So was wäre ein sehr bedauerlicher Unglücksfall, aber mit Verpfeifen oder Verpetzen hätte er nichts zu tun, nicht das mindeste. Capito?«

»Ich kann nicht länger zuhören, mir wird schlecht«, brüllte Sputnik plötzlich los. Er krümmte sich, als hätte er Bauchschmerzen. »Das ist doch eine ganz idiotische Schweinerei.« Er schoß einen vernichtenden Blick zu den Maxen hinüber. »Auf den Effekt kommt's doch an, und der Effekt wäre so oder so derselbe. Haut bloß ab.«

»Reiß dich am Riemen«, mahnte Emil Langhans leise und erinnerte an seinen Leib- und Magenspruch: »Cool bleiben, immer schön cool bleiben.

»Es ist ja nicht auszuschließen«, sagte der Anführer der Maximilianschüler, »daß uns noch was Besseres einfällt.«

Manuel Kohl hatte sich inzwischen neben Paul Nachtigall gedrängelt. »Aber, um Himmels willen, was habt ihr denn davon, wenn ich von der Schule fliege?« fragte er bedrückt.

»Eigentlich haben wir nichts davon«, sagte Ulli Buchholz nach einer ziemlich langen Pause. Und auch jetzt schwieg er wieder. Er blickte auf die Amper hinunter und versuchte, seine Zigarette mit den Lippen so weit hochzudrücken, daß sie die Nase berührte. Augenscheinlich interessierte ihn im Augenblick nichts anderes.

Den Glorreichen Sieben hatte es die Sprache verschlagen.

Der Junge in der kurzen Lederjacke schien mit seinem Kunststück zufrieden zu sein. Er schnippte die nur zur Hälfte gerauchte Zigarette durch die Luft. Sie landete dicht neben seinen Füßen im Gras, und er trat sie aus. Dann blickte er zum Boß der Glorreichen Sieben hinüber. »Du hast wohl deine Zunge verschluckt, oder bist du noch da?«

»Wir haben momentan nichts zu sagen«, erwiderte Paul Nachtigall. »Aber es sieht so aus, als ob du was rausspucken willst.«

»Also gut«, sagte der Anführer der Maxen, »wir könnten die ganze Geschichte vergessen, und ihr bekommt auf der Stelle diesen verdammten Film zurück mit sämtlichen Fotos und Vergrößerungen . . .« Er ließ das letzte Wort in der Luft hängen und beobachtete das halbe Dutzend Jungen in Badehosen aus den Augenwinkeln.

»Da läuten bei mir doch schon die Glocken«, murmelte Emil Langhans. Er richtete sich auf und fragte laut: »Wie sehen eure Bedingungen aus, denn irgendwas wollt ihr doch von uns?«

»Du hast eine komische Stimme«, bemerkte Ulli Buchholz.

»Mach jetzt keine Umleitung«, erwiderte Emil.

»Nein, deine Stimme ist wirklich komisch, ehrlich.« Der Anführer der Maxen feixte.

»Was verlangt ihr?« fragte Emil Langhans hartnäckig weiter. Er hatte keine Miene verzogen.

Jetzt schaltete sich wieder einmal der bullige Bursche mit dem Babygesicht dazwischen: »Nur eine Kleinigkeit«, meinte er. »Ihr sollt in diesem Jahr beim Sommerfest die Schwimmstaffel verlieren, weiter nichts!«

»Seit einer halben Ewigkeit gewinnt immer das Prinz-Ludwig-Gymnasium«, fuhr ein anderer von den Maxen fort. »Die Zeitung bringt euch auf der ersten Seite, und die ganze Stadt schüttelt euch die Hand.«

»Überhaupt ist es höchste Eisenbahn, daß wir endlich mal die Rollen tauschen«, entrüstete sich der Junge mit dem Pickelgesicht. »Und das gilt speziell für euren Privatverein. Die Glorreichen Sieben, daß ich nicht kichere. Jammerschade, daß ihr euch jetzt nicht im Spiegel sehen könnt: eine Schafherde, die vor Angst bibbert. Aber die Herren sind die großen Detektive, Sherlock Holmes ist ein Dreck gegen sie. Immer sind sie die Lieben, die Guten, werden in Watte gepackt und gestreichelt. Und wir sind dagegen die Hornochsen, denen man am besten aus dem Weg geht.« Er mußte tief Luft holen. »Mann, wie uns euer Heiligenschein zum Hals raushängt.«

Paul Nachtigall hatte nachdenklich zugehört. »Bis zu diesem Augenblick hatte ich keine Ahnung von euren Komplexen. Aber es kommt halt immer drauf an, von welcher Seite man in den Garten hineinguckt. Schön, ihr wollt uns den Lack abkratzen, wenn ich's richtig verstehe. Und beim Schwimmfest soll es anfangen.«

»Ist das ewige Siegen nicht sowieso auf die Dauer langweilig?« fragte Ulli Buchholz scheinheilig.

»Und wie stellt ihr euch das vor?« wollte der Boß der Glorreichen Sieben wissen. »Sollen wir so tun, als würden wir uns die

Lunge aus dem Hals schwimmen, und in Wirklichkeit auf der Stelle strampeln, oder was?«

»So gute Schauspieler seid ihr nicht, daß das niemandem auffallen würde«, antwortete der Junge mit der kurzen Lederjacke. »Aber euer Starter könnte ausnahmsweise auf dem Bauch landen und gleich die ersten Meter verlieren, was ja jedem passieren kann. Oder euer Schlußmann fällt im letzten Moment aus, weil er sich eine Erkältung eingehandelt hat . . .«

»Erpressung«, stellte Emil Langhans fest.

»Schon wieder so ein Wort, das mir gar nicht schmeckt«, konterte Ulli Buchholz. »Ich würde viel lieber sagen: Wir kommen uns beiderseitig entgegen und sind ganz schrecklich nett zueinander.«

Die Glorreichen Sieben rührten sich nicht und sagten keinen Ton.

»Ihr könnt euch mit der Antwort drei Tage Zeit lassen.«

»Das wäre bis zum Freitag«, sagte Paul Nachtigall.

»Du willst dich doch auf so was nicht einlassen?« protestierte Karlchen Kubatz. »Das kannst du nicht machen.«

Die beiden Bosse beachteten ihn nicht.

»Freitag um siebzehn Uhr erwartet euch ein Junge mit Rollschuhen vor *Rinaldos Eisdiele*. Er wird nicht zu übersehen sein.«

»Nein, das wird er nicht«, bestätigte Emil Langhans.

»Das wär's für heute«, sagte Ulli Buchholz. Die Maxen drehten sich um und trabten zur Holzbrücke zurück.

Die Glorreichen Sieben gingen ohne Eile hinter ihnen her.

Der Himmel hatte sich inzwischen zugezogen.

»Es wird bald regnen«, meinte Sputnik.

Drüben kletterten die anderen auf ihre Fahrräder. Sie warteten, bis die Jungen in den Badehosen fast herangekommen waren.

»Übrigens haben wir von euren Reifen die Luft rausgelassen«, rief Ulli Buchholz über die Schulter. Er saß im Sattel und war startbereit. »Die Ventile schwimmen in der Amper herum, wenn ihr sie suchen solltet. Arrivederci!«

»Nicht gerade 'ne neue Idee!« rief Paul Nachtigall zurück. »Könntet ihr euch zur Abwechslung nicht mal was anderes einfallen lassen?«

»Ach, wißt ihr, an Ideen kann man sich gewöhnen, wenn sie so gut sind«, erwiderte der Lederjackenjunge und grinste wieder einmal sein Lausbubenlächeln. Und seine Maxen feixten mit. Dann klingelten sie mit ihren Fahrradklingeln um die Wette und zwitscherten los.

»Ihr verdammten Kröten!« brüllte Sputnik hinter ihnen her. Er hatte seine Hände als Trichter vor den Mund gehalten und ließ sie jetzt wieder sinken. »Wir waren bodenlos leichtsinnig«, stöhnte er.

»Das kann man wohl sagen«, meinte Hans Pigge. »Einer hätte wenigstens als Wache zurückbleiben müssen.«

»Den hätten sie doch umgepustet wie nichts«, nörgelte Karlchen Kubatz. »Der Kardinalfehler ist, daß wir total vergessen haben, wie gemeingefährlich die Brüder sind. Der Ausflug hierher war heller Wahnsinn.«

»Leider mein grandioser Vorschlag«, gab Paul Nachtigall zu.

»Nimm's nicht tragisch«, tröstete ihn Emil Langhans. »Wir waren alle durch die Bank bekloppt.« Er zog sich bereits sein Hemd über den Kopf. »Wieso hat bei keinem von uns die Alarmglocke gebimmelt, als wir diesen rothaarigen Rollschuhzwerg hinter den Duschen entdeckten? Das ist nicht zu fassen.«

Die Maxen hatten ihre Klamotten nicht angerührt. Aber die Reifen an ihren Fahrrädern waren leer wie müde Gartenschläuche, und die Ventile fehlten.

»Schieben wir also los«, seufzte Manuel Kohl.

Karlchen Kubatz verstaute seine Badetasche auf dem Gepäckträger. »Ich schätze, das wird eine ziemlich deprimierende Heimreise.« Er spürte den ersten Regentropfen auf seinem linken Ohr und wischte darüber hinweg, als wollte er eine Fliege verjagen. »Na ja, es kommt immer alles zusammen.«

Eine ganze Weile schoben sie ihre Fahrräder wieder über den Feldweg zurück und an den Bahngleisen entlang. Bis Emil Langhans plötzlich stehenblieb. »Wir müssen heute tatsächlich einen miserablen Tag haben«, stellte er fest. »Wieso latschen wir stur dem Weg nach, wenn wir sowieso nicht fahren können? Wenn wir da drüben quer durch den Wald gehen, wäre das 'ne Abkürzung von mindestens einer halben Stunde.« Er angelte ein Taschentuch aus seiner Hose. »Kann mir übrigens jemand sagen, weshalb man für Brillen noch keine Scheibenwischer erfunden hat?«

Sie gingen jetzt in die Wiesen hinein, die abgemäht waren und leicht anstiegen. Der Wald kündigte sich mit Sträuchern an und dann mit vereinzelten Kiefern und Birken. Allmählich wurde er dichter. Der Himmel hatte sich inzwischen zugezogen, und es regnete immer stärker.

Kein Ton war zu hören, außer dem Wind in den Baumkronen, einem gelegentlichen Knacken, wenn sie auf heruntergefallene kleine Zweige traten, oder dem Scheppern der Schutzbleche an ihren Fahrrädern.

Anfänglich hatten sie sich noch gegenseitig beschwindelt und so getan, als sei ihre gute Laune ungetrübt. Sie hatten sich über die Maxen lustig gemacht und mehr oder weniger gute Witze gerissen. Selbstverständlich waren sie sich einig darüber, daß sie sich nie und nimmer erpressen lassen würden.

»Schon der Ansatz eines solchen Gedankens wäre ein Verbrechen«, war von Sputnik zu hören gewesen. »Ich habe das ganz bestimmte Gefühl . . .«

». . . und ich hab' eine Großmutter, die kann Rock'n'Roll«, hatte ihn Karlchen Kubatz übermütig unterbrochen. »Am Freitag sieht die Welt schon wieder ganz anders aus, das spür' ich im kleinen Finger.«

Der Boß war da nicht so sicher gewesen. »Wir müssen unverschämtes Glück haben, wenn uns bis dahin das Richtige einfallen soll, und das wird gar nicht so leicht sein.«

»Ach was, es ist bestimmt leichter, als Ananas vom Baum zu pflücken.«

»Seit wann wächst Ananas auf Bäumen, du Doofmann?«

Als sie dichter in den Wald eindrangen, waren sie still geworden. Zwar gab das Laub vor dem Regen einigen Schutz, aber das Unterholz behinderte sie immer mehr. Sie stolperten über von wucherndem Farn verborgene Baumwurzeln, und das Gestrüpp verfing sich zwischen den Speichen ihrer Fahrräder. Und nirgendwo ein Weg oder ein Pfad.

Fast eine Viertelstunde stapften sie schweigend nebeneinander her. Sie trugen ihre Räder auf den Schultern, weil der Boden inzwischen aufgeweicht war und die luftleeren Reifen wegrutschten oder einsackten.

»Als Kind hab' ich mich mal bei einem Urlaub an der Nordsee im Watt verirrt«, brach Karlchen Kubatz das Schweigen. »Das war alles andere als lustig. Bis ich endlich einen Leuchtturm aufspüren konnte, der hat mich dann gerettet.« Der Junge mit dem Bürstenhaarschnitt wuchtete sich sein Fahrrad von der einen

Schulter auf die andere und lächelte schief. »Aber hier gibt's ja keine Leuchttürme.«

»Machen wir uns nichts vor«, keuchte Sputnik. »Wir sitzen über beide Ohren in der Klemme, und wenn ihr mich fragt, dann latschen wir schon eine ganze Weile im Kreis herum.«

»Unsinn«, widersprach Emil Langhans. »Unser Kurs stimmt, das garantiere ich. Aber wie konnte ich denn ahnen, daß hier Zustände herrschen wie im Dschungel.«

In diesem Augenblick ging ein bedrohliches Rauschen durch die Wipfel der Linden und Ahornbäume. Regen prasselte auf das Laub der Zweige.

Die Glorreichen Sieben blieben stehen. Sie wischten sich mit den nassen Händen über ihre Gesichter, lehnten sich an einen Baumstamm, um zu verschnaufen.

»Jetzt sind die Elefanten los«, murmelte Manuel Kohl. Er zog den Kopf ein und äugte wie ein gefangenes Kaninchen ängstlich nach allen Seiten. Als ob er sich entschuldigen wollte, sagte er: »Ein Gewitter unter Bäumen soll nicht ungefährlich sein.«

»Im Sommer ist das halb so schlimm«, beruhigte ihn Emil Langhans. »Du wirst sehen, in fünf Minuten ist der ganze Zauber vorbei.«

Doch vorerst kamen die Blitze vom Zobelsberg herüber, immer näher. Sie flammten auf, schlugen irgendwo ein; und nach jedem blauen Blitz das Grollen des Donners. Jetzt war das Gewitter direkt über ihnen. Als die grelle Helligkeit den Wald für den Bruchteil einer Sekunde erleuchtete, entdeckten sie undeutlich die Umrisse eines Hauses.

»Los, nichts wie rüber!« rief der Boß. »Da können wir uns unterstellen.«

Augenblicklich war ihre Beklommenheit verschwunden. Sie packten ihre Fahrräder und stiefelten verbissen los.

»Das ist ja wie im Märchen«, sprudelte Karlchen Kubatz aufgeregt heraus. »Ein Haus mitten im Wald, und wir haben nie ein Wort davon gehört. Das kann doch nicht wahr sein.«

Im selben Augenblick legte sich der Sturm, die Bäume beruhigten sich wieder, und der Regen hörte schlagartig auf. Jetzt tropfte es nur noch vom Laub und von den Ästen herunter. Genauso plötzlich, wie es sie überrascht hatte, war das Gewitter über sie hinweggezogen. Das Grollen des Donners entfernte sich und war bald nicht mehr zu hören. Wenn die Richtung einigermaßen stimmte, dann würde Bad Rittershude jetzt den ganzen Feuerzauber über sich haben.

Das Haus sah verschlossen aus, unzugänglich und dichtgemacht. Nirgendwo war ein Licht zu sehen. Die Fassade war abgebröckelt, und die verwitterten Fensterläden waren geschlossen. Aber das Gebäude mußte bessere Zeiten gesehen haben. Trotz seiner Verkommenheit wirkte es abweisend und überheblich, wie jemand, der ins Alter und in Armut gekommen ist. Es gab angebaute Terrassen und einen überdachten Balkon. Ein kleiner Turm zierte das Dach, und zu dem herrschaftlichen Eingang führte eine Treppe, die von Säulen flankiert war. Treppe und Säulen waren zerfallen. Büsche und Sträucher eines verwilderten Gartens verdeckten das Erdgeschoß. Das Grundstück mußte schon lange dem Verfall überlassen worden sein.

»Ich bin sprachlos und neugierig«, erklärte Emil Langhans überwältigt.

Sie standen mit ihren Fahrrädern jetzt vor dem kunstgeschmiedeten Tor. Es hing schief in seinen Angeln, weil ein tragender Pfeiler eingesunken war. Eine derbe Kette hing, zweimal herumgeschlungen und von einem verrosteten Vorhängeschloß zusammengehalten, zwischen den Eisenstangen, die wie Lanzen nebeneinanderstanden.

»So wie das aussieht, wohnt hier niemand«, stellte Emil Langhans fest. Er flüsterte unwillkürlich.

Nebel schwebte noch zwischen den Bäumen, aber die Sonne löste ihn bereits wieder auf und breitete sich aus. Man sah ihre Reflexe in den Fenstern des kleinen Turmes mit der Zwiebelmütze, und ihr Licht glitzerte über das nasse Schieferdach.

»Wir könnten über die Mauer klettern«, schlug Sputnik vor.

»Und was sagst du dann, wenn doch jemand auftaucht?« fragte Karlchen Kubatz.

Jedenfalls waren sich die Glorreichen Sieben darüber im klaren, daß man dieses Haus nicht einfach links liegenlassen konnte wie eine Straßenbahnhaltestelle. Ihre Neugier war geweckt und ihr Forschungstrieb nicht mehr aufzuhalten.

Sie beschlossen, das Grundstück an der Mauer entlang zu umgehen. Vielleicht gab es von einer anderen Stelle aus einen besseren Einblick. Aber diese Hoffnung erfüllte sich nicht. Der größte Teil des Hauses blieb hinter der grünen Kulisse verborgen. Nur der zierliche Turm auf dem Dachfirst ragte über die Mauern.

Da entdeckte Manuel Kohl die Seitenpforte. Sie hatte grobe, kräftige Bohlen mit einer robusten Nagelung. Efeu hing wie die Enden von Papierschlangen über die Mauer herunter.

»Mir qualmt die Rübe«, flüsterte der Boß. »Wir müssen es riskieren.« Er ließ sein Fahrrad ins Gras kippen. »Wir *müssen* ganz einfach.«

»Macht des Schicksals«, raunte Sputnik theatralisch und entledigte sich gleichfalls seines Drahtesels.

Emil Langhans drückte die Klinke, und neben ihm stemmte sich der Boß mit seiner Schulter gegen das alte Holz.

Es quietschte und knarrte.

»Sie bewegt sich«, piepste Manuel Kohl atemlos.

Tatsächlich hatte die Pforte nachgegeben. Aber nur bis zu einem schmalen Spalt. Dann sperrte sie sich wieder. Abgebröckeltes Gestein, altes Laub und abgebrochene Äste hinderten sie daran, sich weiter zu öffnen.

Doch für Karlchen Kubatz und Manuel Kohl war der Durchgang breit genug. Sie zwängten sich hindurch und räumten den angehäuften Schutt so weit zur Seite, wie es nötig war, um auch die anderen durchzulassen.

Emil Langhans kam als letzter herein. Er schloß die Pforte hinter sich, und alle blieben stehen und warteten, ob sich irgend etwas regte.

Aber nichts.

Keine Stimmen. Kein Hund schlug an.

Zum Eingang des Hauses deutete sich ein Pfad an. Er war weitgehend zugewachsen. Als ihn Sputnik betreten wollte, zischte Karlchen Kubatz warnend durch die Zähne.

»Wenn hier jemand wohnt, muß es Spuren geben«, murmelte er. »Etwas Geknicktes oder dergleichen.« Er kroch auf allen vieren herum und hatte seine Nase dicht über dem nassen Gras und den herumliegenden Zweigen. »Kein Zweifel, da ist niemand«, sagte er nach einer Weile, sprang wieder auf die Beine und wischte sich die Hände ab.

Sie gingen auf den Eingang zu.

»Niemand soll behaupten können, wir seien eingebrochen«, hatte Paul Nachtigall erklärt.

Die Haustür war einmal dunkelgrün lackiert gewesen. Aber jetzt war die Farbe an vielen Stellen abgeblättert, zeigte Risse und Blasen.

Der Boß der Glorreichen Sieben drückte auf einen Klingelknopf.

»Da ist doch bestimmt kein Funken Elektrizität mehr in der Leitung«, tuschelte Sputnik.

Und so war es dann auch.

Kein Ton aus dem Inneren des Hauses.

Jetzt benützte Paul Nachtigall den blind gewordenen Türklopfer aus Messing in der Mitte des oberen Türblattes. Das Gewinde war eingerostet, und es krächzte, als es jetzt bewegt wurde. Das Poltern rief nichts als ein kurzes Echo hervor. Es hörte sich an, als wäre die Tür von innen fest verriegelt.

Die Jungen warteten, aber niemand kam.

»Wir müssen ein offenes Fenster finden«, sagte Hans Pigge.

»Oder einen Nebeneingang«, ergänzte Sputnik. »Bestimmt gibt es noch andere Türen, zur Küche oder zum Keller.«

Die Seitenfront war von dem wuchernden Garten fast zugedeckt. Gestrüpp und Sträucher waren bis zum Haus vorgedrungen. Die Glorreichen bahnten sich einen Weg dicht an der Hauswand entlang. Kies knirschte unter ihren Schuhen, herabhängende Zweige legten sich auf ihre Schultern. Sie kamen zu einem Fenster, das nicht mit Holzläden verschlossen war. Emil Langhans drückte sein Gesicht dicht an das Glas. Auf der Innenseite waren Spinnweben. Der Lange war nicht sicher, aber es sah so aus, als sei der Raum dahinter vollkommen leer. »Kein Schwein hustet, wenn wir hier ein Fenster einschlagen.«

Paul Nachtigall schüttelte den Kopf. »Schön cool bleiben, sagst du doch immer.« Er grinste.

Sie gingen weiter durch verfilztes Gebüsch und hohes Gras bis zur Rückseite des Hauses. Dort gab es einen gepflasterten Hof und einen zur Hälfte überdachten Durchgang. Hier war es plötzlich kühl, als ob die Sonne nie hierherfinden würde.

»Der Wirtschaftsteil vermutlich«, stellte Karlchen Kubatz fest.

Neben zwei Kellerfenstern war eine schmale Tür tief ins Mauerwerk eingelassen. Sputnik versuchte den verrosteten Knopf zu drehen. Die Tür war verschlossen.

Emil Langhans blickte ein wenig spöttisch von einem zum anderen. »Na, jetzt kommen die Herren ins Grübeln.« Er lehnte sich dicht neben der Tür mit dem Rücken an die Wand. »Sollen wir, oder sollen wir nicht, das ist die Frage.«

Und dann passierte es.

Er drehte sich herum und tippte spielerisch mit der Fußspitze gegen die Stelle unterhalb des Türknopfs. Nur so zum Spaß.

Der Erfolg war gewaltig.

Wie in Zeitlupe löste sich die Füllung aus dem Rahmen, und die Bretter purzelten langsam hintereinander auf den Steinfußboden.

»Der nächste Windstoß hätte sie genauso umpusten können«, entschuldigte sich Emil Langhans.

»Ein Zeichen des Himmels«, stammelte Sputnik überwältigt. Er riß sich seine Astronautenmütze vom Kopf und bedeckte seine Herzgegend mit ihr. Dabei zog er das Kinn an und stand stramm.

»Du übertreibst wieder mal«, bemerkte Paul Nachtigall, »aber ein gutes Omen ist es schon.«

Sie drängelten und schubsten sich durch die zerborstene Tür in das Haus.

Karlchen Kubatz hatte mit seiner Vermutung recht gehabt; sie befanden sich in den früheren Haushaltsräumen. Leere Regale, eine veraltete, verrottete Waschmaschine, an den gekalkten Wänden große Flecken. Durch einen breiten Flur ging es in die Küche, dann in die Halle und ins Treppenhaus. Alles lag in einem unwirklichen, geheimnisvollen Dämmerlicht. Für die Glorreichen Sieben, die ja direkt aus der Sonne kamen, war es zunächst völlig dunkel. Erst allmählich paßten sich ihre Augen an und fanden sich einigermaßen in dem schummrigen Licht zurecht, das durch die schmalen Spalten der geschlossenen Fensterläden hereinkam.

Manchmal stießen sie in der Finsternis mit dem Oberschenkel gegen ein Geländer oder mit der Schulter an einen niedrigen Rundbogen. Dann wirbelten sie herum, erstarrten und befürchteten, daß sie sich verraten hätten. Obgleich sie fest davon überzeugt waren, daß dieses Haus seit langer Zeit kein Mensch mehr betreten hatte und daß es ganz sicher unbewohnt war.

Die herrschaftliche Villa wirkte augeräumt und geplündert, keine Vorhänge mehr und kein einziges Möbelstück. Nur nackte Mosaikfußböden und Marmorstufen. Ein riesiger offener Kamin mit irgendeinem Wappen in den Stein gemeißelt. Überall lag dicker Staub. Der Verfall der äußeren Fassade setzte sich im Innern fort. Tapeten, die bestimmt einmal sehr wertvoll gewesen waren, hatten sich an vielen Stellen gelöst, hingen in Fetzen herunter. Leere überall, wohin man blickte, auch in den oberen Fluren und Zimmern. Der Stuck an den Decken war von grünem Schimmel zerfressen, Wandmalereien von Schlachten, mit Girlanden als Rahmen, kaum noch zu erkennen, ausgebleicht und abgefärbt.

Überall ein Geruch von vermodernden Balken, sich auflösendem Gips, Schimmel und Verfall. Und überall auch Spinnweben.

Die Glorreichen Sieben kamen aus dem Staunen nicht heraus.

»Klasse«, flüsterte Karlchen Kubatz begeistert. »So was hat uns schon immer gefehlt.«

»Das wird unsere einsame Insel«, schwärmte Sputnik.

»Komm wieder auf den Teppich, Dicker«, mahnte Emil Langhans.

Sie durchsuchten jeden Winkel.

Am Ende eines kurzen Korridors entdeckten sie eine steile Holztreppe, die wie ein schwarzes Loch in die Tiefe führte.

»Bestimmt gibt es da unten Ratten«, vermutete Manuel Kohl.

Sputnik nickte fachmännisch und bohrte seine Augen in die Dunkelheit. »Ganze Generationen, nehm' ich an. Die leben doch hier wie im Paradies, sind fruchtbar und vermehren sich.«

Es roch tatsächlich muffig.

Der Boß hatte seinen Hemdärmel zurückgeschoben. Die Leuchtziffern zeigten bereits sechs Uhr. »Für heute ist's genug«, stellte er fest. »Es ist höchste Zeit, daß wir uns auf die Socken machen.«

Sie kletterten gerade über eine Treppe, die eher eine Leiter war, bis in den Speicher. Hier war es zugig. Eine Tür knallte zu, und Staub wirbelte auf. Der Krach schlug wie ein Schuß durch die Stille des leeren Hauses. Die Jungen blieben wieder einmal stehen, und nicht nur Manuel Kohl hätte in diesem Moment eine ganze Menge darum gegeben, woanders zu sein. Aber eben nur einen Moment lang.

Nachdem sie sich von dem neuerlichen Schrecken erholt hatten, setzten sie ihren Weg nach oben fort. Sie mußten eine ziemlich schwere, viereckige Klapptür über ihren Köpfen aufstemmen. Beim dritten Versuch gelang es ihnen, und im selben Augenblick waren sie wie geblendet. Sie standen nämlich so gut wie im Freien. Zwar hatten sie auf ihren ausgestreckten Armen noch den massiven Holzdeckel über sich und den kleinen Turm mit der Zwiebelspitze auf dem Dachfirst im Rücken, aber nach drei Seiten erblickten sie nur den Himmel, der schon fast wieder ohne Wolken war, die Amper mit ihren zwei Holzbrücken und den Zobelberg. Dicht unter ihnen lag der verwilderte Garten, der zugewachsene Wald und dahinter die Bahnlinie, deren Gleise in der Sonne flirrten.

Der Wind fuhr ihnen ins Haar, Dohlen und Grünlinge zwitscherten, sie waren überwältigt.

»Ein Panorama – wie von einem Aussichtsturm«, schwärmte Emil Langhans, nachdem er sich gefaßt hatte. »Im übrigen ist so ein Fernblick tausendmal zuverlässiger als ein Kompaß«, fügte er nach einer Weile hinzu. Er hatte nämlich hinter den Baumgipfeln den Gaskessel beim Güterbahnhof entdeckt und einen Feldweg, der direkt in seine Richtung führte.

Die Stimme aus dem Schatten

Das zur einen Hälfte himmelblau und zur anderen Hälfte schneeweiß lackierte Wohnmobil erreichte Bad Rittershude am Nachmittag gegen vier Uhr.

Etwa eine Viertelstunde früher war der spindeldürre Honeyboy wie ein sonntäglicher Schlittschuhfahrer mit den Händen auf dem Rücken durch das Städtische Hallenbad zum Ausgang gesegelt, um sich aus dem Staub zu machen.

Der Wagen mit dem weit vorgeschobenen Dach über der Fahrerkabine fuhr die Herderstraße hinauf, überquerte den Richard-Wagner-Platz und bog hinter dem *Hotel zum Kurfürsten* in die Rabenstraße hinein, die am Güterbahnhof vorbei an den Zobelberg führte. Der dicke Sperling hinter dem Lenkrad kannte sich augenscheinlich genau aus. Wenn ihn nicht gerade eine Ampel stoppte, fuhr er, ohne zu überlegen, flott drauflos.

Hugo Stielicke lag wieder hinter den heruntergezogenen Fensterjalousien auf einem der beiden Betten, die Hände unter dem Kopf und die langen Beine übereinandergeschlagen. Genauso hatte er noch gestern und ein paar Wochen lang davor ziemlich häufig auf dem Sofa in seinem Zimmer Nummer 12 der *Pension*

Flora gelegen. Einen Teil der Fahrt hatte er regelrecht verschlafen, aber zeitweise hatte er auch nur so vor sich hin gedöst. Jetzt wurde er munter. Das Wohnmobil mußte die Landstraße verlassen haben. Es federte gelegentlich, als ob es über Schienen und Pflaster ginge. Außerdem waren Geräusche zu hören.

»Hallo Partner«, rief der Mann, den man mit seinen weißen Haaren für einen Professor halten konnte, »den Namen werden Sie mir ja kaum verraten, aber wenn ich richtig vermute, dann kurven wir momentan durch eine Stadt oder so was Ähnliches?«

Der Dicke drehte in seiner Fahrerkabine den Kopf ein wenig herum. »Sie vermuten durchaus richtig«, brüllte er hinter sich durch das verhängte Fenster. »Wir befinden uns in London, und ich schlängele mich gerade vom Piccadilly in die Bondstreet hinein!«

»In London klingeln keine Straßenbahnen, Sie Komiker«, rief Stielicke zurück, »die haben sie dort schon vor fünfzig Jahren eingeschrottet.«

»Was Sie nicht sagen!« brüllte Sperling wieder und kicherte leise in sich hinein.

Als er kurz darauf die Stadt bereits im Rücken hatte, überholte er bei einer Abzweigung ein halbes Dutzend junger Radfahrer. Vor einer heruntergelassenen Bahnschranke in der Nähe einer Holzbrücke trafen sie sich noch einmal. Nebeneinander warteten sie, bis endlich ein Güterzug angezottelt kam und an ihnen vorbeiratterte.

Gleich danach zuckte Herr Sperling zusammen. Ein Summen, das sich in gleichmäßigen Abständen wiederholte, hatte ihn überrascht und aufgeschreckt. Es kam aus dem Funkgerät, das neben ihm auf dem Beifahrersitz lag. Er zog die Antenne heraus und drückte die Sprechtaste. »Wer dort? Bitte melden.«

»Hier Löwenzahn«, kam die Antwort aus dem kleinen Lautsprecher. Es klickte zweimal. Dann war ein Pfeifton zu hören, der aber sofort wieder abbrach. »Wo ist Ihr augenblicklicher Standort, Teekanne?«

»So etwa in zehn Minuten trudeln wir ein«, antwortete Sperling. »Ihr könnt schon das Badewasser einlassen und den roten Teppich ausrollen.« Ohne eine Entgegnung abzuwarten, schob er die Antenne wieder zurück. Dann ließ er das Funkgerät im Handschuhfach verschwinden.

Vorerst brauchte er es nicht mehr.

Gleich darauf war es jetzt Hugo Stielicke, der zusammenzuckte. Ganz plötzlich war es nämlich dunkel geworden, und die Radiomusik, die ihn bisher beim Dösen überhaupt nicht gestört hatte, wurde so dröhnend laut, daß er von seinem Bett aufsprang. Das Radio konnte nur von der Fahrerkabine aus gesteuert werden, und Sperling mußte es voll aufgedreht und gleichzeitig das Licht ausgeschaltet haben.

»Bei dir piept's wohl!« brüllte Stielicke und hämmerte mit der Faust an die vordere Wand aus Kunststoff. Aber der Dicke gab keine Antwort.

Im ersten Moment glaubte Hugo Stielicke noch, daß seinem Komplizen nur ein Mißgeschick passiert sei, das er selber noch gar nicht bemerkt hatte. Aber dann wurde die Fahrt des Wagens auf einmal langsamer, es ging spürbar in zwei Kurven, die ziemlich eng sein mußten. Anschließend schlich der Kasten nur noch im Schritt-Tempo weiter. Es sah so aus, als wären sie angekommen, wo immer das auch sein mochte. Und jetzt war es Hugo Stielicke schlagartig klar, daß Sperling den Lautsprecher keinesfalls nur aus Versehen auf volle Touren geschaltet hatte. Vermutlich gab es draußen irgendwelche Geräusche, die er nicht hören sollte, weil sie vielleicht etwas über den Bestimmungsort verraten hätten.

Stielicke legte sich wieder aufs Bett, schlug erneut die Beine übereinander, nahm die Hände unter den Kopf und wartete ab.

Kurz darauf kam das Wohnmobil zum Stehen, aber nur für einen Moment. Es stotterte ein paar Meter zurück, und als es wieder geradeaus fuhr, ging es nochmals in eine Kurve und dann im Schneckentempo bergab. Hinter den verschlossenen Jalousien wurde es für einen Augenblick ganz dunkel. Dann drang von draußen eine Helligkeit herein, die von künstlichem Licht stammen mußte.

Der Wagen wippte weich, als er das Gefälle hinter sich hatte und wieder über ebene Erde rollte. Dann wurde er abgebremst. Gleichzeitig riß zuerst die Radiomusik ab und anschließend das Geräusch des Motors. Die Deckenbeleuchtung flackerte, als hätte sie einen Wackelkontakt, und erlosch.

Auf jeden anderen hätte die plötzliche Stille und die schlagartige Finsternis beklemmend gewirkt.

Nicht so auf Hugo Stielicke.

Für ihn war das geheimnisvolle Getue des dicken Sperling zum Schmunzeln. Aber es beruhigte ihn auch, denn ganz augenscheinlich hatte er es mit gewissenhaften Profis zu tun. Und das neue Abenteuer, in das er da gerade hineinspazierte, konnte wieder in einer Gefängniszelle enden, wenn durch mangelnde Vorsicht irgend etwas schiefging. Viel wahrscheinlicher war allerdings, daß sich in Zukunft sein Leben an einem südlichen Palmenstrand abspielen würde, mit massenhaft Sonne und immer genügend Piepen in der Tasche.

In einiger Entfernung schlug Metall auf Metall. Es hörte sich an wie das Schließen einer großen, eisernen Schiebetür. Dem Gepolter folgte ein Echo. Man befand sich also in einer riesigen Halle oder in einer Art Gewölbe.

Schritte kamen näher. Es waren anscheinend zwei Personen, und sie hatten es nicht besonders eilig. Mit ziemlicher Sicherheit stiefelten sie über einen Steinfußboden.

Jetzt schnappte das Türschloß in der Fahrerkabine. Gleich darauf federte der ganze Wagen. Und fast im selben Moment, als die Schritte das Wohnmobil erreicht hatten, war zu spüren, daß Sperling ins Freie kletterte und draußen stehenblieb. »Hallo«, sagte er, »da bin ich wieder.« Es war anzunehmen, daß er dabei sein Dauerlächeln zeigte.

»Wir hatten dich erst am Abend erwartet«, erwiderte eine Stimme. Sie mußte einem jüngeren Mann gehören.

»Na, dann muß ja alles blendend funktioniert haben?« fragte ein anderer, der wohl älter war.

»Hat es auch«, antwortete Sperling. »Aber wohin ich auch blicke, weit und breit kein roter Teppich. Unser Gast wird enttäuscht sein.«

Ein unterdrücktes Kichern war zu hören und ein undeutliches Getuschel. Ein Hund bellte, und dann stocherte ein Schlüssel im Türschloß herum.

Hugo Stielicke blieb mit seinen übereinandergeschlagenen Beinen auf dem Bett liegen und rührte sich nicht. Auch als sich die Tür vorsichtig öffnete und von draußen ein Lichtstreifen vom Boden her zu ihm hinaufwanderte, drehte er nur sein Gesicht ein wenig und sagte unbekümmert: »Guten Tag.« Die verschränkten Arme ließ er dabei unter dem Kopf.

»Das kann ja wohl nicht wahr sein«, platzte der dicke Sperling heraus. »Sie liegen hier in totaler Finsternis, mein Freund! Ja, um

Himmels willen, wie lange denn schon, weshalb haben Sie nicht den Mund aufgemacht?«

»Die Radiomusik war so laut aufgedreht, daß Sie mich gar nicht hören konnten. Immerhin hab' ich mit den Fäusten gegen Ihre Wand gehämmert.«

Sperling zog ein Gesicht, als sei er aus allen Wolken gefallen. »Wie bitte? Ich verstehe kein Wort . . .« Er war ein fabelhafter Schauspieler. »Jedenfalls bitte ich um Entschuldigung, wenn mir irgendwelche technischen Fehler unterlaufen sein sollten.« Er schüttelte bekümmert den Kopf. Aber gleich darauf lächelte er wieder. »So, und jetzt seien Sie herzlich willkommen bei uns.«

Als Hugo Stielicke von seinem Bett aufstand und zur Tür kam, entdeckte er hinter Sperling tatsächlich zwei Männer, so wie er es nach den Schritten vermutet hatte. Im übrigen befand man sich in einem ziemlich breiten, unterirdischen Gang mit Wänden aus unregelmäßigen Natursteinen und einer gewölbten Decke. Zwei schiefhängende Neonröhren beleuchteten auf der einen Seite die ansteigende Ausfahrt, die zu einem verschlossenen Eisentor führte, und auf der anderen Seite ein paar leere Holzregale und eine kahle Wand mit zwei Türen, auch aus Metall, vermutlich aus Stahl. Ihr Farbanstrich war teilweise abgeblättert, und an den Flächen über dem Fußboden hatte sich Rost festgefressen.

»War ursprünglich ein Weinkeller«, erklärte Sperling, als er bemerkte, wie sich Stielicke neugierig zu orientieren versuchte. »Dann Luftschutzbunker, und nach dem Krieg muß dann irgendein Verrückter geglaubt haben, daß er hier drin notfalls auch einen Atomangriff überleben kann. Jedenfalls hat er noch mehr Beton ankarren lassen, ein raffiniertes System von Sicherungskanälen ausgeschachtet und Aggregate für eine unabhängige Stromversorgung installiert. Aber inzwischen ist das ganze Zeug schon wieder ziemlich verkommen, weil dieser spinnige Typ eines Tages ganz plötzlich alles stehen- und liegenließ und verduftet ist. Das muß jetzt schon ein paar Jahre her sein.« Er hatte wieder sein Lächeln angeknipst. »Wie auch immer, für uns ist der Platz so ideal, idealer geht's gar nicht. Möchte bloß wissen, wie ihn der ›Mandarin‹ aufgestöbert hat.« Er blinzelte kurz mit dem linken Auge, und dann stellte er vor: »Das ist Ekke, sozusagen unser Mädchen für alles. Was immer du brauchst, Ekke besorgt es dir.«

Ekke war ein junger Mann mit gelocktem, tiefschwarzem

Haar. Vermutlich bearbeitete er es täglich mit Öl oder Brillantine, es glänzte jedenfalls so. Er trug einen grauen Trainingsanzug und weiße Segeltuchschuhe. Als er Stielicke die Hand gab, wippte er auf den Fußballen. Zwischen seinen Zähnen wanderte ein Zahnstocher hin und her. Er hatte hellblaue Augen und eine bräunlich getönte Haut, wahrscheinlich von einer spanischen oder italienischen Großmutter.

»Und das ist Pauke«, fuhr Sperling fort. »Er ist unser Spezialist für Druck-Erzeugnisse aller Art.« Dabei blinzelte er und grinste wieder. »Die beiden haben ihre richtigen Namen selbstverständlich an der Garderobe abgegeben. Wie sie in Wirklichkeit heißen, das weiß vermutlich nur der Chef.«

Jetzt begrüßte auch Pauke den neuen Partner. Er war ein kleiner Mann von etwa fünfzig Jahren mit einem blonden Bart, der schon ziemlich weiß wurde. Er hatte vorquellende Augen und trug eine Brille. Auf den ersten Blick war seine Intelligenz nicht gerade eindrucksvoll.

»Leider bin ich da im Nachteil«, stellte Hugo Stielicke fest. »Solange ich mir nicht eine andere Nase ins Gesicht operieren lasse, muß ich bei meinem Namen bleiben, oder es lachen die Hühner.«

»Fluch der Prominenz«, bemerkte Ekke. »Hast du Gepäck?«

»Wir stehen zur Verfügung«, versicherte Pauke. »Vorerst bin ich sowieso noch ziemlich arbeitslos, und du siehst so aus, als hättest du's mehr im Kopf als in den Armen.«

»Empfang wie in einem Fünfsternehotel«, erwiderte Hugo Stielicke. »Das übertrifft meine Erwartungen gewaltig.«

Sperling hatte inzwischen die Klappe zum seitlichen Gepäckraum aufgemacht. »Bitte, ihr könnt euch bedienen. Die zwei grauen Koffer und die Tasche gehören zu Herrn Stielicke, und der große Lederne ist meiner.« Nach wie vor duzte er seinen Reisegefährten nicht. Dagegen hatten Ekke und Pauke diesbezüglich überhaupt keine Hemmungen. Seit sie ihm die Hand gegeben hatten, saß der Mann mit dem schneeweißen Haar und den ein wenig vorgebeugten Schultern mit ihnen im selben Boot, ganz egal, wo die Fahrt auch hingehen mochte. Aber der dicke Sperling schien so etwas wie der verlängerte Arm des unsichtbaren Chefs zu sein und legte deshalb wohl Wert auf gewisse Unterschiede, jedenfalls soweit es Hugo Stielicke betraf.

Ihre Schritte hallten, als sie auf die vordere der beiden Eisentüren zugingen. Der Dicke mußte zuerst einen Metallhebel nach oben und dann einen zweiten nach unten drücken, bevor sie sich öffnen ließ.

»Unter Garantie luftdicht«, meinte der Schwarzgelockte mit seinem Zahnstocher zwischen den Zähnen. Er hatte den Sperlingschen Lederkoffer auf der linken Schulter und einen von Stielicke in der rechten Hand. Den Rest schleppte der »Spezialist für Druck-Erzeugnisse«. Er ergänzte jetzt die Bemerkung des Jüngeren: »Mich erinnert das Ding immer an einen Banktresor.«

Tatsächlich hing die angerostete Eisentür schwer in ihren Angeln und bewegte sich nur zögernd.

Der dicke Sperling stapfte voraus.

»Heidewitzka«, murmelte Hugo Stielicke verwundert und blieb stehen. Der Raum war überraschend groß, mindestens dreißig Meter lang und etwa zwanzig Meter breit. Er war allerdings niedriger als der Gang draußen. Man mußte nicht gerade den Kopf einziehen, aber wenn man die Hand nach oben streckte, konnte man die Decke berühren. Die Betonwände waren früher wohl weiß übertüncht worden, doch inzwischen hatten sie sich grau verfärbt oder den ursprünglichen Anstrich ganz abgestoßen. Auch hier kam das Licht aus vereinzelten Neonröhren, die noch funktionierten. Die übrigen waren ausgebrannt, und ihr Glas hatte sich milchig eingetrübt. Spinnweben wucherten um sie herum.

»Die Beleuchtung läßt zu wünschen übrig«, bemerkte Sperling, »aber wenn man sich an das Durcheinander von Helligkeit und Schatten gewöhnt hat, kann es ganz ulkig sein. Übrigens, hier essen wir gemeinsam und schlagen uns auch die Freizeit um die Ohren, falls es so was mal gibt.«

»Gemütlich wie in einer stillgelegten Tiefgarage«, bemerkte Hugo Stielicke trocken. »Das kann ja heiter werden. Wie lange hängt ihr hier schon herum?«

»Etwa drei Wochen«, räumte Ekke ein. »Aber ganz so schlimm, wie's auf den ersten Blick aussieht, ist es nun auch wieder nicht. Wir haben uns was einfallen lassen.« Er spuckte seinen Zahnstocher aus. »Unser ›Club‹ da drüben ist einsame Spitze.« Er deutete mit dem Kopf zu einer Ecke im hinteren Teil des Raumes. Sie lag im Halbdunkel und paßte in die kahle Umgebung wie die Faust aufs Auge. Um einen runden Tisch herum, auf dem eine gehäkelte Decke lag, standen ein paar altmodische Plüschsessel, und durch die halboffene Tür konnte man in eine Küche blicken. Es gab einen Fernseher, ein vergammeltes Sofa mit Kissen und sogar ein Bild an der Wand. Es hatte einen Goldrahmen und zeigte eine Gebirgslandschaft im Frühling. An dem Sofa war eines der geschwungenen Holzbeine abgebrochen und durch zwei aufeinandergestapelte Backsteine ersetzt. Eine Stehlampe hatte streichholzlange Quasten am unteren Schirmrand.

»Wenn hier einer vom ›Club‹ daherredet, dann meint er das da«, fuhr Ekke fort. »So, und jetzt zeigen wir dir deine Luxuskabine. Es wird nämlich langsam Zeit, daß ich eure verdammten Koffer los werde.«

Die »Luxuskabine« stellte sich als ein quadratischer Raum heraus, mit Waschgelegenheit, Spiegel, Dusche und einem weißemaillierten Metallbett. Zu Stielickes Verwunderung entdeckte er einen Flügel, den man an die Wand geschoben und mit einem Tuch zugedeckt hatte. Nur die schwarzen Beine und die Pedale des Instruments waren zu sehen.

»Ein waschechter Steinway«, bemerkte Herr Sperling. »Weiß der Himmel, wie das Monstrum aus New York hierhergekommen ist.« Er drehte sich um und zeigte auf aktengroße Hefte, Bücher und Mappen, die ein Regal bis an die Decke füllten. »Das sind die dazugehörigen Noten, komplette Konzert- und Opernpartituren darunter. Der kauzige Besitzer dieses Bunkers muß ein Musiknarr gewesen sein.«

Hugo Stielicke wusch sich die Hände und hängte das Handtuch wieder sorgfältig an seinen Haken zurück. »Können wir jetzt zur Sache kommen?«

»Wollen Sie sich nicht zuvor einrichten?« fragte der dicke Sperling. »Sie sollen sich bei uns wie zu Hause fühlen.«

»Das hat Zeit«, erwiderte der großgewachsene Mann mit den schneeweißen Haaren. »Schließlich habt ihr mich doch nicht in einem Käfig quer durch Deutschland kutschiert, damit ich hier meine Unterhosen und meine Socken auspacke.« Er hatte seine Koffer noch nicht angerührt. »Ehrlich gesagt, ich brenne richtig darauf ...«

»Kann ich verstehen, daß Sie neugierig sind«, unterbrach ihn der Dicke. Er zeigte wieder einmal sein öliges Lächeln. »Kommen Sie also, aber kippen Sie nicht aus den Latschen, wenn Sie eine Überraschung erleben.«

Sie mußten tiefer in den Gang hinein, durch den sie gekommen waren, vorbei an Türen, die wohl zu den anderen Schlafräumen gehörten. Sie gingen stumm nebeneinander her. Hinter einem Eisenträger schlug der dicke Sperling einen Haken nach links. Ein Summen, das schon beständig in der Luft gelegen hatte, wurde mit jedem Schritt lauter. »Die Stromaggregate«, bemerkte er. »Ohne sie wären wir glatt aufgeschmissen.«

Die Überraschung, die der dicke Sperling angekündigt hatte, hieß Otto Kroll.

Die beiden Männer, die sämtliche Falschgelddezernate elektrisierten, wenn ihre Namen auftauchten, waren sich noch nie begegnet. Aber selbstverständlich wußten sie voneinander so gut Bescheid, als wären sie verheiratet.

Der Raum, den sie betreten hatten, lag im Dunkeln. Nur ein Projektionsapparat warf sein begrenztes Licht auf eine Tischfläche ziemlich am anderen Ende. Über diese Lichtfläche gebeugt stand eine Gestalt in Hemdsärmeln. Kroll war älter als Stielicke. Er war auch kleiner und sehr schmal. Dicht neben seinen Füßen in hochglanzpolierten Schuhen lag eine schwarz-weiß gefleckte Dogge. Der Hund nahm seinen Kopf vom Fußboden, fletschte die Zähne und knurrte.

Der Mann am Projektionsapparat wandte sich um. Er hatte einen schwarzgefaßten Kneifer auf der Nase. Seine Augen blickten forschend.

»Das ist Hugo Stielicke«, sagte Herr Sperling.

Kroll ließ sich Zeit, dann deutete er einen Gruß an.

»Freut mich«, bemerkte Stielicke.

Die Dogge sprang auf und bellte ein paarmal hintereinander.

»Mach kein Theater«, mahnte Kroll mit unerwartet sanfter Stimme. »Platz, und halt gefälligst deine Schnauze.« Er fuhr sich mit allen fünf Fingern durch das kurzgeschnittene bleigraue Haar, so daß es nach allen Seiten abstand wie Igelborsten. Dabei probierte er ein Lächeln, das ihm aber nicht so recht gelang. So wirkte er fast ehrerbietig und bescheiden. Er machte ein paar Schritte zur Wand und knipste das Licht an. Auch hier Neonröhren. Sie zitterten kurz und flammten auf.

Jetzt erst erkannte Hugo Stielicke zwei Druckmaschinen. Sie schienen nagelneu zu ein. Die eine war etwa so hoch und so breit wie eine Geschirrspülmaschine, die andere nicht größer als ein mittlerer Schreibtisch. Völlig offen lagen Andrucke von Hundertmarkscheinen daneben. Stielicke blickte zu dem Mann am Projektionsapparat hinüber, dann trat er neben die Maschinen und nahm einen der Papierbögen in die Hand. Er hielt ihn dicht vor seine Augen.

»Noch äußerst stümperhaft«, bemerkte Otto Kroll. »Erste Farbversuche, aber noch stimmt überhaupt nichts.« Er kam näher und wiederholte kopfschüttelnd: »Überhaupt nichts.«

»Da muß ich aber widersprechen«, erklärte der dicke Sperling. »Beim letztenmal war die Qualität nicht halb so gut.«

»Da hatten wir ja auch nur steinalte Ladenhüter als Druckmaschinen«, fiel ihm Pauke ins Wort. »Aber dieses Mal ...« Er spitzte die Lippen und schmatzte einen Kuß in die Luft. »Diesmal drucken wir mit dem Besten vom Besten. Dazu haben wir seit vorgestern das echte Papier ...«

»Was allerdings so einmalig ist, daß es mich hoffen läßt«, sagte der Mann namens Kroll. Er stand jetzt dicht vor Hugo Stielicke, blinzelte freundlich durch die Gläser seines Kneifers und reichte ihm seine Hand hin. »Den Rest zum Erfolg erwarten wir von dir.«

»Nicht zu bescheiden sein«, erwiderte der Gast aus Berlin. »Daß ihr bereits ziemlich weit seid, das seh' ich auf den ersten Blick.« Er legte den Bogen mit den Notenandrucken wieder neben die Maschinen zurück. »Jedenfalls ist es schön, daß wir endlich mal gemeinsam arbeiten. Bisher ging's ja immer mehr oder weniger gegeneinander.« Er spürte eine zerbrechlich wirkende Hand, die sich wie Wildleder anfühlte.

»Der ›Mandarin‹ hat's möglich gemacht«, verkündete Sperling salbungsvoll.

»Hat er sich hier denn schon mal gezeigt?« wollte Stielicke wissen.

»Nein, er ist unsichtbar wie immer«, erwiderte der Mann mit dem schwarzgefaßten Kneifer. »Aber gelegentlich schickt er uns seine Stimme durchs Telefon.«

»Kennt eigentlich überhaupt einer von uns den Chef?« fragte Ekke. Er hatte inzwischen wieder einen neuen Zahnstocher zwischen den Zähnen.

»Ich bin nicht neugierig«, meinte Otto Kroll und fügte sanft hinzu, »jedenfalls nicht, solange die Kohlen stimmen.«

Erst jetzt bemerkte Stielicke, daß der Mann mit dem schwarzgefaßten Kneifer um Wangen und Kinn jenen hellen Schimmer auf der Haut hatte, der eine ganze Zeit hindurch zurückbleibt, wenn sich jemand einen Bart hat abrasieren lassen. »Und ich bin auch nicht neugierig«, versicherte er ganz in Gedanken.

»Um so besser«, sagte Sperling. Es hörte sich an wie das Amen in der Kirche. »Und jetzt wollen die Herren Spezialisten wohl unter sich sein? Bis später also.« Er ging die ersten Schritte rückwärts zur Tür – wie nach der Audienz bei einem Monarchen. Ekke und Pauke folgten ihm. Die Dogge sprang wieder auf, knurrte bedrohlich und bellte erneut. Sie machte ein paar bedächtige Schritte, dann setzte sie sich direkt vor Hugo Stielicke auf die Hinterbeine und starrte ihn an. Der hochgewachsene Mann mit den schneeweißen Haaren bückte sich ohne Furcht und streckte dem Tier seine Hände entgegen. Die Dogge beruhigte sich sofort, berührte eine Hand mit ihrer kalten Schnauze und wedelte dazu freundlich mit der Rute. Jetzt kraulte Hugo Stielicke das Tier hinter den Ohren.

»Na, mit dem Hund scheinst du ja auch auszukommen«, meinte Otto Kroll. »Was soll da noch schiefgehen?«

Schon ein paar Minuten später hatten die beiden Herren so ziemlich alles rund um sich herum vergessen. Sie tauchten immer mehr in den Nebel ihrer Fachsimpeleien, steckten die Köpfe zusammen, und redeten nur noch im Flüsterton. Sie wanderten zu den Druckmaschinen hinüber, hielten die Andrucke ins Licht und betrachteten sie, so wie Ärzte Röntgenbilder prüfen. Sie verfügten sich wieder zu dem Projektionsapparat und beugten sich über die Vergrößerungen von fotografierten Geldnoten. Und dabei sah es jetzt so aus, als würden sie nacheinander durch ein Mikroskop blicken, um irgendein Virus zu entdecken. In Wirklichkeit versuchten sie mit einer Pause ganz bestimmte Farbabschnitte aus dem Geldschein herauszufiltern. Dabei blickten sie sich immer wieder einmal an oder murmelten Worte wie »Guillochen« oder »Fluoreszenz« oder »Spektralanalyse« oder »Infrarotabsorption«. Zwischendurch steckte der dicke Sperling seinen Kopf herein. Aber nach einem kurzen Moment stammelte er nur: »Entschuldigung, ich wollte nicht stören«, und verschwand wieder, als hätte er sich in der Hausnummer geirrt.

Erst drei volle Stunden später wagte er einen neuen Vorstoß. Dieses Mal war er weniger schüchtern. Er blieb neben der geöffneten Tür stehen und wartete, ohne eine Miene zu verziehen, bis die beiden Herren ihr Gespräch unterbrachen und zu ihm herüberäugten. Im Raum sah es inzwischen aus, als sei gerade ein Hurrikan durchgefegt. Überall auf dem Boden lag zerknülltes Papier, der Tisch war mit Notizzetteln zugedeckt, die Dogge nagte am umgeworfenen Papierkorb, Rauchschwaden hingen in der Luft, und der Aschenbecher qoll über von ausgedrückten Zigarettenkippen.

Sperling hatte das Durcheinander mit säuerlichem Gesicht zur Kenntnis genommen. »Finden Sie nicht, meine Herren«, fragte er, »daß eine gewisse Ordnung unserem schwierigen Vorhaben zuträglicher sein könnte?«

»Ach, Quatsch«, schnappte Otto Kroll unwillig zurück. »Wer Ordnung hält, ist bloß zu faul zum Suchen.« Seine Stimme klang jetzt gar nicht mehr so sanft.

Sperling hob den Kopf, und sein aufgedunsenes Gesicht wurde knallrot. Er öffnete den Mund und wollte etwas sagen.

»Sonst noch was?« fragte der Mann mit dem Kneifer auf der Nase. Von einem Augenblick zum anderen war er wieder ganz friedlich.

Aber auch der Dicke lenkte ein. »So kann man es allerdings auch sehen«, meinte er. Seine Miene hatte sich wieder entspannt, und er zeigte erneut sein gewohntes Dauerlächeln. »Das Abendessen ist fertig.« Um die Situation endgültig zu retten, machte er sich jetzt zum Clown und schlüpfte in die Rolle eines Butlers..Er verbeugte sich leicht und senkte seine Stimme: »Ich bin für das Wohlbefinden der Herren verantwortlich, und dazu gehört ausreichend Ruhe und eine geregelte Nahrungsaufnahme.«

»Jetzt fehlen nur noch weiße Handschuhe«, lachte Stielicke.

Schon ein paar Minuten später saßen sie im ›Club‹ bei bester Laune um den runden Tisch herum. Das Radio spielte, die Stehlampe brannte, und der schwarzgelockte Ekke jonglierte Schüsseln mit Bratkartoffeln und Schweinskoteletts aus der Küche. Pauke stiefelte mit ein paar Büchsen Bier und Gläsern hinter ihm her. Die Dogge war zuerst bedient worden. Sie lag vor ihrem Freßnapf, und jedesmal, wenn sie ein großes Fleischstück schluckte, warf sie den Kopf zurück. Der große Bunkerraum im Hintergrund lag im Dunkeln und störte nicht. Seine Neonröhren waren ausgeschaltet.

»Gemütlicher kann's in einer Kneipe auch nicht sein«, bemerkte Hugo Stielicke. Er lehnte in einem der abgewetzten Plüschsessel und hatte die Beine übereinandergeschlagen. »Aber woher holt ihr euch denn so was wie diese Koteletts oder das ganze andere Zeug? Gibt es eine Fleischerei gegenüber oder einen Supermarkt an der Ecke?«

Sperling wollte gerade eine Bierbüchse aufknacken. Mitten in der Bewegung erstarrten seine Hände. Er blickte zu Stielicke hinüber und hielt dabei den Kopf schief, als ob er auf ein Echo warten würde. Und dann lachte er plötzlich schallend los. »Jetzt will er uns die Würmer aus der Nase ziehen«, prustete er. »Aber das funktioniert nicht. Ich bin nämlich der einzige, der Ihre Frage beantworten könnte, weil es den anderen genauso geht wie Ihnen. Keiner hat die geringste Ahnung davon, in welcher Ecke der Landkarte wir uns hier versteckt haben!«

»Stimmt«, bestätigte Otto Kroll. »Ich hab' nicht den Schatten einer Idee.«

»Es könnte in der Nähe von Hamburg sein«, rätselte Ekke, »aber auch bei Gummersbach oder mittendrin im Schwarzwald.«

»Ist mir schnurzegal«, äußerte sich Pauke. Er machte sich bereits über die Bratkartoffeln her. »Ich mach' meinen Job, und damit hat sich's.«

»Das letzte, was ich von der Außenwelt sehen durfte, war ein Autobahnparkplatz«, bemerkte Hugo Stielicke. »Dann hat unser Freund Sperling Blindekuh mit mir gespielt.« Er sagte es ohne Vorwurf. »Jetzt sitze ich mit euch in diesem Bunker, und es wäre witzlos zu raten, wo das ist. Weil Raten ja nur Spaß macht, wenn man hinterher die Lösung erfährt.«

»Wir wollen der Sache mal ins Gesicht sehen«, erwiderte der dicke Sperling mit vollen Backen. »Es ist doch so: Draußen vor diesen Betonmauern ist die Welt voller Gefahren. Wie leicht könnte euch da ein Unfall zustoßen. Eine Straßenbahn kann euch überfahren, und irgendwo liegt immer eine Bananenschale. Von umstürzenden Leitern oder von einem Blitzschlag wollen wir gar nicht reden. Das beste, was uns passieren kann, ist tatsächlich, daß wir hier drin sind.« Er nahm einen Schluck Bier und blickte über den Rand seines Glases von einem zum anderen. »Stimmt's, oder hab' ich recht?«

»Sie sind ein Komiker«, bemerkte Stielicke. »Das hab' ich Ihnen schon einmal gesagt, glaube ich.«

»Ja, ich habe mir einen Witz erlaubt«, sagte der Dicke. »Aber da keiner von euch das Maul verzieht, muß ich wohl selber lachen.«

Das tat er dann auch, allerdings nur kurz und nicht besonders humorvoll. »Im übrigen wird alles, was wir hier brauchen, nachts angeliefert. Mit dem echten Banknotenpapier war's genauso. Aber davon kriegt ihr nichts mit, weil ihr dann gewöhnlich längst am Schlafen seid.« Er löste mit seinem Messer geschickt das Fleisch vom Knochen seines Koteletts. »Das Orchester, ich meine die Organisation, die funktioniert todsicher, daran gibt's nichts zu rütteln.«

»Schlimm, wenn's nicht so wäre«, meinte Otto Kroll. Er hatte aufgeblickt, und dabei rutschte ihm sein Kneifer von der Nase. Er baumelte jetzt an einer schwarzen Kordel vor seiner Brust. »Immerhin riskiere ich ein paar Jahre Knast, und in meinem Alter hat man nicht mehr so viel Zeit zu verschwenden.« Er legte sein Besteck auf den abgegessenen Teller und schob ihn zur Seite.

»Ein anderes Thema, wenn ich bitten darf«, stieß der »Spezialist für Druck-Erzeugnisse aller Art« hervor. »Höre ich was von Gefängnis oder Polizei, geht bei mir im Kopf gar nichts mehr, nur noch in den Beinen.«

»Mit Knast hab' ich auch nichts am Hut«, meinte sein schwarzgelockter Kollege. »Bisher hab' ich, Gott sei Dank, Glück gehabt.« Er war aufgestanden, sammelte das Geschirr zusammen und trug es in die Küche zurück.

»Lange nicht mehr so gut gegessen!« rief Stielicke hinter ihm her. Er holte eine Zigarettenpackung heraus, versorgte seinen Nachbarn Otto Kroll und bediente sich dann selbst. Sperling und Pauke genehmigten sich Zigarren.

»Laßt uns noch unser Bier austrinken und dabei Nachrichten gucken«, schlug Stielicke vor.

»Aber dann machen wir drüben wieder weiter«, warf Otto Kroll ein. »Es wird eine lange Nacht, fürchte ich.« Er wandte sich jetzt an Pauke. »In zwei Stunden kannst du mit dem zweiten Klischee noch mal in die Maschine.«

»Je früher, desto besser«, erwiderte der kleine Mann mit den vorquellenden Augen hinter der Brille. Als er jetzt einen Zug aus seiner Zigarre nahm, konnte man deutlich die Druckerfarbe unter seinen Fingernägeln sehen.

Während das Bild auf der Mattscheibe noch flimmerte und vorerst nur ein Rauschen aus dem Kasten kam, war plötzlich ein kurzes Summen zu hören, das sich hartnäckig wiederholte. Der schmächtige Pauke würgte den Fernseher sofort wieder ab, und

Sperling fingerte möglichst eilig ein Funkgerät aus seiner Jackentasche. Stielicke war diese Tasche schon längst aufgefallen, weil sie so merkwürdig ausgebeult war. Insgeheim hatte er in ihr eine Pistole vermutet.

Der Summton brach erst ab, als Sperling die Sprechtaste drückte und die Antenne herausgezogen hatte. Er nahm das Funkgerät vor den Mund. »Hier Löwenzahn, ich höre.«

Es knackte zweimal hintereinander.

»Hallo Löwenzahn, hören Sie mich?« fragte eine tiefe, verrauchte Stimme. Sie wurde in dem kleinen Lautsprecher verzerrt, aber sie war unverwechselbar, und alle kannten sie. Die vier Männer waren wie elektrisiert. Kroll setzte sich den Kneifer wieder auf die Nase, und Ekke, der mit einem Teller und einem Abwaschtuch aus der Küche gekommen war, blieb stehen und hielt den Kopf schief, als der »Mandarin« weitersprach. Aber er hatte nicht viel zu sagen. Nur vier Worte.

»In einer halben Stunde!«

»In einer halben Stunde«, wiederholte der Dicke und blickte dabei auf seine Armbanduhr.

»Ende«, quäkte die Baßstimme.

Es klickte, und dann war das Gerät wieder stumm.

Sperling schob die Antenne in das Funkgerät zurück und deponierte es neben sich auf der braungehäkelten Tischdecke. Er genehmigte sich in aller Seelenruhe einen Schluck Bier und schob sich dann eine Gabel voll Bratkartoffeln in den Mund. Er war der einzige, der noch etwas auf seinem Teller hatte.

Otto Kroll senkte den Kopf ein wenig und blickte über den Rand seines schwarzgefaßten Kneifers zu ihm hinüber. »In einer halben Stunde«, wiederholte er langsam und räusperte sich dann. »Vermutlich wirst du uns nicht auf die Nase binden, was das bedeutet?« Ohne eine Antwort abzuwarten, lehnte er sich in seinen Sessel zurück. »Ich glaube, daß wir den Fernseher wieder einschalten können.«

Aber keiner rührte sich.

Eine Zeitlang war nur das gleichmäßige Brummen zu hören, das von den Aggregaten herüberkam.

»Der Chef will euch sprechen«, sagte Sperling endlich. Dabei richtete er durch den Zigarrenrauch hindurch seinen Blick auf Kroll und Stielicke.

»Und wie soll das vor sich gehen?« fragte Kroll behutsam.

»Per Telefon?« schoß Stielicke hinterher. »Oder werden uns die Augen verbunden?«

»Also, wenn ihr mich fragt«, rief Ekke aus der Küche, »mir geht dieses geheimnisvolle Getue auf den Wecker.« Er kam wieder an die offene Tür, diesmal mit einer Flasche Geschirrspülmittel in der Hand. »Wer ist er schon? Der macht doch beim Sitzen auch die Beine krumm.« Er sprach durch die Zähne, weil er wieder an einem Zahnstocher herumkaute. »Ich sehe ja ein, daß einer der Boß sein muß. Aber das . . .« Er stockte, weil ihm Sperling forschend ins Gesicht blickte. »Pardon, das ist mir nur so rausgerutscht«, gab er jetzt klein bei. »Aber mir fällt allmählich diese verdammte Bunkerdecke auf den Kopf, und das ist ja kein Wunder.«

Der kleine Pauke verlagerte in seinem Sessel verlegen die Beine. Kroll kicherte leise, und Hugo Stielicke kraulte die Dogge. Nachdem sie ihre Schüssel leergefressen hatte, war sie gähnend zu ihm hinübergetrottet und hatte ihm ihren Kopf auf den Schenkel gelegt.

»Spätestens in zwei Wochen ist alles vorbei«, sagte Sperling. »So lange wirst du's wohl noch aushalten, ohne durchzudrehen?« Mit der Freundlichkeit eines Pumas, der sich ein Kaninchen zurechtlegt, fügte er hinzu: »Im übrigen wird der Chef seine Gründe haben, wenn er sich bei dir noch nicht persönlich vorgestellt hat.«

»Vergiß mein Gequatsche«, erwiderte Ekke und verschwand wieder in der Küche. Diesmal schloß er die Tür hinter sich.

Stielicke und Kroll blickten sich an, nickten sich zu, und dann drückten sie sich gleichzeitig aus ihren Plüschsesseln. Nebeneinander wanderten sie zu dem Raum mit den Druckmaschinen zurück.

Ehe die halbe Stunde ganz vorüber war, tauchte Sperling bei ihnen auf. Er hatte sich eine leichte Leinenjacke übergezogen und zeigte seine Armbanduhr. »Wir müssen los«, sagte er. In der Hand trug er eine große Stablampe.

Kroll schaltete den Projektionsapparat aus und nahm zwei Exemplare der letzten Andrucke vom Tisch. »Bestimmt wird er sie sehen wollen.«

Der Dicke führte ihn und Stielicke zuerst durch den Korridor mit den brummenden Aggregaten und dann über die kleine Wendeltreppe. Sie öffneten im Weitergehen zwei eiserne Türen und machten sie hinter sich wieder zu. Jetzt ging es etwa fünfzig Meter durch einen Gang mit Natursteinen an Wänden und Decke. Er war so schmal, daß sie hintereinander gehen mußten, und er war ziemlich dunkel. Sperling stiefelte voraus und beleuchtete mit dem Licht seiner Handlampe den Weg.

»Wenn Sie jetzt noch ein paar Fledermäuse aus Ihrer Tasche zaubern«, bemerkte Stielicke, »dann ist die Geistergeschichte perfekt.«

Der Dicke stellte sich taub.

Sie hatten inzwischen das Ende des Ganges erreicht und standen vor einer Mauer aus Beton. Sie hatte große feuchte Flecken. Spinnweben hingen von der Decke herunter. Es gab einen niedrigen Durchgang, der nach einigen Metern zu einer ausgetretenen Steintreppe mit fünf Stufen führte und wieder einmal zu einer schweren Eisentür. Sperling mußte seine ganze Kraft aufwenden, um sie zu öffnen. Sie kamen von neuem in einen Gang von derselben Breite und Höhe wie zuvor. Aber er war kürzer und hatte einen Betonboden.

»Wir sind gleich da«, murmelte Sperling. Er leuchtete jetzt auf eine neuerliche Treppe, die wohl zum Erdgeschoß hinaufging. Ihre Stufen waren aus dunklem Eichenholz. Es knarrte und ächzte bei jedem Schritt. Von der letzten Treppenstufe aus betraten sie einen engen Korridor mit gewölbter Decke. Er war stockfinster. An seinem Ende wurde er breiter, und von dort drang auch eine gewisse Helligkeit herein.

Der Lichtkreis von Sperlings Lampe wanderte vor ihnen her und über einen Mosaik-Fußboden. Manchmal knirschte es unter ihren Schuhen, als gingen sie auf Sand.

Der Raum, den sie jetzt erreichten, war vermutlich die Empfangshalle einer ziemlich feudalen Villa.

Sie entdeckten den »Mandarin« nicht sofort.

Die Strahlen der untergehenden Sonne fanden ihren Weg nur durch wenige schmale Ritzen in den dicht verschlossenen Fensterläden. Aber die schummrige Finsternis reichte aus, um einen riesigen offenen Kamin mit einem in Stein gemeißelten Wappen zu erkennen, Tapeten, die in Fetzen von den Wänden hingen, und eine Marmortreppe, die an riesigen Wandmalereien vorbei zu den oberen Stockwerken führte. Die Bilder zeigten irgendwelche Schlachten und waren teilweise bis zur Unkenntlichkeit ausgebleicht.

»Deine Weihnachtskerze kannst du vergessen«, sagte eine tiefe, verraucht klingende Stimme.

Sperling beeilte sich, seine Taschenlampe auszuknipsen.

»Also, da seid ihr ja«, fuhr die unverwechselbare Stimme fort. »Willkommen, meine Herren.«

Die drei waren stehengeblieben und blickten in die Richtung, aus der die Stimme gekommen war. »Hallo Chef«, sagten sie fast gleichzeitig.

Zuerst konnten sie nur eine kleine Wolke Zigarrenrauch ausfindig machen. Sie wanderte durch einen der von draußen hereinfallenden Lichtstreifen und löste sich dann allmählich auf.

»Ich hatte noch keine Gelegenheit, dir zu danken, Chef«, sagte Hugo Stielicke. »Angefangen vom Verteidiger bei meinem Prozeß bis zu deiner Hilfe im Knast und auch für die Zeit in Berlin. Das alles vergesse ich dir nicht.«

»Ja, unser Anwalt ist ein kluges Köpfchen«, erwiderte die tiefe Stimme. »Und Gelegenheit zum Danken bekommst du jetzt, soviel du willst. Hoffentlich hast du nichts verlernt?«

»Das ist wie beim Schwimmen oder Radfahren, Chef«, antwortete Stielicke. »Auch wenn man mal aus der Übung kommt, ganz verlernen tut man's nie.«

Der Chef trat aus dem Schatten und stand jetzt mit dem Rükken gegen das dämmerige Licht. Es war die Silhouette eines großgewachsenen, breitschultrigen Mannes. Selbst das schwache Aufglimmen einer Zigarre ließ das Gesicht im Dunkeln. Man konnte lediglich erkennen, daß der »Mandarin« Lederhandschuhe trug. Nur die Spitzen seiner hochglanzpolierten Schuhe wurden von der zwielichtigen Helligkeit getroffen. »Zur Sache«, sagte er. »Wie weit seid ihr?«

Sperling richtete sich auf. »Die ersten Andrucke . . .«

»Ich will von unserem Freund Kroll wissen, was los ist«, unterbrach ihn die Stimme.

»Ja, Chef«, sagte der Dicke eingeschnappt.

»Die ersten Andrucke«, wiederholte der Mann mit dem schwarzumrandeten Kneifer, »haben wir noch nicht mit dem echten Papier gemacht. Wir sollten damit sparsam umgehen, denke ich. Schließlich bedeutet jedes vermasselte Stück ein paar Hundertmarkscheine. Und da könnte eine ganze Menge Moos zusammenkommen, wenn ein Bogen nach dem anderen in die Binsen geht. War bestimmt nicht leicht zu beschaffen.«

»Schwierig, sehr schwierig«, sagte die tiefe Stimme mit einem kleinen Lachen. »Und billig war's auch nicht, könnt ihr mir glauben. Als die Bande spitzkriegte, wie scharf ich auf das Zeug war, ist sie immer unverschämter geworden. Bis ich ihr klarmachte, daß ich kein Raumfahrtprogramm finanzieren will. Da ist ihr Boß endlich vernünftig geworden. Aber billig war's trotzdem nicht, wie gesagt.«

Sperling kicherte beflissen.

»Jedenfalls sind wir damit, was das Wasserzeichen betrifft, aus dem Schneider«, warf Stielicke ein. »Und über das Wasserzeichen sind wir bisher immer gestolpert.«

»Leider gibt's noch andere Schwierigkeiten«, äußerte sich Otto Kroll sanft. »Die Numerierung kriegen wir hin, das ist so gut wie sicher. Aber der metallische Sicherheitsfaden ist noch 'ne ziemliche Nuß. Unser Freund Stielicke hat uns da heute allerdings schon weitergebracht. Er ist wirklich ein Genie, wenn ich das bei dieser Gelegenheit loswerden darf.«

»Moment mal«, unterbrach ihn der schlanke Mann mit den weißen Haaren, der wie ein Professor aussah. »Die Klischees von Kroll sind schon so gut wie perfekt. Das Porträt auf der Vorderseite ist so echt, daß es echter gar nicht geht.«

»Am schwierigsten waren die Augen und die Partie um den Mund herum«, erklärte Kroll. »Jetzt müssen wir abwarten, wie es mit den Farben hinhaut.«

»Das Betriebsklima scheint ja prächtig zu sein«, ließ sich die zufriedene Stimme des »Mandarin« hören. Nacheinander schwebten ein paar Zigarrenwolken aus dem dunklen Umriß heraus und kringelten sich in den von draußen hereinfallenden Lichtbündeln. »Kann ich mal was sehen?«

Kroll griff in die Tasche seiner Jacke. »Wir haben zwei Exemplare vom letzten Druck mitgebracht.«

»Laßt sie drüben beim Kamin liegen, wenn wir uns nachher trennen.« Die Gestalt trat in den Schatten zurück. »Und jetzt sage ich euch, wie es weitergeht.« Es war so, als hätte sich der »Mandarin« in Luft aufgelöst und nur seine Stimme zurückgelassen. »Der Papierdiebstahl hat die Polente selbstverständlich aufgescheucht, und unser geschätzter Hauptkommissar Havelstein ist mit seinen Schnüfflern bestimmt Tag und Nacht auf den Socken. Aber das gibt sich wieder. Auch wenn ein Kater noch so gefräßig ist, kann er nicht andauernd auf der Lauer liegen. Irgendwann läßt er die Ohren hängen und schleicht sich. Die Maus muß nur lange genug in ihrem Loch bleiben. Also warten wir schön ruhig ab, bis die Polizei am ständigen Aufpassen die Lust verliert, und das ist bald soweit.«

»Das bedeutet, daß du schon einen festen Plan hast?« fragte Hugo Stielicke.

»Allerdings«, antwortete die Stimme. »Wir warten, von heute an gerechnet, noch genau zwölf Tage. Dann gibt es nämlich einen Feiertag, der auf einen Freitag fällt, und das bedeutet, daß sämtliche Banken und Wechselstuben von Donnerstagabend bis Montagmorgen geschlossen bleiben. Unsere Verteiler haben also drei Tage Zeit, um das Falschgeld unter die Leute zu bringen. Ganze drei Tage ohne das Risiko, daß unsere Blüten bei einem mißtrauischen Bankkassierer auffliegen. Und so gut werden sie doch wohl sein, daß ein durchschnittlicher Bürger unsere falschen Scheine von echten nicht unterscheiden kann.«

»Das kriegen wir hin«, meinte Otto Kroll zuversichtlich.

»Ja, das denke ich auch«, schloß sich Stielicke an.

»Dann kommt es nur noch darauf an, daß ihr den Termin halten könnt«, erklärte die Stimme des »Mandarin«. »Unsere Verteiler müssen hier anreisen, das Geld übernehmen und dann in alle größeren Städte ausschwärmen. Das ist unter zwei Tagen nicht zu machen. Wir müssen also bereits am Mittwoch vor unserem fabelhaften Wochenende den letzten Hundertmarkschein gedruckt und ausgeliefert haben. Dieser Mittwoch ist der zehnte Juli. Könnt ihr's schaffen bis dahin?«

»Wir sind bloß die Hüte, Chef«, erwiderte Hugo Stielicke, »der Kopf bist du.«

Der Großwesir von Eschnapur hat eine Idee

Bekanntlich träumte Karlchen Kubatz ziemlich häufig. Und da er klug genug war, sich immer die richtigen Träume auszusuchen, schlief er dabei ganz ausgezeichnet.

Er wäre nie auf die Idee gekommen, sich nachts unter seiner Bettdecke von irgendwelchen Räuberbanden überfallen zu lassen. Er machte auch nicht den Unfug mit, durch einen endlosen

Fahrstuhlschacht zu stürzen oder beim Davonlaufen vor irgendeinem Ungeheuer plötzlich keinen Fuß mehr vor den anderen zu kriegen, so als hätte er Sirup unter den Sohlen. Bei derartigen Träumen wäre es auch ihm nicht erspart geblieben, mitten in der Nacht schweißgebadet aufzuwachen. Nein, diesbezüglich hatte der Junge mit dem Bürstenhaarschnitt keine Probleme.

Zugegeben, auch seine Träume begannen meistens mit aufregenden Abenteuern. Aber sie waren immer nur so etwas wie eine Ouvertüre, und er brauchte sie lediglich wie etwa ein Showstar im Fernsehen seine Glitzertreppe für den großen Auftritt. Karlchen sah sich am Ende seiner Träume in schöner Regelmäßigkeit mit dem Lorbeerkranz des Siegers um den kurzgeschorenen Kopf und in der Gloriole des Helden. Dabei war es ihm völlig egal, ob er in der Geschichte ein paar hundert Jahre auf den Kopf stellte oder ob er von gestern oder heute träumte. Sicher war nur, daß er sich einen Dreck um historische Tatsachen kümmerte.

Der große Caesar wäre beispielsweise nie ermordet worden, wenn es nach Karlchens Träumen gegangen wäre. Ganz zufällig schlenderte er nämlich an den Iden des März Kaugummi kauend in seiner kurzen Toga am Senat vorbei, als dort die Verschwörer dicht bei der Bildsäule des Pompeius über den Imperator herfielen. Wie ein Löwe stürzte er sich ins Getümmel und schlug buchstäblich in der allerletzten Sekunde den Mördern ihre Dolche aus der Hand. Tief gerührt, drückte ihn der göttliche Caesar an seine Brust, ernannte ihn postwendend zum Boß der Praetorianergarde und ließ ihn in der überfüllten Arena als Retter des Vaterlandes feiern. Karlchen stand in einer Rüstung aus purem Gold und kerzengerade dicht neben dem Thron Cäsars, und der Jubel war enorm.

Aber auch als jüngster Spieler der Nationalelf umbrauste ihn der Beifall. Im letzten Augenblick, als alles verloren schien, holten sie ihn von der Ersatzbank. Und kaum daß er ausgewechselt war, riß er das Stadion von den Sitzen.

Im Alleingang stürmte er über die ganze Länge des Spielfelds, umzirkelte elegant, was immer sich ihm in den Weg stellte, und knallte den Ball schließlich wie ein Torpedo am gegnerischen Torwart vorbei in die linke obere Ecke hauchdünn unter die Latte. Deutschland war dank Karlchen Kubatz Weltmeister. Man warf ihn in die Luft und trug ihn auf Schultern vor die Fernsehkameras.

Selbstverständlich träumte er immer in Farbe. Und wenn der Mond, so wie heute nacht, als volle und runde Apfelsine über Bad Rittershude hinwegwanderte, träumte er besonders üppig. Daß Träume gelegentlich auch bedeutungsvoll und sogar hilfreich sein können, erfuhr er in dieser Nacht zum erstenmal.

Ganz knapp vor Mitternacht, als Polizeimeister Kalender vom Spätdienst nach Hause kam und Chefportier Pelz im *Hotel zum Kurfürsten* gerade einen Blick auf die Schlüsselfächer warf und feststellte, daß sich sämtliche Gäste in ihre Zimmer zurückgezogen hatten, drehte sich Karlchen Kubatz in seinem Bett auf die andere Seite und damit tief hinein in sein nächstes Abenteuer.

Augenblicklich hockte er mit gekreuzten Beinen auf einem seidenen Kissen neben dem linken, mit Edelsteinen bestickten Schuh des Sultans von Eschnapur. Nicht weit von ihm und neben dem anderen edelsteinbestickten Schuh des Herrschers saß dessen Sohn Hassan, ein aufgeweckter Junge im selben Alter wie Karlchen. Ein Fest mit Bauchtänzerinnen, Feuerschluckern und Schlangenbeschwörern war im Gange. Man tafelte an langen Tischen, und es duftete nach Jasmin, gebratenem Hammelfleisch und Pfefferminztee. Musik lag in der Luft.

Der Junge mit dem Bürstenhaarschnitt verdankte seine Einladung in den Palast nach Eschnapur keinem geringeren als Alfred Nobel. Seine Stiftung hatte in diesem Jahr nicht nur Schriftsteller und Wissenschaftler auszeichnen wollen. Erstmals hatte sie mit einem unheimlich komplizierten Verfahren in allen Ländern der Erde nach dem »besten Schüler der Welt« gefahndet, und ausgerechnet Karlchen Kubatz hatte den Preis gewonnen. Der Name des Siegers war in Windeseile von Satellit zu Satellit um den ganzen Globus gewandert und auch dem Sultan zu Ohren gekommen. Augenblicklich hatte er befohlen, daß dieser Wunderknabe als Freund und Vorbild für seinen Sohn herbeizuschaffen sei, koste es, was es wolle. Für Hassan sei das Beste gerade gut genug. Telegramme. Blitztelefonate. Fliegende Unterhändler. Endlich hatte der Sultan seinen zum Luxushotel umgebauten Privat-Jumbo nach Bad Rittershude gejagt, denn viel Zeit war nicht zu verlieren. Karlchen konnte dem Sultan und seinem Sohn lediglich während der Sommerferien zur Verfügung stehen. Oberstudiendirektor Senftleben hatte nämlich nicht mit sich reden lassen. Auch ein Nobelpreisträger habe sich an die Schulordnung zu halten und müsse nach dem Urlaub wieder pünktlich in seinem Klassenzimmer antanzen. Keine Extrawurst für den »besten Schüler der Welt«, das wäre ja gelacht.

So war es gekommen, daß Karlchen Kubatz vor dem Thron des mächtigen Sultans kauerte und daß jetzt Hassan einen Aprikosenkern zu ihm herüberspuckte.

Leider wurde das Fest gestört.

Atemlose Männer, deren dunkelhäutige Gesichter vom Sand der Wüste verkrustet waren, stürzten herein, warfen sich vor dem Sultan auf den Boden und redeten aufgeregt durcheinander. Dabei fuchtelten sie mit den Händen, und die Musik verstummte. Schließlich schickte der Sultan seine Gäste aus dem Palast und bat seine Ratgeber zu sich an den Thron. »Die Sarazenen haben unsere Geheimkuriere überfallen und meine Briefe an die befreundeten Stämme erbeutet«, sagte er mit bebender Stimme. »Sie betreffen, wie ihr wißt, die geplante Verschwörung gegen den Kalifen, und die Sarazenen drohen damit, ihm die Papiere auszuliefern. Aber der Kalif ist nur zu besiegen, solange er ahnungslos ist und unser Angriff auf sein Reich überraschend kommt. Die Führer der Sarazenen versprechen, zu schweigen und mir die verräterischen Briefe zurückzugeben, wenn ich ihnen den Osten des Landes abtrete, den sie schon immer für sich gefordert haben.«

»Das ist Erpressung«, rief einer der Minister empört.

»Bei Allah, ich muß mich auf das Geschäft einlassen«, bemerkte der Sultan kleinlaut. »Wenn der Kalif Wind davon bekommt, daß ich das Haupt der Verschwörung bin, bricht er mit seinen Kriegern wie ein Hornissenschwarm über unser Land herein, und Eschnapur geht im Hagel ihrer Pfeile unter.«

Die Versammlung palaverte aufgeregt durcheinander, bis der steinalte Großwesir seine dürren Arme ausbreitete. »Niemals darf man sich einer Erpressung beugen«, sagte er. »Niemals!«

»Aber was bleibt mir denn anderes übrig?« fragte der Sultan.

»Wir müssen die geraubten Briefe von den Sarazenen zurückerobern«, erwiderte der greise Großwesir. »Lasse sie im Glauben, Sultan, daß du mit ihnen verhandeln willst, und bestelle ihre Führer zu dir. Selbstverständlich werden sie nicht so dumm sein und die Druckmittel ihrer Erpressung mitbringen. Sie lassen die Briefe in ihrem Lager zurück und glauben, daß sie dort vor unserem Zugriff sicher sind. Sie werden deiner Einladung ohne Bedenken nachkommen, denn du mußt sie wieder unbehelligt ziehen lassen, solange die Papiere unerreichbar für dich sind, auch wenn es zu keiner Einigung kommt.« Der alte Mann breitete von neuem seine Arme aus. »Aber während die Führer der Sarazenen hier bei dir im Palast sind, werden wir ihre Zelte überfallen, holen uns die Briefe zurück und schlagen ihnen damit die Waffe für ihre schändliche Erpressung aus der Hand.«

»Bei Mohammed, so soll es geschehen«, entschied der Sultan.

»Und laßt mich an der Seite von Hassan den Überfall anführen«, brüllte Karlchen Kubatz. Er wirbelte seinen Krummsäbel durch die Luft, daß es nur so funkelte und blitzte.

Schon ein paar Tage später erschienen die Anführer der Sarazenen mit großem Gepränge in Eschnapur. Kaum waren sie im Palast verschwunden, jagte ein halbes Hundert berittener Krieger aus der Stadt heraus und mitten in die Wüste hinein.

Weit voraus hetzten Hassan und Karlchen auf blütenweißen Hengsten nebeneinander her. Sandwolken hüllten sie ein . . .

Ausgerechnet in diesem Augenblick knallte die Nachttischlampe auf den Bettvorleger, und Karlchen Kubatz wachte auf. Im allerersten Moment vermutete er noch, daß er das Ding mit dem Krummsäbel erwischt hätte. Aber dann bemerkte er sein Kopfkissen auf dem Boden. Vermutlich hatte er sich im Traum zu schwungvoll von der einen Seite auf die andere geworfen.

Es dauerte eine ganze Weile, bis es ihm dämmerte, daß er den Überfall auf die Zeltstadt jetzt wohl nie mehr erleben würde. Dabei wäre es ihm ganz bestimmt gelungen, die geraubten Briefe aufzustöbern. Der Sultan hätte die Führer der Sarazenen wahrscheinlich vorübergehend in Ketten geworfen und ihn mit Juwelen überhäuft. Womöglich würde er ihm zum Herumgondeln auch noch seinen Luxus-Jumbo geschenkt haben.

Karlchen war stocksauer und fühlte sich um den schönen Abschluß seines Traums betrogen. »Zu dämlich«, murmelte er und starrte an die Decke.

Plötzlich richtete er sich auf.

Ziemlich lange rührte er sich nicht. Inzwischen war ihm nämlich klargeworden, daß er in dieser Nacht sehr viel mehr als nur irgendeine belanglose Geschichte geträumt hatte.

»Jetzt nichts überstürzen und ganz logisch bleiben«, sagte er zu sich selbst. Er verschränkte die Arme. »Also, vermutlich war ich gestern abend beim Einschlafen mit meinen Gedanken bei diesen verflixten Maxen und hab' nachgegrübelt, wie man mit ihrer miesen Erpressung fertig werden kann. Darüber muß ich eingepennt sein. Aber die Schraube hat sich weitergedreht.« Jetzt verschränkte er auch die Beine, rieb die großen Zehen aneinander. »Und jetzt servieren mir meine grauen Zellen in einem Traum die perfekte Lösung. Es ist nicht zu fassen.« Er kletterte behutsam unter der Bettdecke hervor, fingerte nach der Nachttischlampe, knipste sie an und stellte sie an ihren Platz zurück. Am liebsten hätte er jetzt auf der Stelle nacheinander seine Glorreichen aus den Betten geklingelt. Aber so mitten in der Nacht ging das wohl nicht. »Hau dich wieder aufs Ohr«, schlug er sich selber vor. »Morgen mußt du ausgeschlafen sein, Karlchen, und bis Freitag haben wir noch eine ganze Menge Zeit.«

Schon zehn Minuten später war er wieder eingeschlafen, und als dann um sieben Uhr der Wecker läutete, stellte er ihn ab und sprang wie an jedem Schultag mit beiden Beinen gleichzeitig aus dem Bett.

Erst unter der Dusche fiel ihm sein Traum wieder ein, und während er sich mit geschlossenen Augen den Kopf einseifte, träumte er ihn zum zweitenmal, so gut es eben ging. Beim Abtrocknen war er ziemlich sicher, daß ihn der Großwesir von Eschnapur auf eine ganz vorzügliche Idee gebracht hatte, und beim Zähneputzen war sein Plan bereits fix und fertig.

Er hatte sich beeilt, weil er geradezu darauf brannte, die Glorreichen einzuweihen und ihre Meinung zu erfahren. Aber dann wurde ihm bewußt, daß es ja total sinnlos war, sich verrückt zu machen. Man hatte sich für zehn Minuten vor Unterrichtsbeginn verabredet, und keiner würde auch nur eine Minute früher im Schulhof herumstehen.

So kam es, daß Karlchen zum Frühstück fast zehn Minuten früher erschien als gewöhnlich. Er mußte den Kaffee heute also nicht wie ein Marathonläufer am Rand der Rennstrecke im Stehen in sich hineinschütten. So ähnlich war es nämlich zum Kummer von Mutter Kubatz fast täglich. Und leider gab der Hausherr seinem Sohn in dieser Beziehung kein gutes Beispiel. Manchmal stürzte er sogar aus dem Haus und in sein knallrotes Cabrio, um zur Redaktion zu röhren, ohne auch nur einen einzigen Bissen im Magen zu haben.

»Warum eigentlich nicht immer so?« fragte Frau Kubatz, als Karlchen ihr bereits eine ganze Weile gegenübersaß und sich schon zum zweitenmal einen Löffel mit Kirschmarmelade auf seinen Teller klatschte. Der Chefredakteur köpfte währenddessen sein Frühstücksei, und Maria kam mit frischgebrühtem Kaffee aus der Küche. Der Setter namens Nepomuk war draußen im Garten und schnappte nach Fliegen.

»Übrigens dein Aufsatzheft . . .« sagte Herr Kubatz nach einer kleinen Pause und ohne auf die Frage seiner Frau einzugehen.

»Hast du schon reingeguckt?« wollte Karlchen neugierig wissen.

»Ja, gestern abend im Bett«, erwiderte der Chefredakteur. »Mit der Zwei hat dich Dr. Purzer glänzend bedient. Bei mir hättest du gerade noch eine Drei kassiert.«

»Hab' ich ja Schwein gehabt, daß du kein Pauker geworden bist«, meinte Karlchen und grinste. Er war viel zu gut aufgelegt, um sich seine gute Laune verderben zu lassen.

»Aber als du das Heft weggelegt und das Licht ausgemacht hast, sagtest du, daß der Aufsatz verteufelt gut sei«, warf Frau Kubatz dazwischen.

»So? Hab' ich das wirklich gesagt?« fragte der Chefredakteur und tat ganz verwundert. »Nun, ich behaupte ja nicht, daß er schlecht ist.« Er nahm einen Schluck Orangensaft. »Vor allem sind es ein paar Übertreibungen, die mir nicht gefallen. Phantasie ist ja schön und gut, aber man darf sie nicht wie Unkraut wuchern lassen.«

»Besser ein bißchen mehr Phantasie als zuwenig«, bemerkte Karlchen knochentrocken.

Herr Kubatz blickte auf. »Hallo, dieser Ton ist mir doch nicht unbekannt?« sagte er. »Wenn ich mich nicht verhört habe, dann willst du etwas ganz Bestimmtes loswerden? Komm, raus mit der Sprache.«

»Also – Herr Wildenbusch vom Kiosk am Richard-Wagner-Platz hätte gegen etwas mehr Phantasie bei deiner Zeitung überhaupt nichts einzuwenden«, erwiderte Karlchen. Dabei beschäftigte er sich wieder mit der Kirschmarmelade und nahm seinen Blick nicht vom Teller. »Beispielsweise sei die gestrige Schlagzeile der *Bad Rittershuder Nachrichten* mit dem Ehepaar aus Hannover ein ziemlich müdes Ei gewesen.«

Das Kinn auf seine Hände gestützt, hatte Herr Kubatz seinen Sohn, ohne das Gesicht zu verziehen, aufmerksam beobachtet. Jetzt schielte Karlchen unsicher zu ihm hinüber. Eine ganze

Weile blickten sich die beiden wortlos in die Augen. Aber dann zuckte es in den Mundwinkeln des Chefredakteurs, bis er sein Lachen nicht mehr unterdrücken konnte. Karlchen und seine Mutter begnügten sich mit einem kleinen Grinsen.

»Eins zu null für dich«, sagte Vater Kubatz, nachdem er sich wieder beruhigt hatte. »Die gestrige Schlagzeile war tatsächlich keine Offenbarung.« Er wischte sich mit der Serviette über die Lippen. »Ich werde Herrn Wildenbuschs Kritik an meine Redaktion weitergeben, und wir versuchen uns zu bessern.« Er stand auf und wäre beinahe mit seinem Sohn zusammengestoßen, denn auch Karlchen war im selben Augenblick von seinem Stuhl aufgesprungen.

»Das Mittagessen muß ich heute leider sausenlassen«, sagte Herr Kubatz, als er seine Frau neben die Stirn ins Haar küßte. »Aber die englische Königin hat übermorgen Geburtstag, und das gibt in unserer Sonntagsausgabe zwei Mittelseiten. Dazu muß ich mir im Archiv ihren Lebenslauf vorknöpfen und die passenden Fotos aussuchen.«

Karlchen war bereits an der Tür. Er blieb stehen, überlegte kurz und drehte sich um. »Sag mal, sammelt dein Zeitungsarchiv vielleicht auch Material über alte Häuser? Könnte ja sein, daß sie eine interessante Vergangenheit haben . . .«

Der Chefredakteur packte auf seinem Schreibtisch noch schnell einen Stapel Papiere in ein schmales Lederköfferchen. »Wenn du dabei an historische Kirchen, Schlösser oder Burgen denken solltest, dann kannst du Glück haben.«

»Es handelt sich eigentlich mehr um eine ziemlich heruntergekommene Villa«, meinte Karlchen im Hinausgehen.

Für alte Häuser gibt's im Archiv keine Buchstaben

Nach und nach waren die meisten Schüler bereits im Prinz-Ludwig-Gymnasium verschwunden, und es konnte nicht mehr lange dauern, bis es klingelte.

Die Glorreichen Sieben drückten sich noch auf dem Schulhof herum. Sie gingen unschlüssig ein paar Schritte hin und her, dann setzten sie sich wieder, und nur gelegentlich murmelte der eine oder andere irgend etwas Unverständliches vor sich hin. Offensichtlich waren sie dabei, enorm harte Gedankenarbeit zu leisten.

Selbstverständlich hatte Karlchen Kubatz keinen Ton von seinem Traum erzählt, als er ihnen auseinanderklamüsert hatte, wie man seiner Meinung nach den Maxen die hundsgemeine Erpressung vermasseln könnte. Die Idee habe heute morgen während des Zähneputzens wie ein Blitz bei ihm eingeschlagen, hatte er behauptet. Und zwar genau in dem Augenblick, als er sich vorgebeugt im Spiegel ganz dicht in die Augen geblickt hätte, den Mund voll mit Zahnpastaschaum.

Das stimmte zwar nicht ganz, war aber auch nicht total geschwindelt. Doch wenn er auch nur das Geringste von Eschnapur angedeutet hätte, würden sie ihn gnadenlos ausgelacht und seinen Vorschlag nicht einmal angehört haben.

Er hatte seinen Plan ziemlich genau mit denselben Worten dargelegt, die auch der steinalte Großwesir vor dem Sultan gebraucht hatte, jedenfalls soweit sie in seinem Gedächtnis geblieben waren: »Erpresser sind nur gefährlich, solange sie ihr Druckmittel im Rücken haben. Man muß alles versuchen, es ihnen wegzunehmen, und wenn das gelingt, hat man ihnen ihre Waffe aus der Hand geschlagen. Niemals darf man Erpressern nachgeben.«

Das paßte alles ganz ausgezeichnet zusammen. Karlchen mußte beim genaueren Erklären seines Vorschlags jetzt nur noch die Maxen mit den Sarazenen austauschen und sie dann nicht in den Sultanspalast bestellen, sondern an irgendeinen Ort in Bad Rittershude, beispielsweise zum Güterbahnhof oder in den leeren Garagenhof hinter *Rinaldos Eisdiele.*

Karlchen Kubatz hatte keine Gewissensbisse, wenn er mit den Einfällen des alten Großwesirs hausieren ging, als seien sie auf seinem Mist gewachsen. Die Geschichte war in der vergangenen Nacht in seinem Hinterkopf zusammengeträumt worden, und folglich gehörten ihm auch die Urheberrechte.

»Wir sollten es jedenfalls probieren«, sagte Paul Nachtigall endlich in die Stille. »Wenn es funktioniert, sind wir gerettet, und wenn's nicht funktioniert, haben wir halt mit Zitronen gehandelt. Wir sollten es probieren, wie gesagt.« Der Boß lehnte an der Fahrradschuppenwand und blickte um sich.

»Mir ist noch nichts Besseres eingefallen«, meinte Emil Langhans. »Ich bin einverstanden, auch wenn die Chance nicht gewaltig ist.«

»Aber das Risiko ist auch nicht gewaltig«, warf Sputnik ein. Er hatte inzwischen schon die zweite Banane verdrückt und feuerte die Schalen in eine Mülltonne. »Je länger ich drüber nachdenke, um so mehr bin ich von der Idee überwältigt«, sagte er mit vollem Mund und blinzelte zu Karlchen hinüber. »Du kannst dir gar nicht oft genug die Zähne putzen.«

»Keiner dagegen?« fragte Paul Nachtigall.

Hans Pigge schüttelte den Kopf, und Manuel Kohl ließ wissen, daß er gleichfalls einverstanden sei. Von Fritz Treutlein war nicht die Rede, weil er ja ohnehin überstimmt worden wäre, falls er als einziger den Plan abgelehnt hätte.

»Okay«, sagte der Boß, »dann wollen wir auch keine Zeit verlieren.« Er stieß sich von der Wand ab. »In der großen Pause schnappen wir uns wieder mal den Honeyboy. Der soll dann den Maxen Bescheid stoßen.«

»Ist die Klingel kaputt, oder haben wir Watte in den Ohren?« fragte Emil Langhans. Er blickte dabei auf seine Armbanduhr und anschließend über sich in die Sonne. Der Himmel war so blau, als würde er jeden Morgen frisch gewaschen. »Laut Radio bringt ein Azorenhoch diese Affenhitze direkt aus Zentralafrika.«

»Ihr habt noch keinen Ton über das Haus im Wald gesagt«, warf Hans Pigge dazwischen. »Fahren wir am Nachmittag noch mal hin, oder was machen wir?«

»Wir sollten zuerst auskundschaften, wer da draußen gewohnt hat und wem der alte Kasten gehört«, schlug Paul Nachtigall vor. »Schließlich gibt's ein Katasteramt, das eigentlich über alle Grundstücke Bescheid wissen muß, die polizeiliche Meldestelle, oder was weiß ich. Jedenfalls hab' ich mir überlegt, daß wir uns keinen Ärger einhandeln sollten. Ein Hausfriedensbruch ist was anderes, als wenn man bei Rot über eine Kreuzung stiefelt.«

Karlchen Kubatz hatte bereits das Archiv der *Bad Rittershuder Nachrichten* auf der Zunge. Aber im letzten Augenblick schluckte er es wieder hinunter. Es wäre unklug gewesen, den anderen zuviel auf einmal zuzumuten. Sein Plan war einstimmig angenommen worden, und das genügte für den Augenblick. Mit dem

Hinweis auf das Archiv der Zeitung konnte er auch später noch herausrücken.

Als es jetzt läutete, trabte er schweigend, aber mit sich selbst ganz außerordentlich zufrieden, zwischen dem dicklichen Sputnik und dem langen Emil zum Schulgebäude hinüber. Eigentlich schwebte er mehr wie auf einem Luftkissen.

In der Eingangshalle begegneten sie der Sekretärin von Oberstudiendirektor Senftleben. Sie kam die breite Treppe herunter und hatte eine zusammengerollte Landkarte unter dem linken Arm. Mit der rechten Hand trug sie einen Globus.

Die Glorreichen wünschten höflich einen guten Morgen, und Emil Langhans fragte: »Wollen Sie verreisen, Fräulein Kowalski?«

»Sehr witzig«, erwiderte sie. »Ihr solltet längst in euren Klassenzimmern sein.«

»Immer noch Zeit genug, um Ihnen beim Tragen zu helfen«, meinte Karlchen Kubatz.

»Danke, sehr nett von dir«, erwiderte die Sekretärin. »Aber wenn Schüler höflich sind, werde ich aus Erfahrung mißtrauisch. Was hast du auf dem Herzen?«

»Man kann Ihnen nichts vormachen«, lenkte Karlchen ein. »Natürlich hätte ich gern gewußt, was aus der Hitzefrei-Geschichte geworden ist. Gibt's da schon eine Entscheidung?« Er machte große Augen und zeigte sein Sonntagsgesicht. »Bestimmt klettert das Schulthermometer heute wieder auf vierundzwanzig Grad.«

»Der Herr Oberstudiendirektor hat noch gestern einen Brief an das Schulamt geschickt«, gab Fräulein Kowalski bereitwillig Auskunft. »Aber vor Weihnachten kommt bestimmt keine Antwort. Eine Behörde ist kein D-Zug.«

»Weihnachten wäre für hitzefrei kein besonders günstiger Zeitpunkt«, gab Sputnik zu bedenken.

»Nicht verzweifeln«, meinte Fräulein Kowalski, »der nächste Sommer kommt bestimmt.« Sie lachte kurz auf und machte sich mit ihrer Landkarte und dem Globus aus dem Staub.

Studienrat Dr. Purzer kam freundlicherweise mit einiger Verspätung in die 9b. Er trug sein hellgraues Jackett locker über den Schultern und hatte seine Krawatte zu Hause gelassen. Seine Stimmung entsprach seiner Kleidung. Er grüßte lauter als gewöhnlich, knallte die mitgebrachten Bücher auf seinen Tisch und rieb sich die Hände. Seine gute Laune strahlte aus allen Knopflöchern, und statt mit der Sozialkunde anzufangen, wollte er von jedem Schüler der Klasse wissen, ob er etwas für Fußball übrig hätte.

»Es riecht schon nach Sommerferien«, flüsterte Sputnik seinem Nebenmann zu.

Der Studienrat setzte sich wieder einmal auf die Fensterbank, verschränkte die Arme und schlug die Beine übereinander. Er hatte während seines Geplauders immer wieder Manuel Kohl im Auge gehabt. Jetzt unterbrach er sich.

Der stupsnasige Junge mit den großen blauen Augen bemerkte die plötzliche Stille gar nicht. Er starrte mit aufgestütztem Kinn ins Leere.

Auch die Klasse blickte jetzt zu Manuel hinüber, und Emil Langhans räusperte sich laut.

Da endlich kam der Junge aus dem Blumengeschäft zu sich, und als es ihm dämmerte, daß alle zu ihm herüberguckten, richtete er sich auf und setzte sich in seinen Stuhl zurück.

Dr. Purzer schüttelte den Kopf. »Da strahlt nun die ganze Klasse Zufriedenheit aus, weil ich heut' an diesem schönen Sommertag nicht gleich mit dem Unterricht durch die Tür gefallen bin, aber der Schüler Kohl zieht ein Fünf-Tage-Regenwetter-Gesicht. Dabei hätte gerade er mit seiner höchst erstaunlichen Mathematikarbeit allen Grund zur Fröhlichkeit. Das Gespenst ist vorbeigeflattert, mein Sohn, deine Versetzung ist nicht mehr gefährdet.«

»Ich möchte mich entschuldigen«, sagte Manuel leise. »Ich war in Gedanken irgendwie . . .«

»Nun, es verwundert euch wohl nicht«, unterbrach ihn Studienrat Dr. Purzer, »wenn mir beim Anblick dieses Knaben wieder einmal ganz spontan die Worte eines großen deutschen Dichters in den Sinn kommen. Spitzt die Ohren, Freunde.« Er rutschte von der Fensterbank herunter und begann erneut mit einer Wanderung durch die Tischreihen. »Wie kommt's, daß du so traurig bist, da alles froh erscheint?« Er hob den Kopf, blickte zu Manuel hin und dann in die Klasse. »Ihr werdet das Zitat nicht kennen, aber ich hab' euch eine Brücke gebaut, indem ich von einem großen deutschen Dichter sprach – na?«

»Da tippe ich doch mal gleich auf Goethe«, meldete sich Emil Langhans zu Wort.

»Ja, und zwar in seinen Gedichten Trost und Tränen«, erwiderte Dr. Purzer. »Zur geneigten Lektüre wärmstens empfohlen.« Er hatte mittlerweile seinen Tisch vor der großen Wandtafel erreicht und drehte sich um. »So, und jetzt endlich zur Sozialkunde. Schließlich steht sie auf dem Stundenplan. Wir wollen uns heute darüber unterhalten, wie in der Bundesrepublik ein Gesetz entsteht.«

Später blieben die Schüler während der großen Pause der Hitze wegen in der Eingangshalle oder im Treppenhaus. Im zweiten Stockwerk gab es eine neugierige Versammlung vor dem Schulthermometer. Es war noch nicht zehn Uhr, und es zeigte dreiundzwanzig Grad. Die Quecksilbersäule bekam Anfeuerungsrufe zu hören, wie Hundertmeterläufer kurz vor dem Ziel. Aber vorerst rührte sie sich nicht.

Sputnik fand den rothaarigen Honeyboy im unteren Korridor. Er hockte neben der Tür zum Physiksaal am Boden, in der einen Hand eine Cocabüchse und in der anderen eine aufgerissene Kekspackung.

»Hast du die Masern, oder was ist los?« fragte Sputnik, als er vor ihm stand. »Heute keine Korken im Ohr und ohne Rollschuhe? So bist du verdammt schwer zu erkennen, Mann.«

»Was willst du?«

»Wir hätten etwas mit dir zu besprechen.«

»Nichts dagegen.«

»Willst du damit sagen, daß du freiwillig mitkommst?« fragte Sputnik und hielt ungläubig den Kopf schief. »Du bringst mich heute ganz schön ins Staunen.«

»Es sieht so aus, als hättet ihr noch nicht geschaltet, daß sich seit gestern eine Kleinigkeit geändert hat«, meinte der Sommersprossige und zwinkerte durch seine dicken Brillengläser. Er trug heute ein T-Shirt mit dem Aufdruck »Honolulu« unter einer großen Ananas mit ein paar grünen Blättern dran. »Die Maxen haben ihre Karten auf den Tisch gelegt. Seitdem gibt's keine Geheimnisse mehr und folglich für mich nichts mehr zum Verraten. Ihr wollt also was ganz anderes von mir, und darauf bin ich neugierig.« Er nahm einen Schluck aus seiner Cocabüchse und grinste. »Wieder beim Fahrradschuppen und den Mülltonnen?«

»Aber nur, weil du die Ecke schon kennst.«

Auch die anderen Glorreichen waren nicht schlecht verwundert, als sie den rothaarigen Honeyboy an der Seite von Sputnik ganz friedlich über den Hof schlendern sahen. Sie hatten sich überall unter den übrigen Schülern verteilt und versammelten sich jetzt wieder unauffällig.

»Er ist richtig wild zu erfahren, was wir von ihm wollen«, berichtete Sputnik.

»Stimmt«, sagte der spindeldürre Junge. »Nun legt schon los, ich bin ganz Ohr.«

Paul Nachtigall kam einen Schritt näher. »Uns liegt daran, mit den Maxen Verbindung aufzunehmen«, sagte er ein wenig geschwollen. Dabei sprach er auch sehr langsam und kam sich bestimmt sehr diplomatisch vor. »Es haben sich da . . .«

»Wir sind doch für Freitag verabredet«, unterbrach ihn der Honeyboy. »Und ich bin pünktlich auf die Minute um fünf vor der Eisdiele. Ihr könnt die Uhr danach stellen.«

»Wir wollen aber, daß Ulli Buchholz persönlich kommt, und zwar zusammen mit seinen Maxen wie gestern an der Amper«, erklärte der Boß. »Nicht erst am Freitag, sondern schon morgen um dieselbe Zeit, wenn's recht ist.«

»Das Ultimatum läuft aber bis Freitag, verdammter Mist.«

»Du nimmst mir das Wort aus dem Mund«, bemerkte Paul Nachtigall.

Der Honeyboy kam auf Touren. »Ob es euch nun paßt oder nicht, diesmal werden die Spielregeln von uns gemacht.«

»Bleib doch cool, Wuschelköpfchen«, sagte Emil Langhans versöhnlich. »Leider stehen die Maxen nicht im Telefonbuch. Wir können sie also nicht anrufen.«

»Und wenn ein Frosch fliegen könnte, würde er sich nicht mit Rumhüpfen den Hintern durchscheuern«, bemerkte der spindeldürre Junge mit dem Honoluluhemd.

»Wir wollen uns wieder beruhigen«, schlug Paul Nachtigall vor. »Die Sache ist wichtiger als irgendeine Streiterei.«

Die Glorreichen zeigten plötzlich ernste Gesichter, und der Boß kam noch einen Schritt näher heran. Er stand jetzt ganz dicht vor dem Honeyboy. »Weißt du, was ein Parlamentär ist?«

»Die Typen, die im Bundestag rumsitzen«, erwiderte der Rothaarige, ohne zu zögern.

»Das sind Parlamentarier«, bemerkte der Boß katzenfreundlich. »Parlamentäre dagegen sind Leute, die in Kriegszeiten mit einer weißen Fahne und völkerrechtlich geschützt zum Feind spazieren, um mit ihm über irgend etwas zu verhandeln, wenn es was zu verhandeln gibt.«

»Die weiße Fahne brauchen sie selbstverständlich bloß, wenn geschossen wird«, warf Manuel Kohl dazwischen.

»Hört mit dem Quatsch auf«, knurrte der Rothaarige.

»Von Quatsch kann nicht die Rede sein«, bemerkte Paul Nachtigall nachsichtig. Er ließ sich einfach nicht aus der Ruhe bringen.

Der Honeyboy schlürfte seine Colabüchse leer, warf sie bis zur Schulterhöhe in die Luft und fing sie wieder auf. »Also schön, ich soll für euch den Parlamentärdingsbums, oder was weiß ich, spielen und den Maxen stecken, daß ihr sie morgen treffen wollt.«

»Sagen wir, auch wieder um fünf Uhr«, mischte sich Emil Langhans ein. »Hinter dem Güterbahnhof, bei *Rinaldos Eisdiele,* bei den Lagerhallen oder am Gaskessel, sie können sich's aussuchen. Nur daß sie nicht glauben, wir wollen ihnen eine Falle stellen.«

Der Knabe mit den vielen Sommersprossen ließ den Blick durch die dicken Gläser seiner Brille von einem zum anderen wandern. »Sagt mir einen einzigen Grund, weshalb euch die Maximilianschüler trauen sollen?«

»Jetzt geht er entschieden zu weit«, stellte Sputnik fest. Karlchen ballte die Fäuste in den Hosentaschen, und Emil Langhans mußte sich mit den Zähnen auf die Lippen beißen, um nicht loszudonnern. Aber auch Paul Nachtigall hatte die Frechheiten allmählich satt. »Zergrüble dir nicht deinen Kopf für andere«, sagte er. »Ob sie auf unseren Vorschlag eingehen oder nicht, müssen die Maxen entscheiden. Du sollst nur zu ihnen gehen und berichten, was wir dir erzählt haben.« Er sah die anderen an und fügte dann noch hinzu: »Aber du kannst ihnen schon sagen, daß wir uns ihre Bedingungen sehr genau überlegt haben und daß es vielleicht eine Lösung gibt, die für beide Seiten akzeptabel ist.«

»Wie schreibt man akzeptabel?« fragte der Honeyboy und grinste wieder einmal sein bodenlos freches Grinsen.

»Ich kann's dir auch übersetzen«, knurrte Sputnik. Er kaute an seiner dritten Pausenbanane.

»Sehr freundllich«, meinte der Spindeldürre. »Ich weiß einigermaßen, was es bedeutet.«

»Mit einem Z nach dem K und einem harten p«, sagte Manuel

Kohl mit einiger Verspätung. Er hoffte ja von allen anderen am allermeisten, daß Karlchens Plan gelingen würde.

deDrüben klingelte es.

»Alle Klarheiten beseitigt?« fragte Paul Nachtigall.

»Ich weiß nicht recht«, druckste der Honeyboy herum. »Ich habe das dumpfe Gefühl . . .«

»Du bist im Augenblick das typische Beispiel für den Konflikt zwischen verschiedenen Pflichten«, sagte der Boß wieder ziemlich gespreizt, »so was passiert gelegentlich.«

»Sag uns morgen Bescheid«, bemerkte Karlchen Kubatz. »Wir sind in der großen Pause wieder hier und warten auf dich.«

»Wir werden sehen«, meinte der Honeyboy und machte sich auf die Socken.

»Vergiß nicht, sehr freundlich zu grüßen«, rief Sputnik hinter ihm her.

»Sie werden kommen, da gibt's für mich überhaupt keinen Zweifel«, sagte Emil Langhans, sobald der Honeyboy außer Hörweite war. »Dazu sind sie viel zu neugierig, und außerdem langweilen sie sich.«

»Jedenfalls müssen wir als nächstes rauskriegen, wo Ulli Buchholz wohnt, und zwar so, daß er nichts merkt«, warf Karlchen Kubatz ein. »Jetzt ist Fingerspitzengefühl gefragt.«

»Wir können ihn verfolgen, wenn er heimfährt«, überlegte Sputnik und verwarf seine Idee gleich wieder. »Zu gefährlich. Karlchen hat recht, wir müssen sehr vorsichtig sein. Mitten in der Stadt ginge es ja noch. Aber wenn er in einer ruhigen Gegend wohnt, könnte er uns entdecken.«

»Schließlich gibt es Telefon- und Adreßbücher«, bemerkte Hans Pigge.

»Aber Buchholzens sind in Bad Rittershude fast so häufig wie Maiers oder Müllers«, gab Manuel Kohl zu bedenken. »Und manche haben dieselben Vornamen. Mein Vater hat deshalb schon ein paarmal seine Blumen falsch ausgeliefert.«

»Der direkte Weg ist immer der beste«, erklärte Emil Langhans und rückte mit dem Zeigefinger seine Hornbrille zurecht. »Wenn ich mit meiner Stimme beim Rektorat der Maximilian-Schule anrufe, glaubt die Sekretärin unter Garantie, daß ein Erwachsener am Apparat ist.«

»Aber was willst du sagen, damit sie mit der Adresse rausrückt?« fragte Paul Nachtigall.

»Mir wird schon was einfallen«, entgegnete der Lange. »Im entscheidenden Moment fällt mir immer was ein.«

Als sie kurz darauf im zweiten Stockwerk zum Korridor mit ihrem Klassenzimmer einbogen, entdeckten sie den Hausmeister.

Er stand mutterseelenallein im leeren Gang dicht vor der Wand, hatte die Hände auf dem Rücken und starrte auf das Schulthermometer.

»Wie stehen die Aktien, Herr Knöppke?« fragte Sputnik.

»Zwei Striche fehlen noch«, meinte der Hausmeister, ohne den Blick von der Quecksilbersäule zu nehmen. »Aber die Tendenz ist steigend.«

»Vielleicht sollten Sie die Sache aus einem anderen Blickwinkel betrachten«, schlug Karlchen Kubatz vor. »Beispielsweise aus der Hocke.«

»Mir würde es heute ja auch in den Kram passen, wenn früher Schluß wäre. Mein Wellensittich hustet, und ich müßte dringend zum Arzt mit ihm«, sagte der Hausmeister und linste dabei auf seine Armbanduhr. »Der Oberstudiendirektor erwartet mich erst in zwölf Minuten zum Rapport. Die Lage ist nicht hoffnungslos!«

Der Lärm in den Klassenzimmern drang durch die Türen in den leeren Flur hinaus.

Für die nächste Stunde erwartete die 9b Studienrat Wagemann, von dem die Klasse augenblicklich über den Wandertrieb verschiedener Tierarten unterrichtet wurde.

Als die Glorreichen jetzt vom Treppenhaus herüber seine Schritte hörten, verdrückten sie sich schleunigst.

Schon kurz danach brachte ihnen der Studienrat bei, daß Zugvögel, Robben, Schildkröten oder Aale sehr wichtige Gründe für ihre Wanderungen hätten.

Da klingelte es mitten in die Laichwanderungen der Lachse hinein, und zwar gleich dreimal hintereinander.

Studienrat Wagemann unterbrach sich mitten im Satz und sagte: »Wenn ich das Signal richtig deute, dann haben wir jetzt Hitzefrei.«

Ein paar Schüler lachten, einige trampelten mit den Füßen oder schlugen mit der flachen Hand auf ihre Tische.

»Viel Vergnügen«, wünschte Studienrat Wagemann und verschwand im Handumdrehen. Die ganze Schule wußte, daß er immer sein Angelgerät im Gepäckraum seines Wagens hatte und bei jeder Gelegenheit zur Amper hinausfuhr.

Schon nach ein paar Minuten war das Prinz-Ludwig-Gymnasium so leer wie sonst nur an Sonn- und Feiertagen.

Dafür stand man in *Erikas Milchbar* bis zur Straße hinaus und sich gegenseitig auf den Füßen herum.

Die Glorreichen Sieben hatten noch Plätze an der Theke erwischt. Erika Bandel stand ihnen gegenüber, leerte eine Milchflasche nach der anderen und kam allmählich ins Schwitzen. Sie war eine Frau so um fünfzig, immer gut aufgelegt und rundlich.

»Geduld, meine Herren!« rief sie in das Durcheinander von zugerufenen Bestellungen und lautem Palaver. »Ich hab' nur zwei Hände, aber das soll ja vorkommen.«

»Sechsmal mit Himbeer«, sagte Emil Langhans.

»Für mich Buttermilch«, rief Sputnik. »Ich bin augenblicklich schwer am Abmagern.«

»Keine schlechte Idee«, lachte Frau Bandel. Sie verteilte blitzschnell die Fruchtsäfte löffelweise auf die Gläser, schüttete Milch dazu und schob sie zum Durcheinandermixen unter den elektrischen Shaker. Das flutschte nur so.

»Zehnmal mit Orange und zwei mit Waldmeister«, brüllte ein Steppke mit auffallend großen Ohren.

»Immer der Reihe nach«, maulte ein kräftiger Bursche und schob den anderen zur Seite. »Wir kriegen fünfmal mit Zitrone, wenn's recht ist.«

»Schüler auf einem Haufen sind schlimmer als eine Affenherde«, bemerkte Karlchen Kubatz. »Entschuldige, wenn wir Leine ziehen, Erika, aber hier versteht man ja sein eigenes Wort nicht mehr, und wir haben was zu besprechen.«

»Ich kann euch meine gute Stube anbieten«, meinte Frau Bandel, ohne ihre Mixgetränkeproduktion zu unterbrechen. »Ihr kennt euch ja aus. Aber bekleckert mir mit eurer Himbeermilch nicht mein Tischtuch, es ist ganz frisch gewaschen.«

Erika Bandel hatte neben der Theke eine kleine Wohnung, und da die Glorreichen ihre Stammgäste waren, hatten sie schon mehrfach die Ehre gehabt, dort eingeladen zu sein.

»Erika, du bist wie eine Mutter zu uns«, flötete Karlchen Kubatz. »Aber was wir beratschlagen müssen, ist wirklich kolossal wichtig.«

»Wann ist etwas nicht wichtig bei euch?« lachte Frau Bandel

wieder, während sie eine neue Batterie volle Gläser auf die Reise schickte.

»Darf ich das Telefon benutzen?« fragte Emil Langhans.

»Wenn du nicht deinen Onkel in Kanada anrufen willst«, schränkte die Milchbarbesitzerin ein. Emil hatte nämlich tatsächlich einen Onkel in Kanada.

»Dieses ›Hitzefrei‹ ist ein Geschenk des Himmels«, bemerkte Paul Nachtigall, nachdem sie sich mit ihren immer wieder überschwappenden Gläsern in die Bandelsche Wohnung gedrängelt und die Tür hinter sich zugemacht hatten. »Jetzt bleibt uns fast noch ein ganzer Tag.«

»Wir haben aber auch eine ganze Menge zu erledigen«, unterbrach ihn Sputnik. »Packen wir's an.«

Emil Langhans hatte sich gleich das Telefonbuch geangelt und blätterte jetzt schon eine ganze Weile in ihm herum.

Da schneite Fritz Treutlein ins Zimmer. »Ich komm' eben von meinem Wüstenscheich aus dem *Hotel zum Kurfürsten,* und da sehe ich eure halbe Schule hier herumgammeln. Natürlich schalte ich gleich und denke . . .«

». . . daß wir wohl auch in der Nähe sein müssen«, vollendete Karlchen Kubatz seinen Satz. »Du bist ein aufgewecktes Kerlchen.«

Der Friseurlehrling hatte durchgeschwitzte Haare und würdigte Karlchen keiner Antwort. »Schon irgendwas Neues von den Maxen?« fragte er.

»Schnauze«, zischte Emil Langhans in diesem Augenblick. Er hatte eine Telefonnummer gewählt und nahm jetzt den Hörer an sein rechtes Ohr.

»Die Maximilianschule?« flüsterte Sputnik kaum hörbar.

Der Lange nickte kurz und steckte jetzt den Zeigefinger ins linke Ohr.

Karlchen Kubatz hatte wieder einmal die Hände unter seine Oberschenkel geschoben und wippte aufgeregt auf seinem Stuhl hin und her. »Lieber Herr Gesangverein, mach um Himmels willen jetzt keinen falschen Fehler.«

Emil Langhans winkte unwillig ab, machte seine Augen zu und konzentrierte sich wie vor einem Salto vom Zehnmeterturm.

Auch die anderen hielten den Atem an, und sie konnten alle das Tuten mithören, das aus dem Telefonhörer kam. Sie beugten sich vor und machten lange Hälse. Der Boß, Karlchen Kubatz und Sputnik schlichen auf Zehenspitzen immer dichter an den Langen heran, bis sich beinahe ihre Köpfe berührten.

»Maximilianschule, Sekretariat Warnicke«, meldete sich jetzt eine weibliche Stimme.

»Schwimmclub Blau-Weiß Bad Rittershude«, röhrte Emil Langhans möglichst sanft mit seiner brüchigen Gießkannenstimme. »Hoffentlich störe ich Sie nicht, Fräulein Warnicke.«

»*Frau* Warnicke«, kam es freundlich aus dem Telefonhörer. »Aber das tut nichts zur Sache. Was kann ich für Sie tun?«

»Es geht um das Sommerfest, Frau Warnicke«, erklärte Emil. »Genauer gesagt geht es um die Schülermannschaften beim Schwimmwettbewerb. Und da sind wir in einer dummen Verlegenheit. Wir hatten in diesen Tagen einen kleinen Umzug innerhalb unserer Geschäftsstelle. Dabei sind leider unsere Akten durcheinandergeraten und ausgerechnet die Meldungen der 4 × 100-m-Staffel wurden davon betroffen. Um ganz ehrlich zu sein, wir können sie im Augenblick gar nicht finden. Andererseits sitzt uns die Zeit im Nacken, weil das Programm gedruckt werden muß.« Emil holte kurz Luft. »Und jetzt klingle ich bei allen Schulen herum, damit wir die Namen wieder zusammenkriegen. Aber vielleicht sollte ich besser mit Herrn Kugler, Ihrem Turnlehrer, sprechen?«

»Wir haben Hitzefrei, und Herr Kugler ist bestimmt schon über alle Berge«, erwiderte die Stimme am anderen Ende der Leitung. »Aber wenn Sie sich einen Moment gedulden, kann ich Ihnen vielleicht behilflich sein. Alles Schriftliche geht ja über meinen Schreibtisch. Einen Augenblick bitte.«

Die Glorreichen starrten zu Emil Langhans. Einer nach dem anderen machte eine Faust und stellte den Daumen senkrecht in die Luft. Aber das bemerkte der Lange überhaupt nicht, weil er seine Augen immer noch geschlossen hatte.

»Da bin ich wieder«, ließ sich die Sekretärin der Maximilianschule erneut vernehmen. »Haben Sie was zum Schreiben?«

»Ja, ich bin bereit.«

»Also, da habe ich auf der ersten Seite den Sprungwettbewerb, aber der interessiert Sie ja nicht – oder?«

»Nein, nur die 4 × 100-m-Staffel ist uns verlorengegangen.«

»Jetzt hab' ich sie«, flötete Frau Warnicke durchs Telefon. »Das sind Andreas Baum, Ulrich Buchholz, Peter Steinberger, Michael

Nowak und als Ersatzleute Karl-Heinz Tennigkeit und Herbert Spörrle. Aber alles ohne Gewähr.« Sie kicherte. »Nein, nein, das stimmt schon, sollte nur ein kleiner Spaß sein.«

»Das Alter der Schüler steht nicht zufällig dabei?« fragte Emil.

»Jetzt artet es aber in Arbeit aus«, kicherte die Dame Warnicke schon wieder. »Da muß ich an unsere Schülerkartei, aber die steht ja gleich hinter mir. Ich muß den Hörer zwischen Ohr und Schulter klemmen – ist gemacht – meinem Drehstuhl einen Schubs geben – ist auch gemacht – und jetzt den Kasten aufziehen – so, das haben wir auch – und jetzt fang' ich an – da krieg' ich zuerst den Baum zwischen die Finger – Andreas Baum ist in der Neunten und fünfzehn Jahre alt – Bahnhofstraße 25 – Heureka, da kommt der Steinberger, der ist gleichfalls in der Neunten und das Alter vierzehn – Sarasatestraße 2 – Geduld, Geduld, ich suche weiter – Beuschel – Bolenski – Brettschneider – aha, da kommt er – Buchholz, Ulrich, Rotwiesenstraße 18, er ist sechzehn – und jetzt Michael Nowak, übrigens ein Bursche, der es faustdick hinter den Ohren hat – er wohnt Keltenweg 104 und ist fünfzehn . . .«

»Entschuldigen Sie, Frau Warnicke«, unterbrach Emil Langhans die Sekretärin. »Machen Sie sich nicht zuviel Mühe. Ich brauche lediglich das Alter, die Adressen können wir uns sparen.«

Die Glorreichen grinsten. Der dickliche Sputnik riß die Arme in die Luft und begann lautlos durch das Zimmer zu tanzen.

». . . und Herbert Spörrle, der ist vierzehn«, sagte die Sekretärin schließlich. »Damit hätten wir's.«

»Sie haben mir sehr geholfen, Frau Warnicke«, säuselte Emil Langhans mit seiner Stimmbruchstimme, und endlich machte er die Augen wieder auf. »Kann ich Ihnen vielleicht meinerseits einen Gefallen tun?«

»Mit zwei Tribünenkarten beim Schwimmfest könnten Sie mir eine große Freude machen.«

»Gemacht, Frau Warnicke, und zwar in der zweiten Reihe gleich hinter dem Bürgermeister. Sie können sich auf mich verlassen. Nochmals besten Dank und auf Wiedersehen, gnädige Frau.«

»Auf Wiedersehen«, grüßte die Sekretärin der Maximilianschule zurück. »Und schauen Sie zu, daß wir in diesem Jahr endlich einmal gewinnen und nicht immer die Gören vom Prinz-Ludwig-Gymnasium.« Sie ließ wieder ihr Kichern hören, und dann legte sie auf.

Auch Emil Langhans legt den Hörer auf den Apparat zurück. Er machte es sehr behutsam. »Besten Dank, Frau Warnicke«, sagte er leise. Jetzt waren die Glorreichen Sieben nicht mehr zu halten. Sie sprangen aus ihren Stühlen, sofern sie überhaupt noch saßen, wollten sich auskugeln vor Lachen, klatschten immer wieder in die Hände und feierten den Langen wie einen Weltmeister.

Erika Bandel steckte erschrocken den Kopf durch die Tür. Aber ein Blick genügte, und sie beruhigte sich wieder. »Na, dann ist ja alles in Ordnung«, sagte sie nur und flitzte zu ihren Milchmischgetränken zurück.

Es dauerte eine ganze Weile, bis sich die Glorreichen auf ihre Stühle zurückfallen ließen. Sie streckten die Beine aus und japsten noch ein bißchen.

»Oh, Mann«, stöhnte Karlchen Kubatz.

Sputnik tat so, als hätte er einen Telefonhörer am Ohr, schloß die Augen und krächzte mit verstellter Stimme: »Danke, die Adressen können wir uns sparen!«

Man brach in neues Gelächter aus, wieherte durcheinander, und Sputnik krümmte sich, als habe er Bauchschmerzen.

Aber dann breitete Emil Langhans die Arme aus wie ein Quizmeister, der bei seinem Auftritt mit Beifall überschüttet wird und genug davon hat. »Rotwiesenstraße«, sagte er trocken in die Stille, »ich hab' keine Ahnung, wo das ist.«

»In der neuen Siedlung hinter den Lagerhallen«, wußte Manuel Kohl.

»Dann wäre es für unseren Plan am günstigsten, wenn sich die Maxen als Treffpunkt die Lagerhallen aussuchen würden«, stellte Paul Nachtigall fest. »Von dort bis zur neuen Siedlung sind's mit dem Fahrrad keine drei Minuten.«

»Andererseits ist der Gaskessel fast zu weit weg«, meinte Karlchen Kubatz besorgt und legt seine Stirn in Falten.

»Kann ja auch sein, daß die Maxen auf unsere Vorschläge gar nicht eingehen und sich etwas ganz Neues einfallen lassen«, warf Manuel Kohl ein. Er war jetzt keinesfalls mehr zuversichtlich. »Wir sind ein bißchen viel darauf angewiesen, daß wir Glück haben«, sagte er leise.

»Jetzt bloß keine Panik«, mahnte der Boß. »Vorausgesetzt, die Maxen kommen, wovon wir ja alle felsenfest überzeugt sind . . .« Er war aufgestanden und ging jetzt hin und her, weil er dabei besser nachdenken konnte. ». . . also, dann stellt sich die Frage, wie lange wir sie hinhalten können, ohne daß sie mißtrauisch werden.«

»Eine Viertelstunde, schätze ich«, meinte Emil Langhans. »Höchstens eine halbe. Aber dann müssen wir uns schon eine ganze Menge einfallen lassen. Daß die Zeit trotzdem verdammt knapp werden kann, daran ist nicht zu rütteln, und das ist auch der wunde Punkt an Karlchens Plan.«

Die Glorreichen Sieben schwiegen vor sich hin.

Paul Nachtigall war inzwischen immer weiter durch Frau Brandels Wohnzimmer gewandert. Plötzlich blieb er stehen und drehte sich um. »Wieso denken wir eigentlich immer nur an unsere Fahrräder?« fragte er. »Wenn wir ein Auto aufreißen würden oder wenigstens ein Moped, könnten wir bedeutend schneller sein.«

»Ausgezeichnet«, rief der Bürstenhaarschnitt und schlug sich mit der flachen Hand an den Kopf. »Da grübelt man sich eine Blase ins Hirn und stolpert nicht über die einfachste Lösung. Es ist deprimierend.«

»Das Einfachste ist meistens das Schwierigste«, bemerkte Hans Pigge.

»Bestimmt würde uns mein Vater mit seinem Cabrio durch die Gegend kutschieren«, schlug Karlchen Kubatz vor. Er war jetzt wieder ganz aufgeregt. »Oder wir chartern uns ein Taxi, das kann nicht die Welt kosten und ist unauffällig.«

Sie redeten sich wieder einmal die Köpfe heiß, daß es nur so rauchte. Schließlich mußten sie einsehen, daß es witzlos war, irgend etwas zu entscheiden, bevor die Maxen verlauten ließen, an welchem Ort sie zum Verhandeln bereit waren.

»Also, abwarten und Tee trinken«, meinte Emil Langhans. »Was allerdings nicht ausschließt, daß wir uns in der neuen Siedlung umgucken und die Rotwiesenstraße 18 ein wenig genauer unter die Lupe nehmen.«

»Aber logo«, sagte Sputnik. »Das ist doch gar keine Frage.«

»Dann wäre das Kapitel mit den Maxen vorerst erledigt«, stellte Paul Nachtigall fest. »Kommen wir also zu Punkt zwei der Tagesordnung: das Haus im Wald.«

»Ist es wirklich so vergammelt und total unbewohnt?« fragte Fritz Treutlein neugierig. Die Glorreichen hatten ihm inzwischen von ihrem Eindringen in die Villa berichtet, und auch vom Auftauchen der Maximilianschüler mit ihrem Anführer beim Baden an der Amper hatten sie ihm erzählt.

»Wir haben jedenfalls keine Menschenseele gesehen oder gehört«, beantwortete Emil Langhans die Frage des Friseurlehrlings. »Und es gab auch keine Spuren, obwohl überall Dreck herumliegt und fast zentimeterhoher Staub.«

»Allerdings haben die Fensterläden kaum Licht hereingelassen, so daß es verflixt dunkel war«, bemerkte Sputnik. »Und ein bißchen hatten wir auch noch das Gewitter in den Knochen und das Herumirren in diesem Wald.«

»Nicht auszudenken, wenn der alte Kasten keinen Besitzer hätte«, bemerkte der Boß. »Das wäre das ideale Vereinslokal für uns.« Er lächelte. »Oder für den Notfall auch ein Unterschlupf.«

»Genau das, was uns der Arzt verschrieben hat«, sagte Karlchen Kubatz. »Fast zu schön, um wahr zu sein.«

»Ich kann mir nicht vorstellen, daß man so ein Haus einfach verläßt und sich in die Büsche schlägt«, meinte Manuel Kohl. »Vielleicht liegt über dem Haus irgendein Fluch, oder ein Geheimnis versteckt sich hinter seinen Mauern. Jedenfalls hat die Sache einen Haken.«

Paul Nachtigall hatte sich wieder an den Tisch gesetzt. »Haargenau das wollen wir möglichst noch heute herausfinden«, sagte er. »Wer übernimmt das Katasteramt?«

Spätestens jetzt war es für Karlchen Kubatz an der Zeit, mit seinem Wissen vom Zeitungsarchiv der *Bad Rittershuder Nachrichten* herauszurücken. »Da ist alles gesammelt, was irgendwann einmal passiert ist und interessant war. Es müßte mit dem Teufel zugehen, wenn da nichts zu finden wäre.«

Wenn der Bürstenhaarschnitt geglaubt hatte, daß man ihn jetzt anstaunen würde, als habe er das Ei des Kolumbus entdeckt, hatte er sich getäuscht. Der Boß sagte nur: »Man soll nichts unversucht lassen«, und schrieb das Archiv der Zeitung auf seine Liste. Er hatte inzwischen einen Schmierzettel aus seiner Schulmappe gekramt, um alle Punkte zu notieren, die ihnen eingefallen waren. »Sonst noch was?« fragte er. Da keine weiteren Vorschläge mehr kamen, überlegte man jetzt gemeinsam die Verteilung der Aufgaben.

Einstimmig wurde beschlossen, daß sich Fritz Treutlein in der neuen Siedlung umsehen sollte und dort vor allem in der Rotwiesenstraße mit dem Haus Nummer 18. Der Anführer der Maxen kannte den Friseurlehrling mit Sicherheit weniger gut als die übrigen, und es konnte ja passieren, daß sich die beiden begegneten.

»Es gibt manchmal die blödesten Zufälle«, gab Karlchen Kubatz zu bedenken. »Du mußt ungeheuer vorsichtig sein.«

»Soll ich mir sicherheitshalber einen Bart ankleben?« fragte Fritz Treutlein scheinheilig. »Beim letzten Fasching hab' ich am laufenden Band Bärte fabriziert. Russische, arabische, chinesische, was du willst. Ein falscher Bart wäre bei meiner Berufserfahrung kein Problem.«

»Und meine Großmutter kann am hohen Reck die Riesenfelge«, witzelte Karlchen Kubatz.

»Hört auf mit dem Quatsch«, sagte Paul Nachtigall und schlug für das Katasteramt Emil Langhans und Manuel Kohl vor. »Einzeln würde man euch vermutlich nicht ernst nehmen, aber zu zweit geht es vielleicht.«

Der Lange revanchierte sich postwendend. »Aus demselben Grund empfehle ich, daß unser Boß gemeinsam mit Hans Pigge in der Einwohnermeldestelle herumschnüffelt.«

Man griente, und wer es noch nicht getan hatte, trank jetzt sein Glas leer.

»Das kann ja heiter werden«, nuschelte Karlchen Kubatz. Daß er und Sputnik im Archiv der *Bad Rittershuder Nachrichten* aufkreuzen sollten, war sonnenklar und mußte nicht erst lange beraten werden.

»Gegen vierzehn Uhr treffen wir uns hier wieder«, verkündete Paul Nachtigall. »Ich hoffe, daß wir dann klüger sind.«

Schon kurz danach schoben und drängelten sie sich durch die immer noch total überfüllte Milchbar ins Freie, schnappten sich ihre Fahrräder und verteilten sich über die Stadt.

Bei den *Bad Rittershuder Nachrichten* ging's um diese Zeit so aufregend zu wie bei einem Kaffeekränzchen älterer Damen. Vielleicht war bei der Redaktionskonferenz mehr los. Aber die tagte hinter verschlossenen Türen.

Fräulein Finkbeiner strickte im Vorzimmer des Chefredakteurs an einem dicken Pulli für den Winterurlaub, nahm zwischendurch einen Zug aus ihrer Zigarette und hütete im übrigen die zwei Telefonapparate auf ihrem Schreibtisch. Der Fernschreiber summte vor sich hin, aber er dachte nicht daran, zu ticken und irgend etwas auszuspucken.

»Ich wollte gerade damit anfangen, mich zu langweilen«, sagte die Sekretärin, als die beiden Jungen bei ihr aufkreuzten. »Aber falls du Sehnsucht nach deinem Vater hast, muß ich dich leider enttäuschen, er grübelt gerade mit seinen Redakteuren über die morgige Ausgabe nach.«

»Danke, wir haben zusammen gefrühstückt«, meinte Karlchen Kubatz. »Noch hält sich der Trennungsschmerz in Grenzen. Das ist übrigens mein Freund Otto Hugendubel, wenn ich vorstellen darf.«

Fräulein Finkbeiner und Sputnik versicherten sich gegenseitig, daß es angenehm sei, sich kennenzulernen. Anschließend ging Karlchen direkt auf sein Ziel los und erklärte, weshalb er gekommen war.

Fräulein Finkbeiner hörte zu, während sie weiterstrickte und auch wieder einmal an ihrer Zigarette zog. »Für das Archiv ist Herr Hessling zuständig«, sagte sie dann und griff bereits nach dem Telefonhörer. »Ich melde euch an.« Sie schmunzelte. »Bestimmt habt ihr es eilig, laßt euch also nicht aufhalten.«

Die beiden grinsten dankbar und stiefelten los.

Das Archiv war ein ziemlich großer, aber niedriger Raum im Kellergeschoß, mit Regalen an den Wänden, die bis unter die Decke mit Akten vollgestopft waren.

Herr Hessling hatte einen rötlichen Kinnbart, trug eine Nickelbrille und war etwa dreißig. »Fräulein Finkbeiner hat euch schon angekündigt. Womit kann ich dienen?« Immerhin war Karlchen der Sohn seines Chefs, und er wollte keinen schlechten Eindruck machen.

Karlchen erzählte seine Geschichte zum zweitenmal, und auch Herr Hessling hörte geduldig zu. Allerdings wurde sein Gesicht dabei immer länger, und als Karlchen schließlich schwieg, schüttelte er den Kopf. »Könnt ihr mich nichts Leichteres fragen?« Er zuckte jetzt auch noch mit den Schultern. »Ein verfallenes Haus im Wald, das ist vielleicht ein Ei. Unter welchem Buchstaben soll ich da suchen, um Himmels willen?«

Da kam Redakteur Hildesheimer hereingefegt. »Wir brauchen

schnellstens noch ein neueres Bild des Herzogs von Edinburgh und den Bericht der *Times* von der Kröning 1953, aber dalli, wenn ich bitten darf.«

»Seht ihr, das sind Bestellungen, mit denen ich was anfangen kann«, sagte Herr Hessling und flitzte los. »Aber irgendwelche alten Häuser, wo gibt's denn so was . . .«

»Hallo, Karlchen«, sagte der Redakteur, »was willst du denn hier?«

Kubatz junior erzählte jetzt bereits zum drittenmal seine Geschichte.

»Au Backe«, meinte Herr Hildesheimer, »das ist allerdings ein harter Brocken und so gut wie aussichtslos. Tut mir leid, daß ich euch nicht helfen kann.«

Mittlerweile kam Herr Hessling zurück. »Das ist das letzte Bild vom Herzog, keine Woche alt«, sagte er. »Und hier die *Times* vom 3. Juni 1953. Die Krönung war am zweiten.«

»Picobello«, bemerkte der Redakteur und zischte ab. Doch in der Tür drehte er sich um und kam wieder zwei Schritte zurück. »Bellinghausen«, sagte er. »Martin Bellinghausen müßte euch helfen können. Er war fast sein Leben lang Lokalredakteur, und wenn es überhaupt jemanden gibt, der euch was sagen kann, dann Belli. So heißt er bei uns. Seit einem Jahr ist er in Pension, aber die Finkbeiner hat todsicher seine Adresse. Ich muß in die Konferenz zurück, Entschuldigung.«

Karlchen und Sputnik trabten wieder in den ersten Stock und ins Vorzimmer des Chefredakteurs.

»Natürlich hab' ich seine Adresse«, sagte Fräulein Finkbeiner. »Aber ihr werdet euch wundern, das ist keine Straße mit irgendeiner Nummer. Herr Bellinghausen lebt auf einem Hausboot an der oberen Amper, nicht weit vom Viadukt. Ist nicht zu verfehlen. Aber vermutlich läßt er euch gar nicht zu sich an Bord. Das geht nämlich nur über ein Fallreep, und das hat er meistens eingezogen. Ein schrulliger Typ, unser alter Belli. Hat sich da draußen eingegraben wie ein Maulwurf, und was am Ufer passiert, ist ihm piepegal. Selbstverständlich kein Telefon, nicht mal ein Radio.« Sie legte ihr Strickzeug auf den Schreibtisch, weil eines ihrer Telefone klingelte. »Aber er war der beste Lokalredakteur, den unsere Zeitung je gehabt hat«, sagte sie noch zu Karlchen, und dabei nahm sie bereits den Hörer ab. *»Bad Rittershuder Nachrichten,* Chefredaktion . . .«

Zur selben Zeit spähte Fritz Treutlein hinter einer Plakatsäule hervor in die Rotwiesenstraße hinein. Das tat er jetzt schon seit einer guten Viertelstunde. Allerdings nicht immer von derselben Stelle aus. Um sich nicht verdächtig zu machen, spazierte er zwischendurch, die Hände tief in den Hosentaschen, um die Ecke, pfiff vor sich hin oder kickte auch mal eine weggeworfene Streichholzschachtel über das Pflaster. Sein Fahrrad hatte er vor einem kleinen Supermarkt angeschlossen. Und weil gleich gegenüber die Linie 12 ihre Straßenbahnhaltestelle hatte, gab es stets genügend Passanten, so daß der herumlungernde Friseurlehrling nicht auffiel.

Er hatte es noch nicht gewagt, tiefer in die Rotwiesenstraße einzudringen. Dort gab es nämlich keine Geschäfte, und sie war fast menschenleer. Nur ein paar Kinder spielten mit einem zitronengelben Gummiball, und zwei Hunde balgten sich. Das Haus Nummer 18 mußte am Ende der Straße auf der linken Seite liegen. Fritz Treutlein durfte sich nicht darauf verlassen, daß Ulli Buchholz um diese Zeit nicht in seiner Wohnung war. Wenn er jetzt einfach lostigerte, konnte es durchaus passieren, daß der Anführer der Maxen gerade in diesem Moment gelangweilt durch irgendein Fenster auf die Straße guckte, und dann wäre ihm der Friseurlehrling ganz bestimmt aufgefallen.

In dieser Gegend bestand die Siedlung aus lauter Doppelhäusern mit jeweils zwei Stockwerken und Giebeldächern. Alle hatten zur Straße hin kleine Vorgärten mit niedrigen Zäunen aus Drahtgeflecht.

Als Fritz Treutlein gerade wieder einmal hinter seiner Plakatsäule hervorkam, zuckte er zusammen. Ganz dicht hinter seinem Rücken hatte er das Quietschen von Bremsen gehört. Er drehte sich vorsichtig um.

»Hallo, was schleichst du hier wie ein Apache durch die Gegend?« fragte Herr Wildenbusch. Er saß in seinem nachtblauen Pontiac hinter dem Steuer, rauchte eine Zigarre und lachte. »Bist du am hellichten Tag auf dem Kriegspfad?«

Noch während Herr Wildenbusch redete, hatte Fritz Treutlein eine Idee.

»Sie kommen wie gerufen«, sagte er. »Darf ich mich zu Ihnen in den Wagen setzen?«

»Aber bitte sehr«, meinte der Kioskbesitzer vom Richard-Wagner-Platz. »Es ist mir ein Vergnügen, und ich hab's nicht eilig.« Er öffnete die Tür zum Beifahrersitz, und der Friseurlehrling kletterte zu ihm in den riesigen Amischlitten. Eine Klimaanlage sorgte für kühle Luft, und aus dem Autoradio kamen gerade die neuesten Wasserstandsmeldungen.

»Ich sah dich schon, als ich um die Ecke bog«, sagte Herr Wildenbusch, »und dachte, daß ich dich vielleicht in die Stadt mitnehmen kann. Wo stecken deine Freunde?«

»Sie sind unterwegs«, antwortete Fritz Treutlein ausweichend. Er hatte in der Zwischenzeit seine Idee in Gedanken noch einmal überprüft, soweit das in den paar Sekunden überhaupt möglich gewesen war, und nichts entdecken können, was gegen sie sprach. »Darf ich Sie um einen Gefallen bitten?« fragte er.

»Wildenbusch ist für seine Stammkunden immer am Ball«, meinte der Kioskbesitzer und lachte wieder. »Fast immer.«

Fritz Treutlein schilderte, was sich mit den Maxen zugetragen hatte, nur flüchtig und ungenau. Aber schließlich mußte er doch damit herausrücken, weshalb er hier herumspionierte.

Herr Wildenbusch hörte aufmerksam zu, pustete gelegentlich eine Zigarrenrauchwolke gegen die Windschutzscheibe und drehte sich zwischendurch auch einmal um. »Ganz ruhig, Benno.« Auf dem weichen Polster des Rücksitzes hatte sich sein hellbrauner Siamkater bewegt und schnurrte jetzt leise. Vermutlich war er beim Vorsichhindösen gestört worden.

»Die Glorreichen Sieben spielen also wieder einmal Detektiv«, bemerkte der Zeitungskioskbesitzer schließlich, schmunzelte und fügte im selben Atemzug hinzu: »Zieh den Kopf ein, wir fahren los.«

Fritz Treutlein ließ sich so tief in den Wagen gleiten, daß er von draußen nicht mehr zu sehen war. Gleichzeitig setzte Herr Wildenbusch seinen nachtblauen Schlitten in Bewegung. Er rollte direkt in die Rotwiesenstraße hinein. »Nummer zehn«, sagte er nach einer Weile. »Nummer zwölf – jetzt vierzehn – sechzehn –« Der Wagen wippte leicht und blieb im Schatten eines Baumes stehen. »Da drüben sehe ich die Nummer achtzehn«, berichtete der Kioskbesitzer weiter. »Auch ein Doppelhaus, und der Zaun ist selbst für die dämlichsten Einbrecher kein Problem.« Er kicherte.

»Wir wollen doch nicht einbrechen, Herr Wildenbusch«, flüsterte Fritz Treutlein. Er kauerte inzwischen vor seinem Polstersitz wie ein zusammengerolltes Kaninchen auf dem Boden.

»Aber ihr habt keine Ahnung, ob es vielleicht Eltern gibt oder eine Großmutter, die während des ganzen Tages zu Hause sind«, gab Herr Wildenbusch zu bedenken. »Könnte auch sein, daß Ullis Mutter kaum die Wohnung verläßt, weil sie für andere Leute in Heimarbeit die Wäsche bügelt. Was dann?«

»Es wäre schon gut zu wissen, mit wem man unter Umständen rechnen muß«, gab der Friseurlehrling zu.

Der Kioskbesitzer stellte den Motor ab. »Halte dich bedeckt, mein Sohn, das haben wir gleich.«

»Aber, Herr Wildenbusch . . .«

Fritz Treutlein sah nur noch, wie sich die Beine des Kioskbesitzers in Bewegung setzten. Dann ging drüben die breite Wagentür auf und schloß sich wieder.

Fritz Treutlein zögerte einen Augenblick. Doch nach ein paar Sekunden richtete er sich vorsichtig auf. Allerdings nur so weit, daß seine Augen über die Armaturen hinweg und am Scheibenwischer vorbei durch die Scheibe linsen konnten.

Was er sah, ließ sein Rückenmark zu Eis gefrieren – trotz der Hitze.

Herr Wildenbusch öffnete auf der anderen Straßenseite vor der Nummer 18 die niedrige Gartentür, ging ganz unbekümmert auf das Haus zu und klingelte.

Schon im nächsten Augenblick konnte es passieren, daß Ulli Buchholz auf der Bildfläche erschien.

Fritz Treutlein zog erneut den Kopf ein und ging auf totale Tauchstation. Und das mußte den Kater aufgeschreckt haben. Er ließ ein leises Schnurren hören. Dann sprang er mit einem eleganten Satz auf die dick gepolsterte Rückenlehne und äugte neugierig nach draußen. So vergingen zwei oder drei Minuten, in denen sich der Friseurlehrling von seinem ersten Schreck wieder erholte. Er fand, daß er jetzt lange genug auf die Fußpedale und den Schalthebel gestarrt hatte, kam langsam immer höher und konnte schließlich, am Lenkrad vorbei, beobachten, wie der breitschultrige Kioskbesitzer immer noch vor der Haustür von Nummer 18 stand. Dort hatte sich noch nichts gerührt. Herr Wildenbusch blickte zu den Fenstern und ging dann zur Straße zurück, um sich dem Nebenhaus zuzuwenden. Als er dort gerade läuten wollte, kam ein älterer Postbote angeradelt. Wildenbusch drehte sich um und rief irgend etwas zu dem Mann hinüber. Danach ging er auf ihn zu, und nun standen die beiden nebeneinander und unterhielten sich. Sie schienen sich blendend zu verstehen. Schon nach ein paar Worten lachten sie. Dabei zeigte der Postbeamte mit dem Kopf zu dem einen oder anderen Haus nach links oder nach rechts, und der Kioskbesitzer blickte dann jedesmal in die angedeutete Richtung. Herr Wildenbusch holte eine von seinen langen Zigarren heraus, und der Briefträger steckte sie behutsam in seine Hemdentasche. Daraufhin gaben sich die beiden Männer die Hand. Der eine schob sein Fahrrad zum nächsten Briefkasten, und der andere ging über die Straße zu seinem geparkten Wagen.

Fritz Treutlein hatte sich wieder in sein Versteck verkrochen, und der Kater sprang auf seinen Platz zurück.

»Sämtliche Unklarheiten restlos beseitigt«, verkündete Herr Wildenbusch, während er sich hinter das Lenkrad fallen ließ. »Wohin fahren wir?«

Als Fritz Treutlein zu verstehen gab, daß er sein Fahrrad beim Supermarkt abgestellt hatte, fuhr der Kioskbesitzer tiefer in die Rotwiesenstraße hinein und bog dann um die nächste Ecke.

»Also, paß auf«, sagte er. »Es stimmt tatsächlich, daß im Haus Nr. 18 eine Familie Buchholz wohnt. Die Mutter ist schon seit ein paar Jahren von ihrem Mann geschieden, war früher Verkäuferin im Warenhaus Petzold und betreibt jetzt ein kleines Hutgeschäft in der Schellingstraße. Sie hat als Angestellte nur ein Lehrmädchen und kommt während der Woche regelmäßig erst am Abend nach Hause. Sie hat einen Sohn und eine Tochter. Der Junge besucht die Maximilianschule, soll bei der Nachbarschaft allgemein beliebt und nicht auf den Kopf gefallen sein.«

»Da sieht man wieder einmal, wie sich die Leute irren können«, bemerkte Fritz Treutlein.

Herr Wildenbusch paffte inzwischen wieder Zigarrenrauchwolken vor sich hin. »Über die Tochter war nur zu erfahren, daß sie so etwa sieben Jahre alt ist und flachsblonde Haare hat. Sie humpelt zur Zeit mit einem Gipsbein durch die Gegend, weil sie sich vor zwei Wochen den Fuß angeknackst hat. Das paßt euch vielleicht nicht in den Kram?«

»Im Gegenteil, das Gipsbein ist Gold wert«, bemerkte der Friseurlehrling undurchsichtig. »Mit so was bleibt man doch überlicherweise in seinen vier Wänden, oder?«

»Jedenfalls macht man keine weiten Sprünge damit«, stimmte der Kioskbesitzer zu. »Aber allmählich wird mir die Sache schleierhaft. Mal soll niemand im Haus sein, und dann ist's auf einmal wieder umgekehrt. Versteh' ich nicht ganz.«

»Aber irgend jemand muß uns doch die Tür aufmachen, Herr Wildenbusch«, erklärte Fritz Treutlein geduldig. »Nur sollte das eine Person sein, die nicht gleich mißtrauisch ist. Und dafür könnte ein siebenjähriges Mädchen ganz geeignet sein, finden Sie nicht auch?«

»Man soll Kinder nie unterschätzen«, bemerkte Wildenbusch. »Sonst noch was?«

Inzwischen hatte sich der Siamkater über die Lehne des ledernen Beifahrersitzes auf die linke Schulter des Friseurlehrlings geschlängelt und schnurrte ganz leise. Gleich darauf sprang er auf seine Knie und rollte sich zusammen.

»Hallo, was ist denn das, Benno?« sagte der Zeitungskioskbesitzer verblüfft. »Freundschaft auf den ersten Blick, oder wie seh' ich das?« Und mit einem Seitenblick zu Fritz Treutlein: »Das ist tatsächlich nicht zu glauben, sonst läßt er keinen Fremden an sich ran. Er mag dich, Himmeldonnerwetter.« Der Kater mit den tiefblauen Augen stupste mit der Nase jetzt immer wieder gegen das Kinn von Fritz Treutlein, wollte schmusen, und der Junge strich ihm durch sein seidiges Fell. »Werden sich die Buchholzens nicht Gedanken machen«, fragte er jetzt, »wenn ihnen der Briefträger steckt, daß Sie ihn über die Familie ausgefragt haben?«

»Keinen einzigen Ton wird er husten«, erwiderte Herr Wildenbusch. »Ich bin doch nicht von gestern und hab' mich deshalb nicht bloß nach den Buchholzens erkundigt, sondern auch nach den Familien in den Häusern der Nachbarschaft. Als Grund für meine Wißbegierde sagte ich ihm, daß ich unterwegs sei, um den Leuten alle Arten von Versicherungen anzudrehen, und daß es mir dabei helfen würde, wenn ich ein wenig Bescheid wüßte, bevor ich den Herrschaften in die Wohnzimmer plumpse.« Er lächelte ein wenig selbstgefällig und schielte aus den Augenwinkeln zu dem Friseurlehrling hinüber. »Wenn ich will, kann ich ein aalglattes Schlitzohr sein.«

»Du liebe Zeit, Sie sind ganz schön gerissen, Herr Wildenbusch«, meinte Fritz Treutlein und lächelte ebenfalls. »Von Ihnen können wir ja noch allerhand lernen.«

»Das sei getrommelt und gepfiffen«, erwiderte der Zeitungskioskbesitzer. »Und, wie gesagt, für meine Stammkunden bin ich immer am Ball, wenn man mich braucht.«

Gespenster wären mal was Neues

An diesem Nachmittag war Fritz Treutlein gleich zweimal hintereinander die Hauptperson. Zum erstenmal, als er von der Rotwiesenstraße zurückkam.

Die anderen Glorreichen saßen bereits seit einiger Zeit vor *Erikas Milchbar* um einen der kleinen Tische herum, die nebeneinander auf dem Gehsteig und links und rechts von der offenen Tür im Schatten zweier schmaler Jalousien standen. Sie waren im Augenblick die einzigen Gäste. Die Schüler des Prinz-Ludwig-Gymnasiums hatten sich längst aus dem Staub gemacht.

»Wir wollen warten, bis wir vollzählig sind«, hatte Paul Nachtigall vorgeschlagen. »Dann müssen wir dieselben Geschichten nicht doppelt erzählen und auch nicht doppelt anhören.«

»Total einverstanden«, hatte sich Sputnik vernehmen lassen. »Bei dieser Affenhitze muß jede überflüssige Kraftanstrengung vermieden werden.«

Seitdem gammelten sie mehr oder weniger auf ihren Stühlen herum, tranken ihre Milch, hingen ihren Gedanken nach oder blinzelten auch nur auf die leere Straße.

Frau Bandel hatte sich in ihre kleine Wohnung zurückgezogen und ihre Tür offengelassen. Als sie gerade mit ihrem Lieferanten für Fruchtextrakte telefonierte, erschien draußen Fritz Treutlein auf der Bildfläche. Sein Schutzblech klapperte auf dem Steinpflaster, und als er sein Rad über den Bordstein quälte, rutschte ihm beinahe seine graue Segeltuchtasche mit den Friseurutensilien vom Gepäckträger. Er hatte das ganze Gesicht voller Schweißperlen und war außer Atem. »Ihr führt vielleicht ein Leben«, japste er.

Die Glorreichen erwiderten kein Wort. Sie blickten ihn nur an, guckten dann im selben Moment, so als hätten sie es vorher eingeübt, auf ihre Armbanduhren und dann wieder zu dem Friseurlehrling.

Fritz Treutlein drehte sich um, nachdem er sein Fahrrad an die Hauswand gelehnt hatte, stemmte die Fäuste gegen die Hüften und schüttelte den Kopf. »Bei euch piept es wohl?« hechelte er und schnappte nach Luft. »Es ist sowieso ein Wunder, daß ich schon wieder da bin.«

»Schon wieder?« entgegnete Sputnik ironisch. »Hört, hört.«

»Also, wie sieht's aus, Sportsfreund?« fragte Emil Langhans versöhnlich.

»Moment«, keuchte Fritz Treutlein, »aber so viel Zeit muß sein.« Er grinste, verschwand im Inneren der Bar und rief schon im Weggehen: »Hallo, Erika, ein durstiger Krieger hätte gern eine eiskalte Milch.«

»Der durstige Krieger kennt sich ja aus und kann sich selber bedienen«, ließ sich Frau Bandel aus ihrer Wohnung vernehmen. Sie hatte für einen Augenblick mit einer Hand die Sprechmuschel an ihrem Hörer zugedeckt und telefonierte jetzt weiter.

Karlchen Kubatz steckte von der Straße her den Kopf durch die Tür. »Mann, deine Nerven möchte ich haben«, sagte er. »Sag endlich, was du rausgekriegt hast, wir warten, Menschenskind.«

»Ihr hättet vielleicht schwarz werden können vor lauter Warten, wenn nicht ein ganz irrer Zufall passiert wäre«, entgegnete der Friseurlehrling. Er drehte gerade den Milchhahn wieder ab und kam mit seinem randvollen Glas hinter der Theke hervor.

»Würdest du das freundlicherweise näher erklären?« fragte Paul Nachtigall von draußen.

»Dieser Zufall hat einen Namen und heißt Wildenbusch«, sagte Fritz Treutlein, als er an Karlchen Kubatz vorbei ins Freie kam.

»Aha«, meinte Emil Langhans. Und die anderen staunten ebenfalls. Während der Friseurlehrling jetzt alle Einzelheiten berichtete, staunten sie immer mehr. Schließlich hüpfte Sputnik vor lauter Staunen sogar von seinem Stuhl. »Eine tolle Rübe, dieser Wildenbusch, alle Achtung.«

Eine Weile schnatterten sie aufgeregt durcheinander. Dann waren sie auf einmal wieder ganz still und hingen ihren Gedanken nach, so wie sie es noch vor zehn Minuten gemacht hatten, bevor Fritz Treutlein aufgetaucht war.

Endlich lehnte sich Emil Langhans weit in seinen Stuhl zurück, nahm die Hände hinter den Kopf und machte wieder einmal die Augen zu, damit er sich besser konzentrieren konnte. »Jetzt wollen wir mal unsere grauen Zellen ganz flugs unter Strom setzen«, sagte er und faßte zusammen: »Die Nummer 18 ist also die eine Hälfte eines doppelten Reihenhauses. Der Eingang liegt hinter einem niedrigen Zaun und zur ebenen Erde. Keine anderen Mieter und kein Treppenhaus. Das ist für den Anfang schon gar nicht schlecht.« Er kreuzte an seinen langen, ausgestreckten Beinen die nicht mehr ganz neuen Tennisschuhe übereinander. »Frau Buchholz ist nachmittags in ihrem Hutladen angebunden . . .«

». . . ihren Herrn Sohn haben wir unter unserer persönlichen Kontrolle«, warf Karlchen Kubatz dazwischen.

»Bleibt also bloß noch seine kleine, flachsblonde Schwester mit dem Gipsbein«, fuhr Emil Langhans fort. »Sie wird sich mit ziemlicher Sicherheit in der Wohnung aufhalten, und das wäre haargenau das, was wir brauchen.«

»Ich hab's ja gesagt«, ereiferte sich Fritz Treutlein. »Dieses Gipsbein ist Gold wert.«

»Jedenfalls sollte es jetzt kaum noch Überraschungen geben«, stellte Paul Nachtigall fest. »Es sei denn, im letzten Moment schneit eine Tante aus Buxtehude ins Haus oder so was Ähnliches.«

»Wenn wir nur wüßten, für welchen Treffpunkt sich diese verdammten Maxen entscheiden«, meinte Manuel Kohl bekümmert. »Wenn die Entfernung zu groß ist, kommt der Plan ins Schleudern.«

»Bisher haben die anderen das Glück auf ihrer Seite gehabt«, gab Karlchen Kubatz zu bedenken. »Aber wenn die Sache mit der ausgleichenden Gerechtigkeit stimmt, müßten wir jetzt an der Reihe sein.«

Und damit waren sie wieder bei der Einsicht gelandet, daß ihnen beim besten Willen nichts anderes übrigblieb, als sich in Geduld zu fassen.

»Erst wenn unser Honeyboy morgen in der großen Pause den Mund aufmacht, wissen wir, wie der Hase läuft«, erklärte Emil Langhans. »Abwarten und Tee trinken, wie schon mehrfach gesagt. Im Augenblick ist jedes weitere Wort Zeitverschwendung. Ich bin also dafür, daß wir das Thema wechseln.« Er zog seine langen Beine wieder an und beugte sich vor. »Was haben wir über das verlassene Haus im Wald rausgekriegt?« Er wartete gar nicht auf Antwort und begann noch im selben Atemzug mit seinem Bericht über die Nachforschungen im Katasteramt.

»Es war eine ausgemachte Pleite, um das gleich vorwegzunehmen. Zuerst ließ man mich und Manuel länger als eine Stunde warten, und dann wollten sie uns wegschicken, weil Auskünfte nur an Erwachsene erteilt würden. Da behaupteten wir, das Haus bei einem Schulausflug entdeckt zu haben, und daß wir daraufhin im Unterricht für Heimatkunde beschlossen hätten, der Sache auf den Grund zu gehen. Könnte ja sein, daß wir ein vergessenes Baudenkmal aufgestöbert haben. Und da erklärte ein Beamter mit einer Glatze und Eulenaugen hinter seinen Brillengläsern, daß es in Bad Rittershude oder seiner Umgebung ganz undenkbar wäre, auch nur einen einzigen Stein zu finden, der nicht beim Katasteramt registriert sei. Wir mußten auf einer Karte die genaue Stelle suchen und entdeckten tatsächlich mitten im Wald das Gebäude als Grundriß und mit einer Nummer daneben. Der Mann mit der Glatze und den Eulenaugen kicherte. Dann sagte er, daß jedes Betreten der Villa streng verboten wäre und daß ihre Existenz »gelöscht« sei, wie es in der amtlichen Sprache hieße, und wir sollten uns auf Fußballplätzen oder sonstwo herumtreiben, aber keinesfalls an diese Ruine als Spielplatz denken. Es bestehe akute Einsturzgefahr, und ob wir die Schilder mit der entsprechenden Warnung nicht gelesen hätten? Aber falls uns das noch nicht genügen sollte, um einen großen Bogen um die 31486 zu machen – unter dieser Nummer ist das verlassene Haus aktenkundig –, dann möge noch gesagt sein, daß es hinter den baufälligen Mauern nicht mit rechten Dingen zuginge und daß es Gerüchte über Gespenster gäbe. Gerüchte wohlgemerkt und keine Beweise. Aber so ganz aus der Luft gegriffen sei selten irgend etwas. Jedenfalls sei das Haus für das Katasteramt ›gelöscht‹ und gnädig dem Zahn der Zeit überlassen.«

»Gespenster wären mal was Neues in unserem Gemüseladen«, feixte Karlchen Kubatz.

Leider war auch das, was der Boß von seinem Besuch beim Einwohnermeldeamt zu erzählen hatte, nicht viel ergiebiger. Er hatte gleichfalls zusammen mit Hans Pigge erst eine halbe Ewigkeit warten müssen, bis sie endlich vor einen der drei Schalter gerufen wurden. Da hatte ihnen dann eine ziemlich vollschlanke Frau mit lauter numerierten Karteikästen im Rücken und einer Löckchenperücke auf dem Kopf klipp und klar erklärt, daß »hierorts«, wie sie sich ausdrückte, von einem Haus im Wald nichts bekannt sei und daß demzufolge auch kein Besitzer aktenkundig wäre.

»Also, auch da das Resultat gleich Null«, stellte Emil Langhans fest.

»Ja, leider nicht die Bohne von einer Auskunft«, bedauerte

Hans Pigge. »Ganz abgesehen davon, daß uns diese Löckchenperücke wie zwei Idioten behandelt hat.«

Alle blickten daraufhin gespannt zu Karlchen Kubatz und Sputnik hinüber.

»Jetzt erwartet nur keine Wunderkerzen von uns«, meinte der Junge mit dem Bürstenhaarschnitt beschwichtigend. »Wir haben auch keine Ölquelle angezapft.«

»Aber was wir in Erfahrung bringen konnten, klingt wenigstens hoffnungsvoll«, schnitt ihm Sputnik das Wort ab.

Anschließend schilderten die beiden abwechselnd ihre Gespräche bei den *Bad Rittershuder Nachrichten.* Als dabei der Name Martin Bellinghausen fiel, hob Fritz Treutlein den Kopf und horchte auf. Dann meldete er sich zu Wort. »Ich glaube, diesen Lokalredakteur kenn' ich«, sagte er. »Herr Bellinghausen ist Kunde bei uns. Er läßt sich seit Jahren jeden Monat von meinem Vater die Haare schneiden, und manchmal habe ich ihn auch bedienen dürfen. Daß er ein bißchen ulkig ist, das stimmt schon. Wenn er in den Salon reinkommt, grüßt er nur kurz, läßt sich in den Sessel fallen, verschwindet hinter seiner Zeitung und kümmert sich überhaupt nicht darum, was mit seinem Kopf passiert. Hinterher bezahlt er wortlos, sagt an der Tür gerade noch ›Auf Wiedersehen‹ und ist bis zum nächstenmal verschwunden.«

Emil Langhans war beim Zuhören immer nachdenklicher geworden. »Sag mal«, meinte er nach einer Weile, »auch wenn dieser komische Vogel kaum einen Ton von sich gibt, hast du trotzdem das Gefühl, daß er dich leiden kann?«

»Er hat sich mit Trinkgeld nie lumpen lassen, wenn du das meinst«, entgegnete der Friseurlehrling. »Und irgendwann hat er mir sogar ein Buch über die Olympiade mitgebracht. Einfach nur so. Ich hatte keinen Geburtstag, und es war auch nicht Weihnachten. Wir hätten das nie für möglich gehalten und waren ganz schön von den Socken.«

»Genug gequasselt, ab geht die Post«, rief Paul Nachtigall. »Was warten wir noch?«

»Jetzt sofort?« fragte Manuel Kohl sehr erstaunt.

»Und alle gleich auf einmal?« mischte sich Sputnik ein. »Der Typ kippt doch glatt aus den Latschen, wenn wir vor seinem Dampfer aufkreuzen.«

»Ein bißchen Diplomatie wäre vielleicht angebracht«, gab

Karlchen Kubatz zu bedenken. »Immerhin hat uns Fräulein Finkbeiner gewarnt.«

»Aber wenn der Mann unter uns seinen Haarkünstler entdeckt, dann hilft uns das vielleicht«, widersprach Emil Langhans. »Das ist eigentlich schon die halbe Miete.«

»Verlassen wir uns auf Fritz Treutlein«, erklärte der Boß. Er war aufgesprungen und blickte entschlossen von einem zum anderen. »Oder wollt ihr warten, bis uns dieser Herr Bellinghausen eine Einladungskarte schickt?«

Da stellte sich auch Emil Langhans auf seine Beine. »Okay, probieren wir's.«

»Aber bevor wir losfahren, muß ich meinen alten Herrn im Salon anrufen«, warf der Friseurlehrling ein. »Schließlich bin ich sein Angestellter.«

Vater Treutlein war anscheinend gut gelaunt und gab seinem Sohn frei bis zum Abendessen. »Was die Schule kann, das kann ich allemal«, meinte er. »Und im übrigen fange ich sowieso vor Langeweile Fliegen, weil sich weit und breit kein Kunde blicken läßt.«

Der Mann auf dem Hausboot

Die Fahrt zum Viadukt dauerte eine halbe Stunde.

Nachdem sie Bad Rittershude hinter sich hatten, zogen die Jungen ihre durchgeschwitzten Hemden aus und klemmten sie zu den Schulmappen auf die Gepäckständer.

Die Amper floß in dieser Gegend nur schläfrig vor sich hin und war breiter als drüben am Zobelberg nach dem Wasserfall bei der Holzbrücke. Ein Feldweg führte am flachen Ufer entlang.

Als die Glorreichen Sieben das Hausboot entdeckten, war es nur noch zwanzig oder fünfundzwanzig Meter von ihnen entfernt. Es war ganz plötzlich nach der Biegung aufgetaucht und lag bis zur Hälfte versteckt hinter hohem Schilf. Weit und breit gab es nur Wiesen, ein paar Baumgruppen und kein einziges Haus. Aus einem schiefen Kaminrohr kringelte sich grauer Rauch senkrecht in den Himmel.

»Das Ding liegt unter Dampf«, blödelte Paul Nachtigall. »Wenn wir noch länger warten, fährt es uns vor der Nase davon.«

Sie waren abgestiegen, standen da und blickten zu dem Schiff hinüber.

»Jedenfalls bedeutet es, daß der Kapitän an Bord ist«, bemerkte Karlchen Kubatz.

Ohne Aufforderung zogen sie wortlos ihre Hemden wieder an und setzten sich in Bewegung. Die Fahrräder schoben sie neben sich her.

Das große Boot mußte früher ein Lastkahn gewesen sein, den sich der heutige Besitzer umgebaut und eingerichtet hatte. Es war etwa so lang wie zwei zusammengekoppelte Eisenbahnwaggons, seine Kajüte hatte ein flaches Giebeldach, weißgestrichene Fenster mit bunten Vorhängen und Blumenkästen, in denen rote und weiße Geranien blühten.

»Eine schwimmende Gartenlaube«, stellte Fritz Treutlein fest.

Sie waren in der Zwischenzeit zu der Einsicht gekommen, daß es doch klüger wäre, den Einsiedler nicht gleich durch ein gemeinsames Auftreten zu erschrecken. Zuerst sollte sich lediglich Fritz Treutlein zeigen, dessen Gesicht ihm ja vertraut war.

Der Friseurlehrling ging also ganz allein auf das Boot zu, während sich die übrigen mit ihren Fahrrädern hinter Baumstämmen und im Schilf in die Büsche schlugen.

Vom Fußweg führte eine Art Trampelpfad zur Schiffsmitte. Dort gab es tatsächlich ein Fallreep aus dicken Holzbohlen. Das dem Land zugekehrte Ende war mit Tauen hochgezurrt. So trennten gute zwei Meter ziemlich schmutziges Amperwasser das Boot vom Ufer.

Fritz Treutlein blieb stehen, wartete und blickte sich um.

Auf dem Schiff rührte sich nichts.

»Wenn er jetzt nach einer Türklingel sucht, werd' ich verrückt«, flüsterte Emil Langhans aus seinem Versteck heraus. »Guck doch mal gefälligst nach links.«

Und als sich Fritz Treutlein jetzt umdrehte, entdeckte er ein Stück Stahlrohr, das neben einem Hammer von einem Balken herunterbaumelte. Er luchste noch einmal zum Schiff hinüber, und als sich dort immer noch nichts zeigte, griff er entschlossen nach dem Hammer und schlug mit ihm gleich zweimal hintereinander gegen das Stahlrohr.

In der bisherigen Stille hatten die beiden Laute die Wirkung von Pistolenschüssen.

Fritz Treutlein war zusammengezuckt, und auch die anderen hatten in ihrem Versteck die Köpfe eingezogen.

Im selben Augenblick trat ein älterer Mann aus der Kajüte. Er machte nicht den Eindruck, als ob ihn die Signale überrascht hätten. Er war etwas über mittelgroß und unheimlich dünn. Sein Gang war gerade und sehr selbstsicher. Er trug ein Wollhemd mit großen rot-weißen Karos und eine Manchesterhose.

»Hallo, Herr Bellinghausen«, rief Fritz Treutlein und hob seine linke Hand.

Der Mann blieb neben dem hochgezogenen Fallreep, über die Reling gebeugt, stehen. Haar und Augenbrauen waren grau und buschig. Er rauchte Pfeife und hatte eine blasse Gesichtsfarbe. Ohne eine Miene zu verziehen, besichtigte er den Jungen am Uferrand.

»Sie waren lange nicht mehr bei uns«, fuhr der Friseurlehrling fort. »Mein Vater fürchtete schon, daß Sie vielleicht krank seien.«

»Hör auf mit dem Theater und verkauf mich nicht für blöd«, unterbrach ihn der Mann und knurrte zwischen den Worten. »Meinst du, ich hätte nicht längst deine ganze Räuberbande spitzgekriegt? Was wollt ihr von mir?« Er knurrte dreimal bissig. Dieses Knurren zwischen den Worten und am Schluß eines Satzes schien eine besondere Eigenart von ihm zu sein. »Am besten macht ihr eure Mäuler erst gar nicht auf und kratzt ganz schnell wieder die Kurve.«

Währenddessen hatte sich zuerst Paul Nachtigall und dann auch Emil Langhans in ihrem Versteck aufgerichtet. Nacheinander kamen auch die übrigen aus dem Schilf und hinter den Bäumen hervor. Sie ließen ihre Fahrräder am Boden liegen, bewegten sich auf das Schiff zu und stellten sich um Fritz Treutlein herum.

»Aha, die Mäuse kommen aus ihren Löchern«, sagte der Mann über die zwei Meter Wasser hinweg und knurrte wieder.

Da nahm Karlchen Kubatz seinen ganzen Mut zusammen. »Guten Tag, Herr Bellinghausen«, fing er an. »Zuerst müssen wir uns bei Ihnen entschuldigen, weil wir Sie täuschen wollten und uns versteckt haben. Das war ein dämlicher Fehler.«

»Und weshalb habt ihr euch versteckt?« Das Knurren hinterher klang jetzt schon ein wenig freundlicher.

»Weil uns Fräulein Finkbeiner gewarnt hat«, erwiderte Karlchen. »Sie sagte uns, daß Sie in der letzten Zeit allen Menschen aus dem Weg gingen und daß Sie uns mit Sicherheit gar nicht zu sich reinlassen würden.«

»Was, zum Donnerwetter, habt ihr mit der Finkbeinerin zu schaffen?«

Karlchen Kubatz kam zeitweilig ins Stottern, aber dann gelang es ihm trotzdem, die Zusammenhänge einigermaßen zu erklären. Er schilderte, wie sie erfolglos versucht hatten, im Archiv der *Bad Rittershuder Nachrichten* etwas über ein verlassenes Haus im Wald in Erfahrung zu bringen, und daß ihnen dann sein früherer Kollege Hildesheimer empfohlen hätte, den pensionierten Lokalredakteur aufzustöbern. »Und Fräulein Finkbeiner hat uns verraten, wo wir Sie finden können.«

»Eure Beziehungen zu den *Bad Rittershuder Nachrichten* scheinen ja ganz ausgezeichnet zu sein?«

»Mittelprächtig«, antwortete Karlchen. »Mein Vater ist der Chefredakteur.«

Der dürre Mann hielt seinen Kopf schief. »Sieh an, dann bist du der kleine Kubatz?« meinte er. »Ehrlich gesagt, ich kann mich kaum mehr an dich erinnern. Hast du schon immer dieses ulkige Haar gehabt?«

»Das ist mein Markenzeichen«, erklärte Karlchen und wagte zu grinsen.

Martin Bellinghausen blieb weiterhin über die Reling gebeugt. Er blies eine dicke Wolke Pfeifenrauch zu den Jungen hinüber und blickte sie durch diesen Nebel auf einmal freundlich an. »Natürlich weiß ich über dieses alte Haus eine ganze Menge, aber das wäre ein halber Roman, und ich hab' im Augenblick beim besten Willen nicht die Zeit, um halbe Romane zu erzählen. Schon jetzt trödle ich viel zu lange hier herum. Tut mir leid, mein Schreibtisch wartet.« Er richtete sich auf. »Ich schwitze nämlich bereits seit zwei Jahren über einem Buch, das die tausendjährige Geschichte von Bad Rittershude erzählen soll. Und es muß bis zum Herbst, wenn der neue Rathaussaal feierlich eröffnet wird, fix und fertig auf dem Tisch liegen. Ihr habt ja keine Ahnung, was da an Material zusammengesucht und gelesen sein will. Volle tausend Jahre, das ist ein Berg, vor dem ich im Dreck liege, so winzig wie eine Ameise. Ach was, wie das linke Ohr oder der große Zeh einer Ameise . . .«

»Das bezweifle ich«, warf Sputnik ein.

Der Mann an der Reling hob verwundert den Kopf. »Was bezweifelst du?«

»Daß Ameisen Ohren und Zehen haben.«

»Vielleicht hab' ich ein klein wenig übertrieben«, lenkte Herr Bellinghausen ein und wollte jetzt doch noch wissen, auf welche Weise die Glorreichen Sieben das alte Haus entdeckt hatten.

Die Jungen berichteten, wie sie im Wald immer mehr vom Weg abgekommen waren, erzählten von dem Gewitter und daß sie dann plötzlich im Aufzucken der Blitze zuerst das große Eisentor und dann dahinter die verlassene Villa erblickt hätten. Ihr Eindringen in das Haus verschwiegen sie wohlweislich.

Der frühere Lokalredakteur der *Bad Rittershuder Nachrichten* hatte aufmerksam zugehört. »Ein seltsamer Zufall«, sagte er nachdenklich. »Und seltsam ist auch die Geschichte, die zu diesem Haus gehört.« Er paffte wieder eine Pfeifenrauchwolke vor sich hin. »Vielleicht erzähle ich sie euch einmal, wenn ich mein Buch fertig habe.« Plötzlich wirkte er gar nicht mehr so knurrig sondern sehr liebenswürdig. »So, und jetzt laßt mir meine Ruhe und radelt wieder nach Hause.« Er wandte sich schon zum Gehen.

Da machte Fritz Treutlein im letzten Moment den verzweifelten Versuch, ihn aufzuhalten. »Sie bräuchten dringend einen Friseur«, sagte er wie aus heiterem Himmel. »Entschuldigung, aber jetzt beim Umdrehen kann man sehen, daß Ihnen die Haare schon über den Hemdkragen wachsen.« Er räusperte sich verlegen. »Ich sage das nur, weil Sie sich vorhin über die kurze Bürste von Karlchen lustig gemacht haben.«

Die Glorreichen hatten erschrocken den Atem angehalten. Sie blickten jetzt verwundert zu Fritz Treutlein und dann hinüber zu dem dürren Mann hinter der Reling.

Herr Bellinghausen war stehengeblieben. Anscheinend wußte er noch nicht so recht, ob er sich ärgern oder lachen sollte. Nach einer Weile entschied er sich für das Lachen. Er nahm belustigt seine Pfeife aus dem Mund. »Junger Freund, ich kann gut verstehen, daß meine Zottelmähne deinen Berufsstand beleidigt, wobei erschwerend hinzukommt, daß ich zeitweise dein Kunde war. Aber ich hatte gehofft, deutlich genug erklärt zu haben, daß ich im Augenblick jede Minute für mein Buch brauche. Es bringt mich schon auf die Palme, wenn ich mir fürs Zähneputzen und gelegentlich zum Rasieren meine eigene Zeit stehlen muß. Meinst du, daß ich da in die Stadt gondeln will, um dann in aller Seelenruhe bei euch im Salon die Beine langzumachen? Das würde gar nicht funktionieren.« Er lachte wieder in sich hinein. »Ein Luxus wäre es allerdings nicht, das muß ich zugeben.«

»Den Weg in die Stadt könnte ich Ihnen ersparen«, meinte Fritz Treutlein. »Scheren und das ganze übrige Handwerkszeug hab' ich in meiner Tasche dabei, weil ich am Vormittag im *Hotel zum Kurfürsten* bei einem arabischen Dauerkunden antanzen mußte. Wenn Sie also damit einverstanden sind«, er kniff die Augen halb zu und fuhr fort, »dann verpasse ich Ihnen auf der Stelle und kostenlos einen Haarschnitt. Und während ich mich um Ihr Haar kümmere . . .« Er bekam jetzt ganz schnell einen roten Kopf und blickte auf seine Schuhspitzen, ». . . währenddessen erzählen Sie uns vielleicht von dem Roman über das verlassene Haus die Kurzfassung.« Er blickte wieder auf. »Zeit ginge Ihnen dabei nicht verloren, weil Sie doch nicht an Ihrem Buch weiterschreiben könnten, während der Friseur an Ihnen herumfummelt.«

Den Glorreichen hatte es schlicht und einfach die Sprache verschlagen. Keiner von ihnen hätte jetzt ein Wort sagen können.

Martin Bellinghausen schmunzelte zuerst, und dann lachte er wieder. »Hört euch diesen durchtriebenen Banditen an«, meinte er. »Und so was darf frei herumlaufen, es ist nicht zu fassen.«

Fritz Treutlein spürte Oberwasser. »Ich kann Ihnen auch den Kopf waschen«, schlug er mit treuherzigem Augenzwinkern vor.

Der Lokalredakteur, den sie bei den *Bad Rittershuder Nachrichten* Belli nannten, zog die linke Augenbraue hoch. »Untersteh dich«, warnte er.

Nicht sehr viel später saß Herr Bellinghausen, zurückgelehnt und mit einem orangefarbenen Badetuch um die Schultern, in einem Korbsessel, den Karlchen und Emil mit seiner Erlaubnis hinter seinem mit Papieren bedeckten Schreibtisch hervorgeholt und in die Mitte der Schiffskajüte plaziert hatten.

Der Raum war niedrig, aber überraschend groß. Die Wände waren bis zur Decke mit überfüllten Bücherregalen bedeckt. Was in ihnen keinen Platz mehr gefunden hatte, war auf dem hölzernen Fußboden aufgestapelt.

Durch die kleinen Fenster konnte man an geblümten Gardinen vorbei, steuerbord, das hellgrüne Wasser der Amper sehen und backbord das nahe Ufer. Im Hintergrund, zum Bug des Bootes hin, gab es eine kleine Küche mit einem runden Holzofen. Als sie vom Deck durch die schmale Tür gestiefelt waren, pfiff gerade ein Teekessel, und Bellinghausen hatte ihn schnell vom Feuer genommen.

Mittlerweile wanderte Fritz Treutlein bereits mit seinem Kamm durch die Mähne. »Lassen Sie sich nicht ablenken«, sagte der Friseurlehrling behutsam. Er ließ ein paarmal seine Schere auf- und zuschnappen. Anschließend senkte er sie und zwickte die ersten Haarspitzen ab.

»Kommen wir ohne Umstände zur Sache«, hatte der dürre Mann schon beim Hereinkommen gesagt und seine Pfeife in einen Aschenbecher neben der Schreibmaschine gelegt. »Das Haus im Wald hat eine Vorgeschichte, die bis etwa 1630 zurückgeht, wenn ich mich richtig erinnere. Aber auf ein paar Jahre kommt's ja nicht an. Jedenfalls stand damals an derselben Stelle ein Jagdschloß des Herzogs von Bornhold. Von der Außenansicht existieren noch Kupferstiche, die ich in meinem Buch abdrucke, und sogar einen Grundriß gibt es noch. An ihm verwundern die weitläufigen unterirdischen Kellergewölbe. Vermutlich handelt es sich dabei um natürliche Tropfsteinhöhlen, die der Herzog dann später zu Munitionskammern ausbauen ließ. Dann kamen im Dreißigjährigen Krieg die Schweden, und mit dem fröhlichen Jagen war's vorbei. Das Schloß wechselte ein paarmal den Besitzer und ist schließlich bis auf die Grundmauern abgebrannt. Womit die historische Seite der Angelegenheit schon erledigt wäre. Ein paar hundert Jahre hindurch kümmerte sich kein Mensch mehr um die Ruine.«

Etwa bei dieser Stelle war Herr Bellinghausen angekommen, als ihm Fritz Treutlein das orangefarbene Badetuch dichter um den Hals legte und im Hemdkragen verankerte.

Die anderen Jungen kauerten rund um den Korbsessel auf dem Boden und blickten zu dem ehemaligen Lokalredakteur hinauf wie zu einem Märchenerzähler auf dem Marktplatz von Marrakesch. Aber zwischendurch beobachteten sie auch Fritz Treutlein, der sich seiner augenblicklichen Wichtigkeit durchaus bewußt war. Er hantierte sehr eindrucksvoll aus den Handgelenken, und gelegentlich stellte er an der Hand mit der Schere elegant den kleinen Finger in die Höhe.

»Ganz schön, was da so alles runterkommt«, bemerkte Herr Bellinghausen. Auf dem orangefarbenen Badetuch über seinen Schultern und auch um seine Füße herum sammelten sich allmählich ganze Haarbüschel.

»Viele Leute wären glücklich, wenn sie nur eine Handvoll davon auf dem Kopf hätten«, erwiderte der Friseurlehrling. Er ließ seine Schere weiterklappern und fragte jetzt so beiläufig wie nur möglich: »Weiß man, was aus dem Besitzer des abgebrannten Schlosses geworden ist?«

»Aha, du willst mich an unsere Abmachung erinnern«, schmunzelte der frühere Lokalredakteur. »Und ich seh' schon, daß ich mich sputen muß, wenn wir beide gleichzeitig fertig werden sollen«, fügte er noch hinzu. Er lehnte sich wieder ein wenig zurück. »Also dieser Herzog von Bornhold muß in den Flammen umgekommen sein, und zwar als Gefangener in seinem eigenen Schloß, das sich die Schweden unter den Daumen gerissen hatten. Er lag beim Ausbruch des Brandes, mit Ketten gefesselt, in einem Verlies, und man hat ihn bei der allgemeinen Aufregung ganz einfach vergessen. Soweit der Herzog. Vielleicht kommen wir später noch auf ihn zurück. Vorerst machen wir aber einen Sprung über ein paar Jahrhunderte hinweg. So lange passierte da draußen mit der Ruine im Wald nämlich nichts mehr. Bis so etwa um 1910 ein spleeniger Amerikaner auftauchte. Er war steinreich und hieß George Ford. Ob er irgend etwas mit dem bestimmt noch reicheren Henry Ford zu tun hatte, war nie aus ihm herauszukriegen. Er war ein Riese von einem Mann und hatte Kummer mit seiner Wirbelsäule. Damals war gerade die Heilkraft unserer Thermalquellen weltbekannt geworden. Mister Ford kam alljährlich zur Kur, und wenn er hier im lauwarmen Wasser herumschwamm, waren seine Schmerzen wie weggeblasen. Aber damals war das ständige Hin- und Herreisen zwischen Amerika und Bad Rittershude noch ziemlich unbequem und zeitraubend. Als unser Mister Ford eines Tages beim Spazierengehen oder beim Pilzesuchen die Ruine des früheren Jagdschlößchens entdeckte, sagte er kurz entschlossen, das sei genau der richtige Platz, kaufte das Grundstück und baute sich über den alten Grundmauern eine piekfeine Villa. Seine Wirbelsäule war ihm wichtiger als Amerika. Mister Ford fühlte sich wohl, überlebte pudelgesund den Ersten Weltkrieg und dachte an nichts Schlimmes. Doch da kam jener große Bankkrach, und über Nacht war der bislang so reiche Amerikaner ein ruinierter Mann. Er setzte große Anzeigen in alle möglichen Zeitungen und suchte einen begüterten Käufer für sein herrschaftliches Haus. Der ließ eine ganze Weile auf sich warten. Aber eines Morgens klingelte das Telefon, und schon einen Tag später klingelte es an seinem schmiedeeisernen Gartentor. Mister George Ford verschwand wieder nach Amerika, und Carlo Maurus bezog die Villa im Wald. Jetzt klingelten die Telefone bei uns in der Redaktion. Radiostationen und Zeitungen wollten wissen, ob es denn tatsächlich wahr sei, daß sich Maurus ausgerechnet nach Bad Rittershude zurückgezogen hätte.«

»Dann muß dieser Maurus ein ganz großes Tier gewesen sein?« vermutete Emil Langhans.

»Hab' den Namen nie gehört«, meinte Karlchen Kubatz. »Ein Politiker oder so was?«

Herr Bellinghausen hatte den Kopf zur Seite gedreht und schielte jetzt über sich und ein wenig rückwärts zu Fritz Treutlein hinauf. »Du mußt dich aber gefälligst auch an unsere Spielregeln halten«, sagte er.

Der Friseurlehrling hatte nämlich schon seit einer Weile seine Schere nicht mehr zwitschern lassen und mit hängenden Armen zugehört. »Entschuldigung«, meinte er jetzt, »aber wenn Sie so spannend erzählen, dann streiken unwillkürlich meine Finger.«

»Weiter«, befahl der dürre Mann in dem Korbsessel und knurrte wieder einmal. »Abgemacht ist abgemacht, mein lieber Pfiffikus. Und wenn du noch einmal versuchen solltest, deinen Haarschnitt in die Länge zu ziehen, dann streike ich und halte meinen Mund. Capito?« Er schlug sein rechtes Bein über das linke und fuhr fort, als hätte er sich keine Sekunde lang unterbrochen. »Carlo Maurus war damals einer der größten Opernsänger, nicht gerade ein Caruso, aber auch nicht viel weniger. Die ganze Welt kannte ihn, in der Mailänder Scala war er genauso umjubelt wie in New York, London, Paris oder Berlin. Aber seit einem knappen Jahr war es ganz still um ihn geworden, seit eines Abends in Wien mitten in der Vorstellung seine Stimme versagt hatte. Die Weltpresse stürzte sich auf die Sensation wie ein Rudel hungriger Wölfe. Zuerst rätselte man noch und sprach von einer vorübergehenden Indisposition. Doch dann wurde es zur Gewißheit: Carlo Maurus würde nie wieder singen können. Er hatte seine Stimme verloren. Hektische Reisen von einer medizinischen Kapazität zur anderen brachten keine Hilfe. Es war aus. Nach den strahlenden Erfolgen mußte sich Carlo Maurus mit seiner endgültigen Niederlage abfinden. Jetzt wollte er keinen Menschen mehr sehen und duldete nur noch seine Wirtschafterin um sich, eine mürrische Person in mittleren Jahren. In die hohen Mauern hatte er Eisenspitzen eingießen lassen. Die Geschäfte in der Stadt mußten die telefonisch bestellten Waren von einem einsamen Waldweg zum großen Eisentor schleppen. Es dauerte immer einige Zeit, bis die Wirtschafterin öffnete, die Sachen entgegennahm, bezahlte und wortlos das Tor wieder verschloß. Nie ließ sich der Herr des Hauses blicken. Seine Hunde konnte man gelegentlich hinter den Gitterstäben sehen. Einmal gab es eine Aufregung. Es war kurz nach dem Zweiten Weltkrieg. Lastwagen und Betonmaschinen rückten an. Schon die Militärbehörden hatten zuvor die unterirdischen Anlagen auf dem Grundstück zu Luftschutzbunkern ausbauen lassen. Glücklicherweise blieb Bad Rittershude von Angriffen verschont, und sie wurden nie gebraucht Aber jetzt erzählte man sich, daß der seltsame Hausbesitzer plötzlich von Atomängsten geplagt sei – deshalb die neuerliche hektische Betriebsamkeit. Sehr schnell brach sie wieder ab, so als hätte es sich nur um einen Irrtum gehandelt. Gelegentlich versuchten immer noch Journalisten oder Reporter, zu dem ehemaligen Weltstar vorzudringen, aber er ließ sie abwimmeln wie lästige Fliegen. Und mit den Jahren geriet Maurus dann endgültig in Vergessenheit. Sein früher so prächtiges Haus verfiel immer mehr. Da kam ein Weihnachten, es muß um 1952 oder '53 gewesen sein. Zwei Tage vor dem Fest kreuzte eine Frau in die Redaktion auf, stellte sich als Wirtschafterin von Maurus vor. Ihr Herr sei bereit, sein langes Schweigen zu brechen, sagte sie, ob ich noch am selben Tag zu ihm kommen könnte. Ohne zu überlegen, sagte ich zu. Ein Interview mit dem Star der Vergangenheit mußte schon wegen seiner tragischen Geschichte ein Zeitungsknüller werden.«

»Ich komme jetzt an den Nacken«, bemerkte der Friseurlehrling in diesem Augenblick taktvoll und leise. »Wo finde ich Strom für meinen Rasierapparat?«

»Da drüben ist eine Steckdose«, erwiderte Herr Bellinghausen und zeigte zum Schreibtisch hinüber. »Aber ich weiß nicht, ob du da mit deinem Kabel zurechtkommst.«

Fritz Treutlein kam zurecht, und der frühere Lokalredakteur schilderte seinen Besuch in der verschneiten Villa. »Carlo Maurus empfing mich im Rollstuhl. Sicherlich würde er heute sein letztes Gespräch mit einem Journalisten führen, und er habe mich und die *Bad Rittershuder Nachrichten* nur deshalb ausgesucht, weil wir den kürzesten Weg zu ihm hätten. Ohnehin würden wohl alle großen Zeitungen nachdrucken, was er mir erzählen und was ich schreiben würde.

Bis zum Hals in wärmende Decken gepackt, wirkte er zerbrechlich und schwach. Niemand hätte in ihm den einst weltweit gefeierten Tenor wiedererkannt. Er habe gelernt, die Menschen zu verachten und nur noch Tiere zu lieben. Er schickte mich zum Fenster, damit ich in den Garten hinunterblicken konnte. Dort sah ich dicht nebeneinander lauter kleine Grabsteine, die jetzt vom Schnee beinahe zugedeckt waren. Das seien seine Hunde gewesen, seine einzigen Freunde in all den vergangenen Jahren. Aber jetzt sei es auch damit vorbei, er habe Angst vor der Trauer. Dann richtete er sich plötzlich auf und funkelte mit den Augen. Er würde die Welt noch mit einer neuen Übersetzung der Bibel überraschen und mit Büchern über Hypnose und Atome. Ob ich je gehört hätte, daß die innere Temperatur des Elektrons zwischen 100 und 1000 Grad pulsiere? Ja, er habe Entdeckungen gemacht, die für die Menschheit erschreckend seien. Ich muß zugeben, daß mir vom Zuhören bald der Kopf brummte. Dieser alte Mann hatte nach der Stimme jetzt auch noch seinen Verstand verloren.«

Bisher hatte der Rasierapparat vor sich hingesummt. Jetzt schaltete ihn der Friseurlehrling wieder ab.

»Du bist gleich soweit, wie?« fragte Herr Bellinghausen.

»Noch zwei Minuten«, erwiderte Fritz Treutlein.

»Nun, auch ich bin mit meiner Geschichte gleich fertig«, meinte der pensionierte Lokalredakteur. »Von meinem Interview interessiert vielleicht lediglich noch, daß es nur kurz und ziemlich traurig ausgefallen ist. Aber alle Zeitungen haben es abgedruckt, so wie es Carlo Maurus vorausgesagt hatte. Er erlebte noch das Weihnachtsfest, aber nicht mehr das nächste Jahr. Und damit sind wir wieder bei eurem Haus im Wald.« Herr Bellinghausen wechselte die übereinandergeschlagenen Beine. »Es stellte sich bei der Testamentseröffnung heraus, daß der frühere Opernstar bis über die Ohren verschuldet war und in Wirklichkeit Karl Maurer hieß. Als einziger Verwandter tauchte ein Neffe von zwanzig oder zweiundzwanzig Jahren auf. Er hätte die Erbschaft antreten können. Aber nachdem er sich vom Zustand der Villa überzeugt hatte, bis in die unterirdischen Gänge hinuntergeklettert war und schließlich hören mußte, daß die Gläubiger sofort ihre Hände aufhalten würden, lehnte er dankend ab und verschwand wieder. Jetzt hätte die Gemeindeverwaltung von Bad Rittershude zugreifen können. Aber sie verzichtete ebenfalls, und auch keiner der Gläubiger wollte sich die Finger verbrennen. Da blieb nichts anderes übrig, als rund um das Grundstück Schilder aufzustellen, die vor Einsturzgefahr warnten, an den Fenstern die Holzläden zu vernageln und das Ganze dem Wetter zu überlassen. Kurz, das Haus hat keinen Besitzer.«

»Es gehört überhaupt niemandem?« fragte Paul Nachtigall verwundert.

»Nein, es ist vogelfrei, wenn du so willst.«

»Aber jetzt wissen wir wenigstens, was alles dahintersteckt«, sagte Karlchen Kubatz. »Besten Dank, Herr Bellinghausen, und ganz bestimmt sind Sie wirklich der einzige, der uns das alles erzählen konnte.«

»Im Theater würde ich jetzt applaudieren«, bemerkte Emil Langhans.

»Wenn ich noch etwas fragen darf?« mischte sich Sputnik ein. »Angeblich sollen in dem Haus Gespenster spuken?«

Herr Bellinghausen lächelte. »Schon der riesengroße Mister Ford hat das erste Gerücht davon in die Welt gesetzt«, meinte er. »Und auch die Wirtschafterin von Maurus, so wortkarg sie auch gewesen ist, soll etwas von einem Gespenst gefaselt haben. Seitdem gab's natürlich immer wieder mal Neugierige, die durch die Ruine gezottelt sind. Manche haben dort auch schon übernachtet, und das waren nicht nur Landstreicher. Und einige von ihnen wollen schlurfende Schritte gehört haben, Ketten, die über Steinboden rasseln, und immer wieder markerschütternde Schreie, die aus den Kellergewölben kommen sollen.«

»Dieser Herzog, der im Jagdschloß verbrannt ist«, tippte Fritz Treutlein. Er klopfte mit dem Kamm auf seine Fingernägel und betrachtete den von ihm fabrizierten Haarschnitt.

»So könnte es sein, wenn man überhaupt an Gespenster

glaubt«, sagte Herr Bellinghausen. »Dieser Herzog von Bornhold war ohne Zweifel ein ehrenhafter Mann, und als Ritter hatte er Anspruch darauf, mit dem Schwert in der Hand in einer ordentlichen Schlacht zu fallen. Er muß sich vom Schicksal sehr ungerecht behandelt fühlen und kommt einfach nicht zur Ruhe. Für Leute, die was von Gespenstern verstehen, ein klarer Fall.« Er setzte plötzlich eine Miene auf, die ernst wirken sollte. »Deshalb nennt man die Villa zuweilen das unheimliche Haus, steckt euch das gefälligst hinter die Ohren.«

»Wenn Sie sich jetzt freundlicherweise betrachten wollen«, sagte Fritz Treutlein in diesem Augenblick. Er hatte zwei Handspiegel aus seiner Segeltuchtasche gezaubert, gab einen davon Herrn Bellinghausen in die Hand und bewegte den anderen ganz langsam an seinem Hinterkopf vorbei.

»Fabelhaft«, lobte der frühere Lokalredakteur. »Wenn ich genau hinblicke, finde ich mich ungeheuer bedeutend.«

»Der erste Haarschnitt an Bord eines Schiffes, das ist ein Markstein in meinem jungen Berufsleben«, sagte Fritz Treutlein.

Emil Langhans war auf die Beine gesprungen, dehnte und streckte sich nach dem langen Herumsitzen auf dem Fußboden. »Dein Glück, daß die Amper ruhig geblieben ist und daß der Kahn nicht gewackelt hat.«

»Hör auf«, stöhnte Sputnik. »Ich werd' schon seekrank, wenn ich nur ein Glas Wasser seh'.«

Am selben Abend gab es im *Hotel zum Kurfürsten,* wie in jedem Jahr um diese Zeit, den beliebten »Rosen-Ball«.

Im großen Speisesaal war das Licht ausgeknipst, und dafür brannten Kerzen auf den festlich gedeckten Tischen. Lampions waren aufgehängt, ein Quartett im Frack spielte Kammermusik, und die Preise für Speisen und Getränke waren um runde fünfzig Prozent heraufgesetzt. Und natürlich überall weiße, gelbe und rote Rosen. Die festlich gekleideten Badegäste plauderten über ihre Kurerfolge in den Thermalquellen, und die Ober flitzten hin und her wie nervöse Fische. Der Page Fridolin Paschulke, das dünne Handtuch, hatte den Gästen mit einem verführerischen Lächeln, das seine auseinanderstehenden oberen Vorderzähne sehen ließ, bereits beim Ablegen an der Garderobe die ersten Trinkgelder abgeluchst. Chefportier Pelz stand in seiner dunkelgrünen Livree mit den goldenen Knöpfen und den goldenen Schulterstücken wie ein Operettengeneral an der gläsernen Drehtür und spielte den Empfangsmaxen.

Jetzt rief ihn allerdings die Telefonistin an den Apparat.

»Gnädige Frau, Herr Doktor Huber, einen wunderschönen Abend erlaube ich mir zu wünschen«, begrüßte er noch ein viel zu aufgedonnertes Ehepaar, und dann trabte er in seine Loge.

»*Hotel zum Kurfürsten* in Bad Rittershude«, meldete er sich und lauschte dann eine ganze Weile in den Hörer hinein.

»Jawohl, ich habe verstanden«, sagte er dann. »Am Mittwoch, den zehnten Juli, vierzehn Einzelzimmer und einen Konferenzraum für eine Vertretertagung. Moment bitte«, er blätterte in seinem Buch für die Reservierung. »Ja, das ist möglich. Darf ich um den Namen Ihrer Firma bitten? Ich notiere«, er klemmte den Telefonhörer zwischen Ohr und Schulter. »OPTAL AG Elektronische Büromaschinen ... sehr wohl ... Wir werden alles tun, um Sie zufriedenzustellen. Darf ich noch buchstabieren: O wie Otto, P wie Paul, T wie Theodor, A wie Anton und L wie Ludwig. OPTAL AG, sehr richtig. Also dann bis Mittwoch den zehnten Juli und noch einen schönen Abend.«

»OPTAL AG«, murmelte Chefportier Pelz vor sich hin, als er wieder aufgelegt hatte und die Reservierung notierte. »Um die Firma gleich OPTIMAL AG zu nennen, dazu hat ihnen wohl der Schneid gefehlt.«

Statt Blumen ein Durchsuchungsbefehl

»Ich hab' Ihnen versprochen, daß ich wiederkomme«, sagte Herr Jascheck. »Und ich halte meine Versprechen.«

Die Pensionsinhaberin zog die Augen zusammen wie beim ersten Besuch des Kommissars, bis sie wieder wie Stecknadelköpfe aussahen. »Ich serviere gerade das Abendessen«, entgegnete sie mürrisch. »Verschwinden Sie, ich muß Sie nicht reinlassen.«

»O doch, das müssen Sie«, meinte Herr Jascheck. Er lächelte und stellte gleichzeitig seinen Fuß in die Tür, die Frau Schiemann wieder zumachen wollte. »Ich habe Ihnen nämlich etwas mitgebracht.« Sein Lächeln wurde noch um ein paar Grade freundlicher. »Leider keine Blumen, aber einen Durchsuchungsbefehl.« Er holte aus seiner Jackentasche ein Blatt Papier, faltete es auseinander und hielt es Frau Schiemann vor die Nase. Sie riß es ihm aus der Hand und überflog den Text.

»Es riecht hier verdammt appetitlich«, meinte der Kommissar und schnupperte zur Küche hinüber. »Was gibt es denn Feines?«

»Das muß ein idiotischer Irrtum sein«, regte sich die Pensionsinhaberin auf, als sie das Schreiben wieder zurückgab. »Und wer sagt mir, ob der Wisch überhaupt echt ist? Jedenfalls will ich mich sofort beschweren.«

»Für die Echtheit garantiert unter anderem meine Polizeimarke«, erwiderte Herr Jascheck immer noch freundlich. »Und beschweren können Sie sich bei der Staatsanwaltschaft III. im Tiergarten. Aber erst morgen früh. Für heute haben die Herrschaften ihren Laden dichtgemacht. Es ist immerhin schon kurz nach neunzehn Uhr.«

Man saß im großen Speisezimmer am Ende des Korridors bei frischer Blut- und Leberwurst mit Sauerkraut und Salzkartoffeln, einem Essen, das bei den Pensionsgästen besonders beliebt war und gleichzeitig auch Frau Schiemann behagte, weil es nicht allzuviel Arbeit machte. Die Damen und Herren saßen an kleinen oder größeren Tischen, man kannte sich und plauderte gutgelaunt miteinander.

Der Kriminalkommissar machte es sich in einem Lehnsessel bequem, der zwischen einer alten Standuhr und einer Blattpflanze gleich neben der Tür in der Ecke stand. Man hatte ihn nicht bemerkt, als er eingetreten war. Und wer ihn entdeckt hatte, hielt den jüngeren Mann mit dem schmalen Koffer auf den Knien für einen neuen Mieter, der warten mußte, bis Frau Schiemann die Hände frei hatte, um ihm sein Zimmer zu zeigen.

Jedesmal, wenn die Pensionsbesitzerin mit einer Schüssel Sauerkraut oder mit Gläsern und Bierflaschen an ihm vorbeikam, warf sie ihm vorwurfsvolle Blicke zu.

Aber der Kriminalkommissar beachtete sie gar nicht. Er blickte zum Fenster hinaus. Frische Blut- und Leberwurst, dachte er, das ist gar keine schlechte Idee für den heutigen Abend. Wenn es nicht zu spät wurde, reichte es vielleicht noch zu einem Sprung in die kleine Eckkneipe an der Uhlandstraße. Ihr Werbeslogan hieß

»Essen wie bei Muttern, trinken wie bei Vatern«, und Schlachtplatte war ihre Spezialität.

Als Frau Schiemann die Tische wieder abgedeckt hatte und der erste Gast gerade aufstehen wollte, um sich in sein Zimmer zurückzuziehen, sagte Kriminalkommissar Jascheck plötzlich: »Entschuldigung, darf ich für ein paar Minuten um Ihre Aufmerksamkeit bitten?«

Die Pensionsgäste drehten verwundert ihre Köpfe herum.

»Wollen Sie uns Schnürsenkel oder Schuhwichse andrehen?« fragte ein dicker Mann mit einem rosaroten Marzipangesicht. Er blickte umher und erwartete Beifall. Vermutlich war er der Spaßmacher, oder glaubte es zumindest zu sein.

Der Kriminalkommissar kam von seinem Sessel her über den ziemlich abgetretenen Teppich und blieb stehen. »Bedauerlicherweise ist der Anlaß meines Besuches zum Witzemachen schlecht geeignet«, sagte er, und dann stellte er sich vor.

Jetzt trat Stille ein.

Nur Frau Schiemann klapperte noch beim letzten Abräumen mit Bestecken und Geschirr.

»Ist irgendwas geklaut worden?« meldete sich der Dicke wieder zu Wort. »Weshalb sollte die Kripo sonst hier aufkreuzen?«

»Es geht um einen gewissen Hugo Stielicke, der bis vor kurzem in dieser Pension das Zimmer Nummer 12 bewohnt hat«, erklärte der Kriminalkommissar. »Es wäre für uns äußerst wichtig, zu erfahren, ob dieser Herr Stielicke hier Besuche empfing, an die Sie sich, meine Damen und Herren, vielleicht erinnern können.«

Die Pensionsgäste waren jetzt noch erstaunter als zuvor. Sie tuschelten miteinander und blickten immer wieder verstohlen zu Frau Schiemann hinüber.

Die stand kerzengerade und mit verschränkten Armen neben der Tür zum Korridor. »Was, bitte, wird Herrn Stielicke vorgeworfen?« fragte sie mit schneidender Stimme. »Legen Sie gefälligst Ihre Karten auf den Tisch, Herr Kommissar.«

»Herr Stielicke war immer die Liebenswürdigkeit in Person«, beteuerte eine Dame in einem Sommerkleid mit gelben und blauen Punkten. »Er ist eine Seele von Mensch, das müssen Sie mir glauben.«

»Haben Sie eine Ahnung, wie man sich täuschen kann«, warf eine jüngere Frau dazwischen. Sie hatte hübsche Lippen, eine kleine Nase und große lavendelblaue Augen. »Aber man soll immer enorm vorsichtig sein, bevor man jemanden verurteilt.«

»Sehr richtig«, stimmte der dicke Mann zu. »Ich habe mit Herrn Stielicke häufig Karten gespielt, und dabei lernt man seine Pappenheimer kennen. Wenn Sie glauben, er hätte ein einziges Mal gemogelt, dann haben Sie sich in den Finger geschnitten.«

»Nach Herrn Stielicke wird gefahndet«, stellte der Kriminalkommissar fest, »und so etwas veranlaßt die Polizei nicht ohne triftige Gründe. Mehr kann und darf ich im Augenblick nicht sagen. Das ist auch im Interesse von Herrn Stielicke, den ich zu diesem Zeitpunkt nicht mehr als unbedingt nötig belasten möchte. Ich darf allerdings hinzufügen, daß der Mann bis zu seinem Verschwinden unter behördlicher Aufsicht stand. Aber auch das erwähne ich nur, um Ihnen anzudeuten, wie wichtig Ihre Mithilfe ist, auf die wir angewiesen sind.«

»Herr Stielicke hat in meiner Pension keine Besuche empfangen«, erklärte Frau Schiemann von der Tür her. »Das habe ich Ihnen schon bei Ihrem ersten Besuch gesagt, und das kann ich beschwören, wenn es Ihnen Spaß macht.«

»Von Spaß kann keine Rede sein«, entgegnete der Kommissar und lächelte immer noch. Seine Freundlichkeit war heute nicht totzukriegen. »Im übrigen habe ich meine Frage an Ihre Gäste gerichtet, Frau Schiemann.«

»Also, ich kann mich beim besten Willen an nichts erinnern«, bedauerte der dicke Mann, er wirkte jetzt ein wenig eingeschüchtert.

»Was mich betrifft, so bin ich aus dem Schneider«, erklärte die jüngere Frau mit den lavendelblauen Augen. »Ich wohne erst seit gestern hier und habe deshalb leider nicht die Ehre, diesen Herrn Stielicke zu kennen. Aber wenn Sie trotzdem meine Personalien brauchen, Herr Kommissar. Ich heiße Ursula Schärer, bin nicht verheiratet, geboren in Wuppertal und bewohne hier das Zimmer Nr. 7. Kann ich jetzt gehen?«

Die kleine Versammlung war im Augenblick für jede Aufheiterung empfänglich und lachte erleichtert.

»Ja, Sie können selbstverständlich gehen«, erwiderte Herr Jascheck. »Und alle übrigen Herrschaften, die Hugo Stielicke nicht begegnet sind, dürfen sich Ihnen anschließen.«

Als Fräulein Schärer aufstand und zur Tür ging, zeigte sie eine Figur, die sich mancher Filmstar gewünscht hätte.

Alle anderen blieben sitzen.

»Ich hab' auch keine Ahnung, wer dieser Mann ist«, gestand eine ältere Dame, die sich gerade ein rabenschwarzes Zigarillo angezündet hatte, »aber ich finde, daß es hier im Moment spannender ist als vor dem Fernseher.«

»Ich muß Sie enttäuschen«, sagte Kriminalkommissar Jascheck. »Wenn alle Herrschaften versichern, daß sie bei Stielicke keine Besuche gesehen haben, dann ist meine Vorstellung zu Ende. Ich danke Ihnen, meine Damen und Herren.«

»Schade«, murmelte die Zigarillodame.

»Ein Schuß ins Ofenrohr«, stellte Frau Schiemann fest und blitzte nur so vor Schadenfreude. »Viel Qualm und kein Knall.«

Herr Jascheck wandte sich schon zum Gehen, da schlug sich der Dicke mit dem Marzipangesicht ganz plötzlich die flache Hand vor die Stirn. »Herr Kommissar«, rief er, »vielleicht hab' ich doch etwas für Sie!«

»Das wäre wie Ostern und Weihnachten an einem Tag«, sagte Herr Jascheck und kam zurück.

»Am Morgen, als Stielicke abgereist ist . . .« Der dicke Mann schüttelte den Kopf. »Das heißt, in diesem Augenblick wußte ich ja noch gar nicht, daß er verschwinden wollte, da glaubte ich ja, daß er nur einen Rutsch ins Grüne macht oder so was. Er stand zusammen mit einem anderen Mann neben einem Campingwagen. Das Ding war zur Hälfte himmelblau und zur anderen Hälfte schneeweiß, also darauf könnte ich schwören. So eine Art Wohnwagen eben, und die beiden drehten mir ihre Rücken zu, als ich die Clausewitzstraße raufkam. Ich wollte gerade ins Haus und auf mein Zimmer, als Stielicke und der andere zu den Fenstern der Pension hinaufguckten und winkten. Anschließend kletterten sie ziemlich schnell in diesen Wagen, weiß und blau angestrichen, wie gesagt, und rauschten los. Viel Vergnügen, dachte ich noch, denn das Wetter war wie aus dem Bilderbuch, und man hätte sich für einen Ausflug kein besseres wünschen können.«

»Sie haben sich unter Garantie getäuscht, Herr Schwarzkopf«, zischte die Pensionsbesitzerin.

»Halten Sie den Mund«, blaffte der Kommissar zurück. Er war auf einmal gar nicht mehr freundlich. Aber nachdem er Luft geholt hatte, beruhigte er sich wieder. »Herr Schwarzkopf, können Sie sich an den Mann erinnern?« fragte er. »Ich meine, an den

Mann, der neben Stielicke stand und dann zusammen mit ihm in den Wohnwagen gestiegen ist?« Dabei knallte er seinen schmalen Lederkoffer auf den nächstbesten Tisch und ließ die Schlösser aufschnappen.

»Es war ein ziemlicher Brocken, so dick wie ich, nur größer, und er hatte ein helles Leinenjackett an, ich seh' ihn jetzt fast vor mir.« Herr Schwarzkopf lächelte verlegen und fügte fast als Entschuldigung hinzu: »Ich war nämlich eine ganze Weile neugierig stehengeblieben, weil mir mein Skatbruder Stielicke keinen Ton von seiner Spazierfahrt erzählt hatte.«

»Sehen Sie sich in aller Ruhe diese Bilder an«, sagte der Kriminalkommissar. Er holte einen Stapel Karteikarten aus seinem schmalen Koffer und legte sie vor den dicken Mann aufs Tischtuch. Die Karten waren beschriftet, und auf der rechten Seite klebten Fotos. Sie zeigten ganz verschiedene Typen von Männern in allen möglichen Altersgruppen. »Lassen Sie sich Zeit und versuchen Sie, sich genau zu erinnern. Vielleicht paßt eines dieser Gesichter zu dem Schwergewicht, das Sie mit Herrn Stielicke zusammen gesehen haben.«

Die erste Karteikarte zeigte das Foto eines jüngeren Mannes mit langen Haaren und einer Brille.

»Nein«, sagte Herr Schwarzkopf. »Der da kommt überhaupt nicht in Frage.«

Die Gäste der *Pension Flora* waren wieder aufmerksam geworden und schoben sich zögernd näher heran. Aber Kommissar Jascheck hob die Hand und stoppte sie. »Die Bilder soll sich ausschließlich Herr Schwarzkopf ansehen«, sagte er. »Es wäre sehr freundlich, wenn Sie uns jetzt allein lassen würden.«

»Bitte sehr«, sagte die Zigarillodame eingeschnappt. Aber sie rührte sich nicht vom Fleck.

Auch die anderen entfernten sich nur sehr unwillig. Und als sie jetzt hörten, wie Herr Schwarzkopf plötzlich durch die Zähne pfiff, drehten sie sich fast alle gleichzeitig um und blieben stehen.

Der Dicke ging mit der vierzehnten oder fünfzehnten Karteikarte zu einer Stehlampe und hielt das aufgeklebte Foto so dicht wie möglich unter die Glühbirne. »Das ist der Mann«, sagte er, nachdem er ein paarmal sein linkes Auge zugekniffen hatte. Er beugte sich vor und las laut den Namen, der neben dem Bild stand. »Ottokar Sperling, geboren neunzehnhundertund ...«

Blitzschnell griff der Kriminalkommissar zu und nahm Herrn Schwarzkopf die Karte aus der Hand. »Der Name tut nichts zur Sache«, sagte er. »Aber Sie sind ganz sicher, daß Sie den Begleiter von Stielicke erkannt haben?«

»Kein Zweifel«, sagte Herr Schwarzkopf selbstbewußt. »Als Handelsvertreter lebe ich davon, daß ich mir die Gesichter und Namen meiner Kunden merken kann.« Er fühlte sich jetzt als Mittelpunkt und blähte sich ein wenig auf.

»Das ist ja pure Zauberei«, bemerkte die Dame mit dem gepunkteten Sommerkleid ungläubig. »Die Polizei hat doch bestimmt ein paar tausend Fotos in ihrer Fahndungskartei. Aber Ihnen genügen etwa drei Dutzend und – abrakadabra – der Gesuchte ist dabei.«

»Das ist keine Zauberei, verehrte Dame«, erwiderte der Kriminalkommissar. »Aber es ist auch kein Zufall.«

Herr Jascheck konnte den Herrschaften ja nicht auf die Nase binden, daß er sich nur die Fahndungskarten von Leuten herausgesucht hatte, die irgendwann einmal an einem Falschgelddelikt beteiligt gewesen waren. Und weil das Verteilen und vor allem das Drucken von Blüten für durchschnittliche Ganovengehirne eine viel zu komplizierte Sache ist, hatte er die betroffenen Herren allesamt in seinem schmalen Handkoffer unterbringen können, ohne daß dabei ein Gedränge entstand. Für Einbrecher oder Taschendiebe hätte er vermutlich einen mittleren Lieferwagen gebraucht oder einen Computer.

Der Kriminalkommissar zeigte heute Samtpfoten. Trotzdem quetschte er aus Herrn Schwarzkopf heraus, was möglich war. Aber es blieb dabei, daß sich der dicke Mann nur an die Farben des Wohnmobils erinnern konnte. Um seine Marke oder die Autonummer hatte er sich nicht gekümmert. Und auch zu diesem Ottokar Sperling fiel ihm nichts Neues mehr ein.

»Aber dieser Mann auf Ihrer Karte ist derselbe, der sich vor dem Haus mit Stielicke unterhalten hat. Im Augenblick, als sie zu den Fenstern der Pension hinaufgeguckt haben, konnte ich sein Gesicht ganz deutlich sehen«, versicherte Herr Schwarzkopf noch einmal. »Darauf können Sie sich verlassen, Herr Kommissar.«

»Besten Dank, Herr Schwarzkopf«, sagte Jascheck schließlich, »Sie haben uns sehr geholfen, und vielleicht gibt es irgendwann sogar eine Belohnung.« Er hatte die Karteikarten wieder in seinem schmalen Lederkoffer verstaut und empfahl sich mit den besten Wünschen für einen allseitig gemütlichen Abend.

»Das gilt auch für Sie«, bemerkte er zu Frau Schiemann, als er an ihr vorbei in den Korridor schlenderte. Er lächelte jetzt wieder und machte sich höchst befriedigt aus dem Staub.

Die Pensionsgäste scharten sich um Herrn Schwarzkopf, schnatterten wie aufgeregte Gänse durcheinander und bewunderten ihn.

»Auf das scharfe Auge kommt es an«, betonte der Dicke immer wieder. »Ein scharfes Auge ist alles.«

Frau Schiemann hatte sich vorsichtig umgeblickt, verschwand aus dem Speisezimmer und huschte zum Telefon bei der Korridorgarderobe. Sie nahm den Hörer ab und fing an zu wählen. Bei der fünften Zahl stockte sie. »Ist es denn die Möglichkeit?« Sie legte wieder auf und dachte angestrengt nach. In ihrer Aufregung hatte sie doch tatsächlich die Nummer vergessen, die sie sonst mühelos auswendig im Kopf behielt. Sie ärgerte sich über sich selbst und flitzte auf leisen Sohlen zu ihrer Küche hinüber. Daß sie schon seit einer geraumen Weile beobachtet wurde, hatte sie nicht bemerkt.

Seit Kommissar Jascheck von der Bildfläche verschwunden war, spähten nämlich zwei große lavendelblaue Augen durch einen schmalen Türschlitz aus dem Zimmer Nr. 7 in den Korridor. Fräulein Ursula Schärer hatte mitgekriegt, daß Frau Schiemann gleich nach dem Verschwinden des Kommissars zum Telefon geschwirrt war, und sah jetzt, wie sich die Pensionsbesitzerin in der Küche zu schaffen machte. Die Tür war dort in der oberen Hälfte aus geriffeltem Glas, so daß nur schattenhafte Bewegungen zu erkennen waren.

Es dauerte nicht lange, und die Frau kam in den Korridor zurück. Sie hatte jetzt ein schmales Buch oder ein Stück Karton in den Händen.

Ihre Finger zitterten, als Frau Schiemann den Hörer wieder abnahm und jetzt erneut eine Zahl nach der anderen wählte. Sie mußte ziemlich lange warten, bis das Tuten im Hörer unterbrochen wurde und sie die tiefe unverwechselbare Stimme hörte, die ihr so gut bekannt war.

»Die Polente war gerade da«, flüsterte sie und deckte die Hände dabei über den Mund. »Ein Pensionsgast hat auf einem Fahndungsfoto den Sperling erkannt und . . .«

»Kein Wort mehr«, sagte die Stimme. »Rufen Sie mich genau um zwanzig Uhr aus einer öffentlichen Zelle an. Kein Gespräch mehr von Ihrem eigenen Anschluß.«

Es knackte, und dann war die Leitung so stumm, als wäre sie durchschnitten worden.

Frau Schiemann legte auf, überlegte, ob sie eine Dummheit gemacht hatte, drehte sich um und erstarrte. »Was machen Sie denn da?« fragte sie fassungslos.

»Das sehen Sie doch«, antwortete Ursula Schärer. Sie stand dicht vor dem Garderobenspiegel und malte mit einem Lippenstift an ihrem hübschen Mund herum. »Stellen Sie sich vor, ich bin ins Theater am Ku'damm eingeladen.« Sie puderte sich noch rasch die kleine Nase, klappte ihre Handtasche zu und trippelte zur Tür. »Bis morgen früh, Frau Schiemann«, zwitscherte sie, und dann klapperten ihre Schuhe durchs Treppenhaus.

Die Besitzerin der *Pension Flora* stand noch eine ganze Weile wie angewurzelt im Korridor. »Wenn diese Person mein Gespräch mitgehört hat, dann ist das eine Katastrophe. Wie konnte ich nur so unvorsichtig sein, ich Hornochse?« Aber dann redete sie sich ein, daß die junge Frau aus Zimmer Nr. 7 überhaupt nichts verstanden haben konnte. Schließlich hatte sie am Telefon nur geflüstert, und im übrigen war dieses eitle Dämchen bestimmt nur mit seinen dämlichen Lippen beschäftigt gewesen. Doch so oder so, von dieser kleinen Panne würde sie bei ihrem Anruf um zwanzig Uhr kein Wort verlauten lassen. Sie blickte auf die Uhr und stellte fest, daß sie nicht mehr viel Zeit zu verlieren hatte. Das Abwaschen in der Küche mußte warten. Am besten ging sie wohl zum Bahnhof Zoo. Dort gab es eine ganze Reihe von Telefonzellen nebeneinander mit einer Menge Leute drumherum. Und wenn man nicht gesehen werden will, ist es immer gut, unter viele Leute zu gehen.

Die flotte Ursula Schärer hatte inzwischen am Ende der Clausewitzstraße ein Taxi erwischt. Aber sie dachte gar nicht daran, sich ins Theater am Ku'damm kutschieren zu lassen.

»Wohin soll die Tour denn gehen, Frolleinchen?«

»Zur Kriminalpolizei«, sagte die junge Frau mit den lavendelblauen Augen. »Und wenn's geht, ein bißchen dalli.«

»Keine angenehme Adresse«, meinte der Fahrer. Er blickte kurz in den Rückspiegel, schaltete seine Zähleruhr ein und rauschte ab. »Hoffentlich nichts Schlimmes?«

»Ganz im Gegenteil«, erwiderte Fräulein Schärer, »ich bin dort so gut wie zu Hause.«

»Donnerwetter«, bemerkte der Taxifahrer und blickte ein zweites Mal in den Spiegel an der Windschutzscheibe. Aber dieses Mal linste er zu seinem hübschen Fahrgast und nicht zum Verkehr. »Die Polizei macht sich.«

Ursula Schärer war Kriminalassistentin und eine tüchtige dazu. Das Sonderdezernat hatte sie in die *Pension Flora* eingeschleust, um einer gewissen Frau Schiemann auf die Schliche zu kommen, denn Kommissar Jascheck hätte Stein und Bein schwören können, daß die Pensionsbesitzerin nicht astrein war.

Während das Taxi durch die Joachimsthalerstraße rollte, telefonierte dieser Kommissar Jascheck in seinem Büro bereits mit Frankfurt. Er lag so halb in seinem Drehstuhl und hatte die Beine auf dem Schreibtisch. Neben seinen Schuhen lag der geöffnete Lederkoffer mit den Karteikarten.

»Wenn unser Freund Sperling dabei ist«, sagte Hauptkommissar Havelstein gerade am anderen Ende der Leitung, »dann ist der ›Mandarin‹ der Kopf der Bande. Die zwei kleben doch aneinander wie Max und Moritz.«

»Soll ich jetzt auch eine Fahndung nach Sperling anlaufen lassen?« fragte Jascheck.

»Ja, veranlassen Sie das, und zwar nicht nur im Bundesgebiet, auch über Interpol im Ausland«, erwiderte Havelstein. »Vorerst allerdings auf Europa beschränkt, würde ich sagen.«

Kommissar Jascheck nahm in Berlin seine Beine vom Schreibtisch und drehte sich um. »Moment mal«, meinte er.

In diesem Augenblick war nämlich die Kriminalassistentin Schärer zur Tür hereingerauscht. Sie schnappte nach Luft und japste: »Kaum, daß Sie weg waren, ist die Schiemann zum Telefon geflitzt und hat irgend jemandem berichtet, daß die Polizei bei ihr gewesen sei und daß Sperling erkannt worden ist. Und es war kein Ortsgespräch, weil sie eine vierstellige Nummer vorweg gewählt hat.«

»Entschuldigung«, sagte Kriminalkommissar Jascheck ins Telefon. »Soeben kommt meine Kriminalassistentin aus der *Pension Flora* . . .«

»Ich hab' mithören können, was sie erzählt hat«, bemerkte Havelstein in seinem Frankfurter Büro. »Wenn Sie rauskriegen können, an wen diese Pensionsdame so schnell loswerden wollte, daß wir jetzt wissen, wer Stielicke in einem Wohnwagen abgeholt hat, dann sind wir mit einem Schlag ein paar Kilometer weiter. Das wäre eine Spur, so heiß, daß man sich die Finger dran verbrennen kann. Schwirren Sie sofort los, Jascheck, und rücken Sie dieser Frau Schiemann noch einmal auf den Pelz.«

»Die Alte ist störrisch wie ein Heuschnupfen«, bemerkte der Berliner Kommissar. »Sie wird Stein und Bein schwören, daß sie das Telefon nicht angerührt hat.«

Und genau so kam es dann auch.

Schon eine Viertelstunde später war Kommissar Jascheck an diesem Abend erneut in der Clausewitzstraße, und zwar gemeinsam mit seiner Kollegin. Er stellte sie Frau Schiemann als Zeugin gegenüber.

»*Ich* und telefoniert, nachdem Sie meine Pension verlassen haben?« fragte sie entrüstet. »Daß ich nicht lache!«

»Immerhin hat meine Kollegin das Gespräch teilweise mitgehört und Sie beobachtet«, gab Jascheck zu bedenken.

»Dann muß diese Dame Tomaten auf den Augen haben, oder sie leidet an Halluzinationen«, regte sich Frau Schiemann auf. »Und im übrigen ist es eine Affengemeinheit, mir einen Polizeispitzel unter die Gäste zu mogeln.« Sie richtete ihre wütenden Stecknadelkopfaugen jetzt direkt auf Fräulein Schärer. »Packen Sie Ihre Siebensachen zusammen und raus hier. Aber vergessen Sie nicht, vorher Ihre Rechnung zu zahlen.«

»Flüstern Sie uns den Namen und die Telefonnummer«, mahnte Jascheck. »Ich erinnere an den Durchsuchungsbefehl in meiner Tasche.«

»Suchen Sie, suchen Sie, so lang Sie wollen«, zischte Frau Schiemann.

»Ich kann mir auch einen Haftbefehl besorgen«, drohte Jascheck.

»Den wird Ihnen kein Staatsanwalt der Welt unterschreiben«, lachte die Pensionsbesitzerin. »Sie können mir nichts beweisen, rein gar nichts.«

Und da Jascheck nur allzugut wußte, daß die Frau recht hatte, zuckte er die Achseln und bemerkte beiläufig, daß die Sachen der Kriminalassistentin morgen abgeholt würden.

»Irgendwie weiß ich, daß wir uns auch heute nicht zum letztenmal gesehen haben«, sagte er noch an der Tür, als er seine Kollegin an sich vorbei ins Treppenhaus treten ließ.

Als der Kommissar in sein Büro zurückkam, war gerade eine Putzfrau dabei, mit einem Staubsauger um seinen Schreibtisch herumzuwandern. Er schickte sie für eine Tasse Kaffee in die Kantine und ließ sich mit Frankfurt verbinden.

»Es war genau so, wie ich's vermutet hatte.«

»Vielleicht sollten wir ihr Telefon überwachen lassen?« überlegte Havelstein.

»Das bringt uns nichts, fürchte ich«, meinte Jascheck. »Jetzt ist sie gewarnt und wird höllisch aufpassen.«

»Dann soll sie vorerst in ihrem eigenen Saft schmoren«, knurrte der Hauptkommissar. »Noch haben wir Zeit, denn selbst wenn ich wüßte, wo sich unsere Freunde versteckt halten, würde ich sie jetzt noch nicht hoppnehmen. Der Versuch, Falschgeld zu drucken, ist ja laut Gesetz nicht strafbar. Das ist nicht zu fassen, aber es ist so. Nein, wir schnappen sie uns, wenn sie ihre Blüten losschlagen. Erst dann sind sie fällig. Und wir wollen sie doch hübsch hinter Schloß und Riegel bringen, oder? Aber eine Warnung an alle Banken und Polizeistationen sollten wir doch schon loslassen.«

»Machen Sie das, oder soll ich ...?«

»Wir veranlassen das hier vom Sonderdezernat aus.«

Zur selben Zeit, als sich die beiden Kriminalbeamten durchs Telefon gegenseitig noch einen gemütlichen Abend wünschten, standen die Herren Hugo Stielicke und Otto Kroll ein paar hundert Kilometer entfernt über eine Schreibtischlampe gebeugt und hatten dabei ihre Köpfe dicht nebeneinander. Sie starrten auf einen Hundertmarkschein. Er war dreimal mit verschiedenen Farben durch die Maschinen gewandert und noch feucht.

Der erste Abdruck auf dem Originalpapier.

Rotwiesenstraße Nr. 18

Die Maxen waren in die Falle getappt.

»Okay, sie kommen«, hatte der sommersprossige Honeyboy in der großen Pause verlauten lassen. »Um fünf Uhr an den Lagerhallen, aber pünktlich, sie warten keine Minute.«

Die Glorreichen hätten am liebsten losgejubelt und Purzelbäume geschlagen. Die Lagerhallen, das war genau der Treffpunkt, den sie sich gewünscht hatten. Aber sie hatten sich beherrscht und nur ganz gleichgültige Pokergesichter gezeigt.

Am Nachmittag waren sie dann pünktlicher als pünktlich, aber nicht weil sie höflich sein wollten, sondern weil sie vorsichtig waren. Sie kamen schon eine halbe Stunde früher.

»Vielleicht bin ich ein bißchen bescheuert«, hatte Sputnik gefragt, »aber warum haben wir's so eilig?«

»Weil es immer besser ist, mehr zu wissen als die anderen«, hatte Paul Nachtigall geantwortet. »Wir können in aller Ruhe das Gelände inspizieren, erkunden Möglichkeiten zum Abhauen, falls es lausig wird, und vor allem bestimmen wir die genaue Stelle, an der wir sie treffen wollen.«

Es war eben noch lange nicht sicher, ob der Plan von Karlchen Kubatz gelingen würde.

Seit der neue Güterbahnhof fertig geworden war, hatte man die Lagerhallen stillgelegt. Sie sollten noch im Herbst abgerissen werden. Von der Landstraße führte eine asphaltierte Sackgasse zu den langgestreckten Schuppen. Es gab keine andere Möglichkeit, um das Gelände zu erreichen. Über diese Piste, die beim letzten Speicher wie abgeschnitten zu Ende war, mußten auch die Maxen kommen.

Nachdem die Glorreichen Sieben das Gelände gründlich durchspäht hatten, war ihnen ziemlich schnell klargeworden, daß es am günstigsten war, die Maxen bei der hintersten Lagerhalle zu erwarten. Sie hatten also dort ihre Fahrräder zusammengestellt und sich dicht neben ihnen auf die Betontreppe einer Laderampe gesetzt.

Sie waren nicht vollzählig.

Karlchen Kubatz und Fritz Treutlein hatten sich abgesondert. Sie hielten sich mit ihren Fahrrädern in der ehemaligen Pförtnerbaracke versteckt, die, etwa zweihundert Meter entfernt, am Eingang stand, dicht bei der Landstraße und fast am Beginn des asphaltierten Zufahrtsweges. Die Bretterbude hatte keine Tür mehr, und die Dachpappe hing in Fetzen an den Seiten herunter. Fritz Treutlein und Karlchen Kubatz hatten sich neben einem der verdreckten Fenster dicht an die Wand gedrückt und ließen die Landstraße nicht aus den Augen. Wenn die Maxen da drüben auftauchten, würden sie zur Sackgasse einbiegen und dann mußten sie an dieser halbverfallenen Baracke vorbeifahren.

Den Glorreichen Sieben war es von Anfang an klar, daß es den Maxen mit ziemlicher Sicherheit auffallen würde, wenn sie nicht komplett waren. Aber zwei von ihnen mußten doch den wichtigsten Teil des Vorhabens erledigen, während die anderen versuchen sollten, die Maxen so lange wie möglich hinzuhalten. Fritz Treutlein würden sie am wenigsten vermissen. Von ihm wußten sie ja, daß er tagsüber im Salon seines Vaters arbeitete. Aber wenn der Bürstenhaarschnitt fehlte, war damit zu rechnen, daß sie nach ihm fragen würden. Immerhin hatten sie gerade ihn überfallen und ihm den Film aus der Kamera geklaut.

»Sollten sie mißtrauisch werden, muß uns eine plausible Entschuldigung einfallen«, hatte der dickliche Sputnik hoffnungsvoll erklärt. »Irgendwas werden wir ihnen dann schon unter die Weste jubeln.«

Die Maximilianschüler kamen auf die Minute pünktlich angeturnt. Wie ein Pulk beim Sechstagerennen bogen sie dicht nebeneinander von der Landstraße in die Sackgasse ein. Ihre Pedale berührten sich in der Kurve beinahe, und ihre quietschenden Reifen wirbelten Staub auf.

»Es sind genau zehn«, flüsterte Karlchen Kubatz, als sie auf die frühere Pförtnerbaracke zukamen und dann an ihr vorbeischwirrten. Er blickte ihnen nach und wartete, bis sie ihm nur noch ihre Rücken zeigten. Dann flitzte er los und schnappte sich sein Fahrrad, das Fritz Treutlein schon wie ein gesatteltes Pferd für ihn bereithielt. In Windeseile hetzten sie durch die offene Tür und jagten mit gekrümmten Rücken auf die Landstraße zu.

Inzwischen war Paul Nachtigall zusammen mit den anderen von der Betontreppe am hintersten Schuppen aufgestanden. Sie gingen die paar Schritte zur Mitte der Piste, stellten sich zusammen und blickten den Maxen entgegen.

Da waren sie auch schon.

Ulli Buchholz bremste scharf und stemmte seinen Fuß gegen den Boden. Er blieb sitzen, stützte seine Hände auf die Lenkstange und musterte die Glorreichen von oben bis unten. Seine Maxen verhielten sich genauso. Auch sie waren nicht abgestiegen, blieben dicht hinter und neben ihm auf ihren Fahrrädern hocken und starrten gleichfalls, ohne einen Ton von sich zu geben, zu den fünf Jungen hinüber.

»Ich denke, ihr habt uns was zu sagen«, meinte Ulli Buchholz nach einer ganzen Weile. »Oder sollen wir zur Begrüßung erst mal in die Hände klatschen?« Er lächelte sein Lausbubenlächeln. »Wenn sich in Afrika feindliche Stämme zum Verhandeln treffen, dann machen sie das, um zu zeigen, daß sie ohne Waffen gekommen sind. Ist es das, worauf ihr wartet? Bitte, könnt ihr haben.« Er nahm tatsächlich die Arme in die Höhe, klatschte ein paarmal über seinem Kopf in die Hände, und seine Maxen machten es ihm wieder nach wie eine Herde dressierter Affen.

»Da, da, da«, sang dabei der große Bursche mit dem Babygesicht. Seine viel zu großen Hände, die Karlchen Kubatz einmal im Schwitzkasten gehabt hatten, knallten besonders laut.

Da nahm Ulli Buchholz seine Arme wieder aus der Luft und breitete sie aus wie ein Dirigent, der sein Orchester unterbricht. Die Klatscherei hörte augenblicklich auf. »Und jetzt macht das Maul auf«, sagte er, »oder wir hauen wieder ab.«

»Habt ihr den Film und die Fotos mitgebracht?« fragte Emil Langhans vorsichtig.

»Für wie dämlich haltet ihr uns eigentlich?« erwiderte der Anführer der Maxen. »Es könnte euch ja die Idee kommen, über uns herzufallen.« Er grinste. »Was ich euch allerdings nicht raten würde.« Jetzt grinsten auch die Maxen. »Aber wenn's euch beruhigt, der Film ist zusammen mit den Vergrößerungen so sicher aufbewahrt wie im Safe der Bank von England.« Sein Gesicht wurde wieder ernst. »Ich möchte schwer hoffen, daß ihr uns nicht hierhergelotst habt, nur um das zu erfahren.«

»Die Frage war wirklich überflüssig«, gab Sputnik zu und blickte jetzt, wie auch alle anderen, zum Boß der Glorreichen hinüber.

Paul Nachtigall räusperte sich, bevor er sprach. »Es fällt mir nicht leicht«, meinte er, und es gelang ihm, ein wenig zu stottern. »Aber zuerst muß ich mich dafür bedanken, daß ihr überhaupt gekommen seid.«

Die Maxen waren total von den Socken.

»Sollte ich richtig gehört haben?« fragte ihr Anführer. »Hast du Fieber, oder was ist passiert? Mir kommen gleich die Tränen.«

»Ich hab' gesagt, daß es mir nicht leichtfällt – ich meine, das zu sagen, was ich – was ich jetzt sagen muß«, erwiderte der Boß der Glorreichen Sieben und stockte. »Aber – also, wir haben eingesehen, daß ihr – was soll ich um den Brei rumreden – ja, wir sitzen diesmal in der Klemme, und unsere Chance, da wieder rauszukommen, ist nicht besser als die von einem Eisbrocken in den Tropen, also gleich Null.«

Emil Langhans und die anderen hätten es nie für möglich gehalten, daß in ihrem Boß ein so blendender Schauspieler versteckt sei. Sie zeigten treuherzige Gesichter, aber innerlich krümmten sie sich vor Vergnügen.

»Hört sich bis jetzt vernünftig an«, erklärte Ulli Buchholz. Aber er war hellwach, kniff die Augen zusammen und ließ Paul Nachtigall nicht aus den Augen. »Weiter im Text.«

Der Boß der Glorreichen war gewarnt und spürte im Bruchteil einer Sekunde, daß er nicht mehr so dick auftragen durfte. Das Seil, auf das er sich gewagt hatte, war plötzlich ganz dünn. »Wir geben auf«, sagte er deshalb knapp und störrisch. »Wir haben abgestimmt und einstimmig beschlossen.« Er senkte seine Stimme. »Aber bloß, weil eure Erpressung uns dazu zwingt und . . .«

»Du weißt, daß mir das Wort nicht schmeckt«, warf der Anführer der Maxen ein. Er zeigte schon wieder sein kleines Lächeln und hob diesmal seine breiten Schultern. »Aber Erpressung hin, Erpressung her, was habt ihr euch einfallen lassen?«

»Ja, wir machen, was ihr verlangt«, mischte sich Emil Langhans ein. »Wir können uns keinen Riesenknatsch mit der Schule leisten, und die Versetzung von Manuel Kohl ist uns wichtiger als der diesjährige Staffelsieg beim Sommerfest. Wir strampeln eben ein bißchen langsamer, und ihr dürft gewinnen.« Er versenkte seine Hände tief in den Hosentaschen. »Allerdings müßt ihr vorher den Film rausrücken und alle Vergrößerungen, die ihr von ihm habt.«

»Das«, nickte Ulli Buchholz düster, »ist die Frage. Wann machen wir das? Auf den Zeitpunkt kommt es an, schätze ich.« Er beugte sich vor und lehnte sich mit den Ellbogen tiefer auf seine Lenkstange. »Im Augenblick versprecht ihr das Blaue vom Himmel herunter, claro. Aber wenn wir euch das Zeug übergeben, bevor wir den Sieg in der Tasche haben, dann müßten wir doch bescheuert sein. Vertrauen ist 'ne feine Sache, aber Vorsicht ist sicherer.«

»Alles, was die jetzt versprechen, ist keinen Pfifferling wert«, nörgelte einer der Maxen aufgeregt. Sein hervorstehender Adamsapfel zitterte. »Die wollen uns leimen, das merkt doch ein Blinder mit dem Krückstock.«

»Sollen wir Kieselsteine fressen, damit ihr uns glaubt?« fragte Sputnik höflich.

Da mischte sich überraschend Manuel Kohl ein. »Und wie ist es denn umgekehrt?« fragte er. »Falls wir euch tatsächlich gewinnen lassen, ohne daß wir Film und Bilder zurückbekommen haben, kann es doch passieren, daß ihr mit dem Erpressen gar nicht mehr aufhören wollt, weil es so prima funktioniert und einen Heidenspaß macht. Ihr laßt euch immer wieder neue Forderungen einfallen, und wir sind euch wie wehrlose Regenwürmer ausgeliefert.« Seine Augen glitzerten, und es war nur noch eine Frage der Zeit, bis Tränen kamen. »Allmählich ist es mir schnurzegal, ob ich versetzt werde oder nicht.« Er funkelte den Anführer der Maxen wütend an. »Macht doch mit den Fotos, was ihr wollt. Werft sie meinetwegen dem Purzer direkt in den Briefkasten.«

Die Glorreichen hatten den Atem angehalten. Der Junge mit der frechen Stupsnase schien von allen guten Geistern verlassen zu sein. Emil Langhans zischte wie ein überhitzter Teekessel, und Sputnik hatte einen knallroten Kopf bekommen. Wenn die Maxen jetzt wortlos ihre Räder herumwarfen und die Kurve kratzten, blieb von ihrem wunderschönen Plan nur noch eine Staubwolke übrig.

Und tatsächlich setzte sich Ulli Buchholz auch schon wieder aufrecht in seinem Sattel zurecht. »Jammerschade, das wär's dann wohl«, meinte er. Aber gleichzeitig blickte er lauernd zu den Glorreichen hinüber. »Oder soll das bloß ein Trick sein?«

»Er ist total durch den Wind, was man ja verstehen kann«, lenkte Paul Nachtigall ein. »Und was da gerade so aus ihm herausgesprudelt ist, muß man nicht ernst nehmen, vergessen wir's.« Er legte Manuel eine Hand auf die Schulter, blieb mit dem Blick aber bei den Maxen. »Wir wollen uns mit euch einigen, das ist abgemacht, wie gesagt.«

»Das Problem ist die Übergabe«, meinte Emil Langhans. »Macht euren Vorschlag.«

»Wo habt ihr eigentlich euren Stiftenkopf gelassen?« fragte Ulli Buchholz plötzlich wie aus heiterem Himmel.

»Seine Großmutter feiert heute ihren neunzigsten Geburtstag«, schwindelte Emil Langhans aus der linken Hand. »Vermutlich muß er ein Gedicht aufsagen oder so was.«

»Ist sein Vater nicht der Großmogul von den *Bad Rittershuder Nachrichten?«* wollte Ulli Buchholz wissen.

»Ja, sein Alter ist der Chefredakteur.«

»Na, dann wird er ja nicht gerade an die Decke springen«, erwiderte Ulli, »wenn er in diesem Jahr die Staffel der Maximilianschule in seinem Käseblatt als Sieger abdrucken muß.«

»Es wird ihm leider nichts anderes übrigbleiben«, bemerkte der Boß der Glorreichen gelassen.

Der große Bursche mit dem Babygesicht verdrehte theatralisch die Augen. »Unsere Charakterköpfe auf der ersten Seite«, flötete er, »man wird sich um die Zeitungen prügeln.«

Pustekuchen, dachte Sputnik unter seiner Astronautenmütze grimmig. Und die anderen neben ihm dachten etwas Ähnliches. Aber dabei grinsten sie verlegen und hielten wohlweislich den Mund.

Zur selben Zeit bogen Karlchen Kubatz und Fritz Treutlein in die Rotwiesenstraße ein. Ihre Hemden waren durchgeschwitzt und klebten naß auf ihren Rücken.

»Da drüben ist es«, keuchte Fritz Treutlein.

Sie verlangsamten ihre Fahrt und pumpten nach Luft.

Als sie dann vor dem Haus Nr. 18 ihre Fahrräder an den niedrigen Gartenzaun lehnten, beruhigte sich ihr Atem bereits wieder. Der Bürstenhaarschnitt nahm seine Schulmappe vom Gepäckträger. Dann stiefelten sie nebeneinander zur Haustür, und der Friseurlehrling klingelte.

Sie hörten das Läuten, aber im Haus rührte sich nichts. Nur ein Sprengwagen der Straßenreinigung rollte langsam vorbei. Sein Wasserstrahl erreichte gerade noch den Gehsteig.

Fritz Treutlein klingelte zum zweitenmal.

»Ich schlag' glatt ein Fenster ein«, drohte Karlchen Kubatz. »Besondere Situationen rechtfertigen besondere Maßnahmen.«

»Immer schön auf dem Teppich bleiben«, murmelte der Friseurlehrling. »Aber wenn wir hier noch lange herumstehen, wird die Nachbarschaft aufmerksam, und das wäre nicht im Sinne des Erfinders.«

Jetzt drückte zur Abwechslung Karlchen Kubatz auf den Knopf, und wieder hörten sie, wie hinter der Tür die Glocke durch das Haus schnarrte. Beinahe gleichzeitig fragte eine piepsige Stimme: »Wer ist denn da?«

Die beiden Jungen drehten sich um. Zuerst sahen sie nur eine leere Ziegelsteinwand. Aber dann schob sich ein flachsblonder Mädchenkopf um die Ecke. »Ich soll niemand reinlassen, verschwindet wieder, und zwar zack-zack.«

»Sehr richtig«, entgegnete Karlchen Kubatz. »Die Welt ist voller Gefahren, und überall strolchen böse Menschen herum.« Sein bekümmert dreinblickendes Gesicht hellte sich auf. »Aber wir wollen zu unserem Freund Ulli. Er hat gesagt, daß er um diese Zeit zu Hause wäre. Leider haben wir uns verspätet.«

Dabei waren die beiden auf das Mädchen zugegangen und standen jetzt vor ihm.

»Mein Bruder ist nicht da, und ich bin im Garten«, sagte die Kleine. Sie steckte in einem tomatenroten Badeanzug und hatte eine Metallspange über den oberen Zähnen. Ihr linker Fuß war von den Zehen bis über den Knöchel eingegipst.

»Dann warten wir eben«, schlug Karlchen Kubatz vor. »Es ist nämlich enorm wichtig, und bestimmt kommt er gleich zurück.« Dabei hob er bedeutungsvoll seine Schultasche ein wenig in die Höhe. »Wir schreiben morgen die letzte Klassenarbeit vor den Zeugnissen, und da müssen wir unbedingt noch einmal gemeinsam . . .«

»Zeugnisse sind blöd«, nörgelte das kleine Mädchen und humpelte an der Wand entlang über den Rasen zu einem kleinen Garten, der hinter dem Haus lag.

»Wie heißt du denn?« fragte Karlchen.

»Monika«, piepste der flachsblonde Pferdeschwanz.

»Bist du dir darüber im klaren, Monika, daß du sehr hübsch bist?« bemerkte Fritz Treutlein. Er blickte zur Seite. »Stimmt es etwa nicht?«

»Doch, das ist sie«, beteuerte der Bürstenhaarschnitt.

»Besonders mit meinem Drahtzaun im Mund«, entgegnete die Kleine. Sie zog die Lippen zurück und zeigte ihre verbarrikadierten Zähne.

»Bah, diese Spange kann man sich doch wegdenken«, versicherte Fritz Treutlein. »In ein paar Wochen gibst du ihr einen Fußtritt, und alles ist vergessen. Nein, du siehst wirklich ganz prima aus, das mußt du mir glauben.« Er hatte seine Komplimente aus dem Ärmel geschüttelt wie nichts. Aber Süßholzraspeln gehörte ja zu seinem Beruf und war manchmal wichtiger als Haareschneiden oder Dauerwellenlegen.

Die flachsblonde Monika war ein lustiges kleines Mädchen,

und schon nach ein paar Minuten spielte sie mit den beiden Besuchern wie mit alten Freunden. Sie hüpfte auf ihrem gesunden Bein hinter einem Ball her und zeigte stolz, wie blendend sie auf den Händen spazierengehen konnte.

»Wir dürfen keine Zeit mehr verplempern«, flüsterte Karlchen Kubatz zwischendurch.

Vom Garten ging es unter einer Jalousie hindurch direkt in den Wohnraum. Eine breite Schiebetür aus Glas stand weit offen.

»Wunderschön habt ihr's hier«, bemerkte der Bürstenhaarschnitt, guckte sich um und schlenderte mit seiner Schulmappe ins Haus hinein. Eine blitzblanke Holztreppe führte in das obere Stockwerk. »Und wo macht dein Bruder seine Schulaufgaben? Hat er eine eigene Bude?« Er blickte fragend nach oben.

»Kalt, ganz kalt«, kicherte Monika und hielt sich dabei beide Hände vor den Mund. Seitdem sie ihre Zahnspange trug, hatte sie sich das wohl angewöhnt. »Im ersten Stock sind doch unsere Schlafzimmer, du Doofmann.«

»Dann laß mich mal weiterraten«, meinte Karlchen Kubatz und ging auf die Tür neben der Treppe zu.

»Wieder eiskalt«, lachte der flachsblonde Pferdeschwanz. »Das ist die Küche.«

Auf der anderen Seite gab es noch zwei weitere Türen.

Der Bürstenhaarschnitt stiefelte auf die eine zu.

»Kalt«, entschied die Kleine.

Aber als Karlchen jetzt eine elegante Kurve in die Richtung zur anderen Tür machte, klopfte sie mit ihrem Gipsbein auf den Teppich. »Lauwarm – warm – heiß – ganz heiß –«

Karlchen drückte mutig die Klinke herunter.

»Kochend heiß«, rief die kleine Monika. »Diesmal hast du gewonnen.«

Das kleine Zimmer lag fast im Dunkeln, weil der Rolladen vor dem Fenster heruntergelassen war. Seitlich stand ein schmaler Schreibtisch, auf dem ein paar Bücher herumlagen, aufgeschlagene Hefte, Zeitschriften und ein Tennisschläger neben einer offenen Ledermappe. Gleich bei der Tür gab es ein Bett und gegenüber an der Wand einen Schrank mit eingebauten Regalen, über dem Bett und auf dem Boden lagen Hemden, eine Hose und Turnschuhe. Der tragbare Fernseher war fast ganz von einem hingeworfenen Handtuch zugedeckt.

»Sieht so aus, als ob dein Brüderlein mal wieder aufräumen müßte«, bemerkte Fritz Treutlein.

Alle drei standen mittlerweile an der offenen Tür.

»Los, wir gehen wieder in den Garten«, schlug die flachsblonde Monika vor. »Ich zeig' euch mein Kaninchen.«

Die beiden Jungen blickten sich an, und Karlchen Kubatz machte mit dem Kopf eine kleine Bewegung nach draußen.

Fritz Treutlein heuchelte übergangslos Begeisterung. »Was, du hast ein Kaninchen?« rief er aus und faßte das Mädchen bei der Hand. »Komm, auf Kaninchen bin ich geradezu verrückt.«

Die Kleine warf im Weggehen ihren flachsblonden Pferdeschwanz herum. »Es ist ganz weiß, du mußt es auch sehen«, rief sie über die Schulter hinter sich.

»Nur eine Minute«, ließ sich Karlchen Kubatz vernehmen. »Ich will nur schnell deinem Bruder für die morgige Klassenarbeit etwas aufschreiben, was er unbedingt wissen muß. Wir sollten nämlich gleich wieder los und können nicht länger warten.«

»Aber mach dalli!« rief die Kleine mit dem Gipsbein noch. Ihre piepsige Stimme kam bereits von der Terrasse her.

Karlchen Kubatz gab der Tür einen Schubs mit dem Fuß, stellte gleichzeitig seine Schultasche auf den Boden, knipste das Licht an und blieb stehen.

»Jetzt, lieber Großwesir von Eschnapur, hilf mir«, flehte er, und dann fing er an zu suchen.

Immer wieder hatte der Bürstenhaarschnitt in diesen Tagen darüber nachgegrübelt, was er wohl anfangen würde, wenn es ihm tatsächlich gelingen sollte, in dieses Zimmer einzudringen.

Hier irgendwo hatte Ulli Buchholz den Film und die Fotos aufbewahrt. Um alles in der Welt, wo sonst, wenn nicht hier? Und er mußte das Zeug bei sich zu Hause nicht einmal besonders raffiniert verstecken, hatte sich Karlchen Kubatz überlegt. Er konnte es sich also sparen, unter das Buchholzsche Bett zu kriechen oder auf einen Stuhl zu klettern, um mit seinen Händen den Schrank abzutasten. Auch mußte er nicht hinter die Vorhänge gucken oder unter den Teppich.

Ganz bestimmt war die Geschichte verhältnismäßig einfach, und Ulli Buchholz hatte das Zeug nicht viel anders verstaut als beispielsweise seine Zigarettenschachteln oder seine Schwimmbrille.

Eigentlich kam nur der Schreibtisch in Frage.

Karlchen hob den Tennisschläger auf, durchsuchte seine Plastikhülle, kramte unter den herumliegenden Büchern, durchwühlte die aufgestapelten Zeitschriften, schob Schallplatten zur Seite und spähte unter die kleine Schreibmaschine. Anschließend machte er sich an die Schubladen.

In ihnen war die gleiche Unordnung wie im ganzen Zimmer.

In der einen lag nur Werkzeug durcheinander: Zangen, Schraubenschlüssel, alle Arten von Klebebändern und Büchsen mit Fahrradöl.

Die nächste ließ sich schwer öffnen. Sie war fast bis zum Rand gefüllt mit allerlei Steinen, Muscheln und getrockneten Seesternen. Vermutlich Ferienerinnerungen.

Und dann passierte es.

Kaum hatte Karlchen die dritte Schublade aufgezogen, sprang ihm schon die zitronengelbe Farbe einer Papiertüte ins Auge. Er war wie elektrisiert. Diese Art von Tüten kannte er. Fast jedes Fotogeschäft benutzte sie.

»Wow«, keuchte der Bürstenhaarschnitt und wäre jetzt am liebsten wie ein Derwisch durchs Zimmer getanzt. Statt dessen zwang er sich zur Ruhe, kontrollierte zuerst die Vergrößerungen und hielt anschließend den Film gegen die Deckenbeleuchtung. Er ließ Bild für Bild durch seine Finger gleiten. Kein Zweifel, das waren die Aufnahmen, die er von Studienrat Dr. Purzer und den anderen geschossen hatte. Das erkannte er auch im Negativ. Er hechtete zur Tür, versteckte die zitronengelbe Tüte blitzschnell in seiner Schulmappe und knipste das Licht wieder aus.

Die Schublade, die den kostbaren Fund bisher gehütet hatte, ließ er mit voller Absicht offenstehen.

Draußen im Garten lagen Fritz Treutlein und die flachsblonde Schwester von Ulli Buchholz vor einem weißen Kaninchen im Gras auf dem Bauch.

»Ich versuche ihr gerade klarzumachen, daß sich Wale und Haifische auf dem Meeresgrund chinesisch unterhalten«, rief Fritz Treutlein, als Karlchen Kubatz auf sie zukam. »Aber sie will mir kein Wort glauben.« Dabei hatte sich der Friseurlehrling mit großen, fragenden Augen aufgerichtet.

Der Bürstenhaarschnitt strahlte über das ganze Gesicht und zwinkerte mit dem linken Auge.

»Haifische und Wale können überhaupt nicht reden«, quäkte die kleine Monika.

Karlchen Kubatz wollte jetzt keine Sekunde mehr verlieren. »Schönen Gruß an deinen Bruder«, sagte er. »Wir müssen dich jetzt leider wieder allein lassen.« Er fuhr dem Mädchen über den flachsblonden Pferdeschwanz und trabte los. Fritz Treutlein sprintete ihm nach.

Die Kleine mit dem Gipsbein folgte ihnen bis zu dem niedrigen Gartenzaun. »Müßt ihr wirlich schon weg?« fragte sie weinerlich. »Das ist schade, die anderen Freunde von Ulli, die spielen nie mit mir.«

»Das sind ja auch Maxen«, sagte Karlchen Kubatz, »und die sind nicht zu retten.«

Monika verstand natürlich kein Wort, aber sie kicherte jetzt und hielt sich dabei wieder ihre Hände vor den Mund.

»Das darf doch, um alles in der Welt, nicht wahr sein«, keuchte Fritz Treutlein, als er eine knappe Minute später neben Karlchen Kubatz in die Herderstraße hineinradelte. »Vielleicht hätt' ich noch für möglich gehalten, daß es in der Hölle schneit, aber das ...« Er schüttelte den Kopf.

Als sie dann gleich darauf über die Landstraße fegten, grinste der Friseurlehrling auf einmal und schielte zur Seite. »Das Leben ist doch schön, nicht, Karlchen?«

»Toll«, nickte der Bürstenhaarschnitt. »Eine wirklich ganz tolle Einrichtung.«

Kurz danach lagen sie schräg in der Kurve und bogen in die Sackgasse zu den Lagerhallen ein. Sie standen jetzt regelrecht in den Pedalen. Die Maxen drehten die Köpfe herum, als sie links und rechts an ihnen vorbeifuhren, um dann gleich darauf hart abzubremsen. Ihre Reifen radierten über die Asphaltpiste und blieben dann quietschend stehen.

Karlchen Kubatz richtete sich in seinem Sattel auf und ließ die Arme hängen. »Jetzt sind wir vollzählig«, hechelte er.

»Ja«, keuchte auch Fritz Treutlein. »Wir sind jetzt vollzählig.« Das waren die verabredeten Worte, die bedeuteten, daß sie den Film und die Fotos aufgestöbert und zurückerobert hatten.

Paul Nachtigall und die anderen atmeten befreit auf.

Die Maxen hatten nämlich in der vergangenen Viertelstunde mehrfach gedroht, die Verhandlung platzen zu lassen und zu verduften. Es war eine ganze Menge Frechheit und Diplomatie nötig gewesen, um sie mit neuen Vorschlägen und Bedingungen immer wieder hinzuhalten.

Jetzt war diese Zitterpartie durchgestanden.

Aber es dauerte ein paar Augenblicke, bis es ihnen klar wurde, was für einen geradezu unverschämten Dusel sie gehabt hatten. Als sie das, einer nach dem anderen, schließlich begriffen, rückten sie unwillkürlich näher zusammen.

»Ich denke, du feierst mit deiner Großmutter Geburtstag, Stiftenkopf?« fragte Ulli Buchholz. Dann fuhr er gleich fort, ohne eine Antwort abzuwarten: »Was bedeutet das? Haben wir bisher nur zum Vergnügen verhandelt, wenn ihr jetzt erst vollzählig sein wollt?«

»Nicht nur zum Vergnügen«, widersprach Emil Langhans und verzog seinen Mund zu einem kleinen Grinsen. Damit steckte er die anderen an, und jetzt grinsten auch sie ganz offen.

»Nanu«, sagte Ulli Buchholz. »Könnt ihr mir vielleicht erklären, was auf einmal los ist?«

»Manchmal treten Umstände ein«, erwiderte Karlchen Kubatz hintergründig, »die im Handumdrehen die Welt verändern.«

Die Maxen wurden unruhig und fingen an zu brodeln. »Wollt ihr uns verschaukeln?« empörte sich das Babygesicht.

»Aber, wo denkt ihr hin«, antwortete der Boß der Glorreichen Sieben und ließ sich jetzt sehr viel Zeit. Er holte ein Taschentuch heraus, faltete es langsam auseinander, steckte seine Nase hinein, schneuzte sich geräuschvoll, beguckte sich interessiert das Resultat und faltete das Taschentuch wieder sorgfältig zusammen.

Die Maxen schauten finster zu.

»Jetzt reicht's mir«, sagte Ulli Buchholz schließlich. »Willst du damit sagen, daß es euch schnurzegal ist, was wir mit eurem Film und den Fotos anfangen?«

»Interessiert uns nicht die Bohne«, erklärte der Boß. »Die Welt hat sich verändert, wie gesagt.«

»Irgendwas ist faul im Staate Dänemark«, sagte Ulli Buchholz langsam und blickte den Glorreichen nacheinander in die Augen. »Aber ich krieg' raus, was es ist, das garantier' ich euch.«

»Du wirst es sogar ziemlich bald rauskriegen«, bemerkte Fritz Treutlein undurchsichtig.

»Das alte Ultimatum gilt«, stellte Ulli Buchholz fest. »Entweder kapituliert ihr morgen endgültig, oder wir jagen spätestens am Montag unsere Bombe in die Luft.« Er wartete auf die Wirkung seiner Worte, aber die Glorreichen rührten sich nicht und blieben stumm. Da riß er sein Rad herum. »Fahren wir«, zischte er, stieß sich mit dem Fuß von der asphaltierten Piste ab und preschte los. Seine Maxen folgten ihm.

Die Glorreichen blieben stehen und warteten, bis die anderen an der verlassenen Pförtnerbaracke vorbei die Landstraße erreicht hatten.

Aber dann gab es kein Halten mehr.

Sie boxten sich gegenseitig in die Rippen, schlugen sich auf die Schultern und schubsten sich herum, bis sie ins Stolpern kamen. Sie lachten, quatschten durcheinander und strahlten aus allen Knopflöchern.

»Er wird Augen machen wie ein Auto, wenn er die leere Schublade entdeckt«, quietschte Karlchen Kubatz.

»Vor lauter Wut wird ihm Schaum vor dem Mund stehen«, prophezeite der Friseurlehrling.

»Und alle Maxen beißen sich in ihre Maxenhintern«, jauchzte Emil Langhans.

Karlchen Kubatz packte Manuel Kohl bei den Schultern. »Ist dir klar, was das bedeutet?« Er schüttelte den stupsnasigen Jungen. »He, Mann, du darfst deine Angst vergessen, es kann rein nichts mehr passieren.«

Der Junge aus dem Blumengeschäft am Rathausplatz guckte den anderen mit seinen großen blauen Augen an. »Für mich ist das wie ein Wunder. Ehrlich gesagt, ich hab' keinen Moment an deinen Plan geglaubt.«

Sputnik winkte mit seiner Astronautenmütze durch die Luft, um sich Ruhe zu verschaffen. »Kinder«, rief er, »der Feind schläft nicht. Wenn sie uns auf die Schliche gekommen sind, werden sie wie ein Rudel Wölfe nach Rache brüllen. Ich bin für doppelte Alarmbereitschaft und dafür, daß wir umgehend abhauen.«

Schon kurz darauf kurvten sie freihändig über die Landstraße, ließen die Arme baumeln oder hatten die Hände im Nacken verschränkt. Sie fuhren Bögen und pfiffen vor sich hin. Selten waren sie so gut gelaunt und mit sich selbst zufrieden gewesen.

Dagegen hatte der Anführer der Maxen nicht den geringsten Grund zur guten Laune, und zufrieden war er auch nicht.

Er hatte sich gemeinsam mit seinen Spezis bei Rinaldo noch lustlos ein gemischtes Eis genehmigt, und dabei hatte der große

Junge mit dem Babygesicht ausgesprochen, was alle insgeheim dachten: »Das Treffen mit den Glorreichen war das reinste Affentheater. Kann mir einer erklären, wieso wir bei ihnen antanzen sollten?« Keiner konnte es.

Inzwischen radelte Ulli Buchholz in die Rotwiesenstraße hinein.

Schon auf dem Weg durch den Garten war seine kleine Schwester mit ihrem Gipsfuß um ihn herumgehüpft und hatte munter von zwei Freunden geplappert, die vor einer guten Stunde plötzlich vor der Haustür standen und ihn besuchen wollten. »Sie haben dir in deinem Zimmer eine Nachricht hinterlassen«, piepste die Kleine mit dem flachsblonden Pferdeschwanz. »Sie waren richtig nett und haben mit mir gespielt, und der eine hat einen lustigen Stiftenkopf.«

»Stiftenkopf?« wiederholte Ulli, und er ahnte Schlimmes.

Er warf sein Fahrrad auf den Rasen und stürmte durch den Wohnraum in sein Zimmer.

Schon als er die Tür aufriß, entdeckte er die aufgezogene Schublade an seinem kleinen Schreibtisch. Er blieb wie erstarrt stehen. Das Blut schoß ihm in den Kopf, und er zitterte am ganzen Körper. Er ballte die Fäuste, und es gelang ihm, einen Schrei zu unterdrücken. Er ließ sich bäuchlings auf sein Bett fallen. Mit zuckenden Schultern heulte der Boß der Maxen in seine Arme hinein.

Seine kleine Schwester beobachtete ihn mit großen Augen von der Tür her. So hatte sie ihren Bruder noch nie erlebt. »Hab' ich was falsch gemacht?« fragte sie zaghaft.

»Nein, nein. Alles okay, Gipsbeinchen«, antwortete Ulli nach einer ganzen Weile, ohne sich zu bewegen. »Ich bin ein ganz blöder Idiot, das ist alles. Und jetzt sei lieb und laß mich allein.«

»Du bist kein Idiot«, protestierte der flachsblonde Pferdeschwanz schwach, blieb noch kurz stehen und humpelte dann in den kleinen Garten hinaus.

Es dauerte fast eine Viertelstunde, bis Ulli Buchholz wieder klar denken konnte.

Die Glorreichen Sieben hatten ihn eiskalt ausgetrickst, und er hatte seine Chance leichtsinnig verspielt. Er hätte doch damit rechnen müssen, daß die anderen alles dransetzen würden, um den Film und die Fotos in ihre Hand zu bekommen. Aber er war sich seiner Sache zu sicher gewesen, bestimmt lachten sie sich jetzt halbtot über ihn. Er war blamiert bis auf die Knochen. Und was sollte er seinen Maxen sagen, wie sollte er ihnen beibringen, was passiert war? Ausreden hatten so kurze Beine wie Lügen. Er mußte mit der Wahrheit herausrücken, etwas anderes blieb ihm gar nicht übrig. Aber er würde es erst dann tun, wenn er wußte, wie man die heutige Niederlage wieder ausbügeln konnte. Es mußte eine Idee her, die alles Bisherige in den Schatten stellte. Er warf sich auf den Rücken, starrte an die Decke und grübelte.

Er grübelte drei volle Tage lang und manchmal auch nachts, denn die Glorreichen Sieben geisterten oft durch seinen Schlaf. Als er in der Städtischen Badeanstalt gerade vom Sprungbrett federte und sich auf einen doppelten Salto konzentrierte, zuckte der rettende Einfall durch seinen Schädel. Mitten beim Wirbeln durch die Luft. Manometer, ja, das war haargenau die Retourkutsche, die der Arzt den Glorreichen Sieben verschrieben hatte. Es spritzte beim Eintauchen etwas mehr, als es eigentlich durfte. Und Ulli blieb auch länger unter Wasser als sonst nach einem Sprung. Ganz gelöst ließ er sich eine Weile treiben. Dieser Gegenschlag würde die Glorreichen treffen bis ins Mark. Wie Maikäfer, die auf den Rücken geplumpst sind, würden sie nur noch hilflos mit den Beinen zappeln. Er spreizte seine Füße auseinander, stieß sich ab und tauchte auf.

Schon in der nächsten Minute fing er an, für den Nachmittag seine Maxen zusammenzutrommeln.

Aber es sollte anders kommen – ganz anders, als es sich der breitschultrige Junge aus der Rotwiesenstraße Nr. 18 vorgestellt hatte.

Übrigens ratterten gleichfalls schon seit drei Tagen und auch nachts in dem früheren Luftschutzbunker eines gewissen Carlo Maurus die zwei nagelneuen Druckmaschinen, von denen die eine so hoch und so breit wie eine Geschirrspülmaschine war und die andere nicht größer als ein mittlerer Schreibtisch.

Hugo Stielicke und Otto Kroll hielten sich mit Kaffee auf den Beinen. Sie hatten davon schon so viel getrunken, daß man darin hätte surfen können. Ekke mit seinen schwarzen Schmalzlocken zerkaute schachtelweise Streichhölzer zwischen den Zähnen, und Pauke, der »Spezialist für Druck-Erzeugnisse aller Art«, schwor gemeinsam mit dem dicken Sperling auf frischen Zitronensaft. Die paar Stunden Schlaf auf den harten Matratzen der schmalen Metallbetten wurden immer kürzer, und kürzer wurden auch die Pausen im »Club«.

Sie unterbrachen ihre Arbeit nur, um schnell irgend etwas zu essen, und ihre Gespräche dabei hatten Löcher. Eigentlich saßen sie sich nur stumm gegenüber. Ihr Schweigen versteifte sich immer mehr, so wie Wasser zu Eis gefriert. Gelegentlich versicherten sie sich gegenseitig, daß dieses Abenteuer, auf das sie sich eingelassen hatten, nur zu ihrem Vorteil ausgehen könne. Aber selbst so gerissene und kaltschnäuzige Füchse wie Hugo Stielicke und Otto Kroll waren insgeheim besorgt und ungeduldig. Ein paar Jahre Knast waren keine Aussicht, die gesprächig machte.

Zwischendurch hatte immer wieder einmal das Funkgerät gepiepst, und dann war die verrauchte, unverwechselbare Stimme zu hören gewesen. Wie denn die Aktien so stünden, wollte sie wissen, und wie weit man inzwischen gekommen sei.

Auch heute meldete sich der »Mandarin«, und zwar ungewöhnlich früh.

»Alles programmgemäß«, antwortete Sperling auf die immer gleichen Fragen. »Unsere Scheine sind echter als die echten und richtig zum Verlieben, Chef. Aber eine Mordsschinderei ist es schon. Die Zeit ist wahnsinnig knapp . . .«

»Klebt euch kein Bonbon ans Hemd«, unterbrach ihn die tiefe Baßstimme. »Für ein sorgenfreies Leben unter Palmen kann man doch mal ein paar Tage und Nächte seine Knochen rotieren lassen, oder? Ich lieg' auch nicht auf der faulen Haut, falls ihr so was glauben solltet.« Es klang jetzt so, als ob ein Nilpferd schnaubte. »Ihr habt ja keine Ahnung, was es heißt, allein die Verteiler aufzutreiben, die ihren Anteil schon bei der Übernahme auf den Tisch blättern müssen. Da muß man höllisch aufpassen, daß uns keiner übers Ohr haut. Ganz abgesehen . . .«

»Aber wir wollen doch nicht meckern, Chef«, warf der dicke Sperling ein.

»Hätte ja auch noch gefehlt.« Die Stimme brummte besänftigt. »Übrigens eine Neuigkeit, die nicht so gut ist: Einer der Gäste in der *Pension Flora* hat sich an deine Visage erinnert, Sperling, und dich auf einem Polizeifoto als den Mann identifiziert, der unseren Freund Stielicke abgeholt hat. Kann sein, daß bereits eine Fahndung nach dir läuft. Aber sie werden ja nicht ausgerechnet hier in diesem Nest nach dir suchen. Also kein Grund zur Aufregung, das ist kein Beinbruch. Und jetzt eine Neuigkeit, die sich besser anhört.« Der »Mandarin« machte eine Pause, vermutlich, um wieder einmal an seiner Zigarre zu ziehen. »Ich brauche eure Fotos für die falschen Pässe. Dafür solltest du dir einen Bart unter die Nase kleben und möglichst auch einen aufs Kinn. Hat es dir die Sprache verschlagen?«

»Diese Fahndung nach mir, Chef«, meinte Sperling. »Das ist doch ein ziemlich dicker Hund.«

»Bah, wir sind hier so sicher wie auf dem Mond.«

»Hoffen wir's.«

»Und die Pässe werden so wasserdicht wie eure Hundertmarkscheine«, ließ sich die verrauchte Stimme weiter hören. »Macht die Fotos möglichst gleich, es eilt. Was ihr zum Entwickeln und Kopieren braucht, habt ihr ja.«

»Wird sofort erledigt«, erwiderte Sperling beflissen. »Wann werden Sie zum Abholen vorbeikommen, Chef?«

»Ich kann jetzt nicht von meinem Telefon weg«, erklärte der »Mandarin«. »Du mußt mir die Bilder bringen. Es ist jetzt kurz nach sieben, sagen wir also um elf Uhr. Am besten gibst du sie beim Portier im *Hotel zum Kurfürsten* ab, und zwar in einem gut verschlossenen Umschlag. Schreib als Adresse ›Für Dr. Proband‹ drauf, und leg einen von euren Hundertmarkscheinen dazu, damit ich sehe, was eure Maschinen im Augenblick so ausspuckt.«

»Also um elf Uhr«, wiederholte Sperling. »Im *Hotel zum Kurfürsten . . .*«

»Stopp, Kommando zurück«, unterbrach ihn die Stimme aus dem Funkgerät. »Besser doch nicht im Hotel. Da ist zuviel Betrieb, und der Brief könnte verlorengehen. Warte mal – ja – kennst du den Zeitungskiosk am Richard-Wagner-Platz?«

»Kenn' ich«, antwortete Sperling. »Gleich bei der Straßenbahnhaltestelle.«

»Dann also dort«, korrigierte sich der »Mandarin«. »Und auch wieder mit der Aufschrift ›Für Dr. Proband‹. Der Kioskbesitzer heißt Wildenbusch, und er ist verläßlich. Aber sei pünktlich, und mach dich gleich wieder aus dem Staub, wenn du den Umschlag hinterlegt hast. Irgend jemand holt ihn dann eine Viertelstunde später ab, damit er nicht lange herumliegt. Es hat also keinen Sinn, neugierig zu sein und zu warten, bis ich persönlich aufkreuze.« Vermutlich nahm der »Mandarin« wieder einen Zug aus seiner Zigarre. Es dauerte nämlich eine Weile, bis er weitersprach. »Und mit den Pässen kriegt ihr dann auch eure Flugscheine und die ersten Piepen. Ihr habt's gut. Während ich eure Blüten unter die Leute bringen muß, hängt ihr dann bereits in der Luft. Aber so ist's nun mal abgemacht. Und jetzt druckt schön artig weiter.«

»Pünktlich um elf Uhr, Chef«, widerholte Sperling noch einmal.

»Übrigens wär's kein Fehler, wenn du dir auch für die Übergabe einen Bart anklebst«, meinte die tiefe Stimme noch. »Versteck dich hinter einer Sonnenbrille, und zieh dir einen Hut in die Stirn. Vorsicht ist immer noch die Mutter der Porzellankiste.«

Es knackte, und dann war nur noch ein ganz leiser, gleichmäßiger Summton zu hören.

»Falsche Pässe, Flugscheine, Piepen«, sagte Hugo Stielicke, »das hört sich gut an.«

»Ist wie Musik in meinen Lauschern«, ergänzte Otto Kroll.

Sie setzten sich sofort nacheinander vor der kalkweißen Bunkerwand auf einen Stuhl und fotografierten sich gegenseitig. Als der dicke Sperling an die Reihe kam und er sich tatsächlich einen falschen Bart angeklebt hatte, lächelte er endlich wieder einmal sein Dauerlächeln, das in den letzten Tagen regelrecht eingefroren war. Schon ein paar Minuten später ratterten bereits wieder die zwei neuen Druckmaschinen, von denen die eine so hoch war wie ein Geschirrspüler und die andere nicht größer als ein mittlerer Schreibtisch.

Während Ulli Buchholz also drei Tage lang gegrübelt hatte und in derselben Zeit im Bunker die falschen Hundertmarkscheine wie frische Brötchen von den Walzen fielen, hatten sich die Glorreichen Sieben die Bettdecke über ihre Köpfe gezogen. Sie ließen sich außerhalb der Schule kaum noch blicken und warteten ab. Irgendwie, irgendwann und mit irgend etwas würden die Maxen kommen, darauf konnte man Wetten abschließen.

Am dritten Tag platzte Sputnik der Kragen. »Wir hocken hier rum wie hypnotisierte Kaninchen, die auf eine Schlange glotzen«, nörgelte er in der großen Pause bei den Mülltonnen und den abgestellten Fahrrädern. »Es stinkt mir, und es ist unter unserer Würde – er sagte tatsächlich ›unter unserer Würde‹ –, daß wir vor diesen dämlichen Maxen auf Tauchstation gehen. Wer sind wir denn? He, habt ihr vergessen, wer wir sind?« Er hatte wieder einmal eine seiner Abmagerungsbananen verdrückt und feuerte jetzt die Schale wütend in die nächstbeste Mülltonne.

Dort polterte sie dumpf gegen die Wand, nachdem sie haarscharf am linken Ohr eines spindeldürren, rothaarigen Jungen vorbeigezischt war. Er hatte noch im letzten Augenblick den Kopf einziehen können. Der Honeyboy hockte nämlich zusammengekauert auf dem Boden der Blechkiste, und weil er die Glorreichen Sieben ja bespitzeln wollte, hatte er den Deckel über sich offengelassen. Das war ganz schön riskant, und ein paarmal, als der eine oder andere Junge näher herangekommen war, hatte er weiche Kniekehlen bekommen, und der Schweiß war ihm den Rücken hinabgelaufen.

»Du hast mir so richtig aus der Seele gesprochen«, antwortete Paul Nachtigall dem dicklichen Jungen mit der Astronautenmütze. »Was machen wir also?«

Emil Langhans lehnte an einer Eisenstange des Fahrradständers und hielt seinen Kopf mit geschlossenen Augen der Sonne entgegen. »Also, wenn es nach mir ginge, ich hätte Appetit auf Gespenster«, sagte er, ohne sich zu rühren. »Wir haben heute unser Training im Hallenbad erst am Abend, und ich schlage vor, daß wir anschließend losgondeln. Dann ist es gerade dunkel, bis wir da sind. Und dunkel muß es ja wohl sein.«

»Übrigens haben wir im Augenblick Vollmond«, mischte sich der Boß wieder ein. »Bei Vollmond sollen sich Geister besonders gern auf die Socken machen.«

Manuel Kohl bekam große Augen. »Zum unheimlichen Haus?«

»Wohin denn sonst?« fragte Sputnik. »Endlich passiert wieder was, ihr trüben Tassen.«

Karlchen Kubatz hüpfte von einem Bein aufs andere und trommelte sich mit den Fäusten auf seine schmale Brust. »Uuuuuuaaaaaah«, röhrte er dabei. Allerdings nicht ganz so laut, wie man es vom Kino-Tarzan in Erinnerung hat. Aber er schwebte ja auch nicht an einer Liane von einem Affenbrotbaum zum anderen.

Als es klingelte, ließ er seinen Freudenausbruch wirkungsvoll verkläckern.

Sie quatschten aufgeregt durcheinander, lachten, schlugen sich auf die Schultern und trabten zum Schulgebäude hinüber. In der 9b würde sich Studienrat Wagemann mit dem Äquator befassen, und Paul Nachtigall erwartete eine gemütliche Stunde zum Ausruhen im abgedunkelten Physiksaal.

Ihre Rücken hatten sich kaum fünf Schritte entfernt, da schob sich zuerst ein knallroter Haarschopf über den Rand einer Mülltonne und gleich darauf eine Brille, deren Gläser fast so dick waren wie das Glas einer Coca-Cola-Flasche. Zwei zusammengekniffene Augen spähten durch sie hindurch, und als jetzt der ganze Kopf des Honeyboys sichtbar wurde, grinste er rotzfrech hinter den Glorreichen her.

Falschgeld in Bad Rittershude

Heute sollten in Bad Rittershude noch die ersten falschen Hundertmarkscheine auftauchen. Aber soweit war es vorerst noch nicht.

In dem früheren Luftschutzkeller ratterten die zwei Druckmaschinen pausenlos weiter, und Hugo Stielicke fing zusammen mit dem schwarzgelockten Ekke bereits mit dem Schneiden der Druckbogen an.

Zur selben Zeit gondelte Sperling mutterseelenallein in dem himmelblau und weiß lackierten Wohnmobil nach Bad Rittershude. Aus dem Autoradio kam ein bekannter Schlager, und der Dicke pfiff ihn gutgelaunt mit.

Der Auftrag des »Mandarins« kam ihm ganz außerordentlich gelegen.

Er hatte nämlich in der Stadt noch eine private, sehr dringende Sache zu erledigen, bevor der Zauber morgen oder übermorgen richtig losging. Aber man würde ihn wohl für verrückt erklärt haben, wenn er versucht hätte, sich auch nur für fünf Minuten aus dem Bunker davonzustehlen.

Es ging um seine Freundin Isabelle in Travemünde. Sie war noch nicht ganz dreißig, hatte lange platinblonde Haare und eine Figur, die dem dicken Sperling schon beim ersten Kennenlernen die Sprache verschlagen hatte. Er verknallte sich Hals über Kopf.

Die Gefühle der jungen Dame waren ihm gegenüber nicht ganz so stürmisch, was der Koloß damit ausglich, daß er Isabelle nach Strich und Faden verwöhnte. Dazu gehörte beispielsweise auch die Bezahlung ihrer Wohnungsmiete, die bereits seit Monatsanfang fällig war. Wenn er Isabelle nicht in Schwierigkeiten bringen wollte, mußte er das Geld per Eilboten auf den Weg bringen. Daß ihn der »Mandarin« in die Stadt beordert hatte, war also ein enorm glücklicher Zufall, haargenau im richtigen Augenblick.

Dumm war nur, daß er momentan nicht flüssig war.

Aber Sperling war eigentlich nie flüssig. Dieser mißliche Zustand gehörte zu ihm wie sein honigsüßes Dauerlächeln.

Um dann doch immer wieder schnell zu Geld zu kommen, produzierte sein Gehirn oft die erstaunlichsten Einfälle. Jetzt lag die Lösung seines Problems ja geradezu vor seiner Nase.

Sperling pfiff immer noch die Melodie aus dem Autoradio mit, als er am Straßenbahndepot vorbeirollte. Tatsächlich trug er eine dunkle Sonnenbrille, und er hatte sich auch einen Hut tief in die Stirn gedrückt. Unter seiner Nase und auf dem Kinn klebte derselbe Bart, mit dem er sein Gesicht bereits beim Aufnehmen der Paßfotos verändert hatte.

Er parkte das Wohnmobil vorsichtshalber nicht direkt beim Zeitungskiosk, schaltete den Motor ab, blickte in den Rückspiegel und dann durch die Windschutzscheibe. Nichts Verdächtiges. Er drückte mit der flachen Hand seine falschen Bärte gegen das Gesicht, rückte die Sonnenbrille zurecht und tigerte los.

Auf die Minute pünktlich übergab er dem Kioskbesitzer den verschlossenen Umschlag für einen Dr. Proband. »Eigentlich wollte ich den Portier im *Hotel zum Kurfürsten* um diese Gefälligkeit bitten«, erklärte Sperling. »Aber Ihr Kiosk liegt direkt auf meinem Weg, und ich bin leider sehr in Eile.« So nebenbei und eigentlich nur auf gut Glück fügte er noch hinzu: »Sie werden Dr. Proband vermutlich kennen, nehme ich an, zumindest vom Sehen?«

»Schon möglich«, räumte Herr Wildenbusch ein. »Wenn Bad Rittershude auch nicht gerade New York ist, bei vielen Kunden hab' ich keine Ahnung, wie sie heißen. Na, was gibt's denn, Benno?« Sein hellbrauner Siamkater war gerade auf seine Schulter gesprungen und blickte aus tiefblauen Augen neugierig zu dem großen Mann mit der Sonnenbrille.

»Reizend«, bemerkte Sperling. »Was für ein wunderschönes

Tier.« Und fast im selben Atemzug meinte er noch: »Ach, geben Sie mir doch eine Packung ›Brasilianos‹.« Dabei holte er einen nagelneuen Hundertmarkschein aus der Innentasche seiner Jacke. Der Kioskbesitzer gab das Wechselgeld heraus, und während sich der Kater in den Schatten aufeinandergestapelter Getränkekisten zurückzog, bedankte sich Sperling noch einmal überschwenglich für die hilfreiche Briefübermittlung und spazierte sehr eilig davon.

Er durfte keine Zeit verlieren.

Beim »Mandarin« mußte man darauf gefaßt sein, daß er sich im Bunker erkundigte, wie lange der Dicke unterwegs gewesen sei, und er wußte ja, wieviel Zeit man für die Fahrt zum Zeitungskiosk und zurück etwa brauchen würde.

Im äußersten Falle durfte Sperling zur Erledigung seiner Privatgeschäfte eine knappe halbe Stunde riskieren.

Es war ihm durchaus klar, daß er sich ganz schön aufs Glatteis wagte, und er hatte seine kleine Extratour nicht ohne Umsicht geplant. Aber gleichzeitig war er im Begriff, eine Riesendummheit zu machen. Es ist nicht zu fassen, aber selbst für einen so ausgekochten Burschen wie den dicken Sperling gab es Momente, in denen er nicht viel weiter dachte als eine Ameise oder ein Kolibri.

Er hatte sich in einem günstigen Augenblick zehn falsche Hundertmarkscheine unter den Nagel gerissen. Einer davon war inzwischen bereits in die Kasse des Kioskbesitzers Wildenbusch gewandert.

Selbstverständlich hätte er es nicht wagen können, mit den Blüten direkt am Einzahlungsschalter der Post aufzukreuzen. Schließlich waren Kassierer aller Art im Erkennen von Falschgeld geschult, und wenn er seine nagelneuen Scheine nebeneinander hingeblättert hätte, würde man sie wohl besonders aufmerksam betrachtet haben.

Es blieb Sperling also nichts anderes übrig, als im kleinen dieselbe Methode anzuwenden, mit der auch die Großverteiler und ihre Organisation im großen Stil das gesamte Bunkerfalschgeld in allen Großstädten schlagartig unter die Leute bringen würden.

Die Sache war ganz einfach: Man kaufte eine Kleinigkeit und ließ sich das echte Wechselgeld herausgeben.

Dazu waren die Hauptgeschäftszeiten in Warenhäusern besonders geeignet, wenn die Kassen kaum Zeit hatten, sich das eingenommene Geld genauer anzusehen. Zudem konnte man notfalls in der Masse der Kunden untertauchen. Aber auch kleinere Geschäfte hatten ihre Vorzüge. Ihre Inhaber dachten überhaupt nicht an so was wie Blüten und hätten sie nur erkannt, wenn sie von irgendeinem verdammten Anfänger gefälscht worden wären. Schließlich konnte auch die Fahrt von einer Tankstelle zur anderen lohnend sein. Man bezahlte ein paar Liter mit Falschgeld und ließ das Benzin auf dem Weg zur nächsten Tankstelle wieder auslaufen.

Im übrigen hatten geübte Verteiler bei ihren Absatzversuchen immer nur ein einziges Exemplar der falschen Banknoten bei sich, damit sie behaupten konnten, selbst auf eine Blüte hereingefallen zu sein, falls sie geschnappt werden sollten.

Schon gegen diese Grundregel mußte der dicke Sperling verstoßen, denn er war ja ganz auf sich allein gestellt. Sollte es passieren, daß er aufflog, und man fand dann noch andere Scheine bei ihm, dann halfen ihm keine Ausreden, und er war geliefert.

Deshalb durfte er einfach nicht auffliegen.

Eine Fleischerei gleich um die Ecke bot sich an. Durch das Schaufenster waren Hausfrauen zu sehen, die sich unterhielten und darauf warteten, bis sie bei Meister Karfunkel an die Reihe kamen.

Sperling wandte sich der Wurstabteilung zu, die im Augenblick weniger begehrt war und von einer jüngeren Verkäuferin betreut wurde. Der Mann mit der Sonnenbrille ließ sich ein Stück Leberwurst abschneiden, bezahlte mit einem Hundertmarkschein und bekam anstandslos das Wechselgeld zurück.

Als der Dicke wieder auf der Straße war, ließ er die Leberwursttüte bei der nächstbesten Gelegenheit in einem Papierkorb verschwinden und warf einen Blick auf seine Uhr.

»Du liebe Zeit, ich muß mir Beine machen«, murmelte er und steuerte an ein paar Bäumen vorbei auf den Wochenmarkt und dort auf einen Obst- und Gemüsestand zu.

»Ein Pfund Orangen«, sagte er, knipste sein Nonstoplächeln an und angelte die dritte Blüte aus seiner Tasche.

Schein Nummer vier blieb in einer Drogerie, nachdem sich Sperling eine Rasiercreme geleistet hatte, und mit Nummer fünf bezahlte er in einer Papierwarenhandlung eine bunte Ansichtskarte von Bad Rittershude. »Eine bezaubernde Stadt«, versicherte er, während er das Wechselgeld einstrich. »Die Thermalquellen sind dabei, einen völlig neuen Menschen aus mir zu machen.«

Anschließend tigerte er wieder zu seinem Wohnwagen zurück und verlegte sein nächstes Betätigungsfeld bereits in die Nähe der Hauptpost. Die Zeit drängte. Er mußte noch fünf Scheine loswerden, und zwar dalli.

Der Dicke verteilte die Blüten rund um die Rabenstraße und hinter dem Karlsplatz.

Im Erdgeschoß des Kaufhofs erstand er im Sonderangebot eine Flasche Fleckenreinigungsmittel und in der zweiten Etage gleich neben dem Lift ein Paar billige Nylonsocken mit einem gräßlichen grün-roten Karomuster. Gleich gegenüber in einem Supermarkt entschied er sich für ein Joghurt mit Himbeergeschmack und in einem Eisenwarengeschäft für einen einfachen Dosenöffner.

Mit der letzten Blüte kaufte er noch einmal eine Schachtel Zigarillos, wie anfänglich am Zeitungskiosk, und auch wieder »Brasilianos«, seine Leibmarke.

»Sie sind mild, haben trotzdem Aroma und ziehen gut«, sagte er. Herr Bemmelmann stimmte ihm zu, zählte das Wechselgeld auf den Ladentisch und legte noch eine Schachtel Streichhölzer daneben. »Sehr freundlich«, meinte Sperling mit seinem Sperlinglächeln und ließ Zigarillos, Geld und Streichhölzer in seinen Taschen verschwinden. »Auch bei der Kur möchte ich auf eine gelegentliche Tabakwolke nicht verzichten.« Herr Bemmelmann war auch jetzt wieder seiner Meinung. »Wenn die Ärzte ihren Patienten das Rauchen verbieten«, bemerkte er, »vergessen sie ganz, daß der Genuß dem Wohlbefinden zuträglicher sein kann, als das bißchen Nikotin vielleicht schadet.«

»Ein weises Wort«, erwiderte Herr Sperling.

»Das Wort eines Tabakwarenhändlers«, meinte Herr Bemmelmann und lächelte.

Im Hauptpostamt war Sperling um diese Zeit der einzige Kunde. Der Beamte hinter dem Einzahlungsschalter brütete über einem Kreuzworträtsel. Er blickte kaum auf, als er dem korpulenten Mann mit der Sonnenbrille das gewünschte Überweisungsformular zuschob.

»Bitte, per Eilboten«, sagte Sperling, nachdem er es ausgefüllt hatte und dann neunhundert Mark aus der Tasche holte. »Wann wird das Geld in Travemünde ankommen?«

»Falls Sie Glück haben, noch heute«, meinte der Mann hinter dem Schalter. »Bei weniger Glück, morgen vormittag.«

»Na also«, sagte der dicke Sperling und stellte sich vor, wie die platinblonde Isabelle aufatmen würde, wenn heute oder morgen plötzlich der Geldbriefträger vor ihrer Tür stand. Genugtuung breitete sich in ihm aus und das Gefühl, daß er doch ein ganz famoser Bursche sei.

Um wieder aus der Stadt herauszukommen, mußte er mit seinem Wohnmobil auch am Prinz-Ludwig-Gymnasium vorbei.

Dort lag der Schulhof total leer in der prallen Sonne. Aber das sollte sich bald ändern.

Während Studienrat Wagemann in der 9b beim Äquatorerklären bereits vom Viktoria-See bis zum Amazonas hinübergehüpft war, wanderte er selbst gemütlich zur Fensterseite des Klassenzimmers und blickte an der Kastanienbaumspitze vorbei zum Himmel. Wolken kamen vom Gaskessel herüber und schoben sich auf die Sonne zu. »Mit Hitzefrei wird's heute wohl nichts«, meinte er.

»Dann fällt auch das Angeln ins Wasser«, bemerkte Emil Langhans, und die ganze Klasse grinste. »Ein paar Fische werden sich darüber freuen.«

»Ach, weißt du, die Beute ist beim Angeln gar nicht so wichtig«, erwiderte der Studienrat. »Aber am Ufer sitzen und in aller Seelenruhe ins Wasser gucken, seinen Gedanken nachhängen, ganz und gar die Schule vergessen . . .« Er blickte noch eine Weile stumm in den Himmel. Dann zuckte er mit den Schultern und wandte sich wieder der Klasse zu. »Also, zurück zum Äquator . . .«

Der dicke Sperling rollte inzwischen längst über die Landstraße. Er hatte sich die falschen Bärte aus dem Gesicht genommen und den lästigen Hut auf den Beifahrersitz gefeuert. Er hatte sein Autoradio eingeschaltet, pfiff wieder vor sich hin und schwebte auf einer Wolke von Zufriedenheit.

Dabei hätte er allen Grund gehabt, besorgt zu sein.

Etwa im selben Augenblick platzte der Tabakwarenhändler Bemmelmann im Salon von Herrn Treutlein zur Tür herein.

Chefredakteur Kubatz war von Fritz gerade eingeseift worden, sein Vater wusch dem Zeitungskioskbesitzer Wildenbusch den Kopf, und Polizeimeister Kalender hatte soeben seine Uniformmütze vom Garderobenhaken genommen. Er war frisch rasiert und duftete ein wenig nach Lavendel.

»Bleiben Sie«, hechelte der Tabakwarenhändler ganz außer Atem, als er die Tür mit der dreitönigen Ladenglocke hinter sich zugemacht hatte. »Sie werden es nicht für möglich halten, meine Herren, aber unsere Stadt schwimmt in falschen Hundertmarkscheinen.« Er war dafür bekannt, daß er zuweilen übertrieb. »Jedenfalls ist mir einer angedreht worden, und zwar kurz nach elf Uhr.«

»Falschgeld?« fragte Polizeimeister Kalender, während er im Spiegel prüfte, ob seine Mütze so gerade in der Stirn saß, wie es die Vorschrift verlangte. Er drehte sich mit einem Ruck herum. »Genaue Einzelheiten, wenn ich bitten darf.«

Herr Bemmelmann berichtete von dem korpulenten Kunden mit Bart und Sonnenbrille. Als er die Schachtel Zigarillos der Marke »Brasilianos« erwähnte, richtete sich Wildenbusch auf. Er hatte bisher beim Waschen seinen Kopf über das Waschbecken gebeugt, und sein Haar war ganz und gar voller Shampooschaum, als wäre er durch Schlagsahne geschwommen. »Diese Marke hat heute ein Mann bei mir gekauft, der genauso aussah, wie Sie ihren Kunden beschrieben haben, Herr Bemmelmann, und er hat auch mit einem Hundertmarkschein berappt.«

»Vermutlich hätte ich das Falsifikat nie erkannt«, erzählte der Tabakwarenhändler weiter. »Wenn ich nicht . . .«

»Was ist ein Falsifikat, bitte schön?« fragte Fritz Treutlein, ohne aufzublicken. Er rasierte dem Chefredakteur der *Bad Rittershuder Nachrichten* gerade die schwierige Stelle zwischen Oberlippe und Nase.

»Falsifikate sind Fälschungen, also beispielsweise auch gefälschte Hundertmarkscheine«, erklärte Polizeimeister Kalender. »Aber fahren Sie fort, Herr Bemmelmann.«

»Also, ich hätte die Blüte für echt gehalten«, fuhr der Tabakwarenhändler fort. »Aber der Bankkassierer hat die Augen schräg gestellt und den Kopf geschüttelt, als ich vorhin die Einnahmen der letzten Tage auf mein Konto einzahlen wollte. Er hat eine ganze Weile an dem neuen Hundertmarkschein herumgefingert. ›Irgendwas stimmt da nicht‹, murmelte er. ›Die Verdickung am Sicherheitsstreifen ist verdächtig, und der metallische Klang fehlt.‹ Er blickte mich fast verträumt an. ›Wissen Sie, Herr Bemmelmann, daß man echtes Geld am metallischen Klang erkennt, wenn man Fingerspitzen dafür hat?‹ Er machte seinen Schalter dicht, verschwand mit der Blüte fast zehn Minuten lang hinter einer Tür mit Milchglasscheiben, und als er dann wieder zurückkam, sagte er nur: ›Der Schein ist gefälscht, da gibt es keinen Zweifel.‹ Es würde ihm leid tun, daß ich einem Betrüger aufgesessen sei, aber die Banknote müsse er aus dem Verkehr ziehen, das sei Vorschrift. Ich würde natürlich eine Quittung bekommen, aber die sei nichts wert, und die hundert Mark könne ich in den Wind schreiben.«

»Ach, du dicker Vater«, meinte Wildenbusch, »dann bin ich vermutlich von demselben Typen genauso geleimt worden.« Vater Treutlein hatte ihm inzwischen den weißen Seifenschaum aus dem Haar gespült und frottierte jetzt seinen Kopf. »Es war ein fast nagelneuer Schein, wenn ich mich richtig erinnere.«

»Was mich betrifft«, stellte Vater Treutlein befriedigt fest, »ich hab' heute noch keinen Hunderter kassiert.«

Polizeimeister Kalender zeigte sein Dienstgesicht. »Wo befindet sich das fragliche Objekt im Augenblick, Herr Wildenbusch?«

»In meiner Brieftasche«, erwiderte der Zeitungskioskbesitzer. Sein hellbrauner Siamkater lag zusammengerollt wie ein Fußwärmer über seinen Schuhen und rührte sich nicht. »Wenn ich Mittagspause mache, lasse ich vorsichtshalber nie Papiergeld in der Kasse.«

»Dann muß ich um die Herausgabe ersuchen«, meinte Polizeimeister Kalender mit einem völlig humorlosen Lächeln. »Es könnte sich um ein wichtiges Beweisstück handeln.«

»Bitte bedienen Sie sich«, entgegnete Herr Wildenbusch. Er griff unter das Handtuch, das ihm Vater Treutlein um den Hals gebunden hatte, und angelte aus seiner Jacke eine Brieftasche.

»Ich kann nur einen einzigen Hundertmarkschein entdecken«, meinte der Polizeimeister, der die Brieftasche neben der Kasse auf dem kleinen Ladentisch ausgebreitet hatte. »Sie gestatten, Herr Wildenbusch?« Ohne eine Antwort abzuwarten, faßte er die Banknote an einer Ecke mit den Fingerspitzen und ließ sie in einer Plastikhülle verschwinden, die er sich von Friseurmeister Treutlein geben ließ. »Vielleicht sind noch Fingerabdrücke auszumachen, die uns weiterhelfen«, meinte er. Dabei gab er dem verdutzten Zeitungskioskbesitzer seine geplünderte Brieftasche zurück.

»Moment mal, soll das heißen, daß ich auch um hundert Mark betrogen bin, genau wie Herr Bemmelmann?« fragte Wildenbusch.

»Wenn es sich herausstellt, daß der Schein gefälscht ist«, erwiderte der Polizeimeister, »werden Sie sich mit diesem Gedanken vertraut machen müssen, fürchte ich.«

»Prost Mahlzeit«, brummte Wildenbusch, und der Kater auf seinen Schuhen gab ein leises Fauchen von sich.

Für Chefredakteur Kubatz war es bisher ratsam gewesen, sich unter dem Rasiermesser von Fritz Treutlein nicht zu rühren. Aber als der Friseurlehrling jetzt die Klinge aus seinem Gesicht nahm, um ihn zum zweitenmal einzuseifen, richtete er sich auf und drehte sich um. »Ich bedaure natürlich Ihre finanziellen Verluste«, sagte er in die Richtung der Herren Bemmelmann und Wildenbusch, »aber was im Augenblick Ihr Pech ist, wird morgen der Aufmacher für meine Zeitung. ›Falschgeld in Bad Rittershude‹, ich sehe die Schlagzeile auf der ersten Seite schon vor mir.« Er wandte sich an den Friseurlehrling, der bereits den Rasierpinsel aus der Seifenschale nahm. »Tut mir leid, aber wir müssen für heute Schluß machen.« Er riß sich die Serviette aus dem Hemdkragen und hüpfte aus dem schweren Ledersessel.

»Sind Sie da nicht ein wenig voreilig?« fragte Herr Wildenbusch. »Mein Schein kann ja auch echt sein. Sie sollten noch warten, bevor Sie die ganze Stadt in Panik stürzen, was wir Geschäftsleute vielleicht zu spüren bekämen.«

»Ich muß meine Leser warnen«, erwiderte der Chefredakteur. »*Ein* falscher Hunderter genügt mir.« Er zündete sich noch rasch eine Pfeife an. »Und wenn unsere Geschäfte mit Blüten eingedeckt werden, sind Sie schließlich auch die Gelackmeierten.« Er hechtete durch die Tür, und gleich darauf hörte man ihn mit röhrendem Auspuff abdonnern.

Im Salon hatte es Polizeimeister Kalender plötzlich auch sehr eilig. Er ließ die Tüte mit dem Falsifikat in seiner Uniformjacke verschwinden und machte sich auf die Socken. Sein Funkstreifenwagen parkte um die Ecke.

»Hundert Mark im Eimer«, bemerkte Wildenbusch, »das hat man davon, wenn man ehrlich ist.«

»Verdammter Mist«, knurrte der Tabakwarenhändler. »Zustände sind das wie im finstersten Chicago.«

»Rasieren, wenn Sie schon da sind?« fragte Fritz Treutlein den Herrn Bemmelmann geschäftstüchtig.

Der Junge ist goldrichtig, schmunzelte Vater Treutlein in sich hinein, während er die Haare des Zeitungskioskbesitzers durch den Kamm zog und mit klappernder Schere stutzte.

Die Bad Rittershuder Nachrichten verzichten auf eine Schlagzeile

Und jetzt geschahen ein paar Dinge fast gleichzeitig oder doch ziemlich schnell nacheinander, wie das eben oft so ist.

Es fing damit an, daß sich Polizeimeister Kalender vor der Kreuzung an der Karlstraße auf einmal an ein Fernschreiben erinnerte, das bereits seit ein paar Tagen auf seinem Schreibtisch vor sich hin döste.

Er wäre beinahe bei Rot an der Ampel vorbeigerauscht.

Du liebe Zeit, dachte er, das ist ja nicht zu fassen. Er schaltete sein Martinshorn ein, als die Ampel auf Grün sprang, und zischte los wie kurz zuvor der Chefredakteur der *Bad Rittershuder Nachrichten* losgezischt war. »Das ist vielleicht ein Ding«, murmelte er, kurvte kurz darauf am *Hotel zum Kurfürsten* vorbei, bremste auf dem Parkplatz für Dienstfahrzeuge vor dem Rathaus, daß es nur so quietschte, und stürmte über die breite Steintreppe in sein Revier im Erdgeschoß.

Das Fernschreiben lag zusammen mit der Meldung von einem Diebstahl in der Garderobe des Thermalbades unter dem Ventilator als Briefbeschwerer. Es warnte in dürren Worten vor Falschgeld, das in den nächsten Tagen vermutlich irgendwo in der Bundesrepublik auftauchen würde. Die Fahndung nach einem gewissen Hugo Stielicke und einem Ottokar Sperling war zusammen mit Funkfotos der beiden Gesuchten beigefügt. Sachdienliche Mitteilungen seien umgehend Hauptkommissar Havelstein vom Sonderdezernat K 1 zuzuleiten, Telefonsammelnummer unter Kripo in Frankfurt ...

Polizeimeister Kalender ließ sich nicht einmal die Zeit zum

Mützeabnehmen. Er riß den Hörer vom Telefon und drückte hintereinander die Wählertasten. Er mußte sich dreimal verbinden lassen, und dann endlich hatte er ihn.

»Sonderdezernat Havelstein«, meldete sich eine ruhige Stimme.

»Polizeimeister Kalender, ich spreche aus Bad Rittershude.«

»Tag, Kollege, was kann ich für Sie tun?«

»Es geht um Ihr Fernschreiben, Herr Hauptkommissar«, sagte Kalender. Er war in dienstlicher Haltung aufrecht stehengeblieben und noch etwas außer Atem. »Ich meine das FS mit der Nummer B 24 Strich 212 . . .«

»Ja, ich weiß«, unterbrach ihn Havelstein. »Haben Sie eine Meldung zu machen?«

Polizeimeister Kalender berichtete, was in Bad Rittershude passiert war. »Der Hundertmarkschein aus dem Tabakwarengeschäft ist von der Bank eindeutig als Fälschung erkannt worden«, sagte er abschließend. »Den anderen habe ich sichergestellt. Er liegt hier in einer Plastiktüte vor mir auf dem Schreibtisch, und er könnte auf Fingerabdrücke untersucht werden.«

»Sehr umsichtig, Herr Kollege«, lobte der Hauptkommissar. Er ließ sich noch einmal den korpulenten Kunden mit dem Bart, der Sonnenbrille und dem in die Stirn gedrückten Hut beschreiben, der in beiden Fällen Zigarillos der Marke »Brasilianos« gekauft hatte. Anschließend kündigte Havelstein an, daß er zusammen mit einem Kollegen vom Falschgelddezernat und einem Spezialisten der Spurensicherung so schnell wie möglich in Bad Rittershude aufkreuzen werde.

»Kann ich inzwischen irgend etwas erledigen?« fragte Kalender dienstbeflissen.

»Sie könnten umgehend bei der Bank die Blüte aus dem Tabakladen konfiszieren«, erwiderte der Hauptkommissar. »Aber vor allem, sorgen Sie für totale Verschwiegenheit. Auch die Betroffenen müssen vorerst den Mund halten. Und selbstverständlich keinen Piepser an die Presse. Hallo, was ist los? Ich seh' durch die Strippe förmlich, wie Sie Ihre Stirn runzeln.«

»Die Sicherstellung des Falsifikats bei der Bank ist kein Problem«, sagte der Polizeimeister kleinlaut. Er hatte weiche Knie bekommen und ließ sich jetzt doch in den Stuhl hinter seinem Schreibtisch fallen. »Aber leider hat der Chefredakteur der *Bad Rittershuder Nachrichten* die ganze Chose mitgekriegt und will mit dem Auftauchen von Falschgeld in unserer Stadt morgen seine erste Seite aufmöbeln.«

»Das fehlt uns noch«, knurrte der Hauptkommissar. Er ließ sich den Namen des Chefredakteurs buchstabieren und bat um seine Telefonnummer. »Also, bis bald, Herr Kollege«, meinte Havelstein. »Entschuldigung, wenn ich jetzt auflege, aber ich muß unbedingt diesen Zeitungsfritzen zurückpfeifen.«

»Das wird gar nicht so leicht sein«, meinte der Polizeimeister. Aber da knackte es schon in der Leitung.

Fräulein Finkbeiner erwischte ihren Chef gerade noch, als er durchs Vorzimmer kam und an ihr vorbei in die Redaktionskonferenz traben wollte. »Hallo Chef!« Sie nahm den Telefonhörer vom Ohr und deckte mit der einen Hand die Sprechmuschel zu. »Irgendein Tier von der Kriminalpolizei ist scharf auf Sie«, flüsterte sie. »Ruft aus Frankfurt an, wenn ich richtig verstanden habe.«

»Paßt mir jetzt überhaupt nicht, aber stellen Sie durch«, sagte der Chefredakteur. Er machte auf dem Absatz kehrt, flitzte in sein Büro zurück und griff über den Schreibtisch hinweg zum Telefon.

Hauptkommissar Havelstein stellte sich vor, erklärte die Aufgabe seines Sonderdezernats und erzählte auch von dem ausführlichen Bericht, den ihm Polizeimeister Kalender gerade durchgegeben hatte.

»Ich muß Sie bitten, auf eine Veröffentlichung zu verzichten«, ließ Havelstein schließlich die Katze aus dem Sack. »Vorerst jedenfalls . . .«

»Das kann doch wohl nicht Ihr Ernst sein, Herr Hauptkommissar«, unterbrach ihn der Chefredakteur. »Da pendelt eine saftige Wurst vor meiner Nase, und ich soll nicht zuschnappen dürfen?«

»Als Zeitungsmann kribbelt es Sie natürlich in allen Fingern«, meinte Havelstein verständnisvoll. »Und ich kann es Ihnen auch nicht verbieten . . .«

Herr Kubatz unterbrach erneut den Hauptkommissar. »Nein, das können Sie nicht. Gott sei Dank. Wir leben schließlich in einem freien Land.«

»Eben«, sagte Havelstein. »Und das will gelegentlich verdient sein. Wenn Sie die Meldung bringen, verkaufen Sie morgen vielleicht ein paar hundert mehr von Ihren Zeitungen, aber uns geht dann mit ziemlicher Sicherheit eine Falschgeldbande durch die Lappen, und ein Millionenschaden kommt auf die Steuerzahler zu.«

»Das müssen Sie mir genauer erklären«, meinte der Chefredakteur. Er setzte sich auf seinen Schreibtisch und ließ die Beine baumeln. Dabei rief er zu Fräulein Finkbeiner durch die offene Tür, daß die Redakteure mit der Konferenz schon anfangen sollten, er käme gleich nach. »Also, ich höre, Herr Hauptkommissar.«

»Das ist ganz einfach, Herr Kubatz«, ließ sich Havelstein vernehmen. »Sobald diese Gangster erfahren, daß auch nur einer ihrer Hundertmarkscheine als Fälschung erkannt ist, wissen sie, daß bei uns sofort das Signal auf Rot springt und wir uns überall auf die Lauer legen. Sie ändern ihren Plan und verschieben den Termin für die Geldverteilung so lange, bis wir unseren Alarm wieder abblasen müssen. Denn wir können unsere Sonderkommandos ja nicht unbeschränkt auf den Beinen halten, und das wissen die selbstverständlich.«

»Aber ›Falschgeld in Bad Rittershude‹ wäre für uns morgen eine ganz tolle Schlagzeile.«

»Das ist sie übermorgen auch noch«, meinte der Hauptkommissar. »Und ich verspreche Ihnen, daß Sie als erste und einzige Zeitung von mir erfahren, wie es weitergeht und was passiert. Abgemacht?«

»Abgemacht«, versicherte der Chefredakteur nach kurzem Zögern. »Unser Name ist Hase, wir wissen von nichts und bringen morgen kein Wort von der Geschichte.«

»Sie werden es nicht bereuen«, bemerkte Havelstein.

»Vermutlich darf ich Sie bald persönlich kennenlernen?« fragte Kubatz. »Soll ich ein Zimmer für Sie reservieren?«

»Wo wohnt man denn in Bad Rittershude?«

»Im *Hotel zum Kurfürsten,* würde ich sagen«, erwiderte der Chefredakteur. »Wann kommen Sie?«

»Vielleicht noch heute nacht, aber bestimmt morgen, wir würden dann drei Zimmer brauchen.«

»Wird gemacht, dann also bis morgen.«

»Bis morgen, Herr Kubatz, und besten Dank.«

»Nichts zu danken, Herr Havelstein.«

Kaum hatte der Hauptkommissar den Hörer aufgelegt, nahm er ihn auch schon wieder ab.

Kommissar Jascheck war in seinem Berliner Büro gerade beim Rasieren, als das Telefon klingelte. Er hatte sich die vergangene Nacht wieder einmal in einem Streifenwagen um die Ohren schlagen müssen und seine Wohnung seit zwei Tagen nicht mehr gesehen.

»Sieht aus, als ginge die Vorstellung bald los«, sagte Hauptkommissar Havelstein und erzählte vom Auftauchen der zwei falschen Hundertmarkscheine. »Das bedeutet natürlich nicht, daß die Bande ihr Falschgeld in Bad Rittershude oder dort in der Nähe fabriziert, denn es wäre ja mehr als hirnrissig, wenn sie ihre Blüten direkt vor der eigenen Haustür ausprobierten. Andererseits, eine Spur ist es schon und bisher die einzige, die wir haben.«

»Es gibt auch bei Ganoven so was wie Betriebsunfälle«, meinte der Berliner Kommissar. »Oder die Burschen rechnen überhaupt nicht damit, daß sie auffliegen können, weil sie von der Qualität ihrer Scheine total überzeugt sind.«

»Dann allerdings hätten wir eine Chance«, sagte Havelstein, »denn bis zu diesem Augenblick können sie noch nicht ahnen, daß eine ihrer Blüten geplatzt ist. Kommen Sie jedenfalls mit dem nächsten Flugzeug nach Frankfurt. Wir nehmen dann noch einen Spezialisten der Spurensicherung mit und gondeln gemeinsam nach Bad Rittershude. Sie kennen Hugo Stielicke, und vielleicht läuft er uns über den Weg. Es gibt manchmal Zufälle, die so idiotisch sind wie Seehunde in der Wüste.«

»Irgendwelche Tarnung?«

»Packen Sie eine Badehose ein, damit hat sich's«, meinte der Hauptkommissar. »Schließlich ist Bad Rittershude für seine Thermalquellen bekannt, und wir sind nichts als ganz harmlose Kurgäste.«

Schon um die Mittagszeit donnerte der Klipper mit Jascheck an Bord über die Startbahn in Tegel.

Als er die vorgeschriebene Flughöhe erreicht hatte, lockerte der Kommissar den Sicherheitsgurt, stellte seinen Sessel bequem ein, streckte die Beine aus und lehnte sich zurück. Er hatte sich fest vorgenommen, jetzt eine gute Flugstunde lang den Dienst zu schwänzen und Schlaf nachzuholen.

Das Flugzeug tauchte seine Nase in eine blendend weiße Wolke. Unter ihm kreuzten auf der Havel eine Unmenge Segelboote, und im Strandbad Wannsee lagen die Berliner am Ufer in der Sonne wie Sardinen in einer Büchse: dicht nebeneinander und ölig.

Gleich am Wasser döste auch die Kriminalassistentin Schärer vor sich hin. Sie hatte einen freien Tag. Neben ihr aalte sich Ingo Papritz auf dem Badetuch. Die beiden hatten ihre Köpfe aneinandergelehnt und träumten mit geschlossenen Augen. Der junge Mann war hellblond und der Verlobte von Fräulein Schärer. Er studierte Medizin und stand kurz vor seinem Examen. Bald würde er hinter den Krankheiten seiner Patienten her sein, so wie sie bei der Kripo hinter größeren oder kleineren Verbrechern her war. Aber sie hatten noch mehr gemeinsam. Unter anderem, daß er für sie und sie für ihn so ziemlich der wichtigste Mensch auf der Welt war. Und weil sie sich deshalb auch ohne viele Worte immer gleich verstanden, war der angehende Arzt auch gar nicht sauer, als sich Ursula Schärer plötzlich mit einem Ruck aufrichtete, ihn aus ihren lavendelblauen Augen anblickte und sagte: »Ich muß auf der Stelle in die *Pension Flora.*«

»Wenn du meinst«, erwiderte er lediglich und fragte nicht weiter, obgleich er sich auf diesen Tag, an dem sie miteinander nur faulenzen und im Wasser herumschwimmen wollten, sehr gefreut hatte.

Schon eine Viertelstunde später chauffierte er die Kriminalassistentin in seinem klapprigen VW über die Avus der Stadt zu.

»Wie habe ich das nur vergessen können«, murmelte Fräulein Schärer ärgerlich.

Als sie in der Sonne lag, hatte sie ganz plötzlich wie im Nebel den schmalen Flur der Pension vor sich gesehen, und zwar genau wie an jenem Abend, als Kommissar Jascheck seine Fahndungsbilder gezeigt hatte und dann mit seinem Lederkoffer im Treppenhaus verschwunden war. Frau Schiemann flitzte vom Telefon im Korridor in die Küche, und dort waren durch die geriffelte Glasscheibe hindurch nur noch schattenhafte Bewegungen zu erkennen. Aber gleich darauf huschte die Pensionsinhaberin wieder mit irgendwas in den Händen zum Telefon zurück. Auf diesem Irgendwas hatte sie sich ganz bestimmt die Telefonnummer aufgeschrieben, die sie dann gleich wählte, war es Ursula Schärer durch den Kopf geblitzt.

Als der VW von Halensee zum Kurfürstendamm einbog, lehnte sich die Kriminalassistentin in ihren Sitz zurück und verschränkte die Arme. »Diesmal kriegen wir sie, oder ich freß einen Besen.«

»Was heißt *wir*?« fragte der blonde Medizinstudent verwundert. Er hatte von allem noch kein einziges Wort begriffen.

»Weil du mir Amtshilfe leisten wirst«, sagte seine Verlobte trocken. »So heißt das bei uns, und ich erklär' dir auch gern, was es bedeutet.«

»Ich kann's mir vorstellen«, erwiderte der junge Mann. »Darf ich fragen, was du von mir erwartest?«

Zwei Minuten später wußte er es, und bereits drei Minuten später klingelte Ursula Schärer an der Tür der Pension.

Die Gäste waren um diese Zeit ausgeflogen, und Frau Schiemann wollte sich gerade eine Tasse Kaffee aufbrühen.

Die Kriminalassistentin war auf die mürrische, geifernde Frau gefaßt, die sie ja kannte. Aber Frau Schiemann zeigte nicht die geringste Überraschung und sagte übertrieben freundlich: »Ach, *Sie* sind es, kommen Sie doch herein.«

Die Alte war wie ausgewechselt, und Fräulein Schärer glaubte, falsch gehört zu haben. Sie konnte ja nicht ahnen, daß der »Mandarin« Frau Schiemann inzwischen eingetrichtert hatte, der Polizei gegenüber künftig besonders höflich zu sein.

»Ich bin gerade beim Kaffeemachen«, meinte die Pensionsbesitzerin. »Darf ich Ihnen eine Tasse anbieten?«

»Sehr freundlich«, sagte Fräulein Schärer, die ihre Verwunderung noch nicht ganz hinuntergeschluckt hatte.

»Dann nehmen Sie doch schon mal drüben im Speiseraum Platz«, bemerkte die Schiemann.

Mittlerweile hatte sich die Kriminalassistentin wieder gefangen und steuerte direkt auf ihr Ziel los. »Machen Sie sich doch keine Umstände«, sagte sie und ging auf den veränderten Ton ein. »In Ihrer Küche kann es ja auch gemütlich sein.« Dabei überlegte sie bereits, was sie wohl sagen sollte, wenn die Alte ablehnen würde.

Aber Frau Schiemann schlitterte ahnungslos in die Falle hinein. »Wenn es Ihnen nichts ausmacht«, meinte sie. »Das Wasser kocht schon.«

Gerade fing der Kaffeekessel zu pfeifen an. Die Pensionsbesitzerin nahm ihn vom Herd und stellte zwei Tassen bereit. »Haben Sie noch Fragen, oder was wollen Sie?«

»Eigentlich nur ein Routinebesuch«, erwiderte Fräulein Schärer und lächelte unverbindlich. »Es könnte ja sein, daß Sie doch noch etwas von Herrn Stielicke gehört haben ...«

In diesem Augenblick läutete das Telefon.

»Ich würde Ihnen ja liebend gern behilflich sein«, meinte die Pensionsbesitzerin, während sie sich zum Korridor bewegte. »Entschuldigen Sie, ich bin gleich wieder da.« Darauf war zu hören, wie sie draußen den Telefonhörer abnahm. »Hier *Pension Flora*«, meldete sie sich.

Ursula Schärer hatte sich, schon vom ersten Moment an, als sie hereingekommen war, möglichst unauffällig in der Küche umgesehen und immer wieder zu der Ecke hinter der Tür mit der geriffelten Glasscheibe hinübergelinst. Dort hingen an einem Schlüsselbrett ein paar Handtücher und eine gebrauchte Schürze. Die Tischplatte des Geschirrschranks war aufgeräumt und blank. Kein Heft, kein Papierblock oder dergleichen.

Aber da hing ein Wandkalender gleich neben dem Türrahmen.

Sie ging behutsam die paar Schritte hinter die Tür und stellte sich genau dorthin, wo Frau Schiemann an dem betreffenden Abend gestanden war, als sie deren Schatten beobachtet hatte. Jetzt hing der Kalender fast vor ihrer Nase, und sie konnte ihn mit einer Handbewegung von der Wand nehmen. Sie hielt sich gar nicht damit auf, Blatt für Blatt zu untersuchen, sondern drehte den Kalender einfach um.

Die Zahlen waren mit Bleistift geschrieben und standen ganz unten in der linken Ecke auf der Rückseite.

Von draußen war immer noch Frau Schiemanns Stimme zu hören. Anscheinend wollte sich eine Reisegruppe von acht Personen anmelden. »Würden Sie Vollpension wünschen oder nur Übernachtung mit Frühstück?«

Der Kriminalassistentin blieb genügend Zeit zum Abschreiben der Zahlen. Schon hing der Kalender wieder an der Wand.

Der hellblonde Medizinstudent Ingo Papritz zog sein Telefongespräch mit der Pensionsbesitzerin hartnäckig in die Länge.

Seine künftige Frau schlenderte währenddessen wieder an ihren alten Platz zurück. Selbstverständlich hätte sie die Küche mit einem Durchsuchungsbefehl auch ganz offen auf den Kopf stellen können. Aber dann hätte Frau Schiemann mitbekommen, daß es ihr gelungen war, die Telefonnummer zu finden, und dann wäre der geheimnisvolle Teilnehmer sicherlich schon fünf Minuten später gewarnt gewesen.

Im Korridor schien das Telefongespräch nun doch seinem Ende zuzugehen. Jedenfalls sagte die Pensionsbesitzerin schon zum drittenmal: »Besten Dank und auf Wiedersehen.«

»Eine Reisegesellschaft«, erklärte Frau Schiemann, als sie vom Flur zurückkam. »Acht Personen und tausend Fragen.«

»Leider ist es für mich nun doch ein wenig spät geworden«, sagte Fräulein Schärer unvermittelt und blickte auf ihre Armbanduhr. »Aber vielleicht darf ich mich ein andermal zu einem Kaffee einladen?«

»Jederzeit«, erwiderte die Pensionsbesitzerin lächelnd und versicherte, daß sie sich sofort melden würde, falls Hugo Stielicke doch noch etwas von sich hören lassen sollte.

»Warum hast du gleich eine ganze Reisegesellschaft erfunden?« fragte Ursula Schärer, als sie kurz danach wieder neben ihrem Verlobten in dem klapprigen VW saß und sich jetzt zur Kriminalpolizei kutschieren ließ.

»Bei Einzelreisenden wäre sie vielleicht kürzer angebunden gewesen«, meinte der hellblonde Ingo. »Aber eine Gruppe mit acht Personen für eine ganze Woche, das ist ein Fisch, den man nicht so schnell abwimmelt.«

»Kluges Kind«, meinte die Schärer und fuhr ihm mit der Hand durchs Haar.

Leider war das Büro von Kommissar Jascheck leer wie ein weggeworfener Schuhkarton, und niemand ahnte, wo er sich im Augenblick herumtrieb. Er hatte sich für ein paar Tage abgemeldet. Selbst sein Vorgesetzter wußte nicht Bescheid, weil das Frankfurter Sonderkommando Herrn Jascheck ohne Angabe von Gründen vorübergehend vereinnahmt hatte.

Die Sache war geheimnisvoll, und man tat auch so.

Jedenfalls konnte sich die Kriminalassistentin Ursula Schärer ihre Telefonnummer vorerst an den Hut stecken. Sie fragte aber doch bei der Auskunft, welcher Ort über die vierstellige Vorwahl zu erreichen sei. Es stellte sich heraus, daß es ein gewisses Bad Rittershude war.

Von einem Bad Rittershude hatte die Kriminalassistentin noch nie etwas gehört.

Ein Mann bringt seinen Rücken im Thermalbad vorbei

In Bad Rittershude rührte sich noch immer kein Lüftchen, und die Sonne schien so blendend hell wie schon in den vorangegangenen Tagen.

Der Mann hatte eine Stinkwut im Bauch und brodelte innerlich wie ein Vulkan kurz vorm Feuerspucken. Wenn er jetzt nicht aufpaßte, würde er unweigerlich explodieren.

»Ich muß mich unbedingt beruhigen«, sagte der »Mandarin« zu sich selbst. »Kein Mensch kann vernünftige Entscheidungen treffen, wenn ihm der Puls in den Ohren hämmert. Und auf vernünftige Entscheidungen kommt es jetzt an. Ich muß einen klaren Kopf behalten, oder alles ist im Eimer. Heiliger Strohsack, ich hab' doch nicht ahnen können, daß dieser Fettwanst Sperling ein solcher Trottel ist!«

Er warf sich in seinen Wagen und gondelte zum Städtischen Thermalbad. Dort kannte man ihn. Die Frau an der Kasse begrüßte ihn freundlich, ebenso der junge Bursche an den Garderobenkästen, und auch der Bademeister tat es.

Unser Mann antwortete jedesmal mit einem stummen Kopfnicken, ohne die Miene zu verziehen.

»Nicht die beste Laune heute, was?« bemerkte ein breitschultriger Masseur in einem weißen Oberhemd und mit einer genauso weißen Hose. Wenn er gerade kein Opfer zum Durchkneten auf einer Bank hatte, verteilte er an die Badegäste Handtücher.

»Durchwachsen«, brummte der »Mandarin«, stellte sich unter eine der vielen Duschen und drehte sie auf eiskalt. Eine ganze Weile stand er breitbeinig da, den Kopf ein wenig gesenkt, die Augen geschlossen und rührte sich nicht. Das ist genau das, was ich jetzt brauche, dachte er, als das Wasser auf seiner Haut herumtrommelte. Anschließend kletterte er in das warme Thermalbecken. Zum Glück war die Halle um diese Zeit fast leer. Die Kurgäste saßen jetzt fast alle beim Mittagessen.

Er paddelte zur Quelle hinüber. Dort schoß das Mineralwasser aus rund zweihundert Meter Tiefe direkt aus der Erde. Er legte sich mitten unter den dampfenden Strahl und tauchte bis zum Kinn ins Wasser.

Der »Mandarin« brachte hier ziemlich regelmäßig seinen Rükken vorbei. Manchmal wollte seine Wirbelsäule nicht mehr so, wie sie sollte. Man wurde eben älter, und außerdem schleppte er einige Kilo zuviel mit sich herum. Sein Arzt hatte ihm Wärme empfohlen.

Nun, davon würde er schon sehr bald mehr als genug haben. Bereits für den kommenden Sonntag hatte er einen Flug nach Mombasa gebucht. Aber nicht als Einzelreisender und womöglich in der ersten Klasse, obgleich er sich das hätte leisten können, ohne mit der Wimper zu zucken. Schon morgen abend würde er im Geld schwimmen. Nein, er hatte sich eine möglichst billige Pauschalreise herausgesucht. Bestimmt würde es nicht besonders bequem sein, fünfzehn Stunden lang eingeklemmt und mit verknoteten Beinen in einem überfüllten Touristenbomber zu hocken. Aber die Sache hatte auch ihre Vorteile. Er würde unauffällig in der Masse untertauchen, und bei derartigen Reisegesellschaften, die wie ein Hornissenschwarm über den viel zu kleinen Flugplatz herfielen, wurde das Gepäck nicht kontrolliert – darauf kam es ihm an.

Und wenn er erst einmal neben der lauwarmen Brühe des Indischen Ozeans in der tropischen Sonne auf dem Bauch lag, hatte sein Rücken paradiesische Zeiten vor sich und würde dann bestimmt ganz schnell vernünftig werden.

Vernünftig – das war das Stichwort.

Was war passiert, wie sollte er sich vernünftigerweise jetzt verhalten? Also: Da klaut dieses Rhinozeros Sperling unsere Blüten und macht sie zu echtem Geld. Viel Zeit hat er dafür nicht gehabt, höchstens eine halbe Stunde. Schließlich weiß ich auf die Minute genau, wann er aus der Stadt zurückgekommen ist. Nun, in der Zeit kann er höchstens ein Dutzend Scheine versilbern, selbst wenn er Kopf und Kragen riskiert. Aber ob es ein paar mehr oder weniger sind, ist jetzt unwichtig wie ein abgebranntes Streichholz.

Im Augenblick geht es ganz allein darum, daß eine von den Blüten aufgeflogen ist.

Der »Mandarin« schüttelte unter dem dampfenden Wasserstrahl seinen Kopf. Eigentlich kann das alles doch gar nicht wahr sein, und es ist einfach nicht zu fassen. Dieser verdammte Sperling weiß doch, daß er seinen Anteil kriegt wie jeder andere auch. Und trotzdem knallen ihm die Sicherungen durch, und das wegen ein paar lumpiger Kröten. Wieso, um alles in der Welt? Klar, daß der Bursche ausbaden muß, was er uns eingebrockt hat. Und zwar so, daß es ihm die Beine weghaut. Aber nicht sofort, nicht heute. Es darf keinen Knatsch unter den Männern geben. Nein, ich halte die Klappe und sage vorerst keinen Ton. Aber dieser falsche Hundertmarkschein hat natürlich Staub aufgewirbelt. Pech, daß er ausgerechnet in den Fingern eines Bankkassierers gelandet ist. Bei den Geschäftsleuten müssen die anderen Blüten, ohne aufzufallen, anstandslos in die Kassen gewandert sein. Was immerhin bedeutet, daß sie von echtem Geld nicht zu unterscheiden sind.

Die Wut des »Mandarin« war allmählich verraucht, und für einen Moment mußte er sogar lächeln. Genugtuung breitete sich bei ihm aus, und unwillkürlich stellte er sich hinter den geschlossenen Augen vor, wie seine zwei Druckmaschinen im Bunker diese so echt wirkenden Hunderter ausspuckten – pausenlos einen nach dem anderen. Jetzt in diesem Augenblick und noch die ganze kommende Nacht hindurch.

Was konnte schiefgehen? Schön, die örtliche Polente war aufgescheucht. Aber dieser Herr Kalender ist doch nur ein engstirniger Provinzler und bestimmt kein Sherlock Holmes. Möglich, daß er eine Meldung macht, und vielleicht erwischt er sogar die zuständige Stelle. Doch deshalb würden dort die Herren nicht gleich von den Stühlen purzeln. Immer wieder taucht hier oder dort ein gefälschter Geldschein auf. Daran hat man sich allmählich gewöhnt wie ans Zähneputzen oder ans Steuerzahlen. Und selbst wenn morgen früh in den *Bad Rittershuder Nachrichten* stehen sollte, daß ein falscher Hunderter in der Stadt aufgetaucht ist, kriegt deshalb keine Mücke den Husten. Die Bank hat das Falsifikat inzwischen wohl zu ihrer Zentrale geschickt. Die Zentrale gibt es an die Bundesbank weiter, und die Bundesbank verfrachtet es zum Falschgelddezernat der Kripo. Alles hübsch ordentlich auf dem Dienstweg. Und Dienstwege sind, Gott sei Dank, keine Rennpisten. Übrigens war es durchaus möglich, daß dieser dämliche Sperling, ohne es zu ahnen, eine fabelhafte Trumpfkarte aus dem Ärmel gezaubert hatte. Seit wir uns das Originalpapier unter den Nagel gerissen haben, ist die Falschgeldfahndung selbstverständlich gewarnt. Aber wer auch immer dahintersteckt, die Bande müßte von allen guten Geistern verlassen sein, wenn sie ihre Blüten in der Nähe ihres Verstecks auf den Markt bringen würden. Ein Kriminaler, der das für möglich hält, muß nicht alle Tassen im Schrank haben. So gesehen ist Bad Rittershude momentan vielleicht der sicherste Platz. Nein, es gibt wirklich keinen Grund, den Plan oder den abgesprochenen Termin zu ändern. Im Gegenteil, die Chancen, daß unser Knüller glatt über die Bühne geht, sind sogar gestiegen.

Der »Mandarin« plätscherte zufrieden mit den Füßen.

Außerdem sind die Verteiler bereits unterwegs.

»Sie haben die Quelle wohl gemietet?« fragte in diesem Augenblick eine schnippische Stimme.

Der »Mandarin« machte verwirrt und wie schlaftrunken seine Augen auf. Er gewahrte hinter dem Wasser, das auf ihn herunterprasselte, eine dickliche Frau, die ihn vorwurfsvoll anblickte. Sie trug eine Badekappe mit bunten Rosen und Tulpen aus Gummi über dem Haar. Das sah aus, als würde ihr ein Blumenstrauß aus dem Kopf wachsen. »Ich warte jetzt schon eine geschlagene Viertelstunde, und Sie rühren sich nicht«, nuschelte sie. »Andere wollen auch mal unter den Strahl, mein Herr.«

»Entschuldigung«, murmelte der »Mandarin«, tauchte unter und schwamm davon.

Die geheimnisvolle Eisentür

Das Dreirad war vergammelt. Der Lack, der einmal gelb gewesen sein mußte, war abgeblättert, und der Rost hatte seine Schutzbleche angefressen. Es hatte eine offene Ladefläche, auf der ein Schraubstock montiert war. Vermutlich gehörte das Vehikel einer Schlosserei, die auch außerhalb der Werkstatt Reparaturen ausführte. Hinter das Lenkrad gequetscht, saß ein großgewachsener, dicker Bursche von etwa fünfundzwanzig Jahren in einem verschmutzten Overall. Er füllte fast jeden Zentimeter der engen Fahrerkabine aus und mußte den Kopf eingezogen halten, wenn er nicht an die Decke stoßen wollte. Besonders groß und dick zu sein lag in der Familie. Der Kerl in dem verschmutzten Overall war nämlich der Bruder jenes bulligen Maxen mit dem unschuldigen Babygesicht, der Karlchen Kubatz bei dem Überfall auf dem Kinderspielplatz im Schwitzkasten festgehalten hatte. Er hieß Franz, und weil die Glorreichen Sieben ihn nicht kannten, sollte er sie verfolgen, ohne daß sie es merkten.

Man hatte Franz nicht lange überreden müssen. Schließlich war er früher auch einmal Maximilianschüler gewesen, und als ihm Ulli Buchholz erklärt hatte, daß es gegen das Prinz-Ludwig-Gymnasium ging, hatte er nur breit gegrinst und seine viel zu großen Hände zusammengeknallt. »Ist doch gar keine Frage, daß ihr mit mir rechnen könnt. Müßt mir nur sagen, wo das Klavier hin soll.«

Jetzt parkte er bereits seit einer halben Stunde zwischen einem Lieferwagen der Post und einem weißen Mercedes vor dem Hallenbad. Wenn er über seine linke Schulter linste, konnte er drüben auf der anderen Straßenseite die Einfahrt zum Großmarkt erblicken. Sie lag auf der Schattenseite, und in ihrer Dunkelheit hatten sich die Maxen auf die Lauer gelegt. Es war bombensicher, daß sie ihn nicht aus den Augen ließen.

Fünf und eine halbe Minute später war es dann soweit.

Die Glorreichen Sieben kamen mit ihren Badetaschen auf den Gepäckträgern aus dem Hof der Badeanstalt und bogen in die Straße ein. Sie fuhren wieder einmal so dicht wie ein Pulk Radrennfahrer beim Spurt in einem Sechstagerennen.

Das vergammelte Dreirad kurvte hinter dem parkenden Postwagen hervor und fuhr ihnen nach. Zuerst spuckte der Motor, aber dann ratterte er gleichmäßig weiter.

Eine ganze Weile später wagten sich auch die Maxen aus ihrem Versteck. Es waren etwa ein Dutzend. Sie hatten es nicht eilig und ließen zwischen sich und dem Dreirad einen möglichst großen Abstand. Sie kamen nur so nahe heran, daß sie es immer im Auge behalten konnten.

Die Glorreichen ahnten nicht, daß sie beschattet wurden.

Als sie die Stadt hinter sich hatten und beim Gaskessel auf die Landstraße abbogen, kam ganz allmählich die Dämmerung vom Zobelberg herüber. Die Sonne berührte beinahe schon den Horizont, und der Mond stand bereits am Himmel – voll und rund, aber noch ein wenig blaß um die Nase.

Sie unterhielten sich während der Fahrt, als säßen sie in *Erikas Milchbar* auf ein paar Stühlen nebeneinander.

Die Maxen waren überhaupt kein Thema.

Dafür berichtete Fritz Treutlein jetzt schon seit einer ganzen Weile davon, wie heute um die Mittagszeit der wütende Tabakwarenhändler Bemmelmann mit seinem gefälschten Hundertmarkschein in den Salon hineingeschneit war und Polizeimeister Kalender bei dem Kioskbesitzer Wildenbusch gleich ein zweites Falsifikat sichergestellt und mit den Fingerspitzen in eine Plastiktüte versenkt hatte. »Für eine Untersuchung durch den Spurendienst«, erklärte der Friseurlehrling schließlich und blickte zu Karlchen Kubatz hinüber. »Ich wollte deinen Vater gerade zum zweitenmal einseifen und dann gegen den Strich ausrasieren, da hat er abgewinkt und gleich die Schlagzeile ›Falschgeld in Bad Rittershude‹ aus dem Ärmel geschüttelt. Schon morgen früh kommt die ganze Geschichte brühwarm in seine Zeitung. Er ist zur Tür gespurtet und in seinem roten Cabrio wie ein Verrückter losgedonnert.«

»Ich seh' ihn vor mir«, grinste der Bürstenhaarschnitt.

»Ein reicher Onkel ist natürlich besser als gar keine Verwandten«, warf Sputnik ein und grinste. »Aber wenn's gar nicht anders geht, muß man sich sein Geld eben selber drucken.«

»Was ist überhaupt ein Falsifikat?« fragte Emil Langhans, der ja tatsächlich irgendwo einen reichen Onkel hatte. Aber der schickte seinem Neffen seit Jahren nur Bilderbücher zu Weihnachten. Er hatte wohl verschwitzt, daß Kinder im Laufe der Zeit größer werden.

»Hab' ich auch nicht gewußt«, gab Fritz Treutlein zu und erklärte, was er gestern im Salon über Falsifikate erfahren hatte. »Übrigens, die Scheine waren nagelneu«, fügte er hinzu, »und Bemmelmann ist felsenfest der Meinung, daß sie irgendwo in der Nähe fabriziert werden. Das hat er jedenfalls behauptet, als wir später allein im Salon waren. Vielleicht sei die Fälscherwerkstatt sogar in irgendeinem Keller mitten in der Stadt, womöglich noch dicht bei einer Kirche. Oder eine Druckerei, die am Tag harmlose Briefbögen und Geburtstagskarten herstellt, jagt in der Nacht selbstgemachte Banknoten durch ihre Maschinen. Heutzutage sei so ziemlich alles möglich.« Der Friseurlehrling ließ seine Lenkstange los und fuhr ein paar Meter freihändig. »Aber der Tabakwarenhändler sieht immer gleich schwarze Katzen, dafür ist er ja bekannt.«

»Wenn das so ist«, meinte Sputnik, grinste wieder und lenkte sein Rad so dicht neben Karlchen Kubatz, daß sich ihre Pedale fast berührten. »Die allerschönsten und größten Druckmaschinen in der Stadt haben doch die *Bad Rittershuder Nachrichten.*«

»Du sagst es«, flachste Emil Langhans mit todernster Miene.

»Man sollte Polizeimeister Kalender diesbezüglich einen Hinweis geben«, frotzelte Paul Nachtigall weiter. Dabei drückte er sich aus dem Sattel und fuhr davon.

Die anderen feixten und hatten ihn bereits nach einigen Metern wieder eingeholt.

»Knalltüten, ich bring' euch alle wegen Verleumdung vor den Kadi«, bemerkte der Bürstenhaarschnitt in ihrer Mitte.

Dem klapprigen Dreirad, das nun schon während der ganzen Zeit ziemlich weit hinter ihnen über die Landstraße gezottelt war, hatten sie bisher keine Beachtung geschenkt. Um ganz ehrlich zu sein, sie hatten es überhaupt noch nicht bemerkt.

Und noch weniger ahnten sie etwas von Ulli Buchholz und seiner Begleitung.

Aber den hätten sie auch gar nicht entdecken können.

Die Maxen hatten nämlich den Abstand zu dem Dreirad ihrerseits noch vergrößert, weil die vergammelte Kiste hier draußen ja viel einfacher zu verfolgen war als vorher in der Stadt. Aber sie langweilten sich allmählich und fuhren deshalb zwischendurch in Schlangenlinien wie auf einer Slalomstrecke.

Inzwischen waren ein paar Wolken aufgezogen. Aber der volle Mond und vereinzelte Sterne verbreiteten noch genügend Licht.

Es ging jetzt von der Landstraße auf einen schmalen Feldweg und dann in den Wald hinein. Die Glorreichen Sieben mußten absitzen und ihre Räder schieben.

Auf einmal waren sie verstummt.

Bisher hatten sie wohl fast vergessen, weshalb sie eigentlich Bad Rittershude hinter sich gelassen hatten.

Als jetzt unter ihren Schuhsohlen nur noch das trockene Laub raschelte und Zweige knackten, kam ihnen erst wieder das Ziel ihres nächtlichen Ausflugs zu Bewußtsein.

Weil sie unbemerkt bleiben wollten, ließen sie nur gelegentlich die Lichter an ihren Fahrrädern aufleuchten. Sie gaben im Gehen ohnehin nur einen ganz schwachen Schimmer von sich.

Ein Geräusch brachte sie zum Stehen. Es war ganz dicht neben ihnen zu hören gewesen und entfernte sich geschwind.

»Wir haben ein Reh aufgescheucht oder einen Hasen«, flüsterte Karlchen Kubatz.

Sie wollten gerade weitergehen, da hörten sie über sich ein leises Gurren.

»Sind wir hier auf dem Rummelplatz, oder was ist los?« fragte Sputnik, während er verwundert nach oben blickte.

Zuerst sah man nur zwei runde gelbe Punkte mitten in einem Ahornbaum. Aber dann erkannten sie den dunklen Schatten des Tieres, das sich in einen Ast festgekrallt hatte und sich nicht rührte. Nur seine Augen bewegten sich aufmerksam und leuchteten wie zwei kleine Monde.

»Ein Uhu«, stellte Manuel Kohl fest. »Ich dachte, so was gibt's nur im Zoo.«

»Kannte ich bisher auch nur als Klebstoff«, bemerkte Emil Langhans. »Ich sag's ja, man lernt nie aus.«

Sie stapften schweigend weiter.

Es war plötzlich wieder wie an jenem Gewitterabend.

Sie mußten ihre Fahrräder auf die Schultern nehmen, weil sich das wuchernde Gestrüpp in den Speichen verfing, und gelegentlich stolperten sie über Baumwurzeln, die unter Farn und Gras verborgen waren.

Heute allerdings kamen keine schwarzen Wolken angejagt, und anstelle der Sonne hing der Mond am Himmel.

Als erstes sahen sie von dem alten Haus den verspielten Zwiebelturm mit seinen kleinen Fenstern und das verwitterte Schieferdach. Wie bei ihrem ersten Besuch standen sie dann vor dem großen Tor mit den eisernen Lanzen und dem verrosteten Vorhängeschloß an der zweimal herumgeschlungenen Kette.

Die Fassade mit den verschlossenen Fensterläden wirkte immer noch abweisend, überheblich und geheimnisvoll.

»Das also ist es«, murmelte der Friseurlehrling Fritz Treutlein, der ja als einziger der Glorreichen Sieben die Villa noch nicht gesehen hatte. »Ein bißchen unheimlich ist es schon.«

Diesmal mußten sie nicht lange überlegen, wie sie in das Haus eindringen sollten. Sie kannten ja den Weg. Sie gingen wieder an der Mauer entlang um das Grundstück herum bis zu der Pforte mit den groben, kräftigen Bohlen. Nichts hatte sich verändert.

Der Boß drückte auf die verrostete Klinke und stemmte sich mit seiner linken Schulter gleichzeitig gegen das alte Holz der Tür. Ächzend gab sie nach und öffnete sich. »Wir stellen unsere Fahrräder hier zusammen«, sagte er. »Aber einer sollte als Wache zurückbleiben. Schließlich sind wir gebrannte Kinder.«

Sputnik hatte sein Rad ins Gras gelegt und schob beim Aufrichten seine Astronautenmütze aus der Stirn. »Ach was, die Maxen haben doch nicht den blassesten Schimmer.«

»Es gibt auch Spaziergänger, die sich verlaufen, oder Landstreicher«, warf der Bürstenhaarschnitt ein. »Euer Leichtsinn bringt mich noch auf die Palme. Der Boß hat recht.«

»Und wer soll draußen bleiben und aufpassen, bitte schön?« fragte Emil Langhans. »Das macht doch keiner freiwillig, oder sollen wir losen?«

»Könnt ihr euch sparen«, mischte sich Manuel Kohl ein. »Ich bin nicht so fürchterlich neugierig, und was ich beim letztenmal gesehen habe, reicht mir eigentlich.«

Karlchen Kubatz streckte seinen Kopf vor, als habe er nicht richtig gehört. »Hast du etwa weiche Knie oder so was?«

»Vielleicht sind meine Nerven momentan nicht die besten«, erwiderte der stupsnasige Junge und lächelte verlegen. »Aber nach den Zeugnissen gibt sich das wieder.«

»Okay«, sagte der Boß, fingerte eine Trillerpfeife aus seiner Hosentasche und warf sie zu Manuel hinüber. »Wenn irgendwas los ist, pfeifst du so laut wie möglich.«

»Bestimmt gibt sich das wieder, amigo«, meinte Karlchen Kubatz. Er puffte den Jungen aus dem Blumenladen am Marktplatz in die Seite, blinzelte ihm zu und hüpfte dann hinter den anderen her. Sie waren bereits in der Pforte verschwunden.

Jetzt hatten sie es plötzlich eilig, drückten sich an dem Eingang mit der breiten Treppe vorbei und bahnten sich gleich den Weg an der Hauswand entlang durch das verfilzte Gebüsch und das hohe Gras bis zur Rückseite der Villa.

Hier entdeckten sie jetzt eine der Warntafeln, auf die der glatzköpfige und eulenäugige Beamte auf dem Katasteramt hingewiesen hatte. »Wegen Einsturzgefahr Betreten verboten«. Aber die ausgebleichte Schrift war kaum mehr zu lesen, und das Holz war angefault.

Die zerborstene Tür neben den zwei Kellerfenstern stand noch offen, und auch die Bretter der herausgebrochenen Füllung lagen auf dem Boden.

»Als ob wir erst vor fünf Minuten abgehauen wären«, stellte Emil Langhans fest. Er mußte regelrechte Schlangenbewegungen vollführen, um seine ganze Länge ins Innere des Hauses zu zwängen.

Sie hielten sich nicht in den früheren Haushaltsräumen auf, durchquerten den breiten Flur, die ehemalige Küche und gelangten dann durch das breite Treppenhaus in die Halle.

Bisher war von draußen noch genügend Mondlicht hereingefallen. Aber hier waren die Fensterläden dicht verschlossen, und die zerschlissenen Samtvorhänge, die noch von der Decke herunterhingen, waren zugezogen.

Die Glorreichen Sieben hatten natürlich Taschenlampen mitgebracht, aber auch Kerzen.

Eigentlich glaubte keiner von ihnen daran, daß der bedauernswerte Herzog von Bornhold seine Ruhe noch nicht gefunden hatte und immer noch mit oder ohne Ketten durch das verfallene Haus geisterte. Aber sie wollten ihm keinesfalls die Chance für einen Auftritt vermasseln.

»Wir haben Vollmond und Freitag«, hatte Emil Langhans wiederholt. »Da werden Gespenster im allgemeinen munter, heißt es. Trotzdem würde sich keines aus seinem Loch wagen, wenn wir mit unseren Taschenlampen in jede Ecke leuchten. Wir dürfen nur Kerzen anzünden, an Kerzen sind sie gewöhnt.«

»Und im übrigen macht es auch mehr Spaß, wenn wir alle als Weihnachtsengel unterwegs sind«, war von Sputnik hinzugefügt worden.

Sie hatten also verabredet, ihre Taschenlampen vorerst dort zu lassen, wo sie ihrem Namen nach auch hingehörten, nämlich in den Taschen.

»Dann schauen wir uns mal genauer um«, meinte Paul Nachtigall. »Ihr müßt höllisch mit euren Streichhölzern und den offenen Lichtern aufpassen, das ganze Zeug ist ausgetrocknet und brennt sicher wie Zunder.«

Sie verteilten sich über das Haus.

Seit sie ihre Kerzen angezündet hatten, kamen Insekten angeflogen, umkreisten ihre Lichter und verbrannten sich schließlich. Dickere, dunkle Käfer brummten mit dumpfem Knall gegen die schmalen Spalte an den Fenstern, durch die eine dämmerige Helligkeit von draußen hereinkam.

Emil Langhans und Karlchen Kubatz kletterten zum ersten Stockwerk hinauf. Sie mußten die kleinen Flammen ihrer Kerzen mit der Hand schützen, weil von irgendwoher ein schwacher Luftzug kam. Immer wieder blieben sie stehen, damit sich die niedergedrückte Flamme erholen konnte. Das flackernde Licht ließ bei den an die Wand gemalten Schlachtenbildern abwechselnd einen goldenen Helm aufleuchten, ein paar aufgerissene Augen oder den Schädel eines Pferdes, das sich unter einem Lanzenstoß aufbäumte.

»Hast du alles dabei?« flüsterte Karlchen.

»Aber claro«, flüsterte der Lange zurück.

Inzwischen durchforschte der dickliche Sputnik neugierig auf eigene Faust die Zimmer hinter der Halle. Sie standen völlig leer und waren scheinbar nur dazu da, um hohl zu klingen, wenn man ihre knarrenden Türen öffnete. Aber als er jetzt dicht neben einer schmalen Marmorsäule den nächsten Raum betrat und dabei seine Kerze hoch in die Luft hielt, trat ihm ein riesenhafter Kerl entgegen, mit verschwommenen, fließenden Gliedern.

»Also doch«, japste der Junge mit der Astronautenmütze. »Sieht aus wie ein Gespenst.« Er fuhr zurück und wollte türmen. Aber da stand plötzlich Paul Nachtigall neben ihm und hielt ihn auf. »Darauf bin ich auch schon reingefallen«, sagte er, hob seine Kerze in die Luft und lachte.

»Ein Spiegel«, stieß Sputnik hervor.

»Ja, und zwar ein ziemlich verkommenes Exemplar mit einem Sprung in der Mitte«, erklärte der Boß leise. »Er hat dich verzerrt wiedergegeben, als du von der Tür her auf ihn zugegangen bist.« Paul Nachtigall nahm seine Kerze wieder aus der Luft. »Jedenfalls passiert es nicht jeden Tag, daß man sich selber einen Schreck einjagt.«

Im selben Augenblick erstarrte Sputnik zum zweitenmal, aber auch Paul Nachtigall federte herum.

Irgend etwas hatte sich bewegt.

Als sie jetzt in das Zimmer hineinleuchteten, sahen sie, daß nur ein paar Ratten erschrocken durch die offene Tür davonstoben. Sie hatten sich in einem wurstförmigen Polster, das auf einer kahlen Bettstelle zurückgeblieben war, ein Nest gebaut, das sie wohl schon seit vielen Jahren ungestört bewohnten.

Fritz Treutlein hatte sich mit Hans Pigge am Ende eines Korridors zum Keller vorgewagt. Der schwache Lichtschein ihrer Kerzen leuchtete nicht viel weiter als bis zu den nächsten zwei Schritten. Sie hatten deshalb die freie Hand ausgestreckt und berührten mit den Fingerspitzen die rauhen Steinwände eines Ganges. Der Boden war betoniert und dreckig.

Als sie an eine Biegung kamen, blieb der Friseurlehrling auf einmal stehen. »Da ist doch was, oder?« fragte er und hielt den Kopf schief. Jetzt hörte es auch der Junge mit dem hellblonden Pagenkopf.

»Ein Summen oder so was«, flüsterte Hans Pigge.

Der Gang war von einem gleichmäßigen Rauschen erfüllt.

»Wenn wir irgendwo im Gebirge wären«, meinte Fritz Treutlein, »würde ich sagen, daß irgendwo ein Sturzbach in eine tiefe Schlucht fällt. Aber hier gibt's keine Sturzbäche oder Schluchten.« Er ging in die Hocke und streckte den Kopf um die Ecke. Jetzt konnte er das Geräusch noch deutlicher hören. Vor allem entdeckte er in dem dunklen Gang plötzlich einen schwachen Lichtschein auf dem Betonboden, etwa fünfzehn Meter entfernt.

»Das ist eine Tür«, stieß Fritz Treutlein leise hervor. »Und unter Garantie sind wir nicht allein in diesem alten Kasten.«

Im selben Augenblick, als Fritz Treutlein losflitzte, um die anderen zu warnen, schlug über der Halle im ersten Stockwerk mit ziemlichem Krach eine Tür zu, und ein alter Eimer schepperte die breite Treppe herunter.

Der Boß und Sputnik kamen, so schnell es ihre Kerzen erlaubten, in die Halle getrabt und blickten nach oben.

»Könnt ihr nicht aufpassen, ihr Hornochsen«, zischte der dickliche Junge mit der Astronautenmütze.

Die Antwort war ein herzzerreißendes Wimmern und Ächzen.

Die Herren Langhans und Kubatz waren dabei, ihre Gespenstershow abzuziehen. Darauf hatten sie sich gut vorbereitet. Emil hatte eine Fahrradkette in das Haus geschmuggelt und rasselte damit über den Marmorboden. Karlchen donnerte zwischendurch einen wurmstichigen Stuhl gegen die Wand. Er splitterte auseinander wie eine leere Zigarrenkiste. Gleichzeitig ging das Jammern und Röcheln weiter. Vor allem die Gießkannenstimme von Emil Langhans wimmerte sehr wirkungsvoll. Karlchen bewegte sich mehr in den höheren Tonlagen.

Als die beiden mit ausgestreckten Armen als Silhouetten auf der obersten Treppenstufe erschienen, kam Fritz Treutlein atemlos aus einem Korridor in die Halle gestürmt. Er blieb ruckartig stehen, blickte sich um und war fassungslos. »Haltet sofort die Schnauze«, zischte er nach oben.

»Hallo, was soll das heißen?« fragte Karlchen Kubatz eingeschnappt. »Was ist das für ein Benehmen Gespenstern gegenüber?«

»Das soll heißen, daß ich meine linke Socke gegen den Eiffelturm wette, wenn dieses Haus unbewohnt ist«, erwiderte der Friseurlehrling.

Es dauerte keine zwei Minuten, bis die Glorreichen hinter Fritz Treutlein durch den Korridor und den dunklen Gang schlichen bis zu der Biegung, an der Hans Pigge wartete. Sie benutzten jetzt ihre Taschenlampen, paßten aber auf, daß deren Lichtschein dicht bei ihren Füßen am Boden blieb.

»War etwas?« murmelte der Friseurlehrling.

»Nichts«, tuschelte der Junge mit dem hellblonden Pagenkopf.

Eine Weile standen sie da, rührten sich nicht, lauschten.

Auf ein Zeichen von Paul Nachtigall hatte, bis auf Emil Langhans, einer nach dem anderen seine Taschenlampe ausgeknipst. Und auch der Lange hatte sein Licht nur schwach eingestellt und richtete es dicht vor sich auf den Boden.

Jetzt hörten alle das gleichmäßige Rauschen und Summen.

Wortlos schlichen sie auf Zehenspitzen Schritt für Schritt vorsichtig weiter auf den dämmrigen Schimmer zu, der da drüben wie ein verschobenes, schmales Rechteck im Dunkeln lag.

Tatsächlich kam die Helligkeit durch den ganz schmalen Spalt unten an einer Tür. Diese Tür war aus Eisen, tief in die Mauer eingelassen und ohne Schloß. Der Rost hatte dicht über dem Boden den massiven Metallrahmen angefressen. An dieser Stelle drang der dämmrige Lichtschein von drinnen in den stockfinsteren Gang.

Das Geräusch mußte aus ziemlicher Entfernung kommen, aber es war jetzt deutlicher zu unterscheiden. Das Rauschen hatte auf einmal einen Rhythmus, als ob irgendwo hinter der eisernen Wand ein Motor rattern würde.

Der Boß ging auf die Tür zu und legte sein Ohr an das Eisen. Eine Minute verging und noch eine halbe, ohne daß sich etwas veränderte. Dann drehte er sich um, lehnte seine Schulter an die Tür und stemmte sich dagegen. Zuerst behutsam und dann mit seiner ganzen Kraft.

Die anderen hielten den Atem an. Fritz Treutlein bekam feuchte Hände vor Aufregung, und Hans Pigge fror bis ins Mark.

Wenn die Tür nachgab und aufflog, würde das Krachen wie eine Explosion durch die unterirdischen Gänge hallen.

Aber nichts rührte sich.

»Sie muß auf der anderen Seite verriegelt sein«, keuchte Paul Nachtigall, schnappte nach Luft, und dann riß er plötzlich den Kopf herum. »Was ist das?«

Unversehens hatte das Rattern aufgehört. Es war totenstill.

Im Bunker hatten Hugo Stielicke und Pauke gleichzeitig beide Druckmaschinen ausgeschaltet, die, die so hoch und so breit wie ein Geschirrspüler war, und dann die andere, die nicht höher war als ein mittlerer Schreibtisch. Das Funkgerät hatte nämlich ein paarmal aufgeregt gepiepst.

Sperling drückte die Sprechtaste. »Hier Löwenzahn.«

Es knackte, und dann meldete sich die tiefe, unverkennbare Stimme: »Ich bin mit dem Wagen in etwa zwanzig Minuten am Tor«, schnarrte sie. »Dann kommt Ekke allein zur Einfahrt und macht mir auf. Aber kein Licht, wenn ich bitten darf.« Die Andeutung eines Kicherns war zu hören. »Ich melde mich wieder, bis gleich.«

»Bis gleich«, wiederholte Sperling und ließ die Sprechtaste wieder zurückschnappen.

Otto Kroll klemmte sich seinen schwarzgefaßten Kneifer auf die Nase. »Dann also weiter, meine Herren.«

Der weißhaarige Stielicke schaltete die eine Maschine wieder ein und der kleine Pauke mit den vorquellenden Augen hinter der Brille die andere.

»Morgen vormittag zehn Uhr ist endgültig Ende der Fahnenstange«, bemerkte Sperling. Sein linker Hemdärmel war heruntergerutscht, und er krempelte ihn wieder hoch.

Die Glorreichen Sieben waren regungslos stehengeblieben, wo sie gerade waren, als das Geräusch verstummte.

Als es jetzt erneut durch die schwere Eisentür drang und wieder den Gang erfüllte, war es, als hätten sie einen Schlag in den Magen bekommen.

Es ist ein Märchen, daß man seine Angst unterdrücken kann. Angst ist Angst, und sie erzeugt einen trockenen Mund, zitternde Hände und Knie und das wilde Verlangen davonzulaufen.

»Nichts wie weg«, zischte Paul Nachtigall.

Sie folgten dem schwachen Licht von Emils Taschenlampe. Ihr Schein reichte gerade aus, um den Boden zu ahnen. Sie streckten die Arme seitlich aus, um sich an den glitschigen Wänden entlangzutasten. Karlchen Kubatz stolperte an der Biegung zum Korridor, und fast wäre Emil Langhans samt seiner Taschenlampe über ihn gestürzt. Für einen Moment zuckte ihr Lichtstrahl über die nassen Deckensteine. Aber der Lange rappelte sich schnell wieder auf, und gleich darauf kamen sie endlich in die Halle zurück. Nach der tiefschwarzen Dunkelheit des Ganges hatten sie das Gefühl, aus einer kohlschwarzen Nacht in einen sonnendurchfluteten Tag hineinzutaumeln.

Sie hasteten durch den breiten Flur an den früheren Wirtschaftsräumen vorbei und atmeten auf, als sie sich wieder nacheinander durch die zerborstene Tür ins Freie gedrängelt hatten.

Als sie dann längs der Hauswand durch das hohe Gras trabten, blickte sich Paul Nachtigall im Laufen um und blieb plötzlich stehen. »Da war doch was?«

Sie drückten sich hinter einen Mauervorsprung, den das Mondlicht nicht erreichen konnte, hielten den Atem an und zwangen sich, ruhig zu bleiben. Sie kniffen die Augen zusammen und blickten sich um.

Nichts. Niemand.

»Du bildest dir was ein«, flüsterte Emil Langhans.

»Nein, ich bin ganz sicher, da ist jemand«, murmelte der Boß.

Ein Knirschen war zu hören, dann ein leichter Schlag. Knirschen, ein leichter Schlag, Knirschen, ein harter Schlag.

»Da oben«, sagte Karlchen Kubatz leise und deutete mit dem Kopf zum zweiten Stockwerk hinauf. Dort hatte er Fensterläden entdeckt, die gegen die Hauswand schlugen.

»Du liebe Zeit, wir sind ganz schön fertig«, stöhnte Sputnik. »Mir reicht's für heute, laßt uns zurückfahren.«

»Jedenfalls kann ich meine linke Socke behalten«, stellte Fritz Treutlein fest. »Das Haus ist vielleicht unbewohnt, aber verlassen ist es nicht.«

Karlchen Kubatz wippte wieder einmal von den Zehenspitzen auf die Absätze, wie immer, wenn er aufgeregt war. Seine Augen verrieten, daß er fieberhaft nachdachte. »Wenn ich jetzt sage, was mir durch den Kopf spukt«, meinte er zaghaft, »dann haltet ihr mich bestimmt für rettungslos bescheuert.«

»Mach's nicht so spannend«, warf Emil Langhans ein. »Vielleicht denk' ich schon 'ne ganze Weile dasselbe.«

Karlchen guckte ihn von der Seite an und fuhr dann fort: »Möglicherweise kommt das Geräusch in diesem verdammten Gang da unten von Maschinen ...«

»Und zwar von Druckmaschinen, wenn ihr's genau wissen wollt«, fiel ihm Emil Langhans ins Wort. Er sprach so leise, daß sie ihre Köpfe zusammenstecken mußten, weil seine Gießkannenstimme kaum zu verstehen war. »Und wenn das stimmt, dann ist der Hundertmarkschein, auf den unser Tabakfritze Bemmelmann hereingefallen ist, hier produziert worden, das ist für mich so sicher wie sonst was.« Jetzt flüsterte er nicht mehr, sondern hauchte nur noch. »Vermutlich gibt es hinter dieser Eisentür im Keller noch andere Gänge oder ganze Räume. Denkt doch an die unterirdischen Verliese, von denen uns Herr Bellinghausen auf seinem Hausboot erzählt hat. Dieser Herzog hat doch sein Jagdschloß damals über eine Tropfsteinhöhle bauen lassen. Das Ganze unter einem halbzerfallenen und verlassenen Haus, versteckt in einem Wald, um den sich niemand kümmert, das ist doch für eine Fälscherwerkstatt ideal, also idealer geht's gar nicht mehr.«

Die Glorreichen waren wie vom Donner gerührt. Vorübergehend hatte es ihnen die Sprache verschlagen.

»Das würde ja heißen«, stieß Sputnik nach einer ganzen Weile hervor, »daß wir da vielleicht einem ungeheuer dicken Ding auf der Spur sind.«

»Du sagst es, Dickerchen«, murmelte Emil Langhans. »Und wenn wir jetzt was besonders Kluges tun wollen, dann kratzen wir ganz schnell die Kurve. Es ist sowieso ein Wunder, daß uns noch niemand entdeckt hat.«

Kurz darauf passierte, was sie nie und nimmer für möglich gehalten hätten.

Die Pforte mit den alten Holzbohlen stand noch offen.

Auch ihre Fahrräder lehnten noch draußen an der Mauer oder lagen im Gras. Aber von Manuel Kohl war weit und breit nichts zu sehen.

Allerdings war der Mond gerade wieder einmal hinter einer Wolke verschwunden, so daß es momentan ziemlich dunkel war.

Paul Nachtigall pfiff leise durch die Zähne.

Als habe er mit diesem Pfeifen ein Zeichen gegeben, blitzten schlagartig mehrere grelle Lichter auf.

Ihr Strahlenbündel war direkt auf die Glorreichen gerichtet.

Sputnik und Hans Pigge rissen ihre Arme vor die geblendeten Augen. Die anderen standen wie erstarrt. Ihre Gesichter waren kalkweiß. Aber nicht allein wegen der plötzlichen Beleuchtung.

»Aus«, nuschelte Sputnik hinter seinem vorgehaltenen Arm. »Der Ofen ist aus.«

Das Schweigen hinter dem Geflimmer von Lichtern war bedrückend.

Nur ein wütendes Gurren war zu hören und gleich darauf der Flügelschlag eines Vogels, der erschreckt davonflog.

Die Luft schien elektrisch geladen, als würde im nächsten Augenblick unweigerlich ein Gewitter losbrechen.

Paul Nachtigall stand in der Mitte zwischen den anderen. Eine Flut von Gedanken überfiel ihn, aber es waren bloß Gedankenfetzen, die er nicht zu einem Ganzen zusammenbringen konnte. Er wußte nur, daß es in seinen Schläfen hämmerte und daß er als Boß jetzt schnellstens irgend etwas tun mußte. Bestimmt waren es eiskalte Verbrecher, die ihnen da gegenüberstanden, bewaffnet und zum Äußersten entschlossen, nachdem man sie in ihrem Versteck aufgestöbert hatte. Er hob den Kopf und straffte sich.

»Wir haben das Haus betreten, weil wir glaubten, es sei verlassen und unbewohnt«, sagte er mit möglichst ruhiger Stimme. »Auch das Katasteramt ist der Meinung, daß es seit Jahren leersteht und keinen Besitzer hat, was amtlich registriert ist. Wir haben uns erkundigt.« Er stockte jetzt doch. »Wir bitten um Entschuldigung und würden jetzt gern in die Stadt zurückfahren.«

Hinter den Lichtern war nur ein unterdrücktes Räuspern zu hören.

Da fühlte sich auch Emil Langhans herausgefordert. »Falls Sie es wünschen sollten«, schlug er vor, »versprechen wir Ihnen totales Stillschweigen.« Er probierte ein vertrauenerweckendes Lächeln. »Womit ich meine, daß wir Sie nicht gesehen haben und Ihnen nicht begegnet sind.«

»Idiot«, zischte Karlchen Kubatz.

Für ein paar Sekunden blieb es still wie zuvor.

Aber dann kam von drüben ein schallendes Gelächter, und die Lichter, die auf sie gerichtet waren, fingen an zu wackeln und zu schwanken. Schließlich mischten sich Rufe in das Gejauchze.

»He, was faselt der da von Katasteramt und so?«

»Totales Stillschweigen«, krächzte es, und es klang fast wie die Gießkannenstimme von Emil Langhans. »Wir haben Sie nicht gesehen und sind Ihnen nicht begegnet.«

»Die Maxen«, stammelte Sputnik, »du kriegst die Tür nicht zu.«

Die Glorreichen Sieben waren gleichzeitig erleichtert und wütend. Aber vor allem waren sie nervös und besorgt. Sie blickten abwechselnd immer wieder hinter sich oder an der Mauer entlang zu dem breiten Eingangstor mit dem Eisengitter.

»Das hat uns noch gefehlt«, murmelte der Boß.

»Was soll euer dämliches Gequatsche?« rief Ulli Buchholz. »Ich hab' das Gefühl, wir sind auf der falschen Party, und ihr habt ganz andere Gäste erwartet.«

»Macht eure verdammten Taschenlampen aus und haltet die Klappe«, zischte Paul Nachtigall leise. »Ihr habt ja keine Ahnung, was hier gespielt wird.«

»Wieso flüsterst du auf einmal, hat's dir die Sprache verschlagen?« höhnte der Anführer der Maxen. »Und was hier gespielt wird, das bestimmen wir. Capito? Laß mal Dampf ab, damit du endlich merkst, daß ihr nicht mehr ganz vollzählig seid.«

»Wo ist Manuel?« stieß Karlchen Kubatz hervor. »Ich brech' euch die Knochen, wenn ihr ihm nur ein einziges Haar gekrümmt habt.«

»Halt die Luft an, Stiftenkopf«, erwiderte der Junge mit den vergammelten Jeans und der kurzen Lederjacke. »Der Stupsnase geht es blendend, und sie ist in Sicherheit. Schon mal was von Kidnapping gehört?«

Für ein paar Minuten vergaßen die Glorreichen alles andere.

»Willst du damit sagen, daß ihr Manuel Kohl entführt habt?« fragte Paul Nachtigall wieder ganz leise. »Etwa als Geisel?«

»Entführt, Geisel . . .« wiederholte Ulli Buchholz. »Ihr müßtet endlich begriffen haben, daß wir solche Worte nicht mögen. Und was ihr bei mir zu Hause und mit meiner kleinen Schwester gemacht habt, das war ja auch nicht die feine englische Art.« Er drehte sich zu seinen Maxen um. »Was könnte man denn dazu sagen?«

»Betrug war es auf jeden Fall«, ließ sich das Babygesicht vernehmen. »Einbruch und dann arglistige Täuschung, oder wie so was heißt.«

Karlchen Kubatz warf den Maxen einen Blick hinüber, der ihnen eigentlich die Schuhe ausziehen mußte. »Wir haben uns nur zurückgeholt, was ihr uns geklaut habt. Aber was soll jetzt der neue Schwachsinn mit Manuel?«

»Keine Angst, wir sperren ihn nicht irgendwo ein«, erwiderte der Anführer der Maxen ganz ruhig. »Einer von uns hat eine liebe Tante mit einem Bauernhof. Dort macht euer Knabe ein bißchen Urlaub, das ist alles. Hühner werden um ihn herumgakkern, und er kriegt die Milch frisch von der Kuh. Was will er mehr? Nur wenn er stiftengeht, platzt die Bombe.«

Sputnik streckte den Hals aus seinem Hemdkragen – wie der Vogel aus der Kuckucksuhr. »Welche Bombe, wenn man fragen darf?« stieß er hervor.

»Der ist so doof, daß er bestimmt nicht mit Gabel und Messer essen kann«, rief das Babygesicht dazwischen.

»Die Bombe, die immer noch tickt, ist der beschummelte Studienrat Dr. Purzer, mein kleiner Fettwanst.« Ulli Buchholz grinste über das ganze Gesicht. »Er wird sich bestimmt gewaltig wundern und an eine ganz oberfaule Klassenarbeit denken, wenn ausgerechnet ein gewisser Stuhl leerbleibt. Immerhin ist der Schüler Manuel Kohl ja noch nicht versetzt. Die Zeugnisse gibt es erst in ein paar Tagen. Und etwa genauso lange habt ihr Zeit für eure Entscheidung. Die Fotos brauchen wir nicht mehr, jetzt ist uns was Besseres eingefallen. Übrigens hat sich an unseren Bedingungen für die Schwimmwettkämpfe nichts geändert. Ihr kriegt euren Krieger postwendend zurück . . .«

Die Glorreichen Sieben waren mit ihren Gedanken längst wieder im Keller des verlassenen Hauses, bei dem dämmerigen Lichtschein unter der schweren Eisentür und dem ratternden Geräusch, das den pechschwarzen Gang erfüllte.

Der Schock, als sie im ersten Augenblick befürchtet hatten, irgendwelche Gangster stünden ihnen gegenüber, saß ihnen noch in den Knochen. Angestrahlt wie Schaufensterpuppen, standen sie da und äugten immer wieder nervös nach allen Seiten. Sollte es tatsächlich so sein, daß sich eine Falschgeldbande die unterirdischen Räume der Villa als Versteck ausgesucht hatte, dann konnten sie nur hoffen, daß die Herrschaften in ihren Mauselöchern blieben. Wenn aber in diesem Augenblick auch nur ein einziger von ihnen den Kopf ins Freie streckte, und sei es nur, um Luft zu schnappen, dann war das blödsinnige Feuerwerk der Maxen nicht zu übersehen. Und laut waren sie noch obendrein. Ulli Buchholz hatte zu sprechen aufgehört und runzelte die Stirn. »Ich glaube, ihr hört mir gar nicht zu, und das wäre ein Fehler.« Er leuchtete sich selbst ins Gesicht und grinste wieder. »Ihr sollt nämlich genau wissen, wie unser Plan funktioniert und daß ihr nicht die geringste Chance habt . . .«

»Stimmt, es ist uns momentan schnurz und schnuppe, wie du dich aufplusterst«, zischte Paul Nachtigall und schoß einen wütenden Blick zu den Maxen hinüber. »Irgendwas passiert hier, und dagegen ist diese Scheißklassenarbeit inklusive Studienrat Purzer ein vollgerotztes Taschentuch. Macht endlich eure Taschenlampen aus, ihr Affen.«

Die Maxen brodelten durcheinander wie ein dutzend Heizkessel, die Dampf ablassen.

Aber jetzt sollte es sich gleich zeigen, daß der breitschultrige Junge mit der kurzen Lederjacke nicht der kaltschnäuzige und ruppige Typ war, für den er sich immer ausgab. Er hatte die Witterung einer Eidechse, wenn es darauf ankam, und spürte in diesem Augenblick bis in die Zehenspitzen, daß ihm der Boß der Glorreichen Sieben jetzt kein Theater vormachte. »Knipst eure Funzeln aus«, befahl er.

»Und auch kein lautes Wort mehr«, flüsterte Paul Nachtigall über die zwölf oder fünfzehn Meter hinweg.

»»Habt ihr gehört, kein lautes Wort mehr«, wiederholte Ulli Buchholz. Er hatte ebenfalls geflüstert.

»Das ist ein ganz fauler Trick«, protestierte das Babygesicht aufgeregt. »Sie wollen uns bloß aufs Kreuz legen.« Er blies die Backen auf und rollte mit den Augen.

Der Anführer der Maxen riß den Kopf herum. »Schnauze«, zischte er und blickte dann zu den Glorreichen hinüber. »Also, was ist los?«

»Wir brauchen zwei Minuten Zeit«, sagte Paul Nachtigall.

»Gut, zwei Minuten«, erwiderte Ulli Buchholz. Er stand da, eine Hand in der hinteren Tasche seiner Jeans. Mit der anderen hielt er seine Taschenlampe und stützte sich gegen einen Baum. Er rührte sich nicht und wartete.

Paul Nachtigall und die anderen steckten die Köpfe zusammen und tuschelten. »Wir kommen nicht darum herum«, murmelte der Boß. »Wir müssen es ihnen sagen.«

Einer der Maxen wischte sich mit dem Unterarm die Nase und

spuckte seinen Kaugummi aus. »Sie hauen uns in die Pfanne, ihr werdet es erleben.«

Der Mond kam gerade halb hinter einer Wolke hervor, als sich die Glorreichen aufrichteten und in Bewegung setzten. Ein paar Meter vor den Maxen blieben sie stehen. Paul Nachtigall ging noch zwei Schritte weiter, und der Junge in der kurzen Lederjacke kam ihm entgegen.

Jetzt ging es ums Ganze, und das wußten sie alle.

Wie zwei Boxer, die beim Gongschlag aus ihren Ecken kommen, standen sich die beiden gegenüber.

»Verschwenden wir keine Zeit damit, gegenseitig die Muskeln spielen zu lassen«, sagte der Boß der Glorreichen Sieben. »Wir sind momentan ziemlich sauer aufeinander, aber wir sollten unseren Knatsch jetzt vergessen. In ein paar Minuten habt ihr begriffen, weshalb ich das vorschlage, und dann entscheiden wir, wie es weitergeht.«

»Hört sich an wie ein Krimi«, meinte Ulli Buchholz, ohne das Gesicht zu verziehen.

»Ist auch einer«, bemerkte Emil Langhans trocken und fügte hinzu: »Wäre es nicht besser, wenn wir uns in den Schatten verziehen?«

Kurz darauf hockten die Maxen und die Glorreichen Sieben mit angezogenen Knien dicht nebeneinander zwischen den Bäumen im Kreis.

Zuerst erzählten der Boß und Emil Langhans abwechselnd, wie sie das verfallene Haus entdeckt und durchstöbert hatten.

»Demnach müßtet ihr uns dankbar sein, daß wir euch an der Amper die Ventile aus den Reifen geklaut haben.« Diese Bemerkung konnte sich der Anführer der Maxen nicht verkneifen. »Aber weiter.«

»Jetzt bist du dran«, flüsterte Paul Nachtigall und blickte zu Fritz Treutlein hinüber.

Daraufhin schilderte der Friseurlehrling, was sich nach dem Auftauchen von Tabakwarenhändler Bemmelmann im Friseursalon abgespielt hatte.

Die Maxen waren immer neugieriger geworden und rührten sich jetzt nicht mehr. Als die Glorreichen dann beschrieben, wie sie heute abend bis in die Kellerräume der alten Villa vorgedrungen waren, wie sie dort das ratternde Geräusch und das Licht hinter der Eisentür aufgespürt hatten, wurde Ulli Buchholz und den

Seinen endlich klar, was sie angerichtet hätten, wenn ihr Lärm und ihr Lampenfeuerwerk entdeckt worden wäre.

»Zum Glück sind die Maulwürfe in ihren Höhlen geblieben«, stellte Paul Nachtigall fest. »Sie hätten uns bestimmt ganz schön eingeheizt ...«

»... und sie wären gewarnt gewesen und mit Sicherheit getürmt«, warf Karlchen Kubatz dazwischen. »Aber jetzt ahnen sie mit keinem Auge, daß wir sie aufgespürt haben.«

»Mhm«, machte Ulli Buchholz nachdenklich. »Bleibt allerdings die Frage offen, ob wir es überhaupt mit einer Fälscherbande zu tun haben. Gesehen hat sie noch keiner, und vielleicht existiert sie nur in eurer Einbildung. Mit diesem Geräusch und dem Licht hinter der Eisentür ist noch nichts bewiesen. Könnte doch beispielsweise sein, daß irgendein Elektrizitätswerk schon vor Jahren vergessen hat, einen Stromanschluß abzuzwicken, der zeitweise aufflackert und dann einen alten Kühlschrank zum Klappern bringt, einen Ventilator oder was auch immer ...«

Wie um ihn zu widerlegen, war in diesem Augenblick ein entferntes, leises Motorengeräusch zu hören.

Blitzschnell ließen sich die Glorreichen und die Maxen auf die Seite fallen und lagen gleich darauf nebeneinander und durcheinander auf ihren Bäuchen. Dann hoben sie vorsichtig die Köpfe.

Das Geräusch kam näher. Ein dunkler, geschlossener Wagen wurde sichtbar. Er glitt langsam in einer Entfernung von höchstens fünfzig Metern zwischen den Bäumen hindurch und an Büschen vorbei. Seine Scheinwerfer waren ausgeschaltet.

»Ihr bleibt hier und rührt euch nicht«, flüsterte Paul Nachtigall. Gleichzeitig stützte er sich vom Boden ab, und dann schlich er gebückt davon. Ulli Buchholz zögerte keine Sekunde und folgte ihm. Sie hielten sich im Schatten, und wenn sie sich hinter einen Baumstamm gedrückt hatten, äugten sie bereits nach dem nächsten, riskierten wieder ein paar schnelle Schritte und versteckten sich erneut.

Der Wagen rollte zur Rückseite des verlassenen Hauses. Das Knacken der Zweige unter den Reifen war lauter als sein summender Motor. Plötzlich wendete er scharf um hundertachtzig Grad und bewegte sich behutsam rückwärts, bis er mit der hinteren Stoßstange vor einer steinernen Wand stand, die mit Efeu fast zugewachsen war. Der Motor schnurrte leise weiter.

Paul Nachtigall und Ulli Buchholz lagen dicht nebeneinander unter einem Busch im Farn versteckt.

»Hast du jetzt noch Zweifel?« flüsterte der Boß der Glorreichen.

Der Junge in der kurzen Lederjacke antwortete nicht.

Drüben öffnete sich nämlich in diesem Augenblick hinter der Limousine eine breite Schiebetür. Der Wagen rollte hinein, die Dunkelheit verschluckte ihn, und die Tür schloß sich wieder.

»Ausladen«, sagte die tiefe Stimme des »Mandarins«, als er den Motor abgeschaltet hatte. Er blieb hinter dem Steuerrad sitzen, ohne sich zu rühren, und ließ lediglich durch einen Knopfdruck sein Seitenfenster heruntersummen, damit ihn Ekke besser verstehen konnte. Mehr als sein breiter Rücken und die Andeutung von Zigarrenrauch war nicht von ihm zu ahnen. Und als der junge Mann mit den tiefschwarzen Locken und dem Zahnstocher im Mund jetzt den Deckel des breiten Kofferraums aufklappte, verbarg dieser den Fahrer des Wagens ganz.

»Du hast mich ganz schön warten lassen, ist denn mein Funk nicht angekommen?« ließ sich die tiefe, verrauchte Stimme vernehmen. »Dir könnte man wohl beim Laufen die Schuhe besohlen, so langsam bist du.«

»Da täuschen Sie sich, Chef«, erwiderte Ekke. »Ich bin so schnell wie ein Jumbo, wenn es sein muß. Aber vom Bunker bis hierher gibt es genau fünf dieser verflixten Metalltüren, die man jedesmal aufriegeln muß.« Er stemmte seine Fäuste in die Hüften und guckte vor sich hin. »Darf ich fragen, was ich da ausladen soll? Sieht aus wie Pappe oder so was.«

»Richtig geraten, es ist Pappe, und zwar eine Sorte, so stabil wie Sperrholz«, antwortete der »Mandarin«. »Wenn man die Dinger richtig zusammenklappt, werden wunderschöne Kartons daraus, etwa so groß wie ein Aktenkoffer.«

Ekke schuftete, so schnell und so gut es eben ging. Er fing unter seinem Trainingsanzug zu schwitzen an, und er spürte, daß ihn der »Mandarin« im Rückspiegel beobachtete. Die Pappen hatten eine bräunliche Farbe. Ihre Flächen, die beim Auseinanderklappen die Seiten des Kartons ergaben, waren ziemlich groß mit OPTAL AG bedruckt.

»Optal?« wagte Ekke zu fragen, »ist das jetzt unsere Firma?«

»So ist es, du Klugscheißer«, knurrte die Stimme aus dem Inneren des Wagens. »Was jubelst du dir eigentlich in deine Schmalzlocken, Maschinenöl oder Schmierfett?«

»Margarine«, gab der junge Mann zurück, grinste und spuckte seinen Zahnstocher aus. »Ich bin gleich fertig, Chef.«

»Du gefällst mir, Lockenköpfchen. Vielleicht gibt es da noch einen Spezialauftrag für dich. Hast du schon mal ein Schaufenster dekoriert oder so was Ähnliches?«

»Nicht, daß ich wüßte«, erwiderte Ekke. »Aber zum Fasching hab' ich in unserer Kneipe manchmal Lampions und Papierschlangen aufgehängt.«

»Das ist doch schon was«, ließ sich die tiefe Stimme wieder hören. »Und jetzt paß gut auf, mein Sohn. In jeden Karton kommt eine halbe Million. Das sind fünfzigtausend Scheine, keiner mehr und keiner weniger. Hab' ich mich klar genug ausgedrückt?«

»Ja, das haben Sie, Chef.«

»Alles Weitere über Funk, bleibt jetzt ständig auf Empfang«, fuhr der »Mandarin« fort. »Ab morgen vierzehn Uhr läuft der Countdown, dann spult alles ab wie am Schnürchen.«

»Wollen wir's hoffen, Chef«, sagte Ekke. »Ich hab's jetzt.«

»Okay«, sagte die Stimme. »Dann mach meinen Kofferraum wieder dicht und verschwinde zur Schiebetür. Aber dreh dich gefälligst nicht um, ich will nur deinen Rücken sehen.«

»Noch einen schönen Abend, Chef«, meinte Ekke und sprintete in seinen Tennisschuhen fast lautlos über die Rampe hinauf zur Ausfahrt. Im Vorbeilaufen hörte er noch das Summen, mit dem der »Mandarin« sein Seitenfenster wieder schloß.

Zur gleichen Zeit schoben die Glorreichen Sieben und die Maxen ihre Fahrräder nebeneinander durch den Wald. Es war inzwischen immer dunkler geworden. Sie blickten sich abwechselnd vorsichtig um und sprachen kein Wort. Aber ihre Stimmung war blendend.

Als sie den Feldweg erreichten, wagten sie es, sich leise zu unterhalten. Doch ihre Lichter ließen sie ausgeschaltet, und sie fuhren lieber ganz langsam. An ihrer Spitze radelten Paul Nachtigall und Ulli Buchholz.

»Wieder mal Burgfriede?« fragte Emil Langhans über die Rükken und Köpfe der anderen hinweg. »Ich meine, bis nach den Sommerferien wenigstens?«

»Jetzt bitte keine Formalitäten«, kicherte das Babygesicht übermütig und wunderte sich über sich selbst.

Karlchen Kubatz radelte dicht hinter ihm. »Dein Schwitzkasten war eine Affengemeinheit, damit das klar ist.«

»Soll nicht wieder vorkommen«, erwiderte der viel zu große Junge mit den viel zu großen Händen. »Aber wenn ich nur mit den Fingerspitzen zufasse, dann fliegen gleich die Fetzen. Das ist mein Schicksal.«

»Und gegen sein Schicksal ist man machtlos«, gluckste der dürre Maxe mit dem hervorstehenden Kehlkopf.

»Friede, Freude, Eierkuchen«, stellte Paul Nachtigall fest, ohne daß es die anderen hören konnten.

»Ist ja auch das erste Mal, daß wir gemeinsame Sache machen«, erwiderte der Anführer der Maxen. »Du hast den bedeutenden Vornamen Paul, wenn ich nicht schiefliege?«

»So ist es, Ulrich«, sagte der Boß der Glorreichen Sieben. Die beiden guckten sich kurz über ihre rechte beziehungsweise über ihre linke Schulter an und feixten.

»Wir müssen schnellstens bemurmeln, wie's weitergehen soll«, meinte Paul Nachtigall ein paar Meter weiter. »Am besten, wir treffen uns morgen gleich nach Schulschluß; bei Hitzefrei entsprechend früher.«

»In der Eisdiele von Rinaldo?« fragte Ulli Buchholz, aber er korrigierte sich sofort. »Nein, da ist zuviel Betrieb.«

»In der Milchbar«, schlug der Boß der Glorreichen vor. »Erika überläßt uns ihre Wohnung, wenn es sein muß.«

»Auch wenn wir dabei sind?«

»Mit uns zusammen seid ihr plötzlich salonfähig«, bemerkte Paul Nachtigall. »Daran müßt ihr euch gewöhnen.«

»Du kannst es nicht lassen«, mahnte der breitschultrige Junge in der kurzen Lederjacke. Aber er schüttelte dabei belustigt den Kopf.

»Garantierst du, daß deine Maxen die Schnauze halten?« fragte der Boß der Glorreichen. »Bevor wir uns nachher verdrükken, müssen wir den Haufen zum Stillschweigen vergattern.«

»Wir sind so wasserdicht, wie du nur willst, wenn's darauf ankommt«, stellte Ulli Buchholz fest. »Aber wie ist das bei euch, falls die Frage erlaubt ist?«

»Du kannst es auch nicht lassen«, bemerkte Paul Nachtigall.

An der Landstraße wartete der große Bruder des Babygesichts. Franz hatte sich mit seinem breiten Rücken gegen die Tür seines klapprigen Dreirades gelehnt und die Arme verschränkt. Hinter ihm blickte Manuel Kohl durch das verschlossene Fenster. Der Riese hatte den Jungen in seiner engen Fahrerkabine wie in einen Käfig eingesperrt.

»Laß den Gefangenen frei und segle mit deinem Rolls-Royce wieder in die Werkstatt«, rief ihm Ulli Buchholz zu. »Besten Dank, das Fest ist gelaufen.«

»Verdammter Mist«, schimpfte Franz und strich sich mit seinen großen Händen über den verdreckten Overall. »Da freut man sich auf eine nette Keilerei, und diese Blödmänner vertragen sich auf einmal wieder.« Er rümpfte die Nase.

»So ähnlich ist es«, bestätigte der Anführer der Maxen.

»Ich hab' meine Zeit schließlich nicht gestohlen«, schimpfte der Riese weiter.

»Ja, Sachen gibt's, die gibt's gar nicht«, sagte der Boß der Glorreichen Sieben mitfühlend.

So einfach war das.

Nichts explodierte, der Mond fiel nicht vom Himmel, und zurück nach Bad Rittershude waren es nach wie vor noch zwölf Kilometer.

Alles blieb unverändert, es war nicht zu fassen.

Dabei war in der letzten halben Stunde ein historisches Ereignis geschehen, das bestimmt nicht weniger bedeutend war als etwa die Entdeckung Amerikas oder der Westfälische Friede.

Der Bürstenhaarschnitt stolpert und plumpst auf eine Goldader

Tags darauf war der Gipfel des Zobelbergs in grauen Wolken verschwunden, es regnete Strippen, und das Kubatzsche Frühstück fand wieder einmal hauptsächlich im Stehen statt.

Der Chefredakteur hatte schon zweimal aufspringen müssen, weil das Telefon geklingelt hatte. Beim drittenmal nahm er seine Kaffeetasse mit zum Schreibtisch hinüber.

Karlchen hatte nach den gestrigen Erlebnissen noch üppiger geträumt als sonst und den Wecker nicht gehört. Er kam jetzt angezogen, aber in Socken die Treppe heruntergefegt. »Guten Morgen allerseits.«

Im selben Augenblick kam die weißhaarige Haushälterin, die ihn gerade noch rechtzeitig wachgerüttelt hatte, mit seinen Schuhen. Karlchen setzte sich auf die Treppe und zog sie an. »Du bist ein Engel, Maria, aber das wissen wir ja.«

»Ich hab' sie unterm Wasser abbürsten müssen«, bemerkte die Frau und guckte ein wenig vorwurfsvoll auf den Bürstenhaarschnitt hinunter. »Wo hast du dich nur rumgetrieben? Sie waren so dreckig, daß man . . .« Es hatte geklingelt, und Maria eilte zur Tür. Gleich darauf kam sie mit der neuesten Ausgabe der *Bad Rittershuder Nachrichten* zurück.

Karlchen hatte inzwischen bereits ein Glas Orangensaft in sich hineingeschüttet. »Wetten, daß ich weiß, wie heute die Schlagzeile lautet?« fragte er, während er ein Brötchen aufschnitt. »Ich bin im Augenblick dabei, hellseherische Fähigkeiten zu entwikkeln, falls ihr das noch nicht wissen solltet.«

»Da bin ich aber gespannt«, sagte Frau Kubatz, und ihr Mann, der gerade mit seiner Kaffeetasse vom Schreibtisch zurückkam, ergänzte: »Wetten wir wirklich?«

»Lassen wir's bei einer Mark«, meinte Karlchen. »Ich bin so sicher, daß es unfair wäre, dir mehr abzuknöpfen.«

Der Chefredakteur ließ sich die zusammengefaltete Zeitung von Maria aushändigen und legte sie auf den Tisch. »Die Wette gilt«, bemerkte er. »Laß hören.«

»Falschgeld in Bad Rittershude«, sagte Karlchen Kubatz und grinste über das ganze Gesicht. »Du kannst die Mark schon lokkermachen.«

Der Chefredakteur zog die Augenbrauen hoch. »Und woher weißt du das?«

»Von Fritz Treutlein«, gab Karlchen bereitwillig Auskunft. »Der ganze Salon hat es mitangehört.«

»Trotzdem hätte Fritz darüber eigentlich nicht sprechen dürfen«, bemerkte der Chefredakteur. Dabei klappte er jetzt die Zeitung auseinander und drehte sie so, daß seine Frau und Karlchen die Aufmachung der Titelseite lesen konnten. »Das Wetter spielt verrückt«, stand da in einer kleineren Schrift und darunter groß als Schlagzeile: »Mitten im Sommer auf der Zugspitze Schnee.«

»Aber wieso?« fragte Karlchen und guckte wie ein kleiner Junge, dem seine Eistüte in den Sandkasten gefallen ist. »Das mit dem falschen Hundertmarkschein stimmt doch, und vermutlich sind es sogar zwei. Ich begreife die Welt nicht mehr.«

»Und weshalb begreifst du die Welt nicht mehr?« fragte sein Vater. Er betrachtete seinen Sohnemann und mußte schmunzeln.

»Weil du doch sonst immer mit deiner Zeitung . . .« Karlchen stockte und nahm einen neuen Anlauf. »Wenn du das Falschgeld heute nicht auf der ersten Seite hast, dann muß das einen Grund haben.«

»Manchmal werfen Angler einen gefangenen Fisch wieder ins Wasser, weil sie damit einen viel größeren anlocken wollen«, meinte der Chefredakteur ein wenig undurchsichtig und lächelte.

Auch seine Frau lächelte, weil ihr Herr Kubatz gestern abend die ganze Geschichte erzählt hatte. »Wann kommen die beiden Herren vom Falschgelddezernat?« fragte sie jetzt.

»Ich erwarte sie jeden Moment«, antwortete der Chefredakteur. »Eigentlich habe ich vorhin schon bei jedem Telefonklingeln vermutet, sie seien an der Strippe.«

»Vom Falschgelddezernat, sagst du?« wiederholte der Bürstenhaarschnitt.

»So ist es, mein Sohn«, erwiderte Herr Kubatz, während er sich seinen Regenmantel angelte und dann über die Schultern warf. »Die Sache wird Wellen schlagen, hoffe ich, und dann reiten die *Bad Rittershuder Nachrichten* auf ihnen zu einem neuen Auflagenrekord.« Er drehte sich um und wandte sich an Karlchen. »Aber halt ja den Mund, ich hab' vorerst totales Stillschweigen versprochen.«

Der Bürstenhaarschnitt schnappte sich seine Schulmappe und folgte seinem Vater nachdenklich in den Korridor. Er spürte ganz plötzlich ein schlechtes Gewissen.

Jetzt hätte er seinem Vater berichten müssen, was die Glorreichen Sieben im Keller des unheimlichen Hauses entdeckt hatten.

Aber auch Karlchen hatte sich zu totalem Stillschweigen verpflichtet. Es war schon dämlich, wie man im Handumdrehen in Konflikte hineinschlittern konnte.

Herr Kubatz kletterte in der Garage bereits unter das Segeltuchverdeck seines knallroten Cabrios. Gleich daneben lehnte Karlchens Fahrrad an der Wand. Seine Gedanken hüpften durcheinander, als er seine Ledermappe auf den Gepäckträger klemmte. Auf einmal richtete er sich auf. »Vielleicht ist dieses Falschgeld ganz in der Nähe von Bad Rittershude gedruckt worden«, begann er vorsichtig. »Jedenfalls haben wir . . .«

»Das wäre zu schön, um wahr zu sein«, rief der Chefredakteur, ließ gleichzeitig seinen Motor aufheulen und röhrte davon. Der Setter namens Nepomuk kam um das Haus gefegt und bellte hinter ihm her.

Auch Herr Wildenbusch wäre jede Wette eingegangen, daß die *Bad Rittershuder Nachrichten* heute mit der Falschgeldschlagzeile erschienen. Aber als ihm dann der Auslieferer des Verlags seinen täglichen Zeitungsstapel auf den Verkaufstisch knallte, war er genauso vor den Kopf gestoßen wie kurz zuvor der Junge mit dem Bürstenhaarschnitt. »Mitten im Sommer auf der Zugspitze Schnee«, murmelte er beim Lesen vor sich hin. Er paffte eine Zigarrenrauchwolke in die Luft, zuckte mit den Schultern und zerschnitt die Schnur, mit der das Paket zusammengebunden war. Sein hellbrauner Kater schnurrte, stellte sich auf die Hinterbeine, kratzte mit den Pfoten an seiner Hose und blickte mit seinen tiefblauen Augen zu ihm hinauf.

»Ja, Benno«, antwortete Herr Wildenbusch. »Heute gibt's Leber, ich bin gleich soweit.«

Da kam auch schon Tabakwarenhändler Bemmelmann über den Richard-Wagner-Platz getrabt. »Na, ist mein Hunderter auf der ersten Seite?« fragte er bereits, als er über die Bordsteinkante trippelte.

»Die Zugspitze hat ihn verdrängt«, bemerkte Wildenbusch. »Und dabei hatte ich mir heute ein besonders gutes Geschäft versprochen.«

»Vielleicht steht's wenigstens innen«, meinte der Tabakwarenhändler.

Sie nahmen zwei Zeitungen vom Stapel und blätterten sie Seite für Seite durch. »Nichts«, sagte Bemmelmann schließlich enttäuscht. »Das begreife, wer's kann.«

»Also, ich kann es jedenfalls nicht«, stellte der Kioskbesitzer fest.

Als gute zwei Stunden später der D-Zug aus Frankfurt in den Bahnhof einfuhr, regnete es nicht mehr. Von den Dächern fielen noch die letzten Tropfen, aber die Bürgersteige waren bereits wieder trocken, und auch die letzte Wolke hatte sich aufgelöst.

Hauptkommissar Havelstein sprang als erster auf den Bahnsteig. Er zog die Luft ein und blickte sich um. »Das also ist Bad Rittershude«, sagte er, nachdem er wieder ausgeatmet hatte.

»Hoffentlich ist es hübscher als sein Bahnhof«, bemerkte Kommissar Jascheck. Er hatte während der Fahrt den in Berlin versäumten Schlaf nachgeholt und fühlte sich jetzt wieder putzmunter.

»Da denkt man, der Regen scheucht diese Affenhitze endlich weg, aber Pustekuchen«, sagte ein jüngerer Mann, der jetzt gleichfalls aus dem Waggon geklettert war. Er hieß Paul Hoffmann und gehörte zu einer Spezialabteilung der Spurensicherung. Zu einer grauen Flanellhose trug er ein dunkelblaues Hemd, war schlank und braun gebrannt.

»Mal sehen, was uns hier erwartet«, meinte Havelstein und tigerte los.

Die drei Herren begaben sich mit ihren Reisetaschen zum Ausgang. Sie suchten niemanden, denn sie hatten ausdrücklich darum gebeten, daß man sie nicht abholte.

Das hätte ja gerade noch gefehlt, daß sie von ortsbekannten Polizeibeamten begleitet würden.

Etwa zwanzig Meter hinter ihnen waren noch zwei Reisende aus dem Zug gestiegen, die jetzt gleichfalls dem Ausgang zustrebten. Sie waren beide etwa vierzig Jahre alt. Der eine steckte in einem sandfarbenen Kordanzug und trug die Jacke über dem Arm. Der andere hatte eine eng anliegende Leinenhose an, das Hemd bis zum Nabel offen und eine dunkle Sonnenbrille vor den Augen. Beide trugen Lederkoffer in den Händen.

Hauptkommissar Havelstein und auch Jascheck hatten den zwei Mitreisenden keine Beachtung geschenkt. Dabei waren ihre Gesichter und ihre diversen Gefängnisstrafen bestimmt in einem ihrer Computer gespeichert. Aber das konnten die Herren in diesem Augenblick nicht ahnen.

»Er hat tatsächlich Wort gehalten«, stellte Hauptkommissar Havelstein zufrieden fest, nachdem er sich in der Eingangshalle gleich die neuesten *Bad Rittershuder Nachrichten* gekauft und dann durchgeblättert hatte. »Immerhin kein schlechter Anfang.«

Im *Hotel zum Kurfürsten* ging es zu wie in einem Taubenschlag.

Die Loge von Chefportier Pelz war von Gästen umlagert, die alle gleichzeitig etwas von ihm wissen wollten.

»Bitte sehr, meine Herren, der Reihe nach«, bat er immer wieder.

Und tatsächlich waren es ausschließlich Männer, die sich da versammelt hatten. Sie schienen sich alle zu kennen und waren aufgekratzt wie Kegelbrüder bei einem Vereinsausflug.

Einer verlangte nach seinem Zimmerschlüssel, andere wollten bereits ihre Rechnung bezahlen, weil sie am Abend bei der Abreise möglicherweise in Eile wären, wieder andere baten um Telefonverbindungen kreuz und quer durch Deutschland.

Aber die meisten wollten lediglich erfahren, wie man sich denn in Bad Rittershude die nächsten Stunden um die Ohren schlagen könnte.

»Wir haben am Nachmittag unseren sehr beliebten Tanztee im Aphroditensaal, wie an jedem Mittwoch«, schlug der Chefportier vor.

»Aber Sie wissen doch, daß wir um vierzehn Uhr bereits zu unserer Sitzung antanzen müssen«, warf einer der Herren ein. Er klopfte dabei mit einer Zigarette auf seine Armbanduhr.

»Richtig, daran habe ich im Augenblick nicht gedacht«, gab der Chefportier zu. »Sie sind ja zum Arbeiten hier.«

»Leider«, pflichtete ein Mann mit einem hellen Panamahut bei. »Aber momentan könnten wir noch etwas unternehmen.«

»Ein Spaziergang im Kurgarten«, empfahl Herr Pelz. »Oder ein Besuch in unserem Heimatmuseum.«

Die Gesichter der Männer zeigten nur geringe Begeisterung.

»Selbstverständlich kommt auch unser weltbekanntes Thermalbad in Betracht. Die Quellen kommen mit fünfunddreißig Grad direkt aus der Erde, was im Wechsel mit kaltem Wasser bei dieser Hitze sehr erfrischend ist. Außerdem kann man sich auch massieren lassen, wenn man dazu Lust hat.« Er spürte, daß jetzt Zustimmung aufkam. »Auch im Hinblick darauf, daß die meisten von Ihnen erst mitten in der Nacht angereist sind, wäre unser Thermalbad wohl genau das richtige für Sie.«

Man ließ sich den Weg erklären und drängelte sich an dem spindeldürren Pagen Fridolin Paschulke vorbei durch die gläserne Drehtür auf die Straße.

Hauptkommissar Havelstein hatte mit seinen zwei Begleitern etwas abseits gestanden und gewartet. Als er jetzt an die Loge herantreten wollte, schoben sich von der anderen Seite die zwei Männer vom Bahnhof dazwischen. Sie füllten die Meldezettel aus, bekamen ihre Zimmerschlüssel, der Page Fridolin flitzte herbei, schnappte sich ihr Gepäck und komplimentierte sie zum Lift.

Währenddessen war ein jüngerer Mann damit beschäftigt, Plakate einer Firma OPTAL AG in der Eingangshalle anzukleben.

»Aber Sie verwenden mir gefälligst nur Tesafilm, wie gesagt«, rief ihm Herr Pelz zwischendurch zu. »Keine Nägel oder dergleichen und auch keine noch so kleine Reißzwecke.«

»Aber, klar doch. Sie können sich auf mich verlassen«, rief der Bursche zurück. Er hatte tiefschwarze Schmalzlocken, Tennisschuhe an den Füßen und einen Zahnstocher im linken Mundwinkel. »Es gibt nicht den klitzekleinsten Kratzer.«

»Das möchte ich auch hoffen«, erwiderte der Chefportier und nahm jetzt die Meldezettel der Herren Havelstein, Jascheck und Hoffmann in die Hand. »Auch von OPTAL AG, die Herren?«

Die Kriminalbeamten hatten beim Ausfüllen der Formulare die Frage nach ihrem Beruf selbstverständlich großzügig übergangen. Und jetzt widersprachen sie nicht, was der Chefportier als Zustimmung auffaßte. Er war bereits dabei, drei Schüssel von ihren Haken zu nehmen. »So eine Vertretertagung kann bei dieser Hitze ganz schön anstrengend sein«, meinte er und fügte hinzu: »Die Sitzung ist um vierzehn Uhr im Blauen Salon, der sich im ersten Stock befindet. Ich wünsche Ihnen einen angenehmen Aufenthalt bei uns.« Er hob den Kopf. »Zimmer 18, 19 und 20«, sagte er zu seinem Pagen, dessen Livree genauso grasgrün war wie seine eigene, mit dem Unterschied, daß er eine ganze Menge Gold auf den Schultern hatte. Der spindeldürre Junge kam gerade über die Treppe zurückgelaufen.

»Jetzt hauen wir uns zuerst einmal unsere Bärte aus dem Gesicht, und dann leisten wir uns eine Dusche«, schlug Havelstein vor, als sie im Fahrstuhl standen. »Soviel Zeit muß sein.« Er blickte auf seine Armbanduhr. »Sagen wir, um elf Uhr dreißig wieder in der Halle.« Das war eine halbe Stunde später.

Als sich der Hauptkommissar in seinem Zimmer den Rasierschaum aus dem Gesicht wusch, dachte er daran, sich und seine Begleiter bei Polizeimeister Kalender anzumelden. Er hatte bereits den Hörer in der Hand, legte ihn dann aber gleich wieder auf. In solchen Hotels wußte man nie, ob sich eine Telefonistin nicht gerade langweilte und zur Unterhaltung die Gespräche der Gäste mithörte.

Bevor er sich dann mit Jascheck und Hoffmann auf den Weg machte, ließ er sich vom Chefportier eine Karte von Bad Rittershude und Umgebung aushändigen.

»Bis zur Sitzung ein Bummel durch die Stadt oder auch in unser Thermalbad?« fragte Herr Pelz.

»Warum nicht?« meinte der junge Kriminalassistent Hoffmann, der einen schmalen Metallkoffer mitgebracht hatte. Er gehörte zu einem Spurensicherer wie ein Zylinder zum Schornsteinfeger. Im übrigen hatte er sein dunkelblaues Hemd gegen ein zitronengelbes ausgewechselt.

Die drei schlenderten in aller Ruhe zum Marktplatz und blickten sich um.

»Man soll Städte doch nicht nach ihrem Bahnhof beurteilen«, bemerkte Kommissar Jascheck. »Das ist doch alles ausgesprochen hübsch hier.«

Auf der Treppe zum Rathaus machten die Herren noch den Eindruck, als wollten sie lediglich zur Kraftfahrzeugstelle oder zur Stadtreinigung. Aber dann bogen sie gleich im Erdgeschoß um die Ecke und verschwanden hinter der Tür des Polizeireviers.

Herr Kalender und Reviervorsteher Nielsen hatten die Herren schon seit geraumer Zeit erwartet. Man begrüßte sich und tauschte Höflichkeiten aus. Herr Nielsen hatte sich ausnahmsweise eine Krawatte umgebunden, und Kalender trug einen Fischgrätanzug. »Ich habe mir erlaubt, heute in Zivil zu erscheinen«, meinte er, »wenngleich mein Gesicht auch ohne Uniform bekannt ist. Aber es könnten ja auch Fremde in der Stadt sein, die nicht gleich auf den ersten Blick Bescheid wissen sollen.«

»Auf jeden Fall ist Ihre Verkleidung kein Fehler, lieber Herr Kollege«, meinte der Hauptkommissar höflich, und dann kamen die Herren zur Sache.

Die zwei Hundertmarkscheine lagen nebeneinander auf einem Schreibtisch. Der von Tabakwarenhändler Bemmelmann, den die Bank wieder herausgerückt hatte, und der von Herrn Wildenbusch, letzterer immer noch in einer Plastiktüte.

»Wir haben inzwischen einwandfrei feststellen lassen, daß

beide Banknoten gefälscht sind«, stellte Polizeimeister Kalender fest.

»Und das nicht schlecht«, erwiderte Hauptkommissar Havelstein bereits nach dem ersten Blick. Die drei Herren aus Frankfurt und Berlin hatten ihre Köpfe ganz dicht über den Falsifikaten. Jetzt nahm der Hauptkommissar den Bemmelmannschen Schein von der Schreibtischplatte, hielt ihn eine Weile gegen die Sonne, die durch das Fenster ins Zimmer fiel, beguckte sich eine ganze Weile die Rückseite und prüfte das Papier zwischen Daumen und Zeigefinger. Er gab den Hundertmarkschein an seinen Kollegen Jascheck weiter, und der wiederholte so ziemlich das, was Havelstein gerade gemacht hatte.

»Die Farben sind prima«, brach der Berliner Kommissar das Schweigen. »Und das Wasserzeichen ist einwandfrei.«

»Mit dem Originalpapier der Bundesbank kein Wunder«, erwiderte Havelstein. »Aber dafür, daß die Dinger falsch sind, sind sie fast ein Meisterwerk. Einer davon kommt unter Garantie an die Wand hinter meinem Schreibtisch. In den letzten Jahren war nur Ramsch auf dem Markt. Aber das da . . .« Er wiegte den Kopf hin und her, dann blickte er auf. »Wie hat der Bankkassierer die Fälschung erkannt?«

»Am Sicherheitsfaden, glaube ich«, erwiderte Polizeimeister Kalender. »Aber Herr Zumsteg, so heißt der Kassierer, steht jederzeit zur Verfügung.«

»Wird vorerst nicht nötig sein, wir haben da unsere eigenen Methoden«, meinte der Hauptkommissar. »Los, an die Arbeit, Hoffmännchen . . .«

Der junge Kriminalassistent hatte bereits seinen Metallkoffer aufgeklappt, der innen einem kleinen Chemielaboratorium glich.

»Hier das Protokoll«, mischte sich jetzt Reviervorsteher Nielsen ein. »Aber eigentlich steht nichts drin, was Sie nicht schon wissen.«

Während Havelstein die drei Seiten des Polizeiberichts überflog, sagte er zwischendurch: »Rufen Sie doch bitte diesen Chefredakteur Kubatz an. Er hat es verdient, daß ich endlich von mir hören lasse.«

Polizeimeister Kalender ging zu seinem Schreibtisch und bat die Zentrale um eine Verbindung mit den *Bad Rittershuder Nachrichten.*

»Na ja«, meinte Havelstein und gab das Protokoll an seinen Berliner Kollegen weiter. »Vollbart, Sonnenbrille und einen Hut tief in die Stirn, das riecht nach Maskenball. Damit ist wohl nicht viel anzufangen.«

»Immerhin war der Käufer außergewöhnlich groß und korpulent, wie die Herren Bemmelmann und Wildenbusch übereinstimmend bezeugen«, wagte Polizeimeister Kalender einzuwenden. »Das sind naturgegebene Tatsachen, die sich nicht verändern lassen.«

Hauptkommissar Havelstein lachte schallend. »Da haben Sie allerdings recht, Kollege.«

Im selben Augenblick klingelte das Telefon, und dann war auch schon der Chefredakteur der *Bad Rittershuder Nachrichten* am Apparat.

»Kubatz.«

»Und hier Havelstein. Guten Tag, Herr Chefredakteur, und gleich als erstes, meinen besten Dank für Ihre Verschwiegenheit . . .«

Die Herren plauderten eine Weile miteinander, als würden sie sich schon hundert Jahre kennen. Doch dann fragte Herr Kubatz schließlich doch: »Also, wie sieht es aus, Herr Hauptkommissar? Habe ich für die morgige Ausgabe grünes Licht?«

»Wann müssen Sie das spätestens wissen?«

»Wir gehen gegen zwanzig Uhr in Druck«, erwiderte Herr Kubatz. »Aber Redaktionsschluß ist bereits zwei Stunden früher. Wenn allerdings in der Antarktis auf einmal Kirschen oder Zitronen zu blühen anfangen, können wir die erste Seite auch noch auswechseln, wenn die Maschinen schon am Rollen sind.«

Der Hauptkommissar schmunzelte. »Das wird nicht nötig sein, Herr Kubatz. Aber lassen Sie mir Zeit, sagen wir bis sechzehn Uhr. Im übrigen sollten wir uns dringend persönlich kennenlernen. Ich könnte auf einen Sprung zu Ihnen rüberkommen, wenn's recht ist?«

»Das fragen Sie noch? Ich kann es kaum erwarten, Ihre Bekanntschaft zu machen. Wie wär es mit einem gemeinsamen Mittagessen? Unsere Kantine ist nicht gerade das *Hotel zum Kurfürsten,* aber so schlecht auch wieder nicht.«

Über Bad Rittershude schien inzwischen wieder die Sonne.

Trotzdem wurde es nicht heiß genug. Vermutlich war der Regen vom frühen Vormittag daran schuld, daß die Thermometer im Prinz-Ludwig-Gymnasium und auch in der Maximilianschule um zehn Uhr erst auf dreiundzwanzig Grad geklettert waren.

»Na, wie sieht's aus?« fragte Emil Langhans, als er in der großen Pause Herrn Knöppke auf der Treppe begegnete.

»Hitzefrei könnt ihr für heute vergessen«, meinte der Hausmeister. »Der Unterricht geht über die volle Distanz.«

Es wurde also Mittag, bis zuerst die Glorreichen Sieben und dann die Maxen bei *Erikas Milchbar* eintrudelten und ihre Fahrräder links und rechts neben dem Eingang an die Hausmauer lehnten.

»Das könnt ihr mir nicht weismachen«, hatte Frau Bandel ausgerufen und ungläubig gelacht, als ihr die Glorreichen von der plötzlichen Versöhnung mit den Maximilianschülern berichtet hatten. »Ihr wollt mich auf den Arm nehmen, ihr Halunken.«

Aber als dann Ulli Buchholz mit seiner Horde tatsächlich zur Tür hereinkam und freundlich grinsend einen guten Tag wünschte, da schüttelte sie nur den Kopf. »Eher hätte ich's für möglich gehalten, daß unser Rathaus Walzer tanzt oder der Teufel in der Hölle auf Glatteis ausrutscht«, bemerkte sie und verschwand in ihrer kleinen Wohnung neben der Theke. »Vorerst braucht ihr mich ja nicht«, meinte sie noch, bevor sie die Tür hinter sich zumachte.

Die Glorreichen Sieben und die Maxen waren um diese Essenszeit nämlich die einzigen Gäste, und Paul Nachtigall hatte die Besitzerin der Milchbar schon gleich nach dem Hereinkommen schonend darauf vorbereitet, daß sie heute nicht wegen ihrer Mixgetränke vorbeigekommen seien.

»Schon kapiert«, hatte Frau Bandel geantwortet. »Die Herren wollen wieder einmal unter sich sein.«

Jetzt verteilten sich die Glorreichen und die Maxen auf die Stühle und Hocker an der Theke. Eine ganze Weile blickten sie sich schweigend an. Einige grinsten.

»Komisch«, sagte Paul Nachtigall schließlich, »daß wir so friedlich nebeneinandersitzen. Daran muß ich mich noch gewöhnen.«

Ulli Buchholz rieb sich mit dem Handrücken übers Kinn und zeigte sein übliches Lausbubenlächeln. »Dazu bleibt uns im Augenblick nicht viel Zeit«, meinte er. »Wenn das mit der Falschgeldwerkstatt wirklich stimmt, dann kommt's vielleicht auf jede Minute an.«

»Wir müssen sie mitten in der Nacht überfallen und hopsnehmen«, schlug das Babygesicht vor. »Bestimmt gibt's dafür eine saftige Belohnung.«

»Entschuldigung, aber bei dir piept's wohl«, sagte Emil Langhans, und weil er sich über den neuen Ton gegenüber den Maxen noch nicht ganz im klaren war, fügte er hinzu: »Das soll selbstverständlich keine Beleidigung sein.«

Das Babygesicht lehnte sich zurück, und der Stuhl knarrte unter seinem Gewicht. »Will ich auch hoffen«, meinte er und grinste so freundlich wie ein Gartenzwerg.

»Indianerspielen wäre Blödsinn«, stellte der Anführer der Maxen fest. »Dazu ist die Kiste zu heiß.« Er blickte zum Boß der Glorreichen hinüber. »Was schlagt ihr vor? Schließlich haben wir alle genug Zeit zum Überlegen gehabt.«

»Du sagst es, die halbe Nacht bin ich in meinem Bett herumspaziert«, gab Paul Nachtigall zu.

»Und das Resultat?« fragte Ulli Buchholz.

»Zuerst soll euch unser Bürstenhaarschnitt erzählen, was er uns bereits in der großen Pause gesteckt hat«, schlug der Boß vor.

Karlchen Kubatz hatte wieder einmal die Hände unter den Oberschenkeln und wetzte auf seinem Stuhl hin und her. »Heute sollen Beamte vom Falschgelddezernat aus Frankfurt anreisen«, sagte er. »Vermutlich sind sie jetzt schon da und suchen nach Spuren.«

»Was bedeutet, daß wir ihnen Bescheid sagen sollten?« fragte der Junge in der kurzen Lederjacke. »Das meint ihr doch?«

»Es bleibt uns gar nichts anderes übrig«, stellte Paul Nachtigall fest. »Wir wollten nur warten, bis wir mit euch gesprochen haben.«

»Das Ding ist für uns ein paar Schuhnummern zu groß«, gab Emil Langhans zu bedenken.

Die Maxen schwiegen, blickten sich an und fühlten sich ein wenig geschmeichelt.

»Einverstanden«, sagte Ulli Buchholz endlich. »Und wir verbuchen es als Pluspunkt, daß ihr nicht losgedonnert seid, ohne uns zu fragen.«

»Abgemacht ist abgemacht«, sagte Paul Nachtigall.

Der Bürstenhaarschnitt klopfte an die Tür von Frau Bandels kleiner Wohnung und telefonierte kurz danach mit den *Bad Rittershuder Nachrichten.* Er wollte von seinem Vater erfahren, ob die Beamten vom Falschgelddezernat inzwischen eingetroffen wären und wo man sie erreichen könnte.

Es dauerte eine Weile, bis Fräulein Finkbeiner ihren Chef gefunden hatte.

»Du kommst nicht besonders gelegen«, bemerkte der Chefredakteur, als er schließlich den Hörer abgenommen hatte. »Wo brennt's?«

»Eigentlich hätte ich dir schon heute morgen beim Frühstück etwas sagen sollen, aber ich durfte den Mund nicht aufmachen, weil wir uns das Wort gegeben hatten zu schweigen«, sagte Karlchen Kubatz und kam ins Stocken.

»Du sprichst in Rätseln, mein Sohn, und meine Zeit ist knapp«, erwiderte der Chefredakteur. »Würdest du freundlicherweise deutlich werden?«

So ganz deutlich wurde Karlchen Kubatz dann allerdings nicht, aber er erzählte doch soviel, daß es ausreichte, um den Chefredakteur sehr neugierig zu machen.

»Du hast mich in der Kantine erwischt«, sagte er. »Und die Herren, von denen du sprichst, sitzen mit mir beim Mittagessen.«

»Bestimmt würde ihnen der Appetit vergehen, wenn sie ahnen würden . . .«

»Wie bitte?« unterbrach ihn der Chefredakteur, hörte noch eine Weile zu, und dann sagte er nur noch: *»Erikas Milchbar* in der Rabenstraße, okay«, und legte auf.

Schon eine Viertelstunde später lehnte Hauptkommissar Havelstein an Frau Bandels Theke.

Herr Kalender saß in seinem Fischgrätanzug neben Kommissar Jascheck auf einem abgestellten Heizkörper, der junge Spurensicherer Hoffmann hockte auf seinem Metallkoffer, und Chefredakteur Kubatz hatte es sich im Hintergrund auf einem Stuhl bequem gemacht, die Füße übereinander. Er schickte aus seiner Pfeife in regelmäßigen Abständen Rauchkringel in die Luft.

Sie alle hörten zu, wie die Glorreichen Sieben wiederholten, was sie am vergangenen Abend bereits den Maxen berichtet hatten, als sie im Schatten der Bäume zusammengerückt waren. Nur daß die Glorreichen jetzt ausführlicher wurden und auch auf Einzelheiten eingingen, wenn einer der Kommissare dazwischenfragte. Als zum erstenmal von dem verlassenen alten Haus die Rede war, ließen sich die Herren auf einer mitgebrachten Karte die Lage zeigen, die Umgebung mit dem Wald, dem Feldweg und der Landstraße.

»Wir haben uns dann lautlos verdrückt, und die Bande hat uns ganz bestimmt nicht bemerkt«, sagte Emil Langhans zum Schluß.

»Wenn es überhaupt eine Bande gibt«, meinte Hauptkommissar Havelstein. »Vielleicht habt ihr nur zuviel Phantasie, und die Eisentür mit dem geheimnisvollen Licht und das ratternde Geräusch, das alles existiert nur in eurer Einbildung.« Er hatte sich aufgerichtet und stand jetzt da, die Hände in die Hosentaschen gebohrt, mit erhobenem Kopf und ernster Miene. »Ich hab' schon Pferde kotzen sehen.«

Einen Moment war es still.

»Ich würde die Burschen an Ihrer Stelle ernst nehmen, Kollege«, mischte sich jetzt Polizeimeister Kalender ein. »Gelegentlich nennt man sie die ›Detektive‹, und ich könnte Ihnen erstaunliche Geschichten erzählen. Sie haben mehrfach beträchtliche Erfolge gehabt.«

»Das ergab sich von Fall zu Fall einfach so«, bemerkte der dickliche Sputnik bescheiden.

»Da gibt es mal wieder die berühmten zwei Möglichkeiten«, äußerte sich Kriminalkommissar Jascheck. »Entweder wir pusten das Ganze als Märchen in den Wind, oder wir machen uns auf die Socken.« Er schlug sich mit den Händen auf die Knie und sprang auf. »Ich bin für letzteres, und zwar auf der Stelle.«

»Wenn das so einfach wäre«, warf der Hauptkommissar ein. »Falls wir auch nur im mindestens damit rechnen, daß es da draußen tatsächlich eine Falschgeldbande gibt, können wir nicht einfach nur losspazieren, so wie wir sind. Das geht nicht ohne Polizeischutz.« Er wandte sich an Herrn Kalender. »Ich brauche vier oder sechs Mann, möglichst mit MP, Stahlhelm und Schußwesten. Gibt's hier so was überhaupt?«

»Wir haben in Bad Rittershude zwei Grenzschutzeinheiten

stationiert«, antwortete der Polizeimeister. »Wenn ich auf den Knopf drücke, haben Sie in einer Viertelstunde, was Sie brauchen.«

»Drücken Sie, Herr Kollege«, erwiderte der Hauptkommissar. »Und vier Mann sind vorerst genug. Wir wollen die mögliche Blamage so klein wie möglich halten. Meine Kollegen lachen sich schief und dämlich, wenn wir lediglich ein paar Ratten aufstöbern.«

Herr Kalender benutzte bereits Frau Bandels Telefon.

»Aber Sie würden sich nicht weniger blamieren«, bemerkte Chefredakteur Kubatz aus dem Hintergrund, »wenn Sie nichts unternehmen, und hinterher stellt es sich heraus, daß man die Blüten direkt unter Ihrer Nase gedruckt hat.« Seine Pfeifenrauchkringel wanderten weiter zur Decke. »Sie gestatten doch, daß ich mitkomme?«

Ehe Hauptkommissar Havelstein antworten konnte, schoben die Glorreichen Sieben und die Maxen ihre Stühle zur Seite und standen auf.

»Wir fahren schon los und erwarten Sie dann an der Landstraße, wo der Feldweg abgeht«, verkündete Paul Nachtigall.

»Moment mal«, widersprach der Hauptkommissar. »Klar, daß ich den einen oder anderen von euch brauche, damit er uns den Gang unter der Villa zeigt und die Schiebetür in der Mauer. Aber erst wenn ich sicher bin, daß nichts passieren kann. Und die anderen bleiben hier, damit wir uns richtig verstehen.«

»Wir wollten eigentlich wie bei einem Schulausflug gemütlich durch den Wald radeln«, meinte Ulli Buchholz.

»Und wenn man uns tatsächlich bemerken sollte«, ergänzte Paul Nachtigall, »dann wirken wir so harmlos und friedlich, daß kein Mensch auf die Idee kommt, es könnte gleichzeitig Polizei in der Nähe sein.«

»Selbstverständlich versprechen wir, immer schön entfernt zu bleiben«, versicherte Sputnik. »Aber schließlich ist es unser Tip, Herr Hauptkommissar.«

»Die Maxen und die Glorreichen Sieben im selben Boot, das ist ja ganz was Neues«, bemerkte der Chefredakteur der *Bad Rittershuder Nachrichten* verwundert, stand jetzt auch auf und kam näher heran. »Ich werde auf die Herrschaften aufpassen, wenn das Ihre Entscheidung erleichtert. Zugegeben, ich denke dabei auch ein wenig . . .«

»... an die Leser Ihrer Zeitung«, fügte der Hauptkommissar hinzu. »Es wäre doch eine fabelhafte Story, wenn bei einer möglichen Entdeckung der Geldfälscher auch Schüler aus der Stadt dabei sind. Eine lokale Bereicherung, sozusagen.«

»Wie gesagt, ich gebe es zu«, meinte Herr Kubatz, schmunzelte, ließ wieder einen Rauchkringel aufsteigen und steckte sein Notizbuch in die Tasche.

So kam es, daß wenig später die Glorreichen und die Maxen wieder nebeneinander über die Landstraße geigten. Chefredakteur Kubatz fuhr in seinem roten Cabrio dicht hinter ihnen her. Dabei spuckte sein Motor gelegentlich, weil er so ein Zotteltempo nicht gewohnt war.

Kurz vor dem Gaskessel begegneten sie einem weiß-blau lackierten Wohnwagen. Er kam ihnen entgegen, fuhr an ihnen vorbei und quetschte sich über die Kreuzung, obgleich die Ampel bereits auf Rot umgeschaltet hatte.

Sie mußten unter den Bäumen an der Landstraße eine ganze Weile warten, bis der alte Mercedes von Herrn Kalender aus der Stadt kam, gefolgt von zwei Funkstreifenwagen. Die Kolonne kurvte in den Feldweg hinein und stoppte, als sich Paul Nachtigall zeigte. In den Streifenwagen kauerten Bereitschaftspolizisten, ihre Waffen zwischen den Knien, und im Mercedes saß der Polizeimeister hinter dem Steuer, der Hauptkommissar neben ihm und auf den Rücksitzen die Herren Jascheck und Hoffmann. Havelstein drehte das Seitenfenster herunter und blickte auf seine Karte.

»Wenn ihr schon da seid, dann fahrt mal so weit voraus, daß man uns von der alten Villa aus noch nicht beobachten kann.«

»Verstanden«, erwiderte Paul Nachtigall und segelte los. Die Glorreichen Sieben und die Maxen starteten ebenfalls. Sie unterhielten sich, lachten zwischendurch, und einige pfiffen vor sich hin. Also, noch harmloser ging es wirklich nicht.

In einigem Abstand schlichen der Mercedes und die beiden Streifenwagen hinter ihnen her. Jetzt spielte Chefredakteur Kubatz mit seinem Cabrio das Schlußlicht.

Vor einer Biegung, bei einer Birkengruppe, sprangen die Glorreichen und die Maxen aus den Sätteln und schlugen sich mit ihren Fahrrädern in die Büsche. Nur Paul Nachtigall und Ulli Buchholz warteten am Rand des Feldwegs, bis die drei Polizeiwagen angerollt kamen.

Die Kommissare und Polizeimeister Kalender stiegen aus.

»Da drüben«, flüsterte der Boß.

Havelstein nickte nur.

Paul Nachtigall huschte hinter den nächsten Baumstamm und dann ein paar Meter weiter hinter ein Gestrüpp. Dort blieb er stehen und winkte die anderen zu sich. Sie kamen behutsam näher, bis sie dicht neben ihm standen.

Von der Villa war von dieser Stelle aus nur der Turm mit der Zwiebelmütze zu sehen, das Schieferdach und ein paar Fenster mit den Holzläden davor.

»Und wo ist die Schiebetür, hinter der die Limousine verschwunden ist?« fragte der Hauptkommissar leise.

Ohne zu antworten, setzte sich der Boß der Glorreichen wieder in Bewegung, und Ulli Buchholz blieb an seiner Seite.

Jetzt lichtete sich der Wald, und sie mußten in der vollen Sonne über eine Grasfläche, die nicht von Bäumen geschützt war.

»Am besten, wir machen auf Spaziergänger«, schlug Paul Nachtigall vor. Und das taten sie dann auch. Sie nahmen die Hände auf den Rücken und schlenderten nebeneinander her, als ob sie Pilze suchen wollten oder Schmetterlinge beobachten. Als sie dann wieder in den Schatten der Bäume kamen, konnten sie zur linken Seite fast das ganze Haus und teilweise auch das große Eingangstor erblicken und nach ein paar weiteren Schritten schließlich hinter dem verfallenen Gebäude die efeubewachsene Mauer mit der breiten Schiebetür. Das Laub eines Holunderbusches verdeckte sie zur Hälfte.

Hauptkommissar Havelstein, Jascheck und der junge Hoffmann durchforschten mit ihren Blicken die Umgebung, tuschelten miteinander, und dann machten sich alle zusammen wieder behutsam auf den Rückzug.

Am Feldweg ließ Havelstein die Wagen ein Stück in den Wald hineinfahren und versammelte die Bereitschaftspolizisten um sich. »Kollege Kalender schirmt mit zwei Mann die Villa ab, damit uns niemand davonlaufen kann«, erklärte er. »Und wir nehmen uns diese Schiebetür vor«, sagte er zu Jascheck, Hoffmann und den übrigen beiden Polizisten. »Notfalls sprengen wir sie und räuchern die Bande aus.« Er drehte sich herum. »Und ihr rührt euch nicht vom Fleck, das müßt ihr mir versprechen«, rief er leise zu den Glorreichen und den Maxen hinüber. »Das gilt auch für Sie, Herr Kubatz. Wenn die Luft sauber ist, lasse ich euch bestimmt sofort nachholen.«

Es sah ernst und gefährlich aus, als sich die Bereitschaftspolizisten ihre Stahlhelme über den Kopf stülpten. Sie hatten kurze Maschinenpistolen unter dem Arm, und vor ihrer Brust pendelten Funkgeräte.

»Kein falscher Ehrgeiz«, ermahnte sie der Hauptkommissar noch. »Schließlich geht's nur um Falschgeld, und an Helden hab' ich keinen Bedarf.« Er stapfte los, und die anderen folgten ihm.

»Als ob im Kino kurz vor dem Schluß der Film reißt und das Licht angeht«, nörgelte das Babygesicht.

Schon nach etwa zwanzig Minuten sollte es sich zeigen, daß die Vorsichtsmaßnahmen von Hauptkommissar Havelstein wohl gutgemeint, aber leider überflüssig gewesen waren.

Die Glorreichen Sieben und die Maxen hatten es selbstverständlich in ihrem Versteck nicht ausgehalten, und auch Chefredakteur Kubatz war nicht in seinem knallroten Cabrio geblieben. Aber so ganz hatten sie ihr gegebenes Wort doch nicht gebrochen. Immerhin waren sie nur bis zu jener Stelle vorgedrungen, die den Blick auf das Schieferdach und den Zwiebelturm gestattete. Sie standen, hockten oder lagen dicht nebeneinander im Schatten, rührten sich nicht und warteten.

Zuerst kam dann Herr Kalender auf sie zu. Gleich danach tauchten auch zwei Bereitschaftspolizisten auf.

»Nichts«, keuchte der Mann in seinem Fischgerätanzug außer Atem. »Ihr könnt kommen.«

Die Glorreichen Sieben und die Maxen zogen lange Gesichter.

»Man muß auch Niederlagen einstecken können«, mahnte der Chefredakteur. »Ihr steht da wie begossene Pudel, die so naß sind, daß Enten auf ihren Rücken schwimmen können. Kopf hoch, Freunde.« Er klopfte an einem Baumstamm die Asche aus seiner Pfeife und lächelte schief.

»Los«, sagte Paul Nachtigall nur.

Sie flitzten zum Feldweg zurück, rissen ihre Fahrräder aus dem Gebüsch und zischten ab. Diesmal quer durch den Wald, über Baumwurzeln und durch ausgedörrtes Gras, direkt auf das verlassene Haus zu.

Auf halbem Weg wurden sie von dem alten Mercedes und den beiden Streifenwagen überholt. Gleich danach fuhr auch Chefredakteur Kubatz in seinem Cabrio an ihnen vorbei.

Die breite Schiebetür stand offen. Sie war an der linken Seite verbeult. Vermutlich hatte man sie gewaltsam öffnen müssen.

Als die Glorreichen Sieben und die Maxen die dunkle Zufahrtsrampe hinuntergingen, kam ihnen Jascheck entgegen.

»Was ist los?« fragte Sputnik aufgeregt.

»Geduld, ihr werdet's gleich sehen«, meinte der Kommissar. »Ich geh' voraus.«

Sie folgten ihm durch die niedrige Halle, schoben sich an zwei aufgeriegelten Eisentüren vorbei in einen Gang, der nur durch ein paar halbblinde Neonröhren beleuchtet wurde. Ihre Schritte hallten.

»Dieselben Türen wie drüben in der Villa«, flüsterte Emil Langhans.

»Ja, stimmt«, bestätigte der Kommissar.

Sie kamen durch den weiten Raum, den Sperling einmal den »Club« getauft hatte. Er lag fast ganz im Dunkeln, und die Ecke mit dem Tisch, dem alten Sofa und der Stehlampe war nur zu ahnen.

Dann hörten sie plötzlich das beständige Zittern und Rauschen. Es kam immer näher, je weiter sie in den Gang hineingingen.

»Das Stromaggregat«, bemerkte Herr Jascheck.

»Aber dann muß dieser Bunker doch bewohnt sein«, stieß der dickliche Sputnik hervor.

»Ja, müßte er eigentlich«, gab der Kommissar zur Antwort.

Als Karlchen Kubatz durch eine offene Tür den zugedeckten Steinway erblickte, blieb er stehen. »Carlo Maurus«, murmelte er. »Das Klavier muß diesem Opernsänger gehört haben.«

»Wer ist nun wieder Carlo Maurus?« fragte der Kommissar.

Aber bevor der Bürstenhaarschnitt antworten konnte, standen sie vor dem Raum, in welchem die Herren Stielicke und Co die falschen Hundertmarkscheine fabriziert hatten.

»Ihr dürft reingucken«, meinte der junge Kriminalassistent. »Aber faßt mir ja nichts an.« Er war bereits dabei, mit einer Kamera Blitzlichtaufnahmen zu machen.

»Na, kommt schon«, sagte Herr Havelstein. Er lehnte an der weiß gekalkten Wand und rauchte eine Zigarette. »Unser Kollege Hoffmann ist ein wenig pingelig, und Fußspuren gibt's hier sowieso keine.«

Die Glorreichen Sieben und die Maxen drängelten sich zur Tür herein, blieben stehen und staunten.

Der Raum sah aus, als hätte eine Schimpansenherde in ihm herumgetobt oder sich ein schlafloses Flußpferd herumgewälzt. Der Boden war mit jeder Menge Papier bedeckt, Tische und Stühle waren umgekippt, Kanister, aus denen Farbe geflossen war, lagen herum, dazu weggeworfene Arbeitskleidung, leere Flaschen, Konservendosen, die als Aschenbecher benutzt worden waren, ungewaschenes Geschirr.

In diesem Augenblick knackte es, und dann zuckte ein Blitz von der Decke herunter. Eine der Neonröhren hatte ihren Geist aufgegeben.

»Also doch«, stieß Karlchen Kubatz hervor.

»Das kann ja nicht wahr sein«, rief Emil Langhans fast zur selben Zeit.

Jetzt erst hatten sie in den schlecht beleuchteten Ecken die beiden Druckmaschinen entdeckt.

»Und da«, platzte Ulli Buchholz heraus. Gleich neben der Tür lagen Papierbahnen, auf denen Hundertmarkscheine nebeneinander und übereinander aufgedruckt waren. Sie waren allerdings teilweise fast farblos oder zu blau geraten.

»Leider sind die Vögel ausgeflogen«, bemerkte Hauptkommissar Havelstein. »Aber eure Vermutung war richtig. Hinter der Eisentür im Kellergang der Villa habt ihr tatsächlich das Rattern dieser beiden Maschinen gehört. Die Tür war übrigens von dieser Seite aus verriegelt, und sie ist kaum mehr als zwanzig Meter von hier entfernt.« Er nahm einen Zug aus seiner Zigarette und blickte dabei zu den Jungen hinüber. »Ihr habt uns einen wichtigen Schritt weitergebracht, besten Dank.«

»Das war aber schon beinahe überfällig, Herr Havelstein«, bemerkte der Chefredakteur der *Bad Rittershuder Nachrichten.* Er saß mit Pfeife und Notizbuch auf einem umgestürzten Stuhl.

»Ich kann es noch nicht beweisen«, meinte der junge Spurensicherer Hoffmann zögernd, »aber ich möchte wetten, daß die Herrschaften erst vor ein paar Stunden getürmt sind.« Er hatte inzwischen wie ein Hund an den zurückgelassenen Speiseresten herumgeschnuppert und die weggeworfenen Kleidungsstücke untersucht. »Kann sogar sein, daß es erst vor einer knappen Stunde gewesen ist.«

Währenddessen war Karlchen Kubatz in die Hocke gegangen

und betrachtete neugierig einen der Papierbogen mit den Hundertmarkscheinen. »Das sind doch bestimmt Andrucke, die in die Hose gegangen sind, oder?« fragte er.

Da wirbelte der junge Hoffmann herum, wie von einer Tarantel gepikt. »Himmeldonnerwetter, ihr sollt eure Pfoten von dem Zeug lassen!« brüllte er.

Der Bürstenhaarschnitt zuckte zusammen, als habe er eine Ohrfeige kassiert. Er wich unwillkürlich einen Schritt zurück, stolperte dabei über die eigenen Füße und saß plötzlich auf dem Boden. »Entschuldigung«, stammelte er mit knallrotem Kopf. »Ich bin ein Affe im Porzellanladen.«

»Wenn schon Porzellanladen, dann Elefant«, bemerkte sein Vater seelenruhig durch eine Pfeifenrauchwolke hindurch.

»Keines von beiden«, sagte Hauptkommissar Havelstein gedehnt, während er zu Karlchen hinüberstarrte. »Er ist ein Wunderknabe und hat mit seinem Hintern gerade eine Goldader entdeckt.«

Er ging langsam auf Karlchen zu. Eigentlich schlich er mehr. Er streckte seine Hand aus und zog den Bürstenhaarschnitt wieder auf die Beine.

»Was haben wir denn da?« sagte Havelstein. Er flüsterte immer noch, beugte sich jetzt vor und stützte seine Hände auf die Knie.

Genau an jener Stelle, auf der Karlchen Kubatz mit seinem Hosenboden gesessen hatte, war jetzt ein Stück bräunliche Pappe zu sehen. Sie war bisher von den Fehldrucken und anderem Papier zugedeckt gewesen und erst durch Karlchens Ausrutschen freigelegt worden. Ein großes O und ein großes P waren nebeneinandergedruckt.

Inzwischen hatten sich auch die Herren Jascheck und Hoffmann bewegt. Sie gingen links und rechts von Hauptkommissar Havelstein in die Hocke und guckten neugierig zu, wie dieser das Stück Pappe mit den Fingerspitzen vorsichtig anhob und herauszog.

Jetzt war der vollständige Aufdruck zu lesen: OPTAL AG.

»Sieh mal an«, murmelte der Hauptkommissar. »OPTAL AG, da klingelt's doch bei uns?«

»Und die Pappe ist eigentlich ein auseinandergeklappter Karton«, bemerkte Jascheck. »Vermutlich stabil und groß genug, um einige Stapel Hundertmarkscheine zu transportieren.«

Die drei Herren blickten sich bedeutungsvoll an.

Chefredakteur Kubatz nahm seine Pfeife aus dem Mund und räusperte sich, bevor er sprach. »Wenn man Sie stören darf, meine Herren, was bedeutet diese OPTAL AG, bitte schön?«

Hauptkommissar Havelstein richtete sich auf. »Eine ziemlich raffinierte Tarnung«, antwortete er. »Unter diesem Firmennamen haben die Geldfälscher im *Hotel zum Kurfürsten* eine Tagung organisiert und ihre Vertreter aus allen Himmelsrichtungen anreisen lassen. Aber diese angeblichen Vertreter sind in Wirklichkeit die Herren Verteiler, die das Geld in den Verkehr bringen sollen. Die falschen Hunderter sind bestimmt in diese Kartons verpackt worden, da hab' ich keinen Zweifel.« Er klopfte mit dem Fingerknöchel auf die bräunliche Pappe, die fast so dick wie Sperrholz war. Und dann blickte er auf seine Armbanduhr. »Wenn ich mich nicht irre, hatten sich diese Optal-Leute für den frühen Nachmittag eine Sitzung vorgenommen?«

»Um vierzehn Uhr«, erwiderte Kommissar Jascheck.

»Also, worauf warten wir noch?« rief der Hauptkommissar. »Pack deinen Koffer zusammen«, sagte er zu seinem jungen Kollegen von der Spurensicherung. »Du kommst mit, vielleicht gibt's im *Hotel zum Kurfürsten* Arbeit für dich, die wichtiger ist. Hier kann dir ja nichts davonlaufen.«

Einer der beiden Funkstreifenwagen blieb mit seiner Besatzung zur Bewachung zurück, und der andere holperte schon kurz danach an der verfallenen Villa vorbei. Der alte Mercedes fuhr dicht hinter ihm her. Mit einigem Abstand folgten das rote Cabrio, die Glorreichen Sieben und die Maxen auf ihren Rädern.

Als der Streifenwagen nach dem Feldweg auf die Landstraße einbog, schaltete er sein Blaulicht ein und ließ seine Sirene aufheulen. Polizeimeister Kalender saß in seinem alten Mercedes wieder hinter dem Steuerrad, und der Hauptkommissar lehnte neben ihm und hatte seine Beine ausgestreckt. Er paffte bereits die zweite Zigarette, während sie auf Bad Rittershude zubrausten. Dabei war er eigentlich Nichtraucher. »Ob die OPTAL AG überhaupt existiert?« fragte er und drehte dann den Kopf zur Seite. »Vielleicht können Sie versuchen, das festzustellen, sobald wir im Hotel sind, Kollege Kalender?«

Die Glorreichen Sieben und die Maxen standen wieder einmal mit gekrümmten Rücken in den Pedalen. Den Mercedes und den

Streifenwagen hatten sie bereits am Ende des Feldwegs aus den Augen verloren.

»Wo steckt überhaupt unser Haarkünstler?« keuchte Sputnik unter seiner Astronautenmütze hervor.

»Ja, richtig«, japste Paul Nachtigall. »Bisher ist es mir noch gar nicht aufgefallen, daß er nicht dabei ist.«

»Eigentlich eine Affenschande«, stellte Karlchen Kubatz fest. »Aber seit die Maxen um uns herumwirbeln, hat man keine Übersicht mehr.

Der Tanztee im *Hotel zum Kurfürsten* hatte inzwischen angefangen, und die Kapelle spielte gerade einen Walzer, als Hauptkommissar Havelstein mit seiner Begleitung durch die gläserne Drehtür hereingefegt kam.

Der spindeldürre Page Fridolin Paschulke hatte, die weißbehandschuhten Hände hinter dem Rücken, auf den Absätzen seiner blitzblanken Schuhe die Musik mitgewippt. Über die leeren Tische im Speisesaal hinweg konnte man beobachten, wie sich im Aphroditensaal die Tanzpaare drehten.

Plötzlich riß der Page den Kopf herum.

»Wo sind die Optal-Leute?« fragte Hauptkommissar Havelstein bereits im Hereinstürmen. »Ist die Sitzung noch im Gange?«

»Aber das müßten Sie doch wissen, Herr Havelstein«, sagte der Chefportier verwundert. »Die Herrschaften sind vor einer guten halben Stunde alle abgereist.« Herr Pelz trug wegen des Tanztees seine Galalivree mit besonders viel Gold auf den Schultern. »Sie hatten es plötzlich sehr eilig, wie mir schien.«

Ein fataler Telefonanruf

Als dann Fritz Treutlein ein paar Minuten später in die Hotelhalle kam, spielte die Kapelle im Aphroditensaal bereits einen Tango, und Hauptkommisar Havelstein verfügte sich mit seinen Herren gerade zu einer Sitzgarnitur mit breiten, tiefen Plüschsesseln. Sie standen um einen niedrigen Marmortisch herum etwas abseits hinter einer Säule neben einer Zimmerpalme. Der Chefportier und Herr Kubatz gingen nachdenklich neben den Kriminalbeamten her. Polizeimeister Kalender hatte sich entschuldigt und war augenblicklich in der Telefonzentrale verschwunden.

»Einen schönen guten Tag«, wünschte der Friseurlehrling. »Ist Hoheit auf seinem Zimmer?«

»Man wartet schon auf dich«, hauchte der Page Fridolin halblaut. Er hatte sich im Rücken der Herren neugierig bis an die Portiersloge herangemogelt.

»Wieso flüsterst du?« fragte Fritz Treutlein. »Mitten im Sommer erkältet, oder was ist los?«

»Verdufte«, zischte der spindeldürre Junge in der grasgrünen Uniform und machte eine unmißverständliche Kopfbewegung zum Lift hinüber. Aber der Friseurlehrling trabte auf die Treppe zu.

»Hoheit?« fragte der Frankfurter Hauptkommissar, während er sich in einen Sessel fallen ließ.

»Irgendein arabischer Prinz«, sagte der Chefportier. »Er läßt sich täglich rasieren und den Bart stutzen.«

In der Halle klebten noch die OPTAL AG-Plakate an den Wänden, und dicht beim Fahrstuhl stand ein Ständer mit einer Filztafel, in die mit Messingbuchstaben »OPTAL-AG-Sitzung: 14 Uhr« eingesteckt war.

»Bitte, nehmen Sie doch auch Platz, lieber Herr Pelz«, sagte der Hauptkommissar.

»Sehr freundlich, aber ein Portier setzt sich niemals, solange er im Dienst ist. Was sollen da die Gäste denken?«

»Dann müssen wir ja auch wieder aufstehen«, bemerkte der junge Kriminalassistent mit dem zitronengelben Hemd. Er hatte inzwischen seine Beine übereinandergeschlagen und stellte sie jetzt wieder nebeneinander.

»Aber ich bitte Sie«, stoppte ihn der Chefportier. »Sie würden mich in Verlegenheit bringen.« Er putzte sich die Nase mit einem sehr weißen Taschentuch. »Es geht also um Falschgeld. Und diese Herren der OPTAL AG sind durchweg Betrüger?«

»Davon müssen wir leider ausgehen«, sagte der Hauptkommissar. Er hatte den Chefportier inzwischen eingeweiht, soweit es nötig war. Jetzt lehnte er sich in seinem Sessel zurück. »Und nun erzählen Sie uns bitte, was Sie beobachtet haben, lieber Herr Pelz.«

»Da war nicht viel zu beobachten«, erwiderte der Mann in der goldbestickten Galalivree. »Die Herren kamen in bester Laune aus der Stadt zurück, als im Speisesaal gerade das Menü serviert wurde, bedankten sich dafür, daß ich ihnen unser Thermalbad empfohlen hatte, und behaupteten, sich wie neugeboren zu fühlen. Pünktlich um vierzehn Uhr verschwanden sie dann ein Stockwerk höher im Blauen Salon, hängten das Schild ›Bitte nicht stören‹ an die Tür und schlossen von innen ab. Sie schienen es sehr genau zu nehmen.«

»Dazu hatten sie allen Grund«, knurrte der Hauptkommissar.

»Kann man wohl flüstern«, fügte Jascheck hinzu. Er war in dem für ihn viel zu weichen und niedrigen Plüschsessel fast versunken. Seine Knie standen höher als sein Gesicht. »Sind Ihnen vielleicht irgendwelche Pakete aufgefallen?« fragte er jetzt und tippte die Asche von seiner Zigarette. »Sie müßten etwa so groß gewesen sein wie ein durchschnittlicher Aktenkoffer und auf den Seiten mit dem Namen der Firma bedruckt?«

»Nicht, daß ich wüßte«, erwiderte Herr Pelz.

»Entschuldigung, Herr Chefportier«, mischte sich der spindeldürre Page ein. »Kurz bevor die Optal-Leute aus dem Thermalbad zurückkamen und während Sie sich gerade zum Mittagessen zurückgezogen hatten . . .«

»Ich erlaube es mir, täglich um ein Uhr in der Küche einen Happen zu mir zu nehmen«, erklärte Herr Pelz und blickte dann zu seinem Pagen. »Was soll da passiert sein?«

»Auf unseren Parkplatz, wo ja auch die Herren Vertreter ihre Autos abgestellt hatten, fuhr ein Wohnwagen . . .«

»Eine Hälfte blau und die andere Hälfte weiß lackiert?« fragte Kommissar Jascheck dazwischen. »Und mit einem Berliner Kennzeichen?«

»Stimmt haargenau«, bestätigte Fridolin verblüfft. »Woher wissen Sie das?«

»Hat mir ein gewisser Herr Schwarzkopf in einer Berliner Pension geflüstert«, erwiderte Jascheck mit einem Seitenblick zum Hauptkommissar. »Aber weiter, mein Sohn.«

»Fünf Herren stiegen aus, einer davon mit einem Vollbart, Sonnenbrille und den Hut tief in der Stirn.«

»Erinnert an den Mann, der bevorzugt Zigarillos der Marke ›Brasilianos‹ raucht«, bemerkte Chefredakteur Kubatz. Er hatte von seinem Notizblock aufgeschaut. »Aber ich möchte mich nicht einmischen, Entschuldigung.«

»Nichts zu entschuldigen«, meinte Havelstein. »Schließlich sind wir Ihnen zu Dank verpflichtet, und wir wollen uns revanchieren.« Er hob den Kopf. »Und das gilt auch für euch, kommt schon rein, ihr explodiert mir ja sonst vor lauter Neugier.« Er hatte schon seit einer ganzen Weile an der Drehtür ein paar Jungen entdeckt, die dort ziemlich unschlüssig herumstanden. Hinter ihnen guckten noch ein gutes Dutzend anderer Gesichter durch die Glasscheiben. »Das heißt, wenn Sie es erlauben, Herr Chefportier.«

»Unter der Bedingung, daß ihre Schuhe sauber sind«, erwiderte Herr Pelz. »Aber ein wenig ungewöhnlich ist es schon.«

»Dieser ganze Tag ist ungewöhnlich«, bemerkte der Hauptkommissar. »Und was wir hier besprechen, steht ja morgen ohnehin in der Zeitung. Es gibt also keine Geheimnisse.«

Die Glorreichen Sieben und die Maxen kamen zögernd näher, nachdem sie demonstrativ auf dem dicken Schuhabtreter herumgescharrt hatten.

»Und wie sahen die vier anderen Männer aus?« fragte Kommissar Jascheck weiter. »Kannst du dich an Einzelheiten erinnern?«

Der spindeldürre Page hatte ja inzwischen Zeit zum Nachdenken gehabt. »Ein Schlanker mit ganz weißen Haaren war dabei«, sprudelte er heraus, »ein Kleinerer mit einem Kneifer, einer mit Augen wie eine Eule hinter Brillengläsern und dann noch ein Jüngerer mit Tennisschuhen und schwarzen Schmalzlocken. Aber der war bereits am Vormittag hier aufgekreuzt und hat überall Plakate angeklebt und da drüben das Filzschild mit den Messingbuchstaben fabriziert.«

»Deine Beobachtungsgabe ist erstaunlich«, bemerkte Herr Havelstein. »Und jetzt zu den Paketen.«

»Das war ganz komisch«, berichtete der Junge in der grasgrünen Livree weiter. »Ich wollte den Herren, gemeinsam mit dem Hausdiener, unserem Herrn Schröder, behilflich sein, als ich die Pakete sah. Sie waren tatsächlich nicht größer als ein Aktenkoffer, bräunlich und überall stand OPTAL AG an den Seiten. So etwa fünfzehn Stück, aber es könnten auch mehr gewesen sein. Die Männer behaupteten, sie enthielten sehr empfindliches elektronisches Zeug und sie würden sie deshalb lieber eigenhändig transportieren. Das sei eine Sache für die Fingerspitzen. Aber unsere Gepäckkarre nahmen sie dann doch in Anspruch.«

»Aber was soll dabei komisch gewesen sein?« fragte Kommissar Jascheck dazwischen.

»Ich mußte die Herren zweimal in die erste Etage fahren, blieb am Lift und wartete. Sie glaubten wohl, daß ich sie von dort aus nicht beobachten könnte. Aber da irrten sie sich. Ich konnte sie durch die halboffene Tür im Blauen Salon sehr wohl beobachten und sah, wie sie die herbeigeschleppten Kartons einfach auf den Boden fallen ließen und ziemlich grob aufeinanderstapelten.« Der dürre Page hielt seinen Kopf schief. »Dabei hatten sie doch behauptet, daß der Inhalt ungeheuer empfindlich sei, wie ich schon sagte.«

Der Chefportier hatte die Augenbrauen hochgezogen. »Davon hast du mir gegenüber kein Wort verlauten lassen.«

»Ich habe das nicht für wichtig gehalten«, entschuldigte sich Fridolin Paschulke.

»Alles, was in diesem Hause passiert, ist wichtig für mich«, bemerkte Herr Pelz.

In diesem Augenblick kamen gleichzeitig Reviervorsteher Nielsen durch die Drehtür und Polizeiwachtmeister Kalender aus der Telefonzentrale.

»Ich wollte mich zur Verfügung stellen«, sagte Herr Nielsen.

Polizeimeister Kalender hatte einen Zettel in der Hand und eine ernste Miene aufgesetzt. »Ich habe ein halbes Dutzend Handelskammern abtelefoniert«, meldete er. »Es gibt tatsächlich eine OPTAL AG, und zwar in Sindelfingen bei Stuttgart. Aber sie ist seit Dezember vorigen Jahres pleite.«

»Aha«, sagte der Hauptkommissar lediglich, befingerte sein Kinn, und dann schickte er den Polizeimeister erneut auf die Piste. Dieses Mal sollte er schnellstens die Fahndung nach einem weiß-blau lackierten Wohnwagen mit einem Berliner Kennzeichen auslösen.

»Vorläufig aber nur im weiteren Umkreis von Bad Rittershude«, sagte Havelstein, »und mit dem Hinweis, daß die Insassen vermutlich bewaffnet sind.«

Herr Kalender trabte zum Funkgerät im Streifenwagen, der vor dem Hoteleingang parkte.

Aus dem Aphroditensaal wehte jetzt Applaus herüber, fröhliches Gelächter und dann zur Abwechslung ein Foxtrott.

»Noch einmal zu dir«, meinte der Hauptkommissar und

blickte wieder zu dem Pagen Fridolin hinüber. »Ist dir sonst noch irgend etwas aufgefallen?«

»Eigentlich nichts Besonderes mehr«. Der Junge in der grasgrünen Uniform überlegte und biß sich dabei auf die Unterlippe. »Vielleicht noch, daß dieser Schwarzlockige mit den Tennisschuhen, nachdem er mit dem Plakateaufhängen fertig war, den Hausdiener sprechen wollte und sich dann von unserem Herrn Schröder eine Bockleiter geben ließ.«

»Könnten wir den Hausdiener befragen?« warf Kommissar Jascheck ein.

»Er wird sich in der Waschküche rumtreiben, da ist irgendein Ventil geplatzt«, sagte der Chefportier. Er schnalzte mit Daumen und Zeigefinger, wobei er gleichzeitig dem Pagen einen Blick zuwarf. Fridolin Paschulke machte auf dem Absatz kehrt und zischte ab.

Er stieß beinahe mit Herrn Kalender zusammen, der von der Drehtür her wieder in die Halle gekommen war. »Die Fahndung läuft«, meldete er.

Chefportier Pelz hing inzwischen seinen Gedanken nach. Er starrte abwechselnd auf den Teppich und dann ins Leere. »Mir dämmert so langsam, daß ich möglicherweise einen folgenschweren Fehler gemacht habe.«

Die drei Kriminalbeamten hoben die Köpfe und sahen ihn an.

Auch Chefredakteur Kubatz, die Glorreichen und die Maxen horchten auf. Irgend etwas lag in der Luft.

»Sie haben mich von Anfang an in dem Glauben gelassen, daß Sie auch zu diesen Optal-Leuten gehören«, sagte Herr Pelz. »Weshalb haben Sie mir nicht gleich die Wahrheit gesagt?«

»Das bringt unser Job so mit sich«, entgegnete Hauptkommissar Havelstein locker, und ein trockenes Lächeln zerknitterte sein Gesicht. »Wir lassen unsere Polizeimarke meistens in der Tasche und verschweigen unseren Beruf solange wie möglich.«

»Das hätten Sie heute besser nicht tun sollen«, bemerkte der Chefportier bekümmert. »Es kam nämlich kurz vor fünfzehn Uhr ein Anruf. Eine Dame wollte einen der beiden Herren ganz dringend sprechen.«

»Etwa mich oder Herrn Jascheck?« fragte der Hauptkommissar. Er beugte sich vor und blickte forschend zu Herrn Pelz hinauf. »Und?«

»Die Dame behauptete, daß die Sache von allergrößter Wichtigkeit sei, brennend unaufschiebbar und so weiter.« Der Chefportier machte für einen Augenblick die Augen zu und fuhr dann beinahe widerwillig fort. »Also begab ich mich zum Blauen Salon, und da sah ich, daß die Herrschaften den Schlüssel mit hineingenommen und die Tür von innen abgeschlossen hatten. Da ging ich zu meiner Loge zurück und probierte es per Telefon. Nach einer Weile meldete sich eine auffallend tiefe Stimme und fuhr mich an, daß man doch ausdrücklich darum ersucht hätte, die Sitzung nicht zu stören. Ich entschuldigte mich mit dem Hinweis auf den ganz offensichtlich wichtigen Anruf für die Herren Havelstein oder Jascheck. Eine Weile hörte ich nichts als ein paar Atemzüge. Ich wollte bereits wieder auflegen, als sich dann doch diese tiefe Stimme wieder vernehmen ließ und sagte, daß die beiden genannten Herren im Augenblick leider nicht zu sprechen seien, das solle ich der Anruferin ausrichten, was ich dann auch tat. Die Dame hinterließ ihren Namen und eine Berliner Telefonnummer. Ein Fräulein Schärer, wenn ich mich richtig erinnere. Der Zettel liegt in Ihrem Fach, Herr Havelstein.«

Die Kommissare hatten beim Zuhören immer längere Gesichter gemacht. Es sah aus, als bekämen sie starke Magenschmerzen. Jetzt schauten sie sich säuerlich an, und Hauptkommissar Havelstein fragte: »Eine auffallend tiefe Stimme, sagten Sie?«

»Sie klang nach Rauch und viel Whisky, wenn Sie wissen, was ich meine.«

»Das darf doch nicht wahr sein«, murmelte Jascheck vor sich hin.

Der Hauptkommissar holte tief Luft und schien den Schock als erster verdaut zu haben. »Jedenfalls müssen unsere Namen bei dem Herrn am Telefon wie eine Bombe explodiert sein«, bemerkte er zu Jascheck und Hoffmann. Dann sah er wieder zu dem Chefportier hinauf. »Und kurz danach sind die Herren wie aufgescheuchte Hühner auf ihre Zimmer geschwirrt und anschließend zu ihren Autos auf dem Parkplatz. Vermutlich mit Paketen unter dem Arm, die etwa so groß wie Aktenkoffer waren?«

»Es trifft zu, sie hatten es ziemlich eilig, aber das sagte ich ja schon«, bestätigte der Mann in der goldbestickten Livree. »Entschuldigen Sie, aber ich konnte doch nicht ahnen . . .«

»Sie müssen sich nicht entschuldigen, lieber Herr Pelz«, unterbrach ihn der Hauptkommissar. »Das Ganze war ein unheimlich blöder Zufall, und Zufälle helfen meistens der Polizei. Heute war's leider umgekehrt.«

»Tut mir trotzdem leid«, beharrte der Chefportier. »Ohne meinen Anruf hätten sich die Herrschaften mit ihrer Abreise wohl mehr Zeit gelassen und sich unter Umständen noch ein Tänzchen in unserem Aphroditensaal gestattet.« Er probierte ein schiefes Lächeln.

»Das wohl nicht gerade«, widersprach Herr Havelstein. »Aber wir hätten sie mit ziemlicher Sicherheit noch erwischt, wenn sie nicht plötzlich heiße Kohlen unter den Schuhsohlen gespürt hätten.«

»Das darf einfach nicht wahr sein«, murmelte Jascheck bereits zum zweitenmal.

Inzwischen war der spindeldürre Page Fridolin mit dem Hausdiener in die Halle gekommen.

Der Hausdiener war ein älterer Mann. Er trug eine grüne Schürze und räusperte sich jetzt. »Sie wollten mich wegen der Bockleiter sprechen?« fragte er.

»Ja, Herr Schröder«, erwiderte der Hauptkommissar. »Wozu hat dieser schwarze Lockenkopf sie gebraucht?«

»Er müsse die Beleuchtung im Blauen Salon ein wenig korrigieren, hat er gesagt und quasselte irgendwas von Dias, die sie vorführen wollten, und von elektronischem Krimskrams.«

»Ist im Blauen Salon nichts verändert?« wollte Havelstein wissen. »Ich meine, ist alles noch genauso, wie es die Optal-Leute verlassen haben?«

»Ist noch genauso«, erwiderte der Hausdiener. »Die Herren sind ja gerade erst weg, und ich hab' noch mindestens eine Stunde in der Waschküche zu tun. Aber da war noch was . . .«

Doch Herr Havelstein drückte sich bereits aus seinem Sessel und schnitt Herrn Schröder das Wort ab. »Dann wollen wir uns diesen Sitzungsraum doch gleich mal vornehmen«, sagte er.

Der Chefportier ging voraus, und alle anderen folgten ihm.

»Wenn wir heute Hitzefrei bekommen hätten, säßen die Geldfälscher schon hinter Schloß und Riegel«, bemerkte Karlchen Kubatz auf den letzten Stufen zur ersten Etage.

»Der Einfluß des Thermometers auf die Verbrechensbekämpfung«, ließ sich der Chefredakteur vernehmen. »Das wäre doch mal ein Aufsatzthema.«

»Jedenfalls haben die Herrschaften bisher unverschämtes

Glück gehabt«, bemerkte Herr Havelstein. »Jetzt wäre die Polizei eigentlich mal an der Reihe.«

»Da sind wir«, sagte der Chefportier in diesem Augenblick und öffnete eine sehr hohe Holztür mit versilberten Schnitzereien. Die schweren Samtvorhänge vor den Fenstern waren zugezogen. Das Licht brannte noch.

»Aha«, sagte Havelstein wieder einmal. »So etwas Ähnliches hatte ich erwartet.«

Der Blaue Salon war ausgefüllt von einem übergroßen, ovalen Tisch, um den etwa dreißig mit weinrotem Leder bezogene Stühle standen. Aus den Lampen, die von der Decke herunterhingen, mußten einige Glühbirnen entfernt worden sein. Jedenfalls lag die eine Hälfte des Raumes in einem schummrigen Dunkel, das sich gegen Ende des Tisches zur totalen Schwärze verdichtete. Hier standen die Stühle, soweit man sie noch erkennen konnte, so akkurat nebeneinander, als seien sie überhaupt nicht benutzt worden, was man von den Stühlen auf der gegenüberliegenden Seite, die voll im Licht lag, nicht sagen konnte. Da mußten etwa fünfzehn oder auch mehr Personen gesessen haben. Ihre Stühle standen wie Kraut und Rüben durcheinander, und zwischen ihnen lagen ein paar von diesen OPTAL-AG-Kartons, aufgerissen und weggeworfen.

»Vermutlich haben einige der Herren den Inhalt in ihre Koffer umgepackt«, stellte Kommissar Jascheck fest.

»Merkwürdig, diese halbierte Beleuchtung«, bemerkte der Chefredakteur.

»So was Ähnliches hatte ich erwartet, wie gesagt«, erwiderte der Hauptkommissar. »Ich hab' Ihnen doch bereits erzählt, daß wir es mit einer gut organisierten Bande zu tun haben.«

»Und ihr Chef ist dieser mysteriöse ›Mandarin‹?« fragte Herr Kubatz.

»Diese Beleuchtung ist ein neuer Beweis dafür«, erläuterte Havelstein. Er ging vorsichtig in die Dunkelheit hinein. »Wir haben von diesem Mann keine genaue Beschreibung und auch keinen Namen. Wir wissen lediglich, daß seine Stimme einen auffallend tiefen Klang hat und daß er sich niemals sehen läßt. Er schwebt sozusagen wie ein verborgener Guru über seinen Komplizen.«

Inzwischen hatte der junge Kriminalassistent Hoffmann eine Taschenlampe aus seinem Metallkoffer geangelt und leuchtete in die schwarze Hälfte des Salons hinein.

»Da haben wir's«, sagte der Hauptkommissar, und er war auch diesmal nicht überrascht.

Am Ende des Tisches stand ein Ledersessel. Auch weinrot und in der Art der übrigen Stühle. Aber er war breiter und hatte eine hohe, gepolsterte Rückenlehne.

Havelstein verschränkte die Arme und blieb stehen. »Da hat unser Freund also gethront und für seine Blüten echtes Geld kassiert, pro Hundertmarkschein vermutlich die Hälfte. Die Differenz ist der Profit der Verteiler. Und wieder einmal hat er sich dabei nicht gezeigt.« Er schaute auf. »Aber, wie um alles in der Welt, konnte er hier hereinkommen, ohne daß ihn die anderen sahen?«

»Vielleicht hockte er schon im Dunkeln – wie eine Spinne in ihrem Netz –, bevor die Teilnehmer der Sitzung hier hereingekommen sind«, wagte Polizeimeister Kalender zu bemerken.

Der Hauptkommissar schüttelte den Kopf. »Wie soll er dann wieder unsichtbar verschwunden sein?«

»Möglicherweise gibt es irgendwo eine Falltür«, witzelte Kommissar Jascheck. Er drehte sich um und setzte sich in Bewegung. »Mir geht dieser Anruf von Fräulein Schärer nicht aus dem Kopf«, meinte er. »Ich telefoniere mal mit Berlin. Wer weiß, was dahintersteckt, wenn es ihr so wichtig war, mit uns zu sprechen.«

»Die Nachricht liegt im Fach von Herrn Havelstein, wie gesagt«, bemerkte der Chefportier.

»Verzeihung«, meldete sich jetzt der Hausmeister zu Wort. »Ich wollte ja vorhin in der Halle schon etwas sagen, aber Sie haben mir nicht mehr zugehört . . .«

»Ohne böse Absicht«, erwiderte Havelstein. »Was wollten Sie sagen?«

»Im Erdgeschoß, direkt unter der Halle, sind die Wirtschaftsräume, und von dort gibt es einen Ausgang an der Rückseite des Hotels direkt zu einer schmalen Nebenstraße, für den Abtransport von Abfällen und auch für Warenlieferungen.« Der ältere Mann mit seiner grünen Schürze hatte sich durch die anderen gedrängelt, bis er jetzt dicht neben dem Hauptkommissar stand. »Nur ein paar Schritte neben diesem Ausgang ist der Lastenaufzug, den auch das Personal benutzt, die Zimmermädchen, der Etagenservice und so weiter. Wenn er in die erste Etage kommt, dann hält er genau da gegenüber.« Herr Schröder war in die Dunkelheit hineingeschlurft und öffnete jetzt eine kleine Seitentür, die nur ein paar Schritte neben dem besonders breiten, weinroten Ledersessel in die getäfelte Holzwand eingelassen war. Sie führte in einen Flur. Auf der gegenüberliegenden Seite konnte man die graue Metalltür des Lastenaufzugs sehen.

Der Hauptkommissar pfiff leise durch die Zähne. Er nahm in diesem Augenblick noch nicht den Friseurlehrling Fritz Treutlein wahr, der am Ende dieses Korridors an zwei nußbraunen Leibwächtern vorbei gerade das Zimmer seines Araberscheichs verließ und jetzt ahnungslos angeschlendert kam.

Havelstein hatte sich wieder umgedreht, als Fritz die geöffnete Seitentür erreichte. Er blieb neugierig stehen und erspähte zu seinem großen Erstaunen über die Rücken der fremden Herren hinweg das vertraute Gesicht des Chefredakteurs, Paul Nachtigall, den Bürstenhaarschnitt und die anderen. Er pirschte sich näher heran und schob seinen Kopf um die Ecke am Türrahmen.

»Haben Sie im Zusammenhang mit dem Lastenaufzug irgendwelche Beobachtungen gemacht, Herr Schröder?« fragte der Hauptkommissar gerade.

»Das ist es ja, was ich sagen wollte«, meinte der Hausdiener jetzt ziemlich aufgeregt. »Ich war heute unten beim Sortieren leerer Flaschen, als ich die Fahrstuhltür höre. Nanu, denke ich, um diese Zeit ist doch das Erdgeschoß wie ausgestorben. Ich türme um die Ecke, so schnell ich kann, aber ich seh' nur noch einen Schatten hinter den Eisengittern, und dieser Schatten schwebt nach oben. An den Leuchtknöpfen bei der Eisentür konnte ich dann feststellen, daß der Aufzug an der Halle vorbei in die erste Etage gerauscht ist.«

»Um welche Zeit war das?«

»Vierzehn Uhr oder etwas später«, antwortete der ältere Mann in der grünen Schürze. »Ich hatte gerade meine Mittagspause hinter mir.« Er kratzte sich hinter dem Ohr. »Man kann also von der Nebenstraße hinter dem Hotel direkt hier in den Salon kommen, das ist gar kein Kunststück.«

»Und diese Möglichkeit hat der ›Mandarin‹ rechtzeitig ausgekundschaftet oder auskundschaften lassen«, überlegte Hauptkommissar Havelstein. »Der Bursche ist gerissen, das muß man ihm lassen.«

»Allmählich hab' ich fast den Eindruck, daß er noch hier im Raum ist«, mischte sich der junge Hoffmann von der Spurensicherung ein und grinste dabei. Er hatte mit seiner Taschenlampe inzwischen einen Aschenbecher aufgestöbert, der an der oberen Kante des ovalen Tisches im Dunkeln gestanden hatte. »Zigarrenstummel«, stellte der Kriminalassistent fest. Er kam dichter heran und beugte sich vor. »Pechschwarze Brasil, und die Asche ist blütenweiß«, sagte er. »Keine billige Sorte.«

Da passierte es.

Der »Mandarin«

Der junge Mann in dem zitronengelben Hemd wollte den Inhalt des Aschenbechers genauer unter die Lupe nehmen und legte deshalb seine Taschenlampe auf die Tischplatte. Aber diese Tischplatte war glatt wie eine Eisfläche, und die Lampe rollte über den Rand.

Bei ihrem Aufplumpsen auf dem Teppich war ein wütendes Fauchen zu hören.

Der Hauptkommissar wirbelte herum, und alle übrigen starrten erschrocken in die Dunkelheit.

Zuerst waren nur zwei tiefblaue Punkte zu sehen. Sie funkelten wie zwei kleine Glühbirnen. Dann kam ein erneutes Fauchen, und gleich darauf schob sich ein Schatten unter dem Sessel mit der hohen Rückenlehne hervor, machte einen Sprung, landete auf der Sitzfläche und krallte sich in das weinrote Leder.

»Eine Katze«, stellte Havelstein verwundert fest. »Habt ihr Katzen im Haus?« fragte er den Chefportier.

»Um Himmels willen, nein«, antwortete Herr Pelz. »So was in einem Viersternehotel, das fehlte noch!«

Inzwischen hatte der junge Kriminalassistent Hoffmann seine Taschenlampe wieder vom Teppich aufgehoben und leuchtete in den Ledersessel hinein.

Was wie farbige Glühbirnen gefunkelt hatte, waren in Wirklichkeit die tiefblauen und schräg zur Nase stehenden Augen eines Siamkaters. Er lag sprungbereit da, das bräunliche Seidenfell hob und senkte sich unter seinem aufgeregten Atem, und er knurrte mit offenem Maul. Seine Zähne waren weiß und spitz.

»Aber, aber, was ist denn in dich gefahren, Benno?« fragte in diesem Augenblick Fritz Treutlein von der offenen Seitentür her.

Der Kater warf den Kopf herum, starrte zu dem Friseurlehrling hinüber und war auf einmal wie ausgewechselt. Er sprang von dem weinroten Ledersessel herunter und trottete mit den eleganten Bewegungen eines Leoparden auf den Friseurlehrling zu. Er ließ es sich gefallen, daß ihn der Junge vom Boden aufhob und in seine Arme nahm. Er rollte sich zusammen, schnurrte zufrieden, fing an zu schmusen und stupste mit der Nase immer wieder an Fritz Treutleins Kinn.

»Das ist der Kater von Herrn Wildenbusch«, platzte der dickliche Sputnik heraus. »Eigentlich hat er ihn immer bei sich und läßt ihn nie aus den Augen.«

»Und wer ist dieser Herr Wildenbusch?« fragte der Hauptkommissar.

»Der Besitzer des Zeitungskiosks am Richard-Wagner-Platz«, erklärte Paul Nachtigall.

Und jetzt ging es Schlag auf Schlag.

Kommissar Jascheck kam vom Korridor hereingeschwirrt. »Fräulein Schärer hat herausbekommen, mit welcher Nummer die Dame Schiemann telefoniert hat, nachdem sich einer der Gäste an Sperling erinnern konnte.«

»Und?« fragte Havelstein kurz angebunden.

»Es ist ein Anschluß hier in Bad Rittershude«, verriet der Berliner Kommissar und warf seinen Kollegen einen bedeutungsvollen Blick zu. »Leider ist die Telefonauskunft andauernd belegt.«

»Hier in Bad Rittershude?« fragte Polizeimeister Kalender. »Welche Nummer ist es denn?«

»42 867«, sagte Jascheck.

»Dann können Sie sich den Anruf bei der Auskunft sparen«, mischte sich der Bürstenhaarschnitt ein. »Sie werden lachen, diese Nummer hab' ich auswendig im Kopf, und sie gehört eben jenem Herrn Wildenbusch in seinem Zeitungskiosk.«

»Mir ist überhaupt nicht zum Lachen«, sagte der Hauptkommissar ernst, und dann überlegte er laut. »Es kann wohl ausgeschlossen werden, daß sich der Kater verlaufen hat und nur ganz zufällig hier im Blauen Salon gelandet ist. Wenn es stimmt, daß sich dieser Herr Wildenbusch so gut wie niemals von seinem Tier trennt, dann muß er wohl oder übel in diesem Raum gewesen sein, und zwar in dem Ledersessel, unter dem sich sein Kater verkrochen und bis jetzt auf ihn gewartet hat. Vermutlich ist Herrchen so Hals über Kopf getürmt, daß er ihn momentan einfach vergaß . . .«

»Was ist mit diesem verflixten Kater?« fragte Kommissar Jascheck. »Ich versteh' kein Wort.«

»Erklär' ich Ihnen gleich«, winkte der Hauptkommissar ab. Er wollte sich jetzt nicht beim Überlegen stören lassen. »Das wäre eins«, kombinierte er weiter, »das andere ist jetzt diese Telefonnummer. Wenn die Berliner Pensionsmadame tatsächlich den ›Mandarin‹ höchstpersönlich angerufen und gewarnt hat und wenn die gefundene Telefonnummer dem Zeitungskiosk am Richard-Wagner-Platz gehört, dann ist sein Besitzer mit Sicherheit eben dieser ›Mandarin.‹ Folglich ist der ›Mandarin‹ hier gewesen, wenn jener gewisse Herr Wildenbusch hier gewesen ist, denn beide sind ein und dieselbe Person, logischer geht's gar nicht mehr.« Er zuckte mit den Schultern. »Aber leider erfahren wir in diesem Fall immer alles zu spät, und unser Mann ist unter Garantie bereits abgehauen und über alle Berge.«

»Das könnte ich feststellen«, schlug Chefredakteur Kubatz vor. »Ich rufe im Kiosk an und erfinde irgendeinen Grund, weshalb die *Bad Rittershuder Nachrichten* heute noch nicht über die falschen Hundertmarkscheine berichtet haben. Das wäre ganz unverfänglich und macht ihn bestimmt nicht mißtrauisch, falls er überhaupt noch da ist.« Er trabte schnurstracks davon, nachdem ihm Herr Havelstein zugenickt hatte.

»Entschuldigung«, mischte sich Fritz Treutlein zögernd ein. »Daß ausgerechnet Herr Wildenbusch der Chef einer Falschgeldbande sein soll, das ist bestimmt der riesigste Irrtum des Jahrhunderts.« Er hatte noch immer den Siamkater in seinen Armen.

»Sie können es ja nicht wissen, Herr Hauptkommissar«, warf jetzt der Bürstenhaarschnitt ein, »aber wir sind mit dem Kioskbesitzer mehr oder weniger befreundet, und er war immer sehr freundlich zu uns.«

»Das war er auch zu mir«, bemerkte Polizeimeister Kalender. »Es gehörte sicherlich zu seinem Plan, sich in der Stadt beliebt zu machen, und wir sind prompt auf ihn reingefallen. Dabei hab' ich mir bis vor ein paar Minuten noch eingebildet, daß ich ein Menschenkenner bin.«

»Leider gibt's die Typen, denen man den Gangster schon von

weitem ansieht, nur im Kino«, sagte der Hauptkommissar. »In Wirklichkeit kann man sie mit den nettesten Opas oder mit unschuldigen Sängerknaben verwechseln. Das macht unseren Job manchmal so schwierig. Wenn alle Schurken eine grüne Haut hätten oder blaue Haare, wären wir fein heraus.«

Herr Havelstein hatte sich währenddessen bereits dem Korridor zugewandt. »Hier drin wird nichts angerührt«, sagte er an der Tür. »Sie, Herr Nielsen, sind mir dafür verantwortlich, daß der Blaue Salon abgeschlossen und versiegelt wird. Dasselbe passiert mit sämtlichen Zimmern, die von den Optal-Leuten bewohnt wurden.«

»Sie können sich auf mich verlassen«, versicherte der Reviervorsteher.

»Und Sie, lieber Herr Kalender«, fuhr Havelstein fort, »Sie stellen umgehend fest, was man im Bundeskriminalamt über diesen Wildenbusch gespeichert hat. Dazu lassen Sie sich vom Chefportier die Liste der angeblichen Vertreter geben. Mit Sicherheit sind die Namen genauso falsch wie ihre Hundertmarkscheine, aber probieren müssen wir's. Und gehen Sie freundlicherweise zu Fuß in Ihre Dienststelle, es sind ja nur ein paar Meter. Lassen Sie den Schlüssel in Ihrem Wagen stecken, denn ich möchte auf jeden Fall noch zu diesem Zeitungskiosk fahren, so oder so.«

»Schon unterwegs«, sagte der Polizeimeister und flitzte los, daß es nur so staubte.

Als ein wenig später die Gruppe mit dem Hauptkommissar an der Spitze wieder in die Halle zurückkehrte, wurde im Aphroditensaal immer noch das Tanzbein geschwungen. Die Kapelle spielte augenblicklich ein Potpourri aus Evergreens.

Chefredakteur Kubatz kam mit hochrotem Kopf aus einer der drei Telefonzellen angefegt. »Er ist tatsächlich da«, sagte er.

»Da muß er sich ja verdammt sicher fühlen«, bemerkte Havelstein. »Immerhin weiß er doch jetzt, daß ich mit Kollege Jascheck hinter ihm her bin. Aber er scheint uns nicht ernst zu nehmen.«

»Jedenfalls hat er einen gutgelaunten Eindruck gemacht«, meinte Herr Kubatz. »Wollte wissen, ob sein Hundertmarkschein und der von Herrn Bemmelmann wenigstens morgen in die Zeitung kämen, und hat sogar einen Witz gerissen«, der Chefredakteur paffte schnell hintereinander zwei kleine Pfeifenrauchwolken vor sich hin. »Im übrigen ist seine Stimme wirklich besonders tief. Das ist mir eigenartigerweise bisher noch nie aufgefallen.«

»Jetzt fehlt uns der Streifenwagen vom Bunker«, bemerkte Kommissar Jascheck. »Andererseits wissen wir nicht, was der Bursche anstellt, wenn Polizei auftaucht.«

»Wir werden ja nicht mit Blaulicht und Sirene angetanzt kommen«, entgegnete der Hauptkommissar. »Um Himmels willen, nur kein Klimbim und kein Theater.« Dabei hatte er seinen Stadtplan aus der Tasche geholt und faltete ihn jetzt auf dem Tisch der Portiersloge auseinander. Er ließ sich zuerst den Richard-Wagner-Platz zeigen und dann die genaue Lage des Zeitungskiosks.

»Die offene Verkaufsseite ist da bei den Straßenbahnhaltestellen«, erläuterte Paul Nachtigall, »und die Tür liegt gegenüber der Sparkasse.«

»Dann ist eigentlich alles klar«, stellte der Hauptkommissar fest und ließ den Stadtplan wieder in seinem Jackett verschwinden. »Unser Mercedes und der Funkstreifenwagen müssen gleichzeitig von beiden Seiten angerollt kommen und die einzigen Fluchtwege blockieren.«

»Prost Mahlzeit, dann wird auf dem Richard-Wagner-Platz aber der Teufel los sein«, meinte der Chefportier. »Ich sage das nur, weil Sie doch kein Klimbim und kein Theater wollten.«

»Stimmt allerdings«, pflichtete Herr Kubatz bei. »Ohne gehörigen Wirbel wird es nicht abgehen, wir haben jetzt Hauptverkehrszeit.«

»Es geht vielleicht auch ohne Zirkus«, warf Kommissar Jascheck ein. Er hatte bisher nur mit einem Ohr zugehört und sich eigene Gedanken gemacht. »Ihr seid mit diesem Wildenbusch fast so was wie befreundet, oder?« fragte er jetzt die Glorreichen.

»Mehr oder weniger, wie gesagt«, antwortete Emil Langhans.

»Na schön«, fuhr der Berliner Kommissar fort und drückte seine Zigarette aus. »Jedenfalls wäre er nicht mißtrauisch, wenn ihr in der nächsten Viertelstunde bei ihm aufkreuzen und erzählen würdet, daß ihr seine Katze irgendwo aufgelesen habt. Ihr quatscht mit ihm, und er ist vorerst abgelenkt. Währenddessen können wir ganz unbemerkt von der Sparkassenseite herankommen und in den Kiosk eindringen. Die Tür hätte er ja im Rükken.«

»Nicht schlecht«, meinte der junge Hoffmann. »Da könnten

wir sogar auf den Streifenwagen verzichten, und kein Mensch würde was merken.«

»Schon«, meinte Paul Nachtigall mit einem Seitenblick auf die anderen.

Die Glorreichen Sieben standen ratlos nebeneinander.

»Wir sind da ganz blöd in der Klemme«, meinte Karlchen Kubatz bedrückt. »Das gefällt mir nicht, das gefällt mir überhaupt nicht. Ehrlich.«

»Wenn es wenigstens total sicher wäre, daß Herr Wildenbusch . . .« sagte Fritz Treutlein und wand sich wie ein Regenwurm. »Er könnte ja auch . . .«

»Wenn er unschuldig sein sollte, stellt sich das heraus, und es wird ihm kein Haar gekrümmt«, mischte sich jetzt der Hauptkommissar ein. »Aber, was immer sich auch herausstellt, er hängt mit drin. Das beweist allein schon seine Telefonnummer, die man in einer Berliner Pension gefunden hat.«

»Was ist eigentlich los mit euch?« platzte jetzt der Anführer der Maxen heraus und schubste Paul Nachtigall mit seinem Ellbogen.

»Ja, was ist wirklich?« fragte auch der Chefredakteur der *Bad Rittershuder Nachrichten,* aber er blickte dabei zu Herrn Havelstein hinüber. »Befürchten Sie, daß der Mann gefährlich werden könnte?«

»Dazu geben wir ihm keine Chance mehr«, erwiderte der Hauptkommissar und hielt den Kopf schief. »Aber ich kann unsere Freunde gut verstehen.« Er blickte in die Gesichter der Glorreichen und lächelte ein wenig. »Sie hängen in der Zwickmühle und wissen momentan nicht, wie sie da wieder rauskommen.« Er drehte sich nach Kommissar Jascheck und dem jungen Hoffmann um. »Also, fahren wir los!«

»Einverstanden, wir kommen mit«, sagte Paul Nachtigall so ziemlich im selben Augenblick.

»Aber nur, wenn ihr ganz sicher seid?« fragte Herr Havelstein und wartete eine ganze Weile. Schließlich gab er noch schnell ein paar Anweisungen, und dann ging's los.

Dieses Mal mußten die Maxen auf dem Hotelparkplatz zurückbleiben.

»Sehe ich ein«, sagte Ulli Buchholz. »Wir würden ihn bestimmt mißtrauisch machen, wenn wir dabei wären. Aber kommt dann gleich zurück und erzählt uns, was passiert ist.«

»Ehrensache«, erwiderte Paul Nachtigall und radelte mit seinen Glorreichen Sieben auf die Straße. Fritz Treutlein saß mit dem Siamkater im Arm hinter Emil Langhans auf dem Gepäckträger.

Nachdem sie etwas Abstand hatten, setzten sich auch der alte Mercedes von Herrn Kalender und der Funkstreifenwagen in Bewegung.

Die Glorreichen Sieben sprachen kein Wort.

Nur Sputnik schüttelte den Kopf, als sie bereits den Richard-Wagner-Platz sehen konnten. »Herr Wildenbusch, mich laust der Affe«, sagte er.

An den Straßenbahnhaltestellen bogen die Glorreichen ab, hoben ihre Vorderräder über die Bordsteinkante, und dann standen sie vor dem Kiosk.

»Hallo, Herr Wildenbusch«, grüßte Karlchen Kubatz. »Wie steht's, was machen die Geschäfte?«

»Man muß zufrieden sein«, erwiderte der Zeitungshändler. Dann riß der die Augen auf und nahm seine Zigarre aus dem Mund.

Inzwischen hatte sich nämlich der Friseurlehrling mit dem Siamkater nach vorn gedrängelt.

»Das gibt es doch nicht!« rief Wildenbusch, war total aus dem Häuschen und strahlte über das ganze Gesicht wie eine Wunderkerze.

Da flog hinter ihm die Tür auf.

Der junge Kriminalassistent Hoffmann, der sich mit der Schulter gegen sie geworfen hatte, stolperte über eine Kiste mit leeren Coca-Cola-Flaschen. Gleichzeitig kamen Havelstein und Jascheck herein.

»Kriminalpolizei«, sagte der Hauptkommissar. »Nehmen Sie die Hände hoch.«

Der Kioskbesitzer hatte sich mit einem Ruck umgedreht. Bevor er begriffen hatte, was eigentlich los war, hob er bereits seine Hände in die Luft.

Der junge Kriminalassistent trat auf ihn zu und tastete ihn nach Waffen ab.

Nichts.

Aber dicht bei ihm hing sein Jackett, und in der linken Tasche dieses Jacketts fand der Kriminalassistent eine Pistole. Er prüfte, ob sie gesichert war, und warf sie dann seinem Kollegen Jascheck zu. »Wenn Sie jetzt Ihre Hände auf den Rücken nehmen wollen?« sagte er daraufhin.

Fritz Treutlein suchte den Blick von Karlchen Kubatz. »Also doch«, murmelte er.

Herr Wildenbusch hatte sich vom ersten Schock noch nicht erholt. Wie ein großer Fisch, der an der Angel zappelt, klappte sein Mund auf und zu. Folgsam und wie hypnotisiert, tat er, was von ihm verlangt wurde. Es klickte zweimal kurz hintereinander, und als der Kriminalassistent mit dem zitronengelben Hemd zur Seite trat, sahen die Glorreichen silbrig glitzernde Handschellen auf dem Rücken des Zeitungshändlers.

»Wow«, hauchte der dickliche Sputnik.

Die Glorreichen Sieben blickten durch das geöffnete Verkaufsfenster in den Kiosk hinein – wie auf eine Kinoleinwand. Mitten unter ihnen war der Chefredakteur der *Bad Rittershuder Nachrichten.*

Drinnen nahm der junge Mann von der Spurensicherung jetzt dem Kioskbesitzer den Rest seiner Zigarre aus dem Mund. »Sie gestatten«, sagte er dabei, und dann betrachtete er sie. »Eine schwarze Brasil mit blütenweißer Asche, genau wie im *Hotel zum Kurfürsten.*« Er hatte den dunklen Stummel sehr vorsichtig und nur mit den Spitzen von Daumen und Zeigefinger angefaßt. »Nun, wir werden den Speichel untersuchen, und dann stellt es sich sehr schnell heraus, ob Sie, sehr geehrter Herr Wildenbusch, dieselben Zigarren auch im Blauen Salon geraucht haben, womit Sie dann allerdings eindeutig überführt wären.«

»Wir dürfen uns doch ein wenig umsehen?« fragte Hauptkommissar Havelstein beiläufig. Aber er wartete die Antwort nicht ab und spazierte los.

Inzwischen hatte sich der Kioskbesitzer wieder einigermaßen gefaßt. Er legte sein Gesicht in Dackelfalten und probierte es vorerst einmal mit der weichen Tour. »Ich verstehe Sie nicht, meine Herren«, sagte er kläglich. »Es muß ein Irrtum vorliegen, aber nehmen Sie Rücksicht. Mein Blutdruck ist viel zu niedrig, und ich habe deshalb heute noch nichts anderes als geriebene Äpfel gegessen ...«

»Ihre Stimme klingt eher nach Rauch und Whisky«, unterbrach ihn der Hauptkommissar. Dabei bückte er sich und blickte unter eines der mit Zeitschriften vollgestopften Regale. Auch Jascheck und Hoffmann guckten sich um.

Auf dem Richard-Wagner-Platz quietschten die Straßenbahnen wie immer. Man stieg aus und ein, schlenderte an dem Zeitungskiosk vorbei und ahnte nichts. Aber da drängelten sich ja auch nur ein paar Jungen mit ihren Fahrrädern vor dem Verkaufstisch, und auf der anderen Seite parkte dicht bei der Tür ein alter Mercedes. Und daß in Sichtweite hinter der Sparkasse ein Streifenwagen der Polizei herumstand, das war auch nichts Besonderes.

Mittlerweile war Herr Wildenbusch nervös geworden. »Was suchen Sie überhaupt?« wollte er wissen.

»Ganz bestimmte Kartons«, antwortete Jascheck katzenfreundlich. »Oder vielleicht auch einen Koffer.«

Jetzt stieg in Herrn Wildenbusch die Wut hoch. Seine Augen wurden ganz plötzlich hart wie Fensterglas. »Ich warne Sie, das wird Sie sehr teuer zu stehen kommen«, sagte er mit einer Kälte, die selbst einem Eisbären einen Frostschauer über den Rücken gejagt hätte.

Aber Hauptkommissar Havelstein und seine Männer ließen sich nicht beeindrucken. Sie richteten sich erst auf, als Herr Kalender seinen Kopf durch die Tür steckte.

»Herr Wildenbusch hat eine ganze Latte von Namen«, berichtete der Polizeimeister in dem Fischgrätanzug. »Aber sein richtiger Name im Geburtenregister ist Peter Maurer.«

»Was reden Sie für einen Unsinn«, fauchte der Kioskbesitzer.

»Maurer«, wiederholten Karlchen Kubatz, Paul Nachtigall und Emil Langhans fast im selben Atemzug. Sie hatten nur geflüstert.

Aber Hauptkommissar Havelstein war trotzdem aufmerksam geworden und schaute zu den Glorreichen Sieben hinüber.

»Maurer war der eigentliche Name von Carlo Maurus«, sprudelte Emil Langhans heraus. »Und diesem Carlo Maurus hat vor vielen Jahren die verfallene Villa mit dem Bunker gehört.«

»Er soll zu seiner Zeit ein wahnsinnig bekannter Opernsänger gewesen sein«, ergänzte Paul Nachtigall.

»Und woher habt ihr diese Wissenschaft?« fragte der Hauptkommissar verwundert.

»Von Herrn Bellinghausen«, antwortete der Bürstenhaarschnitt. »Er lebt auf einem Wohnboot und kennt die Geschichte des unheimlichen Hauses wie sonst niemand. Sie müssen sich unbedingt mit ihm unterhalten.«

»Dieser Herr Bellinghausen war lange Zeit Lokalredakteur bei den *Bad Rittershuder Nachrichten*«, mischte sich Herr Kubatz ein. »Er weiß über Bad Rittershude in der Tat mehr als jeder andere.«

»Sieht so aus, als ob wir ihn auftreiben müßten«, meinte Herr Havelstein. »Maurer und Maurus, das hört sich jedenfalls an, als seien es Zwillinge. Wer weiß, was dahintersteckt.«

»Es wird nicht ganz leicht sein, diesen Herrn Bellinghausen auszuquetschen«, warf Fritz Treutlein ein. Eigentlich wollte er noch hinzufügen, daß ihm die Polizei für seine Aussage wenigstens einen Haarschnitt offerieren müßte. Aber er sagte nichts dergleichen, sondern fragte statt dessen: »Was wird jetzt aus dem Kater?« Das Tier war immer unruhiger geworden und fing jetzt an, leise zu murren.

»Behalte ihn vorerst bei dir«, bat der Zeitungshändler. Er bemühte sich um einen freundlicheren Ton, aber sein Gesicht war immer noch ganz rot. »Sollten mich die Herrschaften wirklich festnehmen, bin ich spätestens in zwei Stunden wieder zurück.«

»Da würde ich nicht so sicher sein«, meinte der Hauptkommissar. »Und jetzt Schluß der Vorstellung.«

Der Zeitungshändler wurde abgeführt, sein Kiosk verschlossen und versiegelt, wie in der Zwischenzeit wohl auch der Blaue Salon versiegelt war.

Chefredakteur Kubatz durfte die Kriminalbeamten zum Dienstbüro von Herrn Kalender begleiten, und die Glorreichen Sieben radelten ins *Hotel zum Kurfürsten* zurück, um dort auf dem Parkplatz bei den Maxen ihr Wort einzulösen. Bevor sie losgondelten, waren sie von Hauptkommissar Havelstein mit Ulli Buchholz und seinen Mannen noch in *Erikas Milchbar* eingeladen worden. »Trinkt auf meine Kosten ein paar Kühe leer«, hatte er gesagt. »Wenn's irgendwie klappt, komme ich mit meinen Kollegen auch noch auf einen Sprung vorbei.«

Aber dazu fanden die Herren dann doch keine Zeit mehr.

Immerhin ließen sie Polizeimeister Kalender später bei Frau Bandel anrufen und ihr ausrichten, daß die Einladung ihre Richtigkeit hätte, falls sie daran zweifeln sollte, und die Rechnung würde von der Kriminalpolizei bezahlt werden, wenn die Herrschaften überhaupt vorbeikämen.

»Sie sind bereits eingetroffen«, sagte die Besitzerin der Milchbar, »und wenn es so weitergeht, wie es angefangen hat, müssen Sie sich auf ein teures Vernügen gefaßt machen.«

Inzwischen hatte die Polizei bereits den nachtblauen Pontiac von Wildenbusch beschlagnahmt und seine Wohnung auf den Kopf gestellt. Dort war man endlich dem echten Geld auf die Spur gekommen, das der Zeitungshändler am Nachmittag im Blauen Salon für seine Blüten kassiert hatte. Es waren fast nur Tausendmarkscheine. Augenscheinlich hatte der Mann mit der auffallend tiefen Stimme diese Zahlungsweise von seinen Verteilern gefordert, um mit möglichst leichtem Gepäck reisen zu können. Und eine Reise war von Wildenbusch bereits für den kommenden Sonntag eingeplant. Der Flugschein nach Mombasa und die Hotelbuchung einer Reisegesellschaft fanden sich unter pechschwarzen Brasilzigarren auf dem Boden einer Kiste, die auf den ersten Blick so aussah, als sei sie noch gar nicht geöffnet worden.

Für die Kommissare aus Frankfurt und Berlin gab es keinen Zweifel mehr, daß Wildenbusch tatsächlich der »Mandarin« war.

Als dann der Streifenwagen nach vielem Zureden und Hin und Her den früheren Lokalredakteur Bellinghausen von seinem Wohnboot ins Rathaus und dort in ihr Büro brachte, wurde ihnen endlich klar, weshalb der Zeitungshändler ausgerechnet auf Bad Rittershude gekommen war und auf das unheimliche Haus.

Der »Mandarin« saß in der Mitte des Zimmers auf einem Stuhl und schwieg hartnäckig. Aber auch seine Widerstandskraft hatte Grenzen. Seine bisherige Erregung war ganz plötzlich in Ruhe übergegangen, in eine Ruhe allerdings, die an Stumpfsinn grenzte. Nur einmal hatte er den Mund geöffnet und gesagt: »Ich habe Durst, kann ich vielleicht auf Kosten der Polizei ein Glas Wasser haben?«

Der Hauptkommissar hatte die Frechheit überhört. »Nichts dagegen, Sie Spaßvogel«, hatte er nur gesagt.

Gerade noch rechtzeitig für Herrn Kubatz und kurz vor Redaktionsschluß der *Bad Rittershuder Nachrichten* kam über Funk die Meldung hereingeschneit, daß man das blau-weiß lackierte Wohnmobil ein paar Kilometer vor dem Flugplatz gestoppt hatte und seine fünf Insassen verhaften konnte. Vorerst nur deshalb, weil sie mit gefälschten Pässen unterwegs waren.

Aber jetzt sagte der Mann mit dem Geburtsnamen Maurer keinen Ton mehr.

»Stielicke, Kroll, Pauke, Sperling«, las der Hauptkommissar aus dem Fernschreiben vor. »Lauter gute Bekannte, bis auf den letzten, einen gewissen Eckstein, genannt Ekke. Vermutlich ist das der mit den Schmalzlocken und den Tennisschuhen.« Er las weiter, schmunzelte auf einmal und blickte auf. »Das wird Sie vielleicht interessieren, Herr Wildenbusch, oder wie immer Sie heißen wollen. Ihre geschnappten Freunde sind stinksauer auf Sie. Einerseits, weil ihre Pässe so liederlich schlecht gefälscht waren, und andererseits, weil Sie sich aus dem Staub gemacht haben, ohne ihnen ihre Anteile auszuzahlen. Sie sind erstaunlich aussagefreudig und bereit, bei einer Gegenüberstellung zumindest Ihre Stimme zu identifizieren und anschließend alles auszupacken, was diese Stimme von sich gegeben hat.«

Aber auch jetzt sagte der »Mandarin« keinen Ton. Er starrte nun schon länger als eine Stunde, ohne sich zu rühren, ein Loch in die Wand gegenüber.

»Meine Herren, mir reicht's«, sagte Chefredakteur Kubatz, klappte sein Notizbuch zu und sprang auf. »Ich bedanke und empfehle mich für heute.« Er hüpfte vor dem Rathaus in sein knallrotes Cabrio und röhrte los.

Zur selben Zeit kam der spindeldürre Page Fridolin atemlos zur Tür hereingestürmt.

»Entschuldigung«, keuchte er, »aber es ist wahnsinnig wichtig.«

»Davon bin ich bei dir überzeugt, bevor du den Mund aufmachst«, entgegnete Hauptkommissar Havelstein und betrachtete den grüngekleideten Jungen belustigt.

»Also, wegen der Optal-Leute«, keuchte Fridolin Paschulke. »Sie sagen doch, daß ihre Namen vermutlich erstunken und erlogen sind.«

»Du machst uns neugierig«, bemerkte Herr Jascheck.

»Da ist nämlich was«, sagte der Hotelpage jetzt ein wenig kleinlaut, »und ich bin ein Hornochse, weil mir das nicht schon früher eingefallen ist.«

»Um dir das bestätigen zu können, müßte ich die näheren Umstände kennen«, erwiderte Havelstein und versuchte ein ernstes Gesicht zu machen. »Schieß los.«

»Nach Dienstschluß ist es immer meine letzte Aufgabe, die Nummern der Wagen aufzuschreiben, die über Nacht auf unserem Parkplatz bleiben. Es ist nämlich schon passiert, daß ein Gast sein Auto bei der Versicherung als gestohlen gemeldet hat, und dabei war es gar nicht bei uns abgestellt.«

»Willst du damit sagen, daß du auch gestern die Autonummern eurer Hotelgäste notiert hast?« fragte der Hauptkommissar und sprang auf.

»Hier, das ist mein Parkbuch«, sagte der Hotelpage, klappte ein Leinenheft auseinander und schlug die letzte Seite auf. »Da sind alle Wagen drin, und teilweise haben sie Nummern aus allen Himmelsrichtungen.«

Der Hauptkommissar knallte seine Hände zusammen, riß dem Pagen das Leinenheft aus der Hand und boxte ihn vor die Brust. »Nein, du bist kein Hornochse, ganz im Gegenteil.«

»Und was ist das Gegenteil?« fragte der Hotelpage neugierig.

Aber Hauptkommissar Havelstein war bereits mit Jascheck im Nebenraum verschwunden. Dort standen die Fernschreiber und die Funkanlage. »Wenn du willst, kannst du rüberkommen und miterleben, wie eine Großfahndung angekurbelt wird«, rief er hinter sich.

Der »Mandarin« hatte auch in den vergangenen zehn Minuten mit keiner Wimper gezuckt.

Am nächsten Morgen war dieser Mann das einzige Gesprächsthema in Bad Rittershude.

Seit die Zeitungen ausgeliefert wurden, brodelte es in der ganzen Stadt wie in einem Bienenkorb kurz vor der Völkerwanderung.

Studienrat Dr. Purzer kam gleich nach dem Klingeln mit einem Stapel Hefte unter dem Arm und der Zeitung vor der Nase durch den Korridor und las auch weiter, als er das Klassenzimmer betrat.

»Guten Morgen«, grüßte die 9b.

»Ja, einen guten Morgen«, sagte der Studienrat noch ein wenig abwesend und ließ dann die Zeitung sinken. »Bei diesem Wildenbusch hab' ich jeden Samstag meine Schachzeitung gekauft«, meinte er und schüttelte den Kopf. »Sachen gibt's, es ist nicht zu glauben . . .« Er wanderte durch die Tischreihen und blickte seine Schüler an, als säßen sie zum erstenmal in der Klasse. »Die Herren Glorreichen Sieben waren natürlich wieder mittendrin«, bemerkte er, drehte sich um und spazierte zur Wandtafel zurück. »Ist diese verfallene Villa wirklich so unheimlich, wie es in den *Bad Rittershuder Nachrichten* steht?«

»Die Presse lebt von Übertreibungen«, winkte Emil Langhans ab.

»Aber diese Bunker und unterirdischen Gänge«, bohrte der Studienrat nach, »die ursprünglich eine Tropfsteinhöhle gewesen sein sollen?«

»Das stimmt alles«, erlärte Sputnik. »Daran ist nicht zu rütteln.«

Studienrat Purzer hatte seine Brille abgenommen und hielt ihre Gläser der Sonne entgegen, die durch die Fenster fiel. »Zugegeben, das waren für eine Geldfälscherbande ideale Bedingungen«, sagte er. »Aber wie hat dieser Wildenbusch davon Wind bekommen?«

»Seite drei, Herr Studienrat«, bemerkte Karlchen Kubatz. »Wenn Sie gestatten?« Er holte dabei seinerseits ein Exemplar der heutigen *Bad Rittershuder Nachrichten* aus seiner Schulmappe, faltete es auseinander, blätterte um und las vor. »... schließlich geriet der früher so bekannte Opernstar in Vergessenheit. Seine einst so prachtvolle Villa wurde vernachlässigt und verfiel immer mehr. Als Carlo Maurus dann starb, stellte es sich bei der Testamentseröffnung heraus, daß er in Wirklichkeit Karl Maurer hieß und bis über die Ohren verschuldet war. Als einziger Verwandter ist ein Neffe aufgetaucht, und das war der damals gerade zwanzigjährige Peter Maurer, der sich später dann irgendwann den Namen Wildenbusch zulegte. Er hätte die alte Villa sofort in Besitz nehmen können. Aber nachdem er sich von ihrem heruntergekommenen Zustand überzeugt hatte und als er dann auch noch gesagt bekam, welche Schulden er gleichzeitig auf sich nehmen müßte, verzichtete er auf die Erbschaft, reiste ab, und man hörte nie wieder etwas von ihm. Allerdings hatte er beim Besichtigen des verlassenen Hauses die unterirdischen Keller und den ausgebauten Bunker entdeckt ...« Der Bürstenhaarschnitt unterbrach sich und blickte auf. »Soweit Herr Bellinghausen, der über vierzig Jahre bei den *Bad Rittershuder Nachrichten* Lokalredakteur war.«

»Ich kenne Herrn Bellinghausen«, warf der Studienrat ein. »Ein kluger Kopf, aber ein wenig seltsam.«

»Jetzt folgt, was Hauptkommissar Havelstein über den ›Mandarin‹ gesagt hat«, fuhr Karlchen Kubatz fort und las weiter aus der Zeitung vor. »Dieser Mann ist einer der gefährlichsten Geldfälscher, und der Gedanke, daß er und seine Komplizen für ein paar Jahre nicht mehr an Druckmaschinen herankommen, erfüllt mich mit Entzücken ...«

»Kann man verstehen«, warf Dr. Purzer ein.

»... Sein letztes Millionending drehte er vor ein paar Jahren«, las der Bürstenhaarschnitt weiter vor. »Aber er ist aufgeflogen, und sein ›Orchester‹, wie sich die Bande damals genannt hat, konnte größtenteils geschnappt werden. Den Rest hat der ›Mandarin‹ ziemlich schnell wieder zusammengekratzt, um irgendwann einen neuen Coup zu landen. Eine Katze kann das Mausen nicht lassen. Er muß sich an seinen Besuch in Bad Rittershude erinnert haben und an das verlassene Haus seines Onkels mit dem fabelhaften Bunker. Er plante diesmal in aller Ruhe langfristig, kam als freundlicher Zeitgenosse in die Stadt, wurde ein allseits beliebter Mitbürger und verschaffte sich mit seinem Zeitungskiosk am Richard-Wagner-Platz eine fabelhafte Tarnung. Bis er glaubte, es wäre allmählich an der Zeit, das ausgeklügelte Vorhaben zu verwirklichen. Dabei spielte die Entlassung eines gewissen Hugo Stielicke aus einem Berliner Gefängnis eine Rolle, denn dieser Mann ist ein genialer Geldfälscher, und ohne ihn läuft nichts ...«

»Aber doch noch eins«, überlegte Studienrat Dr. Purzer. »Warum ist Wildenbusch nicht sofort auf und davon, als er durch dieses zufällige Telefongespräch im Blauen Salon erfahren hat, daß ihm die Männer vom Falschgelddezernat auf den Fersen sind?«

»Hut ab«, grinste Emil Langhans. »Sie wissen ja bestens Bescheid.«

Der Studienrat hatte inzwischen seine Brille mit dem Taschentuch sehr sorgfältig gereinigt und setzte sie wieder auf. »Wenn ich dir verrate, daß ich zum Einschlafen wöchentlich mindestens zwei Kriminalromane verbrauche, würdest du mir das glauben?«

»Jetzt ohne weiteres«, erwiderte Emil und feixte weiter.

»Also, weshalb ist Wildenbusch nicht getürmt?« fragte Dr. Purzer. Es hörte sich genauso an, als hätte er gefragt, in welchem Jahr die Schlacht bei Waterloo geschlagen wurde. »Wer kann mir das erklären?«

»Ist eigentlich einfach«, meinte Sputnik. »Herr Wildenbusch weiß also, daß Hauptkommissar Havelstein und Herr Jascheck hinter ihm her sind. Aber sie können keine Ahnung haben, wer der ›Mandarin‹ in Wirklichkeit ist. Das glaubt er jedenfalls.« Der dickliche Junge lehnte sich in seinem Stuhl zurück und ließ die Arme hängen. »Er kann sich zusammenreimen, daß die beiden Kommissare verdammt schnell im *Hotel zum Kurfürsten* aufkreuzen werden, daß dann der ganze Schwindel mit der OPTAL AG auffliegt und jetzt auch auf die so überstürzt abgereisten Vertreter Jagd gemacht wird. Jedenfalls ist die Polizei aufgeschreckt, fahndet durch die Gegend und schnappt vielleicht den einen oder anderen . . .«

»Die Männer in dem blau-weißen Wohnmobil beispielsweise«, warf Karlchen Kubatz ein. »Aber selbst wenn sie ihren Boß verraten wollten, sie könnten es gar nicht, weil sie lediglich seine Stimme kennen . . .«

»Und die Polizei hat überhaupt nichts in der Tasche«, ergänzte Sputnik. »Das jedenfalls meint Wildenbusch noch immer und muß davon überzeugt sein, daß er augenblicklich nirgends sicherer ist als in seinem Zeitungskiosk am Richard-Wagner-Platz.«

Studienrat Dr. Purzer zog nachdenklich die Augenbrauen hoch, erwiderte aber nichts. Als er wieder seinen Tisch vor der Wandtafel erreicht hatte, meinte er: »Na ja, wie das Leben manchmal spielt . . .« Er blickte über den Rand seiner Brille in die Klasse, dann warf er die wieder zusammengefaltete Zeitung auf seinen Stuhl. »Vermutlich habt ihr es noch gar nicht bemerkt«, sagte er in einem veränderten Ton, »aber ich bin vorhin mit euren Zeugnisheften in die Klasse gekommen. Meine *Bad Rittershuder Nachrichten* dürften euch abgelenkt haben.«

Die 9b wurde schlagartig still.

Dr. Purzer schob die Hefte sehr behutsam in die Mitte seines leeren Tisches. Er ordnete den Stapel mit den Fingerspitzen, bis sich Seitenflächen und Ecken haargenau deckten.

»Das wäre es also«, sagte er, betrachtete sein Kunstwerk mit schrägem Kopf, schien mit sich zufrieden zu sein und blickte wieder zu seinen Schülern. »Ein halbes Jahr mehr oder weniger Schufterei, manchmal Ängste und gelegentlich auch Spaß, wie ich hoffe«, meinte der Studienrat. »In diesen schmalen Heften hat sich alles versammelt.« Er spazierte wieder durch die Tischreihen. »Volle sechs Monate, reduziert auf ein paar Noten, die kaum eine Seite füllen.« Er näherte sich seinem Lieblingsplatz an der Fensterbank bei dem Kastanienbaum. »Allerdings, es wäre ein wenig deprimierend und kläglich, wenn das alles sein würde, was übrigbleibt.« Dr. Purzer hatte sich angelehnt und verschränkte seine Arme. »Doch Zeugnisse drängeln sich eben immer in den Vordergrund . . .«

»Das kann man wohl husten«, warf der dickliche Sputnik ein.

»Aber am allerwichtigsten scheint mir«, fuhr der Lehrer fort, »daß eure Köpfe wieder mit neuem Wissen vollgestopft worden sind.« Er betrachtete seine 9b mit belustigter Miene. »Tja, eure Entwicklung zu wertvollen Mitgliedern unserer menschlichen Gesellschaft ist nicht mehr zu bremsen.«

Die Klasse grinste, aber gleichzeitig schielte sie auch immer wieder zu dem sorgfältig aufgeschichteten Stapel hinüber.

»Alle sind versetzt und haben das Klassenziel erreicht«, ließ sich der Studienrat weiter vernehmen. »Bis auf einen . . .«

Die 9b hielt jetzt den Atem an.

»Bis auf einen«, wiederholte Dr. Purzer. »Da ist die Sache noch fraglich und hängt in den Wolken.«

Man äugte verstohlen zu Manuel Kohl hinüber, und der Junge mit den großen blauen Augen, und der frechen Stupsnase ließ bereits die Schultern hängen.

»Pardon, es war nicht meine Absicht, euch zu beunruhigen«, beeilte sich der Studienrat zu bemerken. »Nicht der Schüler Manuel Kohl ist gemeint«, sagte er und fügte hinzu: »Obgleich mir sein wundersamer Endspurt in Mathematik noch immer ein wenig schleierhaft bleibt.« Er stieß sich von der Fensterbank ab und nahm erneut seine Wanderung durch die Tischreihen auf. »Ich spreche von *mir*«, meinte er überraschend. »Von meiner eigenen, bescheidenen Person. Und ich denke dabei an eine gewisse englische Schule jenseits des Ärmelkanals, in der es auch Zeugnisse für Lehrer geben soll, was ihr euch einmal zu behaupten erkühnt habt.«

Die Klasse hatte zuerst verwundert gestutzt.

Doch jetzt bekam sie wieder Oberwasser, atmete auf und fing an zu grinsen.

»Aber glücklicherweise hat sich in diesem Punkt an unserer ehrwürdigen Schulordnung von 1885 noch nichts geändert, und es kann . . .«

»Dann ist sie ja erst hundert Jahre alt«, platzte Karlchen Kubatz heraus.

». . . und es kann mir schnurzegal sein«, fuhr der Studienrat unbeirrt fort, »ob ich in euren Augen eine Zwei kassiere, drei Vieren oder ob ich gar durchgerasselt bin.«

Die Klasse scharrte jetzt mit den Schuhen, klatschte mit flachen Händen auf die Tische und brach in Gelächter aus.

Da knotete Emil Langhans umständlich seine langen Beine auseinander und stand auf. Er blickte sich, ohne eine Miene zu verziehen, in der Klasse um und wartete, bis sie sich beruhigt hatte. »Als Klassensprecher darf ich Ihnen versichern, Herr Studienrat, daß Ihre Versetzung momentan nicht gefährdet ist«, sagte er mit seiner Gießkannenstimme. »Wir sehen uns also nach den Sommerferien wieder.«

Jetzt flippte die Klasse total aus.

»Sehr freundlich, meine Herren«, bemerkte Dr. Purzer in den Lärm hinein, und dann wartete er, bis man sich mit der 9b wieder verständigen konnte. Das dauerte eine ganze Weile.

»Eigentlich wären jetzt endlich eure Zeugnisse an der Reihe«, sagte er schließlich. »Aber zuvor muß ich doch noch einmal auf diese haarsträubende Sache mit dem Falschgeld zurückkommen.« Er neigte den Kopf und blickte über den Rand seiner Brille. »Also, ich hätte da noch eine Frage, und zwar an einige von euch ganz persönlich, sozusagen.«

»Bitte sehr«, meinte Emil Langhans und streckte unter dem Tisch wieder seine langen Beine aus.

»Das ganze Drumherum ist ja für Bad Rittershude geradezu unglaublich«, äußerte sich Dr. Purzer. »Aber beinahe noch unglaublicher erscheint es mir, daß sich unsere Glorreichen Sieben und die Maximilianschüler wie aus heiterem Himmel und ohne jedes Staubaufwirbeln in die Arme gefallen sind, als ob nie etwas zwischen ihnen gewesen wäre. Wie konnte das passieren, wenn ich fragen darf?«

»Es hat sich einfach so ergeben«, wich Karlchen Kubatz aus und kam ins Stocken. »Eine verzwickte und umständliche Geschichte, die Sie ganz bestimmt nur langweilen würde . . .«

Der Studienrat hielt den Kopf schief und zuckte mit den Schultern. »Jedenfalls habe ich so etwas in der langen Historie unserer beiden Schulen noch nicht erlebt.«

»Es gibt immer ein erstes Mal«, erwiderte Emil Langhans ein wenig altklug.

Die anderen Glorreichen wußten genau, was er meinte, und die übrige Klasse ahnte es.

Mit LeseRiesen auf Lesereise

Alfred Weidenmann

Gepäckschein 666

Peter, Page im Hotel Atlantic, soll für seinen amerikanischen Gast und neuen Freund ein Gepäckstück mit Kricketschlägern abholen. Aber der Beamte hält den Gepäckschein falsch herum – und so kommen Peter und Francis nicht nur zu einem Koffer voller Geldscheine, sondern auch Bankräubern auf die Spur.